JN323072

RONSO KAIGAI MYSTERY
論創海外ミステリ58

シナリオ・コレクション

戯曲アルセーヌ・ルパン

モーリス・ルブラン
小高美保 訳

ARSÈNE LUPIN
Maurice Leblanc

論創社

装幀／画　栗原裕孝

目次

写真資料提供　住田忠久（アルセーヌ・ルパン資料室）

戯曲アルセーヌ・ルパン

Arsène Lupin

登場人物（括弧内は出演者）

グルネイ＝マルタン（ビュリエ）……………………美術収集家
ジェルメーヌ（ジャンヌ・ロスニイ）……………グルネイ＝マルタンの娘
ジャック・ド・シャルムラース（アンドレ・ブリュレ）…公爵。ジェルメーヌの婚約者
ソニア・クリチノーフ（ローランス・デュリュック）……ジェルメーヌの侍女
イルマ（ブリザック）……………………………ジェルメーヌの小間使い
アルフレッド（マルセイユ）……………………グルネイ＝マルタン家の召使
ヴィクトワール（ジェルメーヌ・エティ）……グルネイ＝マルタン家の女中
ジャン（シャルトレット）………………………グルネイ＝マルタン家の運転手兼整備士
フィルマン（テロフ）……………………………シャルムラース城の番人
門番夫（クザン）…………………………………パリのグルネイ＝マルタン邸の門番
門番妻（アリス・アエル）………………………パリのグルネイ＝マルタン邸の門番
マリー（セザンヌ）………………………………ジェルメーヌの友人
ジャンヌ（モー・ゴチエ）………………………ジェルメーヌの友人

シャロレ父（ベネディクト）……………………シャルムラース城を訪れた父子
シャロレ長男（ボンヴァレ〔ルソー〕）……………………同
シャロレ次男（ベルトラン）……………………同
ベルナール（フェリックス・アンデール）……………………同。シャロレの三男

フォルムリ（アンドレ・ルフォール）……………………予審判事
裁判所書記官（トリボワ）
錠前屋（マリウス）

ゲルシャール（エスコフィエ）……………………警察庁の主任警部
ブルサン（クレマン）……………………警察庁の刑事、ゲルシャールの部下
デュージー（ボーズ）……………………同
ボナバン（ベルティック）……………………同
警視（ナルバル）……………………地元署の警視
制服警察官（ラゴノー）……………………地元署の警官

第一幕

第一場

城館の大広間。舞台奥に、テラスと庭園に臨《のぞ》む大きなガラス戸。壁には初代よりの公爵の肖像画が掛けられているが、肖像画のかわりにタピストリーが掛かっているところがある。[*1]

上手と下手にドア。ピアノがある。

ソニアが一人で封筒に宛名を書いている。外で、ジェルメーヌと友人たちがテニスをしている。彼女たちの声が聞こえてくる。サーティー、フォーティー……プレイ……

ソニア、ついでジェルメーヌ、アルフレッド、ジャンヌ、マリー

ソニア （一人で音読している。集中している様子）「このたび、長女ジェルメーヌはシャルムラース公爵と結婚式を挙げることとなりました。ここに謹んでお知らせ申し上げます。グルネイ＝マルタン」シャルムラース公爵と！……[*2]

ジェルメーヌの声[*3] ソニア！ ソニア！ ソニア！

ソニア[*4] お嬢さま、何でしょう？

ジェルメーヌ お茶よ！ お茶を持ってくるように言ってちょうだい！

ソニア わかりました。（ベルを鳴らす。登場した召使に）お茶をお願いします。

アルフレッド 何人さま分でございますか？

ソニア 四人分よ。待って……もしグルネイ＝マルタンさんがお戻りになっていたら……

アルフレッド とんでもない。旦那さまは五十キロも離れたレンヌまで車でお食事会にお出かけになったのですよ。そんなに早くはお戻りになりません。

ソニア それでは、公爵は？ 遠乗りから戻られた？

アルフレッド いいえ。

ソニア ところで、荷造りはもうすんでいますか？ みなさん、今日出発でしょう？

アルフレッド はいそうです。

アルフレッド、退場。

ソニア　（ゆっくりと、再び招待状にとりかかる）「このたび、長女ジェルメーヌはシャルムラース公爵と結婚式を挙げることとなりました。ここに謹んでお知らせ申し上げます。　グルネイ＝マルタン」

ジェルメーヌ　（ラケット[5]を手にさっと登場）あら、何をしてるの？　宛名を書いていたんじゃなくって？

ソニア　ええ……そうです……

マリー　（すぐに[6]登場）これ、みんな招待状なのね。

ジェルメーヌ　ええ。でも[7]まだ全部は終わっていないの。これは頭文字のVのぶんよ。

ジャンヌ　（読み上げる）ヴェルナン王女、ヴォービヌーズ公爵夫人……侯爵ならびに侯爵夫人。あなたったら、フォブール・サンジェルマン（当時の貴族街）の人たちをみんな招待するのね。

マリー　結婚式に来る人たちはほとんど、知らない人ばかりなんじゃない？

ジェルメーヌ　あら[8]、そんなことはなくってよ。わたしのフィアンセの親戚のド・レルジエール夫人に、このあいだお茶に呼んでいただいてね、お城にうかがったら、これからわたしが知り合うことになるパリの上流階級の人たちをほとんど紹介してくださったもの。あなたたちにも、いつか紹介してあげてよ。

ジャンヌ　でも、あなたがシャルムラース公爵夫人になったら、わたしたちはもうあなたのお友達だなんて言えなくなってしまうわね。

ジェルメーヌ　あら[9]、どうして？（ソニアに）ソニア！　ユニベルシテ通りのヴォーレグリーズ夫人のことは、絶対に忘れないでよ。（繰り返して）ユニベルシテ通りの三十三番地ですからね。
ソニア　ヴォーレグリーズって、a…… u……ですか？
ジェルメーヌ　何を言っているの？
ソニア　ヴォーレグリーズ公爵夫人は、ｖａｕと書くのですか？
ジェルメーヌ　ちがうわ。eも入るのよ。
ジャンヌ　子牛《ヴォー》（veau）と同じように書くのよ。
ジェルメーヌ　まあ、いかにもブルジョアの冗談だわね。（ソニアに）待って。まだ封をしないで。（思案顔で）ヴォーレグリーズ夫人には十字の印が一つかしら、それとも二つ、いえ三つがいいかしら。
ジャンヌとマリー　どういうこと？
ジェルメーヌ　印が一つだと、教会での挙式にしか招待しないの。二つだと、挙式と披露宴。三つだと、挙式と披露宴と結婚契約書の署名にも立ち会っていただくの。どうしたらいいと思う？
ジャンヌ[*10]　まあ、わたし、そんな高貴なご婦人とお近づきになったことがないからわからないわ。
マリー　わたしもよ。
ジェルメーヌ　わたしだってそうだわ。でも、ここにジャックの亡くなったお母さま、シャルムラース公爵夫人の交友リストがあるんだけど、この二人の公爵夫人（ここだけ強調して）は親しかったようなの。もっとも、ヴォーレグリーズ公爵夫人は少しやかまし屋だそうだけれど。

ただ信仰心の厚さといったら大変なもので、週に三日も聖体拝領《せいたいはいりょう》をしているんですって。

ジャンヌ　それじゃ、三つになさいな。

マリー　わたしだったら、へまをやらかす前にフィアンセに相談するわ。上流階級の人たちのことをよく知っているはずですもの。

ジェルメーヌ　ああ、それがねえ！　わたしのフィアンセときたら、こういうことにはまるで無関心なの。彼ね、七年で本当に変わってしまったの！　以前[11]だったら、何かを深刻に考えるなんてことなかったわ。だから七年前、南極を探検するために旅立ってしまったのでしょうけれど。それも、ただのスノビスムのためによ……まあ、まことの公爵だからこそ、あんなことをしたのでしょうけれどね。

ジャンヌ[12]　それで、今は？

ジェルメーヌ　今は、学者[13]ぶっているし、社交嫌いだし、それになんだか気難しくて。

ソニア[14]　とても陽気ですわ。

ジェルメーヌ　陽気なのは、人をからかうときだけよ。それ以外のときは、気難しいわ。

ジャンヌ　お父さまは、彼が変わったことをきっと喜んでらっしゃるでしょうね？

ジェルメーヌ　ええ、そうなの。パパはずっとただのムッシュ・グルネイ＝マルタンのままでしょうけれどね。そういえば、今日パパはレンヌで大臣と食事をすることになっているのだけど、きっとジャックに勲章を授けさせるつもりなんだわ……

マリー　まあ、レジオン・ドヌール（フランスの最高勲章）だなんて素晴らしいじゃない。

ジェルメーヌ[*15]　まあ、あなたたち……それは普通の人にとってはいいものかもしれないけれど、彼は公爵なのよ！　ふさわしいとは言えないわ。（ピアノの横で立ち止まる）[*16]あら、この彫像、どうしてここにあるのかしら？

ソニア　（驚いて）まあ、どうしたんでしょう。さっき部屋に入ったときは、いつものところにあったのに……

ジェルメーヌ　（紅茶を持って登場した召使に）[*17]アルフレッド、わたしたちが外にいるとき、この客間に入らなかった？

アルフレッド　いいえ、お嬢さま。

ジェルメーヌ　でも、誰か入った人はいない？[*18]

アルフレッド　人がいるような物音は聞こえませんでした。配膳室にいたものですから。

ジェルメーヌ　変ねえ。（退場しようとするアルフレッドに）ああそうだわ、アルフレッド、パリから電話はなかった？

アルフレッド　いいえ、まだございません。

アルフレッド、退場。
ソニア[*19]が紅茶をカップに注ぐ。

ジェルメーヌ　まだ電話がないなんて、つまらないわ。今日は誰からも贈り物が届いてないってことね。
ソニア　今日は日曜日ですもの、お店の配達がお休みなんですよ。
ジャンヌ　公爵はお茶の時間にお戻りにならないの？
ジェルメーヌ　もちろん戻ってくるわ。四時半の約束なの。ド・ビュイさんのご子息お二人といっしょに遠乗りに出かけているはずだから、お二人もここにいらっしゃるわ。[*20]
マリー　ド・ビュイさんと出かけたって言ったけれど、それはいつのこと？
ジェルメーヌ　お昼すぎよ。
マリー　あら、そんな！……兄が昼食の後、ド・ビュイさんところのアンドレとジョルジュに会いに行ったら、二人とも朝から車で出かけてしまって夜遅くならないと帰らないって言われたそうよ。
ジェルメーヌ[*21]　あら、それじゃ……何て言ってたのかしら？
イルマ　（登場）お嬢さま、パリからお電話です。
ジェルメーヌ　（即座に）まあ、うれしい。門番から？
イルマ　女中のヴィクトワールからです。
ジェルメーヌ　（電話に出て）もしもし、ヴィクトワールね……贈り物が届いたのね……それで、何が入っていたの？　ペーパーナイフ……またなの！　ほかには？　また、ルイ十六世様式の[*22]インク壺……ああ、まったく！　それで、どなたから？（誇らしげに）リュドルフ伯爵夫人と[*23]ヴァレリー男爵ね……それだけ？　まあ、本当？（ソニアに）ソニア、真珠の首飾りですって！（電話口で）大きいの？　真珠のつぶの大きさを訊いたのよ。まあ、素晴らしいわね！　贈り主は……（がっかりして）やっぱり、パパのお友達ね。でもまあ、真珠の首飾りですもの、いいわ……戸締まりはちゃんとしているわね？　それから、贈り物はあの秘密の戸棚にしまっておいてね……ええ、ありがとう、ヴィクトワール、じゃ明日ね。（ジャンヌとマリーに）あきれてしまうわ。パパのお仲間からは素晴らしい贈り物が届くのに、上流の人たちからはペーパーナイフばかりなの。[*24]まったく、みんなジャックがわるいんだわ。あの界隈では、わたしたちが婚約したことさえほとんど知られていないもの。

ジャンヌ　何も通知をしなかったのかしら？

ジェルメーヌ　冗談はよして。でも、知られていないのはたしかなの。彼の親戚のド・レルジエール夫人が、このあいだわたしのために開いてくださったお茶の会でそうおっしゃっていたもの、ねえ、ソニア？

ジャンヌ　（小声でマリーに）彼女ったら、お茶会のことばっかり言いたがるわね。

マリー　ド・レルジエール夫人といえば、心配でいてもたってもいられないそうよ。ご子息が、今日決闘なさるんですって。

ソニア　相手はどなたなんですか？

マリー　わからないわ。ただ、夫人は介添え人からの手紙を見つけたそうなの……

ジェルメーヌ　レルジエールなら大丈夫よ。剣の腕前は一流ですもの。負けたことがないのよ。

ジャンヌ　昔は、あなたのフィアンセと仲が良かったわよね。

ジェルメーヌ　仲良しだったわ。パパとわたしをジャックに引き合わせてくれたほどですもの。

マリー　どこで？

ジェルメーヌ　この城館でよ。

マリー[*25]　それじゃ、公爵の家でってことなのね。

ジェルメーヌ　ええ。人生っておかしなものよねえ。もしジャックが、お父さまが亡くなって数ヵ月たち、財産が底をついて、南極探検の費用のためにこの城館を売り払う必要にせまられていなかったら、それからもしパパとわたしが、由緒ある城館を欲しいと思っていなかったら、それに何より、もしパパがリューマチを患っていなかったら、わたしが一ヵ月後にシャルムラース公爵夫人と呼ばれるなんてことは起こらなかったでしょうね。

ジャンヌ[*26]　お父さまのリューマチと、どんな関係があるの？

ジェルメーヌ　それがね、切っても切れない関係なの。リューマチに湿気は禁物なのに、古城に湿気はつきものでしょう。パパはそれが心配で、踏ん切りがつかなかったのよ。それでジャックは心配ご無用、ためしに三週間ほど滞在してみたらどうですかって、いかにも貴族らしく勧めてくれてね。驚いたことにパパのリューマチは治ってしまい、パパはこの城館を買うことにしたの。おまけにジャックがわたしに夢中になってしまったものだから。わたしはパパにジャックとの結婚を許してもらおうとしたってわけ。

マリー[*27]　でも、あなたはそのとき十六歳でしょう？

ジェルメーヌ　ええ、十六歳だったわ。それから、ジャックは南極へ旅立った。

ジャンヌ　それで?

ジェルメーヌ　パパが、わたしに結婚は早すぎると言ったのよ。だからわたしは、ジャックに帰りを待つと約束したの。ただ、ここだけの話だけど、もし彼があんなに長く南極から帰らないとわかっていたら……

マリー　まったくだわ。三年のつもりが、七年にもなったんですもの。

ジャンヌ[*28]　ジェルメーヌの美しき青春時代がすべて……

ジェルメーヌ　（むっとして）ええ……

ジャンヌ　それはそうだけど、今あなたは二十三歳、一番美しい盛りだわ。

ジェルメーヌ　もうすぐ[*29]だけど、まだ二十三歳ではないわ……とにかく、わたしには不幸の連続だった。公爵は病気になってモンテビデオ（ウルグアイの首都）で治療を受け、いったん回復すると、どんなに止めても頑としてゆずらず、また探検に行ってしまったし。二年で帰ると言っていたのに突然便りがなくなり、それからすっかり音沙汰がなくなってしまって。半年ほど、もう死んでしまったと思い込んでいたこともあったわ。

ソニア　死んでしまっただなんて！　ずいぶんおつらかったでしょうね。

ジェルメーヌ　ああ、もうその話はしないで。明るい色の服には袖[*30]も通せなかったわ。

ジャンヌ　（マリーに）そんなの、たいしたことではないわよね。

ジェルメーヌ　ところがね、ある日また公爵から手紙がきたの。うれしかったわ。そして、三ヵ月前に帰国を知らせる電報がきて、二ヵ月前に、このとおり公爵が戻ってきたのよ。

ジャンヌ　（傍白、[*31]ジェルメーヌの口調を真似て）公爵が！
マリー[*32]　それでも、七年あまりもフィアンセの帰りを待ち続けるなんて貞節そのものだわ。
ジャンヌ　それは、この城館のせいよ。
ジェルメーヌ　どういう意味？
ジャンヌ　当然のことよ！　シャルムラース城を持っているのに、ただのグルネイ＝マルタンと呼ばれることはないもの。
マリー　（からかうような調子で）そうは言っても待ちきれず、ジェルメーヌお嬢さんはその七年の間に、ほかの人と婚約しそうになったのよねえ。

ソニアが振り向く。

ジャンヌ[*33]　（同じ調子で）ただの男爵だったけれど。
ソニア　なんてことでしょう！　本当なんですか？
ジャンヌ　ソニアさんは知らなかったの？　本当の話よ。お相手は公爵のいとこ、つまりド・レルジエールさんなの。レルジエール男爵夫人では、格が落ちてしまうわね。
ソニア　まあ！
ジェルメーヌ　（同じ調子で）いとこはいとこだけど、公爵の唯一の相続人だったのよ。レルジエールは剣の腕前といっしょに爵位も上げたはずよ。そうなれば、わたしは公爵夫人になったはずだわ。

ジャンヌ[*34]　なるほど、肝心なのはそこだったのね。それじゃ、わたしたちそろそろ退散するわね。

ジェルメーヌ　もう？

ジャンヌ　（誇張して）ええ、グロスジャン子爵夫人のお宅にちょっとお邪魔することになっているの。（投げやりな調子で）グロスジャン子爵夫人のことは知っているでしょう？

ジェルメーヌ　お名前だけはね。パパがその方のご主人と証券取引所で知り合いになったものだから。でもその頃は、ただのグロスジャンさんだったわ。だからパパは、昔のままグロスジャンさんって呼んでいるわ。

ジャンヌ　（退場しながら、マリーに）昔のまま呼んでいる、ですって。そういう人がいるなんてね。それじゃ、今度はパリで会うことになるわね？　出発は明日でしょう？……

ジェルメーヌ　ええ、明日よ。

マリー　（ジェルメーヌを抱擁して）じゃ、パリでね。

ジェルメーヌ　ええ、パリで。

二人とも退場。

アルフレッド　（登場[*35]）お嬢さま、殿方が二人お見えです。どうしても、お嬢さまにお目にかかりたいということです。

ジェルメーヌ　あらそう、ド・ビュイさんでしょう。
アルフレッド　存じ上げないもので。
ジェルメーヌ　一人は年配で、もう一人は少し若いでしょう?
アルフレッド　おっしゃるとおりです。
ジェルメーヌ　入っていただいて。
アルフレッド　パリのヴィクトワールや門番に、何かお言付けはございませんか?
ジェルメーヌ　いいえ、ないわ。もうじき、出発するのね?
アルフレッド　はい、そうです。使用人はみな行ってしまいます……汽車が七時に出ますので。こちらからですとずいぶん時間がかかりますので、パリに着くのは翌朝の九時です。
ジェルメーヌ　荷造りは全部すんだの?
アルフレッド　すべて終わりました。大きなものは、荷馬車ですでに駅まで運んでしまいましたので、あとは、ご自分たちの手荷物を持っていらしてください。
ジェルメーヌ　(戸口で)わかったわ。では、ド・ビュイさんをお通しして。[*36](アルフレッド、退場)
　あらまあ!
ソニア　どうなさいました?
ジェルメーヌ　窓ガラスが一枚なくなっているの。ちょうど、イスパニア錠(両開きの窓の締め具に用いる錠)のところよ。まるで切り取られたみたいだわ。
[*37]ソニア　あら!　ええ、ちょうどイスパニア錠のところですね。

ジェルメーヌ　以前からそうだった？

ソニア　いいえ！　でも、床にかけらが落ちているはずです……（ジェルメーヌに）お嬢さま、お客さまがお見えです。

ジェルメーヌ[38]　まあ、こんにちは、ド・ビュイさん……あら？（目の前にいるのが、見知らぬシャロレとその息子であることに気づく。気まずい沈黙）失礼ですが、どなたでしょう？

第二場[39]

ジェルメーヌ、ソニア、シャロレ父子

シャロレ父　（人の良さそうな笑みを浮かべて）[40]シャロレです……シャロレといいます……代々ビール醸造業を営んでおります。レジオン・ドヌール勲章騎士章を受章しておりまして。レンヌの地主でもあります。息子は新前のエンジニアです。（息子がお辞儀をする）さきほどケルロール農園で昼食をとったばかりでして。こちらには、今朝レンヌから参りました。とりいってお話がありまして、[41]こうしてお邪魔いたしました……

ソニア　（小声でジェルメーヌに）お茶を出しましょうか？

ジェルメーヌ　（小声でソニアに）いいえ、とんでもない。（シャロレに）どういったご用でしょう？

シャロレ父　父君にお会いしたいと言いましたら、お嬢さましかいらっしゃらないということでしたので、こうしてお目にかかったわけでして……

シャロレ父子は、二人とも椅子に座ってしまう。ジェルメーヌとソニアはびっくりして顔を見合わせる。

シャロレ息子　（父親に）きれいな城館だね、父さん！

シャロレ父　そうだね、本当にきれいな城館だ。（間《ま》、ジェルメーヌとソニアに）とてもきれいな城館ですね。

ジェルメーヌ　失礼ですが、ご用件は何でしょう？

シャロレ父　実は、『エクレラール・ド・レンヌ』紙で、グルネイ＝マルタンさんが車を処分するおつもりだという記事を目にしまして。息子が常々「父さん、坂道を車ですっ飛ばしたいなあ」などと申しておりましたものですから。六十馬力もあれば、と思っているんですが。

ジェルメーヌ　六十馬力の車もありますが、それはお売りするつもりはありません。父が今日も使っておりますし。

シャロレ父　それじゃ、きっと、城館の車庫の前で見かけた車でしょう。

ジェルメーヌ　いいえ、あれは三十から四十馬力ですし、わたしの車です。もしさきほどおっしやっていたように、息子さんが坂道をすっ飛ばしたいのなら、百馬力の車がありますわ。父が処分したがっているのはそれです。ソニア、ほら、たしか写真があったわよね。

ジェルメーヌとソニアは机の上を探す。その間に、シャロレの息子が彫像をかすめとる。[*42]

シャロレ父　（小声で）ばか、もどすんだ。[*43]

ジェルメーヌが振り返り、写真を差し出す。

シャロレ父　ああ、これですか！　は、はあ、これが百馬力ですな！　それでは、ご相談させていただきましょう。最低いくらで手放されるおつもりで？

ジェルメーヌ　そうしたご質問には、まったくお答えできないんです。またのちほどいらしていただけますか。父がレンヌから戻って参りましたら、じかに話し合ってください。

シャロレ父　そうですか……では、またのちほどうかがいましょう。（会釈をする）お嬢さん方、ごきげんよう。

[*44]シャロレ父子、深々とお辞儀をして退場。

第三場

ジェルメーヌ、ソニア

ジェルメーヌ　まったく、ずいぶん変な人たちだったわね！　でもとにかく、百馬力の車を処分できたら、パパはきっとすごく喜ぶわ……それにしても、ジャックがまだ戻らないなんて、おかしいわね。四時半から五時の間に戻るって言っていたのに。

ソニア　ド・ビュイさんたちもお見えにならなかったですしね……でもまだ五時ではありませんわ。

ジェルメーヌ　ええ、本当にド・ビュイさんたちも来なかったわね。（ソニアに）あらいったい、あなたは何をしているの？　待っている間に、宛名を書いてしまってちょうだい。

ソニア[*45]　ほとんど終わっているんですよ。

ジェルメーヌ　ほとんどというのは全部ということではないでしょう。（振り子時計を見ながら）五時五分前だわ。ジャックが遅刻するなんて、はじめてだわ。

ソニア　（宛名書きをしながら）公爵はたぶんレルジエール城まで足をのばして、いとこに会いにいかれたのでしょう……でも実のところ、あまりレルジエールさんのことがお好きではないようですね。いがみ合っているようにさえみえますもの。

ジェルメーヌ　まあ！[46]　あなたもそう思う？　ジャックったら……とても冷淡な態度をとるし。それでも、三日前レルジエール家にお邪魔したときにね、驚いたことにポール[47]と公爵がけんかをしたのよ。

ソニア　（心配そうに）本当ですか？

ジェルメーヌ　ええ、おいとまするときも妙な具合だったわ。

ソニア　（即座に）でも、握手くらいはなさったのでしょう？

ジェルメーヌ　（考えて）あら！　しなかったわ。

ソニア　（ぎょっとして）握手もしなかっただなんて！　それじゃ、きっと。

ジェルメーヌ　何よ？

ソニア　決闘なさるのかもしれません……ド・レルジエールさんと……

ジェルメーヌ　まあ！　本当にそう思うの？

ソニア　わかりません。でも、今お嬢さまがおっしゃったことや……今朝の公爵の様子や……遠乗りに行かれたということを考え合わせると……

ジェルメーヌ　（驚いて）ええ……そうね……ありうることだわ……いいえ、本当にそうかもしれないわ……

ソニア　（ひどく動揺して）ああ、こわいわ……まさか、そんな……もし何かあったら……もしもお嬢さまのフィアンセが……

ジェルメーヌ　（やや冷静に）もしそうなら、公爵はわたしのために闘ったのかしら？

ソニア　それに、相手は無敵の剣の名士だとおっしゃっていたでしょう。（テラスのほうに行く）どうしたらいいのかしら？……どうすることもできないわ……（唐突に）ああ！　お嬢さま、ほら！

ジェルメーヌ　なあに？

ソニア　馬に乗った人が、あそこに……

ジェルメーヌ　（駆け寄って）ええ……全速力で走っているわね……

ソニア　（手をたたいて）公爵だわ！　公爵だわ！……

ジェルメーヌ　そうかしら？

ソニア　絶対そうです！　公爵ですよ……

ジェルメーヌ　お茶[*48]の時間にちょうど間に合ったわね。わたしが待たされるのを嫌がるからよ。五時一分前だわ……彼、時計が五時を打つときには戻っているよって言っていたけれど、そのとおりだわ。

ソニア　だめですよ。庭園を回らなくてはなりませんもの。直進したら……川があります。

ジェルメーヌ　でも、直進しているわよ。

ソニア　（心配そうに）だめよ、そんなの無理だわ。

ジェルメーヌ　芝生を横切ったわ。ほら、飛び越えるつもりよ……ごらんなさいよ、ソニア。

ソニア　こわいわ！（両目をおおって）ああ！

ジェルメーヌ　（叫ぶ）万歳！　やったわ！　飛び越えたわよ。すごいわ、ジャックったら。それにあの馬も、七千フラン[49]だけのことはあるわね。さあ、急いでお茶の用意をして……それにしても見事な跳躍だったわ。さすがは公爵よね。彼、わたしに贈り物をくれたのよ。あなたもそのとき、いたわよね?……あの、真珠のペンダントよ……

ソニア (宝石箱のなかにあるペンダントを見つめながら) ええ、すてきですね。

第四場[50]

ジェルメーヌ、ソニア、公爵

公爵 (晴れやかに登場) それ、ぼくのなら、紅茶はたっぷり、クリームはちょっぴり、砂糖は三つでお願いしますよ。(懐中時計を見て) 五時だ! 間に合ったぞ。

ジェルメーヌ 決闘なさったの?

公爵 おや、知っていたの?……

ジェルメーヌ どうして決闘なさったの?

ソニア おけがはありませんか、公爵。

ジェルメーヌ ソニア、お願いだから宛名書きをしてちょうだい。(公爵に) わたしのために闘ったの?

公爵　もしそうだったら、うれしいかい？

ジェルメーヌ　ええ。でも本当はちがうのね。女のためでしょう。

公爵　女のためだったとしたら、きみのため以外にはありえない。

ジェルメーヌ　もちろんよ。ソニアや小間使いのためだなんてあるはずがないわ。では、どうして闘ったのか教えてくださる？

公爵　たわいのないことだよ……ひどく虫の居所が悪かったところに、レルジエールが失敬なことを言ったものでね。

ジェルメーヌ　でもね、もしわたしのためではないのだったら、決闘なんてすることはないんじゃないかしら。

公爵　（からかうように）そうかな。でも、もしぼくが殺されたら、シャルムラース公爵はグルネイ＝マルタン嬢のために殺されたって、言われるだろう。そしたら、すごく格好いいなあ。

ジェルメーヌ　また、そんなことを言って……もううんざりよ。

[*51]**公爵**　はい、はい。

ジェルメーヌ　レルジエールはけがをしたの？

公爵　全治六ヵ月のね。

ジェルメーヌ　まあ、なんということでしょう！

公爵　やつにとっては、いいことだらけだ……腸炎だったんだからね。腸炎を治すための休養がとれて、かえってよかったじゃないか。おやおや、これ全部、招待状かな？

ジェルメーヌ　これは、頭文字のVのぶんだけよ。

公爵　アルファベットには、まだあと二十五文字もあるというのに！　こんなに誰彼かまわず招待するつもりなら、マドレーヌ寺院の拡張工事が必要だ。

ジェルメーヌ　とてもいい結婚式になるわよ。押しあいへしあいのね！　事故が起きるかもしれないわ。

公爵　ぼくだったら、もう少し整理してしまうがね……ソニアさん、一つ願いをかなえてもらえませんか？　ぼくのためにグリーグ（ノルウェーの作曲家）の曲を弾いて欲しいんです。きのう耳にしましてね、あんな素晴らしい演奏ははじめてでしたよ。

ジェルメーヌ　ねえあなた、クリチノーフさんにはお仕事があるのよ。

公爵　五[*52]分くらい中断してもいいじゃないか。何小節かでいいんです。お願いしますよ。

ジェルメーヌ　いいわ。でも、わたし、あなたにとても大切なお話があるの。

公爵　そうだった！　ぼくも話があったんだ。この間、きみとソニアさんを写真に撮っただろう。（ジェルメーヌは肩をすくめる）さんさんと輝く太陽の下で、二人の明るい色の服が映えて、まるで大輪の花のようにうつっているんだ。

ジェルメーヌ　ええ、でもそれが大切な話なの？

公爵　どんなに子供じみたものごとだって大切だ。だからこれも大切だ。ほら、よく撮れているだろう。

ジェルメーヌ　最悪だわ！　ひどいしかめ面をしているじゃない。

公爵　しかめ面はしているけれど、ひどくはない。ソニアさん、あなたに判断をお任せします……顔ではなくシルエットを見てください……ほらスカーフが揺れているところなんか……

ジェルメーヌ　（深刻そうに）あなた……

公爵　そうだ……大切な話だった……

ジェルメーヌ　パリのヴィクトワールから電話があったの。

公爵　おやそうか！

ジェルメーヌ　結婚のお祝いに、ルイ十六世様式のインク壺とペーパーナイフをいただいたそうよ。

公爵　ブラボー！

ジェルメーヌ　それから、真珠の首飾りも。

公爵　ブラボー！

ジェルメーヌ　真珠の首飾りと言っても、ブラボーと言うし、ペーパーナイフと言っても、ブラボーだなんて。少しはちがった反応ができないものかしら。

公爵　悪かった。だけど、その真珠の首飾りというのは、父上の友人から贈られたものだね？

ジェルメーヌ　ええ、どうして？

公爵　それから、ルイ[*53]十六世様式のインク壺とペーパーナイフは、きっと高貴な人たちから贈られたものだろう？

ジェルメーヌ　ええ、だから？

公爵　だから、ジェルメーヌ、何の不満があるんだい？　つりあいがとれているじゃないか……人は、すべてを持ち合わせることはできないんだよ。

ジェルメーヌ　わたしをばかにしているのね。

公爵　愛らしいと思っているのに。

ジェルメーヌ　ジャック、あなたにはうんざりだわ。しまいには、嫌いになるわよ。

公爵　（にやにやしながら）結婚するまでおあずけにしよう。（間。肖像画の一枚を眺めているソニアに）クルーエ（フランドル出身の宮廷画家）の筆ですね……風格がありますね？……

ソニア　ええ、とても。ご先祖のお一人でしょう？

ジェルメーヌ　もちろんよ。[*54] ここに掛かっているのはみんな、先祖代々の肖像画ですもの。シャルムラース家のもの以外は飾ってないわ。それに、パパがこの部屋の肖像画を一枚も、ほかの部屋に移そうとしないの。

公爵　ぼくのを除けば一枚も、ということだね。（ソニアとジェルメーヌは驚いて公爵を見つめる）このタピストリーの場所には、昔はぼくの肖像画が掛かっていたんだ。あれは、どうなったんだい？

ジェルメーヌ　冗談を言ってるんでしょう？

ソニア　本当に、公爵はご存じないのですか？

ジェルメーヌ　三年前に、くわしいことを手紙に書いて、新聞の切抜きといっしょにあなた宛てに送ったのに。それじゃ、何も受け取ってなかったの？

公爵　三年前か……南極で遭難していたときだ。

ジェルメーヌ　あれは、本当に衝撃的な事件だったわ。パリじゅうが、その話でもちきりになったほどよ。あなたの肖像画は盗まれてしまったの。

公爵　盗まれた？　誰がそんなことを？

ジェルメーヌ　ほら、これでわかるわ。（タピストリーをめくる。[*55]チョークでアルセーヌ・ルパンと書かれている）このサインをどう思う？

[*56]公爵　アルセーヌ・ルパンか。

ソニア　サインを残すなんて……いつもそうしているらしいけど……

公爵　へえ！　で、誰なんです？

ジェルメーヌ　アルセーヌ・ルパンよ！　アルセーヌ・ルパンを知らないことはないでしょう？

公爵　本当に知らないんだ。

ジェルメーヌ　それほど長い間、南極にいたということなのね！　あの奇想天外、大胆不敵な天オペテン師、ルパンを知らないなんて！

ソニア　十年前から、警察を手こずらせているんです。フランスの誇る偉大な警察官、ゲルシャールの追跡もかわしてしまうんですから。そんな泥棒、ほかにはいませんわ。

ジェルメーヌ　つまり、国民的泥棒ということね。でも、あなたは知らなかったんでしょう？

公爵　[*57]レストランに招待するほどにはね。それで、どんな人物なんだい？

ジェルメーヌ　どんな人物といっても、誰も何も知らないのよ。いつも変装しているそうだし。

二晩続けて、イギリス大使館の夜会に出席したこともあるそうよ。

公爵 誰も知らないのなら、どうして彼だとわかったのかな？

ジェルメーヌ 二晩目の十時ごろ、夜会の招待客が一人いなくなっていることがわかったの。いっしょに、大使夫人の宝石がすべて消えてしまっていたんですって。

公爵 へえ、それで？

ジェルメーヌ ルパンは名刺を残していったの。そこには、こう書かれていたそうよ。「これは泥棒ではありません。返還です。ウォレス（英国の慈善家）のコレクションは、あなたがたイギリスが、わがフランスから奪ったものなのですから」

公爵 いたずらか何かだろう？

ソニア いいえ、公爵！　もっといいこともしているんです。ダレイ銀行の事件をおぼえてらっしゃいますか？　貧しい人々がお金を預けていた銀行です。

公爵 銀行家が、大勢の恵まれない人々を犠牲にして私財を三倍に増やしたという事件ですね。あのとき、二千人もの人が破産してしまったのでしたね。

ソニア そのとおりですわ。そこで、ルパンはダレイの屋敷に忍び込んで、金庫のなかにあったお金を全部奪ったのです。でも、彼自身は一銭も自分のものにはしませんでした。

公爵 それで、その金をどうしたんです？

ソニア ダレイのせいで破産した人たちみんなに、配ってあげたんです。

公爵 ルパンというのは、たいした慈善家なんだなあ。

ジェルメーヌ　ところが、いつもそうではないの。たとえば、パパに起こった事件がそうよ。

公爵　ここにあった肖像画を盗むというのは、その英雄のような泥棒らしからぬ行為だな。ぼくの肖像画なんて、何の値打ちもないのに。

ジェルメーヌ　それだけで満足するわけがないでしょう。パパのコレクションもすべて略奪されてしまったのよ。

公爵　父上のコレクションが盗まれた？　ルーブル美術館より厳重に警護させている、思い入れの強い品々だというのに。

ジェルメーヌ　そうなの、大切にしすぎたのね。だから、ルパンも成功したのよ。

公爵　それじゃ、共犯でもいたのかな？

ジェルメーヌ　ええ……一人ね。

公爵　誰だろう？

ジェルメーヌ　パパよ。

公爵　なんだって？　もうお手上げだ、わからない。

ジェルメーヌ　つまりこうなの。ある朝、パパは手紙を一通受け取った……ちょっと待って……（ソニアに）ソニア、書き物棚にルパンの資料があったでしょう。

ソニア　今、お持ちします。

*58 ソニアは書き物棚のほうへ行く。

公爵「妙な筆跡だな」

公爵　（笑いながら）ルパンの資料があるのかい？

ジェルメーヌ　もちろんよ。似たような事件をみんなとってあるの。

ソニア　（書き物棚[*59]から書類挟みを取り出し、そこから封筒を一通抜き出して）こちらが、その封筒です。イール・エ・ヴィレーヌ県シャルムラース城、美術品収集家、グルネイ＝マルタン様。

ジェルメーヌが封筒を公爵に渡す。

公爵　妙な筆跡だな。

ジェルメーヌ　手紙を、声を出してお読みになって。

公爵　（読み上げる）「拝啓、このようにぶしつけに手紙を差し上げる無礼をお許しください。しかしながら、私の名前くらいはご存じなのではないかと思っております……そちらの二つの大広間を合わせた陳列品のなかに、見事な出来栄えのムリーリョ（十七世紀、スペインのバロックセビーリャ派の巨匠）が一枚ありますが、私はそれが大変気に入っております。ルーベンスもファン・ダイク（十七世紀、フランドルの画家）も私の好みにぴったりです。右手の大広間に、ルイ十三世時代の小卓とボーヴェ（タピストリーの伝統的生産地）のタピストリー、第一帝政《アンピール》様式の小型円卓、ブル（ルイ十四世の御用家具職人）のサインが入った振り子時計などもろもろございますが、私の見るかぎり、それらにはたいした価値はありません。むしろ、あなたがラ・フェロネイエ侯爵夫人の競売で落札された宝冠に惹きつけられます。宝冠[60]は、その昔、あの薄幸のランバル侯爵夫人がつけていたものです。私が宝冠に大きな価値を見出すのは……一つには、詩人の心をもゆさぶる悲しくも美しい逸話のためです。それから……しかしながら、それ自体にこのように価値のある品物について、いったい言うべき言葉があるでしょうか？　宝冠にほどこされた宝石は、低く見積もったとしても、五十万フランは下りますまい」

ジェルメーヌ　少なくともね。

公爵　（続けて）「どうか、以上の品々を適切に梱包し、私の名前宛てにバティニヨール駅気付け送料支払済みにて一週間以内にお送りくださいますように。もし、そうしていただけないのなら、九月二十七日水曜日から九月二十八日木曜日にかけての夜のあいだに、私自ら運び出すことにいたしましょう。ではお邪魔をして申し訳[61]ありません。敬具。アルセーヌ・ルパン」これは滑稽だ！　実に滑稽だよ。さぞかし父上もお笑いになっただろうなあ。

ジェルメーヌ　笑っただなんて、とんでもない！　あのときのパパの顔ったら……とても深刻に受け取ってしまったの。

公爵　まさか、バティニョール駅に発送したわけではないだろうね？

ジェルメーヌ　ええ。でも、すっかり動転してしまって。そんなとき、レンヌの新聞にゲルシャールの記事が出ていたの。その、アルセーヌ・ルパンのただ一人の宿敵である有名な警察官が、この町に来ているというの。パパはわたしたちを連れて彼に会いに行って、すぐに話はまとまった。それで、二十七日の夜、ゲルシャールは信頼している刑事を二人伴って、当時収集品が飾られていたこの客間で待機することになったの。夜は静かに更けていき、変わったことは何もなかったし、物音一つしなかった……やがて夜が明けて、わたしたちはすぐに客間に駆け込んだ……

公爵　それでどうだったの？

ジェルメーヌ　予告どおり、事は終わっていたの。

公爵　なんだって？

ジェルメーヌ　何もかもよ。

公爵　どういうことだい？　絵画は？

ジェルメーヌ　持っていってしまったわ。

公爵　タピストリーは？

ソニア　もうありませんでした。

公爵　それじゃ、宝冠も？

ジェルメーヌ　いいえ、それは盗まれなかったわ。クレディ・リヨネ銀行に預けてあったの。きっとその埋め合わせに、ルパンはあなたの肖像画を盗ったのよ。手紙には予告されてなかったもの。

公爵　でもそんなこと、とても考えられないな。ゲルシャールは催眠術でもかけられたか、あるいはクロロホルムでもかがされたのかな。

ジェルメーヌ　ゲルシャールですって？　その人、ゲルシャールなんかじゃなかったのよ。

公爵　どういうことだい？

ソニア　にせのゲルシャールだったんです。正体はルパンです。[*62]

公爵　いやまったく、なかなかやるなあ。この話を聞いて、本物のゲルシャールはどうしたかな？

ソニア　くやしがったそうです。

ジェルメーヌ　そのときから、ゲルシャールはルパンに激しい憎悪を抱くようになったのよ。

公爵　そのにせのゲルシャールは結局見つからなかったんだね？

ジェルメーヌ　ええ。もう影も形もなくて。残していったのは、手紙とこのサインだけよ……。

ジェルメーヌはタピストリーをめくりあげて、ルパンのサインを指し示す。

公爵　いやはや！　抜け目のない男だな。

ジェルメーヌ　（笑って）本当に抜け目がないわ！　すぐ隣にいたとしても、それほど驚かないかもしれないわ。

公爵　えっ！

ジェルメーヌ　冗談よ。でも、この部屋の小物の置き場所がときどき変わっているの。ほら、この彫像よ……誰の仕業かわからないの……おまけに、ちょうどエスパニア錠のところにある窓枠のガラスが割れているし。

公爵　おや、そう！

フィルマン　（登場）お嬢さま、お客ですが。

ジェルメーヌ　フィルマンじゃないの！　あなたが待合室にいたの？

フィルマン　そりゃそうですよ！　使用人はみんなパリに立っちまったんですから……客人を入り込ませてもいいですかい？

公爵　（笑いながら）入り込ませるか！　フィルマンは愉快だなあ。

ジェルメーヌ　どなたかしら？

フィルマン　二人連れの男でさあ。話は通してあると言っておりました。

ジェルメーヌ　二人連れの男の人？　誰かしら？

フィルマン　ええと、名前がよくおぼえられねえもんで。

公爵　（笑いながら）そいつは便利だ……

ジェルメーヌ　シャロレではないわよね？

フィルマン　そんなはずはねえです。

ジェルメーヌ　とにかく、入っていただいて。

フィルマン、退場。

公爵　シャロレって言ったね？

ジェルメーヌ　ええ。実はね、ついさっき二人連れの男の人が来たというから、てっきりド・ビュイさんところのジョルジュとアンドレだと思ったの……お茶の約束をしていたのよ。だから、アルフレッドに二人をお通しするように言ったら……なんと現れたのは……（彼女が振り返ると、シャロレ父子が現れる）まあ！

第五場

ジェルメーヌ、ソニア、公爵、四人のシャロレ

シャロレ父　お嬢さん、ごきげんよろしゅうございます。

シャロレ父「次男です。薬剤師をしております」

シャロレ父がお辞儀をする。息子も同じようにお辞儀をする。その後ろからもう一人現れる。

ソニア　（ジェルメーヌに）ほら、もう一人います。

シャロレ父　（紹介する）次男です。薬剤師をしております。

次男がお辞儀をする。

ジェルメーヌ　申し訳ないのですが……父はまだ戻っておりません。

シャロレ父　どうぞ、ご心配なく……なんでもないことです。

シャロレ父子は椅子にすわる。

ジェルメーヌ　（しばし呆然とし、それからソニアに目くばせする）父は一時間は戻らないと思います。お時間を無駄にされては……

シャロレ父　ああ、なんでもないことです。（公爵に気づいて）では、お待ちしている間に……もしそちらの方がご家族ならば、車の最終価格について話し合いをしたいのですが。

公爵　申し訳ないが、ぼくには全く関わりのないことなので。

フィルマン　（登場。わきへ寄って、新しい訪問者を通す）この人がここに入り込もうとしなさるんで……

シャロレ父　どういうことだ！　ここに来るなんて。鉄格子の門のところで待っていろって言っただろう。

ベルナール・シャロレ　ぼくだって車が見たいよ。

シャロレ父　三男です。弁護士にしようと思っています。

ベルナールがお辞儀をする。

ジェルメーヌ　あらまあ、いったい何人いらっしゃるんです？

イルマ　お嬢さま、ただ今旦那さまがお帰りになりました。

ジェルメーヌ　まあ、よかったわ。（シャロレ父子に）どうぞ、父のところへご案内いたします。

（シャロレ父と息子たちが椅子から立ち上がる。ベルナールはテーブルのそばに立ったままでいる。ジエルメーヌが退場し、あとにシャロレ父子が続く。客間[63]に見とれていた様子のベルナールが、テーブルの上にあった小物を二つちょろまかして出ていこうとする）

公爵　（即座に、ベルナールに）ちょっと、そこのお若いの。

ベルナール・シャロレ　なんですか？

公爵　シガレットケースを盗っただろう。

ベルナール・シャロレ　ぼくが？　まさか。（公爵がベルナールの腕をつかみ、握っていたハンチング帽のなかを調べ、シガレットケースを取り出す。ベルナールが驚いたふりをする）これは……これは……つい、うっかりして。

ベルナールは出ていこうとする。

公爵　（ベ[64]ルナールを引きとめ、内ポケットから宝石箱を取り出す）さあ、これもうっかりしたのかね？

ソニア　まあ、大変！　ペンダントが入っているのに！

ベルナール・シャロレ　（取り乱して）許してください、お願いです。どうか、誰にも言わないで。

公爵　とんでもないやつだな！

ベルナール・シャロレ　もう決していたしません……どうかお願いですから……父さんに知れた

ら……お願いです。

公爵　しようがないな！……ただし、今度だけだぞ……（ベルナールを戸口に押しやりながら）とっとと消えちまえ！

ベルナール　（退場しながら繰り返す）ありがとう……本当にありがとう……

第六場

ソニア、公爵

公爵　手をつけたのはたしかなのだからな、あの若造は……そのうちもっとエスカレートするだろう。このペンダントも、あぶないところだった……（飾り簞笥《だんす》の上に置く）やはり、警察につき出すべきだったのかもしれない。

ソニア　（即座に）いいえ、許してやってよかったんです。

公爵　どうしたのです？　顔が真っ青ですよ。

ソニア　びっくりしてしまって……かわいそうな子ですわ。

公爵　同情するのですか？

ソニア　ええ、とても痛ましくて。あんなにおびえた目をして、あんなに若いのに……それに、その場でつかまるなんて……盗んで……すぐに……ああ、ぞっとするわ。

公爵　さあさあ……ずいぶんショックを受けたんですね！……

ソニア　（[*65]すっかり興奮して）ええ、[*66]ばかげてますわね……でも……あの目をごらんになった？　あの追い詰められたときの目を？　それで、公爵は哀れに思われたのでしょう？　根はとてもいい方なんですね。

公爵　（微笑んで）どうして、根はなんです？

ソニア　根はと言ったのは、見かけが皮肉好きな感じですし、態度も冷淡だからです。でもそれは何か大きな苦悩をかかえている人がつける仮面で、そういう人は実はとても寛大なのです。

公爵　ええ。

ソニア　（とてもゆっくりと、ためらいつつもぽつりぽつりと）なぜって人は、苦しむから理解できるんです……ね、ちがいますか？……それでやっと理解するんです……

[*67]間。

公爵　あなたはここで、ずいぶん苦労しているんでしょうね？

ソニア　わたしがですか？　なぜです？

公爵　微笑んでいても、どこかおどおどしているし、不安げでおびえたような目をしているからです……まるで、思わず守ってあげたくなるような、小さな子供のようです……（ソニアに二歩近づいて、ゆっくりと優しく）一人っきりで生きてきたのですね？
ソニア　ええ。
公爵　ご両親や……お友達は？
ソニア　ああ！
公爵　パリにはいなくても……故郷のロシアには？
ソニア　いいえ、一人もいませんわ……
公爵　そうですか！
ソニア　（あきらめたような笑みを浮かべて）でも、そんなことかまいません……幼いときから慣れているんです。（間）とても幼かったときから。つらいことといえば……でも、からかいになるおつもりなんでしょう。
公爵　いいえ、そんな……
ソニア　（にっこりする。打ち解けて、*68幸せな気持ちに揺れ動きながら）つらいと思うのは、一度も手紙を受け取ったことがないことです……封筒を開いたことも……誰かに気にかけてもらったことも……思い出もないんです……でも、そういうものだとあきらめることにしています。ずいぶん達観しているでしょう。
公爵　おもしろいな。達観しているっていう言い方は。（ソニアを見つめて、もう一度繰り返す）ずいぶん達観しているでしょう……

二人は見つめ合う。

ジェルメーヌ　（登場）[*69]ソニア、あなたって本当にどうしようもない人ね。革の筆入れをわたしの旅行かばんに入れておいてって、あんなにたのんでおいたでしょう？　それが、ちょっと引き出しをあけてみたら……いったい、何が入っていたと思う？　革の筆入れよ。

ソニア　申し訳ありません……今から……

ジェルメーヌ　まあ、もう結構よ……わたしが自分でしまったから。でもまったくねえ、お呼ばれのお客様だって、そんなに気ままにしてはいなくてよ。本当にあなたって、いい加減なんだから。

公爵　ジェルメーヌ……まあまあ……息抜きも必要だよ。

ジェルメーヌ　あなたったら、お願いだから……そうやって、いつも家のことに口出しするのはやめてくださいな……この間だってそうでしょう！……使用人にしめしがつかなくなるじゃありませんか……

公爵　（非難して）ジェルメーヌ！

ジェルメーヌ　（ベルナール・シャロレが出ていくときテーブルから落としていった封筒と招待状の束をソニアに指し示して）封筒と本を拾って、全部わたしの部屋に持ってきてちょうだい……（いらいらして）いいこと！

ジェルメーヌ、退場。[70]

ソニア　はい、お嬢さま。

ソニアは身をかがめて拾う。

公爵[71]　かまいませんよ……大丈夫……かまいません……（封筒を拾い集める。公爵とソニアは膝をつき、たがいにすぐ近くにいる）ねえ、ジェルメーヌは根は優しいんです。あまり悪く思わないでやってください。たとえ、ときどき……つっけんどんな態度をとることがあったとしても……[72]

ソニア　そんなふうに思ったことはありません……

公爵　ああ、よかった……ぼくはてっきり……

ソニア　いいえ、そんな。

公爵　わかるでしょう……彼女はつねに、とても幸福に生きてきたものだから、人の気持ちを察することができないんですよ……（二人は立ち上がる）深く考えたりしないんです……人形と同じです……たっぷりと甘やかされて生きてくることができたんです。さきほどの、ののしりの言葉があなたを傷つけていたとしたら、本当に申し訳ありません。

ソニア　ああ、あんなこと、真に受けないでください……なんでもありません……

公爵　（ソニアに封筒の束を差し出しつつ、渡さないで）どうぞ……重すぎやしませんか？[*73]

ソニア　いいえ、大丈夫です……ありがとう。

公爵　（封筒の束をまだ渡さずに、目と目を見つめ合って）お手伝いしましょうか？

ソニア　いいえ、公爵。

公爵[*74]はすばやくソニアの手を取り、思わず握り締める。彼女はしばし、ぼうっとなるが、身をかわす。戸口で振り返り、彼に微笑みかける。

第七場

テラスより登場のグルネイ＝マルタン、シャロレ父子

彼らは客間の戸口で立ち止まる。

グルネイ＝マルタン　（あまり品がなく、騒々しい。そっくり返って）だめです。この値段より安くは売りませんよ……あとは、買うか買わないか。二つに一つ、はっきり返事をしてください。[*75]

シャロレ父　高すぎますよ。

グルネイ＝マルタン　高いですと！　私の身にもなってくださいよ。今どき、百馬力の車を一万[*76]九千フランで手放そうというんですよ！　まさか、だまし取るつもりではないでしょうね。

シャロレ父　とんでもない。

グルネイ＝マルタン　正真正銘、だまし取ることになりますよ。三万三千フランも払って手に入[*77]れた素晴らしい車を、一万九千フランで手放そうというんですからねえ。儲け話もいいとこだ。

シャロレ父　めっそうもない。

グルネイ＝マルタン　しかも、あれがどんなに安定した走りをするかわかれば。

シャロレ父　しかし、一万九千フランは高い！

グルネイ＝マルタン　ほう！　なかなかの策士でおいでだ。（ジャンに）この方たちをガレージにお連れして、車を自由に試していただきなさい。（シャロレ父に）ずいぶんと、取引がお上手だ。びくともされん。（シャロレ父子は三人とも退場。グルネイ＝マルタンは客間に戻る。公爵に）まんまと、丸め込んでやったぞ。

公爵　あなたなら、べつに驚きませんよ。[*78]

グルネイ＝マルタン　あの車は、四年前のものだ。やつが払う一万九千フランの代物には、パイプタバコ一本の値打ちもないってことだ。一万九千フランといえば、ずっとねらっていたワトーの小品の値段だ。ばかも積もれば山となるんじゃ。（腰をおろして）さてと、昼食会の話を訊こうとはしないのかね。大臣が何と言ったか知りたくないのかね。

公爵　（関心なさそうに）それで、何かありましたか？

舞台は日が落ちはじめ、フィルマンが登場し明かりを灯す。

グルネイ＝マルタン　ふむ。明日、きみのことが正式に決定されることになった。勲章が授けられるということだ。どうだろう、喜んでもらえたかな？

公爵　もちろんです。

グルネイ＝マルタン　わしは大喜びだ。ぜひともきみに勲章を授けさせたいと思っておったからな。その後は……一冊か二冊、南極旅行記でも書いて、それから、お祖父さんの書簡を何かいい序文を付けて出版すれば、アカデミー入りも考えにゃならん。*79

公爵　（苦笑して）アカデミーだなんて！　なんの爵位もないのに。

グルネイ＝マルタン　なんで、爵位がないなどと言うのかね。きみは公爵じゃないか！

公爵　ええ、たしかに。

グルネイ＝マルタン　わしはな、娘は勤勉な男に嫁がせたいと思っていたんだ。わしには偏見などないからな。娘婿には、レジオン・ドヌール勲章を授かった、アカデミーフランセーズ会員の公爵がいいと思っておった……そういうものは、個々人の取り柄だからな。*80べつに上流ぶりたいわけではない。なぜ笑うのかね？

公爵　なんでもありません。どうぞ話を続けてください。いつも思いがけないことばかりです。

グルネイ＝マルタン　面食らったかね、えっ？　図星だろう？　わしには何でもわかるんだよ。

当然、商売のこともよくわかる。なかでも美術品はいいねえ。絵画に骨董品に置物にタピストリー。一番の投資になるよ。まあとにかく、わしは美術品が好きなんだよ……こう言ったらなんだが、目が肥えている……見る目があるんだ。いや、もっと言うと、鼻がきくんだよ。

公爵　パリにあるコレクションを見ればわかります。

グルネイ＝マルタン　きみは、まだわしのとっておきの品物を見ておらんだろう。一番儲かったものだ。ランバル王女の宝冠だよ。五十万フランの価値はある。

公爵　それはすごい！　たしか、ルパンとかいう男が欲しがっているものですね？

グルネイ＝マルタン　（飛び上がって）ああ、その悪党の話はよしてくれないか！

公爵　ジェルメーヌが手紙を見せてくれましたよ。滑稽でした。

*81 **グルネイ＝マルタン**　手紙を見たのか！　わしはあのたわけもののために、脳溢血をおこすところだったんだ。この客間でゆったり話をしていたところに、突然フィルマンがわしに手紙を持ってきた。

フィルマン　（登場）旦那さま、手紙がきました。

グルネイ＝マルタン　ありがとう……こうして手紙を持ってきたので（鼻めがねをかける）その筆跡を見てみると……（封筒を眺めて）ああ、ちくしょう！

　　グルネイ＝マルタンは*82椅子に倒れこむ。

公爵　どうしたんです？

グルネイ＝マルタン　（しゃがれ声で）この筆跡は……あのときと同じものだ。

公爵　おや、そんなばかな！

グルネイ＝マルタン　（封を破る。度を失ってあえぎ声で読む）「拝啓、私の絵のコレクションは、喜ばしいことに三年前あなたのものを収集することからはじまりましたが、古い時代の作品に関しては、ベラスケス一枚、レンブラント一枚、ルーベンスの小品三枚しかありません。あなたのほうが、ずっと多く所有されています。そのような傑作が、（手紙のページをめくって）あなたのもとにあるのはつまりません。そこで、それらの作品を私のものと合わせようと思い立ち、明日、パリのあなたのお屋敷で丁重なる家宅捜索をとりおこなう所存です」[*83]ちくしょう！

公爵　冗談ですよ、きっと。

グルネイ＝マルタン　（読み続ける）「追伸。（顔をぬぐう）当然ながら、あなたは三年前よりランバル王女の宝冠を所持されていますが、私はその宝飾品もついでに回収するつもりです」たわけたことを言いおって！　悪党めが！　ああ、息が苦しい！

グルネイ＝マルタンはカラーをむしりとる。この瞬間から場面は急ピッチに展開する。一種のパニック状態。

公爵　フィルマン！　フィルマン！（上手より登場したソニアに）大至急、水と気付け薬を。グルネイ＝マルタンさんの具合が悪くなった。

ソニア　まあ、大変だわ！

ソニアは大慌てで退場する。

グルネイ＝マルタン　（ぜいぜい言って）ルパンだ……警察に……電話してくれ！

ジェルメーヌ　（上手から登場）パパ、お隣のお夕食に遅刻しないで行くつもりなら、（父親を見て）まあ、いったいどうしたの。

公爵　この手紙が、ルパンから来たんだ。

ソニア　（舞台奥から水の入ったコップと気付け薬の瓶を持って登場）さあどうぞ。お水です。

グルネイ＝マルタン　フィルマンがさきだ。フィルマンはどこだ。

フィルマン　（登場）もう一杯、水がいるんですか？

グルネイ＝マルタン　（フィルマンのほうに飛んでいって）この手紙はどこから来たんだ？　持ってきたのは誰だ？

フィルマン　鉄格子の門の郵便箱のなかに入っていたんですよ。女房[*84]のやつが見つけましたんで。

グルネイ＝マルタン　（取り乱して）三年前と同じだ。三年前と同じやり方だ！　ああ、なんという災難だ！

公爵　さあさあ、少し落ち着いてください。もしその手紙がいたずらではないとしたら……

グルネイ＝マルタン　（憤慨して）いたずらだと！　それじゃ、三年前もいたずらだったと言うのかね？

公爵　わかりました。それでは、もしこの盗みの予告が本物だとしたら、ずいぶん子供じみていますね。われわれは、未然に防ぐことができるのですから。

グルネイ＝マルタン　どういうことかね？

公爵[*85]　ええと、九月三日の日曜日の日付だということは……この手紙はつまり今日書かれたことになりませんか？

グルネイ＝マルタン　ふむ。それで？

公爵　それで、ここを読んでください。「明朝、パリのあなたのお屋敷で丁重なる家宅捜索をとりおこなう所存です……」明朝と書いてあります！……

グルネイ＝マルタン　本当かね？　明朝か。

公爵　選択肢は二つに一つです。いたずらだと考えて関わらないことにするか、そうでなければ、脅しは本物だが時間もあるということです。

グルネイ＝マルタン　（すっかり喜んで）そうだ。そのとおりだ。明らかだ。

公爵　今度ばかりは、そのルパンとかいう男は、仰々しく人に予告をする癖が災いしてひどい目に遭うでしょう。

グルネイ＝マルタン　（即座に）それで？

公爵　（即座に）パリに電話をするんです。

全員　（即座に）ああ、よかった！
ジェルメーヌ　（即座に）だめよ。できないわ。
全員　（即座に）どうして？
ジェルメーヌ　（即座に）もう六時をすぎているから、長距離通話は終了しているわ。今日は日曜ですもの。
グルネイ＝マルタン　（崩れ落ちる）そうだった。最悪だ。
ジェルメーヌ　でも、大丈夫よ。電報を打てばいいのよ。
グルネイ＝マルタン　（すっかり喜んで）助かったぞ！
ソニア　（即座に）だめです。できません。
全員　（即座に）どうして？
ソニア　（即座に）電報は打てないんです。今日は日曜ですもの。正午から受付が休止しているんです。
グルネイ＝マルタン　（がっくりして）ああ、なんという政府だ！
公爵　でも、なんとかしなくては……そうだ、わかったぞ！　一つ方法があります。
グルネイ＝マルタン　（即座に）どんな方法だね？
公爵　今、何時ですか？
ジェルメーヌ　七時よ。
ソニア　七時十分前です。

グルネイ＝マルタン　七時二十分だ。

公爵　ええと、つまりだいたい七時ですね……それではぼくは、これからパリへ向かいます。車を運転して行くんです。何も障害がなければ、午前二時か三時には到着できるでしょう。

公爵、退場。

グルネイ＝マルタン　（即座に）そうだ、われわれもパリへ向かおう。どうして朝まで待つことがある？　荷物はもう出したのだから、今夜立とう。百馬力のほうは売ってしまったが、まだ[86]ランドー型（後部座席にのみ折畳み式の幌をもつクーペ）もリムジンも残っておる。リムジンで行くことにしよう。フィルマンはいるか？

フィルマン　（[87]姿を見せる）旦那さま、ご用で？

グルネイ＝マルタン　（即座に）整備工のジャンを、呼んでくれ。

ジェルメーヌ　（即座に）使用人たちよりさきにパリに着いてしまうわ。家のなかで不自由するわね……

グルネイ＝マルタン　（即座に）泥棒に入られたあとに着くよりはましだ。そうだ、家の鍵はどうした？　鍵がなければ、なかにも入れないじゃないか。

ジャン[88]　（登場して）旦那さま、お呼びですか？

ジェルメーヌ　書き物棚にしまったじゃない。

グルネイ＝マルタン　おお、そうだった。それじゃ、荷造りしておいで。急ぐんだぞ。（ジェルメーヌとソニア、退場）ジャン、これからパリに向かって出発する。

ジャン　承知しました。リムジンでいらっしゃいますか、それともランドー型のほうで？

グルネイ＝マルタン　リムジンだ。急いでくれ。さあ、わしも仕度をせねば！

グルネイ＝マルタン、上手より退場。一人残ったジャンは、口笛で合図をする。シャロレ父が次男を連れて現れる。この場面は迅速かつ無言で演じられる。[*89]

第八場

シャロレ父　（小声で）それで？

ジャン　（小声で）それでって、やつらは出発するんだ。決まってるだろう！　パリに向かうんだよ……盗みのたんびにわざわざ知らせたがるんだからなあ。手紙なんか出さないで盗みに入ったほうがよっぽど簡単だろうに。あんなに慌てさせちまったじゃないか。

シャロレ父　（小声で、家具のなかを探りながら）ばかだな。何の危険があるっていうんだよ？　今日は日曜だぞ。それに、やつらが慌てれば慌てるほど、こっちの思うつぼなんだよ。明日のためにも、次の仕事や宝冠のためにも必要なことなんだ。宝冠か、見つけ出してやるぞ。

ジャン　宝冠はパリだよ。

シャロレ父　おれも、そう思いはじめたところだ。もう三時間もこの城館を探ってるんだからな。とにかく、鍵だけは見つけないと。

ジャン　その書き物棚のなかだよ。

シャロレ父　（書き物棚に駆け寄り）ちくしょう！　なんでもっと早く言わなかったんだよ！

ジャン　だが、鍵がかかっているぞ。

シャロレ父　ちょろいもんだ！

ベルナール・シャロレ　（登場[90]）すんだよ、父さん。

シャロレ父　おまえの兄貴は？

ベルナール・シャロレ　ガレージでジャンを待っているよ。

シャロレ父　（ジャンに）じゃ、行ってくれ。そうだ、パリまでの道路の具合はどうだ？

ジャン　良好だ。だが、天候によっては、スリップに気をつけたほうがいいな。

ジャン、退場[91]

シャロレ次男[92]　（飾り簞笥の上にあるペンダントを手に取って）父さん、宝石だよ。

シャロレ父[93]　（即座に）さわるんじゃない、さわるんじゃないぞ。

シャロレ次男　でも……父さん……

シャロレ父　（怒って）さわるんじゃないって言っただろう！（次男は宝石をもどす）ここの旦那は何をしてる？

シャロレ次男　（つま先立ちになり、上手ガラス戸のカーテン越しに覗いて）荷造りをしているよ。

ベルナール・シャロレ　ほかのやつらもきっと同じだよ。

シャロレ父　少し時間があるな……（書き物棚の鍵をこじ開けようとする）やっぱり、鍵がいるな。

ベルナール・シャロレ　そんなものなくったって、きっと大丈夫だよ。

シャロレ父　鍵がないとはじまらないんだよ。ああ、そうだ！　合鍵の束があったな。

ベルナール・シャロレ　ここにあるよ。

ベルナールは父親に鍵束を放り投げる。

シャロレ父　この鍵がいいな。（書き物棚を開け、なかの鍵を交換し、閉めなおす）よし、ずらかろう。

シャロレ次男　やばい！　旦那が来た。

大急ぎで、次男は上手ドアのわきの壁に張りつく。シャロレ父とベルナールは、ピアノの後ろ、両開きになるガラス戸の下手側のすぐ横の壁に張りつく。グルネイ＝マルタンが旅行かばんを抱えて登場。と同時に、次男がドアの後ろから抜け出し、隣の部屋に入ってドアを閉める。グルネイ＝マルタンがびくっとして振り返る。そのすきに、シャロレ父が外にすべり出る。ベルナール[*94]があとに続くが、ガラス戸を勢いよくもどしてしまう。間。……グルネイ＝マルタンがぎょっとする。

第九場

公爵　（下手から旅行かばんを持って登場。その後ジェルメーヌも登場）それでは出発しましょう。ジェルメーヌはまだ来ませんか？　おや、またどうされたのです？

グルネイ＝マルタン　（びくっとして）わからんのだ……物音がしたような気がして。（上手のドアを慎重に開けてみる）いや、誰もいない！（ドアを閉める）悪い夢でも見たんだろう。もうすでに悪夢のなかにいるというのに！　ああ、そうだった！　鍵だ。

グルネイ＝マルタンは書き物棚のところへ行き、鍵を取ってポケットにしまう。

フィルマン　（動転して走ってくる）旦那さま！　旦那さま！

全員　どうしたんだ？

フィルマン　整備工のジャンが、猿ぐつわをかまされて……縛られてたんで……

全員　何の話？

ジャン　（やってくる。カラーはむしりとられ、髪は乱れ、哀れな格好）もっていかれちまいました……盗られました……車が。

全員　なんだって？

グルネイ＝マルタン　どういうことだ……はっきり言ってみろ！

公爵　誰が車を盗ったんだ？

ジャン　あの四人連れの男たちです。

グルネイ＝マルタン　（崩れ落ちる）シャロレ一家か？

ジャン　もう百馬力のしかありません。

公爵[*95]　それだけでも残っててよかった！

グルネイ＝マルタン　それはひどい、ひどすぎる！

ジェルメーヌ　でも、どうして叫び声をあげて、誰かを呼ばなかったの？

ジャン　呼ぶだなんて！　あっという間の出来事だったんですよ。それに、使用人は全員パリに行ってしまったんですから。

グルネイ＝マルタン　最悪だ！

公爵　（グルネイ＝マルタンに、即座に）ほらほら、エネルギーを消耗している場合ではありませんよ。百馬力の車が残っているのなら、ぼくがそれに乗って行きましょう。

ジェルメーヌ　（即座に）みんなで行きましょう……

グルネイ＝マルタン （即座に）ばかなことを言うもんじゃない。シートが二つしかないんだぞ。（雷鳴がとどろき、雨が降りはじめる）それにほら、何が落ちてくるかわからんじゃないか。[96]

ジェルメーヌ ええ、本当に。

ソニア きっと、列車ならあるはずです。

グルネイ＝マルタン 列車か。ここからだと、パリまで十二時間はかかるぞ。到着は何時になる？

ジェルメーヌ 肝心なのは、ここから立ち去ることよ。

グルネイ＝マルタン それはそうだ。

公爵 時刻表を見てみましょう。ああ、ここにあった！……（ページをめくりながら）パリはどこだ。

グルネイ＝マルタン それで、列車はあるかね？

公爵 ちょっとお待ちを！（グルネイ＝マルタンに）今、何時ですか？

ジェルメーヌ （即座に）七時十分よ。

ソニア[97] （即座に）七時二十四分前です。

グルネイ＝マルタン （即座に）七時だ。

公爵 （即座に）ええと……つまり……だいたい七時ごろですね……それなら、余裕があります。列車は八時十二分ですから。

ジェルメーヌ 食堂車はあるかしら？

公爵　ちゃんと一つあるよ。それで到着は……朝の五時です。
ジェルメーヌ　やれやれだわ。
グルネイ＝マルタン　しかたがないさ。行く気はあるんだろう？　それなら、行くべきだ。（ジャンに）体はもう大丈夫か？　百馬力の車の準備はできるかね？
ジャン　（離れたところで、注意深くみなの話に耳をかたむけて）旦那さま、体のほうはもう何ともありませんが、車のほうがちょっと……
グルネイ＝マルタン　どうしたんだ？
ジャン　あの……後ろのタイヤがパンクしてるんです。交換に三十分ほどかかります。
グルネイ＝マルタン　孤立だ！　とり残されてしまったんだ！　駅まで行く手立てもない。
ジャン　もし旦那さまやお嬢さまたちがよろしければ、馬車に馬をつなぎますが。
全員　ああ！
ジャン　荷馬車があります。
全員　えっ！
グルネイ＝マルタン　しかたがない。何はともあれ、ここで夜を過ごすわけにはいかないからな。おまえは馬のつなぎ方を知っているのかね？
ジャン　もちろんです。荷馬車ですから。ただ、馬を操ることはできません。
グルネイ＝マルタン　わしが御者《ぎょしゃ》になろう。
ジェルメーヌ　まあ、パパ。とんだことになったわね。

グルネイ＝マルタン　さあ[98]、行った、行った。（彼女たちを外に押しやって、また戻ってくる）これ以外に道はなかろう……ああ、だめだ！

公爵　なんです？

グルネイ＝マルタン　城館だ。誰がここを守る？　せめて戸締まりだけでも厳重にして……よろい戸も閉めておかねば。フィルマンのことは信用しているが、わしが出かけたからといって、酒を飲むのをやめて城を守るかどうかはわからんじゃないか。

公爵　ご心配なく。ぼくが残りましょう。

グルネイ＝マルタン　どうしてそんなことを言うのかね？　パリでは、たよりにしているのに。

公爵　それでは、百馬力の車は？

グルネイ＝マルタン　パンクだ！……後輪がパンクしておる。まったく、弱り目に祟り目とはこのことだ。

公爵　そんなに取り乱さないでください。駅まで馬車で行ってらっしゃる間に、ジャンがタイヤの交換を終えてしまいますよ。

フィルマン、登場。

グルネイ＝マルタン　（即座に）ああ、フィルマンか、ちょうどよかった……いよいよ出発だ！留守中、ジャンといっしょにこの城館を守ってくれ。

フィルマン　わかりました、旦那さま。

グルネイ＝マルタン　すべてまかせたぞ、フィルマン。泥棒も何もかもだ！　昔は密猟監視人だったことを、思い出すんだ。

フィルマン　ご心配には及びませんて。七十年戦争（普仏戦争）だって知ってるんです。だけど、旦那さまもお嬢さん方も荷馬車なんかに乗って、いったいどこにお出かけなさるんで？

グルネイ＝マルタン　駅に決まっとるだろ。

フィルマン　駅ですか！

グルネイ＝マルタン　（慌てて）大変だ！　七時半だ。あと三十分しかないぞ。（旅行かばんを手に登場したジェルメーヌに）さあ、用意はいいか？　ソニアはまだか？

ジェルメーヌ　（慌てて）もうすぐ来るわ。ジャック、かばんが閉まらないの。

公爵　どれどれ……おや、これを閉めるなんて物理的に不可能だよ。なかに何を入れたの？

ジェルメーヌ　（慌てて）あら、入れすぎたみたいだわ。（イルマに）こうやって運んでちょうだい。

[*99]**イルマ**　（退場しながら）厄介だよ、まったく。

フィルマン　（走って登場）荷馬車の用意ができやした。

ソニア　（上手から登場）わたしも用意ができました。でも、帽子のかぶり方が気になるわ。

飾り箪笥のところへ行き、箪笥[*100]の上の鏡をのぞく。

フィルマン　だけど、旦那さま、御者はどうなさるんで。
グルネイ＝マルタン　わしが御者のかわりだ。
フィルマン　ランタンもありやせん。
ジェルメーヌ　列車はあるといいけど。
グルネイ＝マルタン　（即座に）ではごきげんよう、ジャック。夜明け前には到着して、すぐにゲルシャールのところへ行ってくれ……警視庁だ……しかと、たのんだぞ。
ジェルメーヌ　（即座に）ごきげんよう、ジャック。帽子の箱を三つ、車にのせてきてくださらない……
グルネイ＝マルタン　（即座に）帽子の話などしているときか！　本当に行くつもりか！　いつまでたってもパリには着かないぞ。
ジェルメーヌ　（即座に）まだ二十五分あるわ。
グルネイ＝マルタン　（即座に）だが、御者をするのは、このわしだぞ。

出発する。

ジェルメーヌ　（すでに舞台の外で）宝石箱を！　宝石箱を忘れたわ！
グルネイ＝マルタン　（舞台袖で）もう時間がないぞ。

ジェルメーヌ　（舞台袖で）ジャック、飾り箪笥の上よ……たぶんそうだわ……宝石箱を……お願いね。

公爵　（舞台の外で）わかったから、急いで。

舞台はしばらく無人となる。

第十場

公爵、ついでフィルマン

公爵　（再[*101]登場）ひどい天気だな！（軽く口笛を吹く）また稲妻だ。さてと……宝石箱はどこだ……飾り箪笥の上だと言っていたな。（宝石箱を手に取り、蓋をあけ、驚く）おや、どうしたんだろう？　からっぽじゃないか！（戸口に戻る）ジェルメーヌ！　ああ、おそかったか。だが、いったいどういうことだ。からだなんて！……そうだ、うっかりしていた。ソニアか小間使いが、ジェルメーヌのために宝石を持っていったんだ。

フィルマン　（登場。銃を肩から斜めにかけ、密猟監視人のころの剣帯をしめ、水筒をぶらさげ、食糧と酒瓶をのぞかせた籠《かご》を持っている）鉄砲と食糧とラム酒の入った水筒です。準備万端、盗賊が来てもへっちゃらでさあ。

公爵　いいぞ、フィルマン。

フィルマン　（決然として）最初に来やがった野郎には、こうやって襲いかかり……ああ、だけど！……

公爵　さしあたり、よろい戸を閉めてくれないか。ぼくも手伝うよ。

フィルマン　（テラスに行き、公爵とよろい戸を閉める）それにしても、旦那さまはおかしなことを考えなさる。どうして駅まで行きなすったんで？

公爵　おそらく、列車に乗るためだよ。

フィルマン　でも、パリに行きなさるんじゃないですよね。一本もありませんよ。

公爵　（戸外で）もっと強くひっぱって……八時十二分の列車があるよ。

フィルマン　いいや、一本もありません。今日は九月三日です。九月になると、なくなっちまうんです。

公爵　くどいなあ。ぼくは時刻表で調べたんだぞ。

フィルマン　時刻表にはあったんですか？

ジャン　（登場）タイヤを交換しました、公爵。ただ……天気がよくありません。

公爵　ぼくはもっとひどいのを見たことがあるよ。（ジャンの手を借りて運転用のコートをはおる）きみは、ここに残って、城館の左翼を守ってくれ。

ジャン　はい。旦那さまからうかがっています。ということは、今夜ここは狙われているんですね。

公爵　さあ、そうは思わないが。グルネイ＝マルタンさんは少々取り乱しておいでだから……まあ、何があるかわからないのだから、用心にこしたことはない。

ジャン　ピストルがありますので、公爵。

公爵　よろしい。ではヘッドライトをつけておいてくれ。すぐに行くから。（ジャン、退場）さて、忘れ物はないかな？……それじゃ、フィルマン、行ってくるよ……食糧も鉄砲も水筒もあるね。老練な兵士なんだ。こわくはないね？

フィルマン　まだ、今のところは。

公爵　フィルマンはすごいなあ！　じゃ、頑張るんだよ。さあ！　しっかりな。

公爵、退場[*102]

第十一場

フィルマン一人

フィルマン　（一人きり。緩慢な動作。内心では怖がっている）八時十二分だと！　なんでそうなったんだろ……おれはちゃんと知っているぞ、九月からは……あんまり明るくしていると、よろい戸から光が漏れちまうな……強盗が寄ってくるぞ……（照明の明るさを落とす）[*103] でも、こんなことをしても同じだ。城の留守番が、たった一人なんだから、無用心なのは変わりねえ……やつらは、ただやって来て、猿ぐつわをかませればすむんだ。さっきのジャンみたいに。ここは狙われてるんだ。女房のやつに、いっしょに来てくれるようにたのめばよかったなあ……とにかく、食糧はある。そういえば腹ペコだ。（テーブルの上に食糧を全部広げ、コップにワインを注ぐ）[*104] それにしても、ひどい嵐だ！ よくもこんなに雷がごろごろ鳴るもんだ！ こんなにうるさいんじゃ、強盗が来たって聞こえやしねえ。（食べはじめる。かすかな物音がする。ぎょっとして、立ち上がる）ちくしょう！ 強盗だ！ こっちに向かってくるぞ……（鉄砲を手に取る。よろい戸をノックする音が聞こえる）ノックしたぞ。（ノックの音）ああ、おっかねえ。こんなに恐ろしい思いをするのは、七十年戦争のとき以来だ……ちくしょう！ 殺されてたまるか。（誰かが戸を開けようとする）強盗たちが、戸をこじ開けようとしているんだ。こっちに来るのは誰だ？

声 開けてくれ。[*105]

フィルマン とっとと失せやがれ。さもないと、撃つぞ。

声 フィルマン、[*106] 開けてくれないか？

フィルマン どうして、おれの名前を知ってるんだ？

声 くそっ、開けてくれったら！ どしゃぶりなんだから、開けてくれよ。

フィルマン　なんだって、今のは旦那さまの声だ！
明[107]かりを灯しながら、開けにいく。

第十二場

おちょこになった傘一本の下で、ずぶ濡れとなり、みじめな様子のグルネイ＝マルタンとジェルメーヌとソニアとイルマ

グルネイ＝マルタン　（突進して）時刻表は？　時刻表はどこだ？　告訴してやる。
グルネイ＝マルタンはくしゃみをする。

ジェルメーヌ　まったく、なんて夜かしら！　夜中の十二時まで列車がないなんて。四時間もここで過ごさなければならないわ。でもまあ、食べ物はあるわね。
ジェルメーヌはテーブルにつく。

グルネイ＝マルタン　八時十二分、ほら、やっぱりあった。みなが証人だ。正式な時刻表に、そう書いてあるんだ。訴えてやろう。

ジェルメーヌ　まあいやだ！　このコップで飲んでいたの。

フィルマン　もちろんで。そいつが、あっしの水筒なんで。

グルネイ＝マルタン　（時刻表にかじりついたままで）ちくしょう！

フィルマン「そいつは万博の年に出たものでさ」

ジェルメーヌとソニア　（ソニアもテーブルにつき、旅行かばんから携帯用の食事セットを取り出している）なんですって？

グルネイ＝マルタン　この時刻表は、いつ発行されたかわかるか？

フィルマン　あっしは知ってます。

グルネイ＝マルタン　（憤慨して）どうして知っているんだ？

フィルマン　あっしの[*108]時刻表なんで、知ってて当然です。そいつは万博の年（一九〇〇年）に出たものでさ。

幕

第二幕

古い屋敷の荒らされた大広間。

下手前にドア。外からやってきた人々が、そのドアからなかへ入ってくる。下手奥に、隅がカットされた大きなガラス窓。ガラス窓の向こう側に、もう一つ、荒らされた大広間。

舞台中央に、泥棒たちが使用した脚立《きゃたつ》。

正面奥に開け放たれた窓。よろい戸は両側とも壊され、片側はなかばもぎ取られたようになりぶら下がっている。窓枠の上に、はしごの天辺がかかっているのが見える。小型の円卓が窓にひっかかっている。

窓から庭と建築中の家が見える。

上手奥に大きな暖炉。外枠が木で出来ており彫刻が施されている。隅はカットされている。[*109]

つづれ織りの暖炉用つい立とひっくり返された数脚の椅子で、暖炉は覆われている。[*110]

上手に二つのドア。その一つ、上手真ん中のドアは閉鎖され、前に金庫が置かれている。

もう一つ、上手前のドアは通行可能。

上手下手とも壁は絵画の陳列スペースとなっているが、何も掛かっていない。各スペースごとに、アルセーヌ・ルパンと青いチョークで書かれている。

第一場

警視、公爵、判事、錠前屋

舞台は無人

警視 （慌しく登場）ふむ、おっしゃるとおりですな、公爵。この部屋が一番泥棒に荒らされています。

公爵 驚くことはありませんよ、警視。ここには、グルネイ＝マルタンさんのコレクションでも最も貴重な品々ばかりが収められていたのですから。それに、ドアにはそれぞれ、フランドルのタピストリー*111が掛けてあったのです。十五世紀の傑作でして……鮮やかでもありくすんでもいる、古めかしい色調の素晴らしい作品です。

警視 （丁重で愛想よく）とてもお好きなものだったようですね、公爵。

公爵 はてさて……つい、もう自分のもののように考えてしまったものですから。これは、結婚祝いに、舅《しゅうと》がぼくに贈ってくれることになっていたものなんです。

警視　きっと見つけてみせますから、どうかいつか見つかると信じてください……ああ、公爵、どうぞ何もさわらないでください。まず、予審判事に視察してもらわなくてはならないのです。ほんの少しいじっただけでも、判断を狂わせる可能性があるものですから。

公爵　（舞台奥に行って）そうですね。心配なのは、女中のヴィクトワールがいなくなったことです。

警視*112　私もです。

公爵　（懐中時計を引き出して）九時半です。予審判事はもうそろそろですか。

警視　はい。あと数分で参ります。あなたが警察署にお見えになってすぐに、検事局宛てに連絡を入れておきましたから。簡単な報告書も送っておきました。本人か自称かわかりませんが、とにかくアルセーヌ・ルパンからきたという手紙と、自動車詐取についてのあなたの話を要約したものです。ここに到着するときには、予審判事もほぼわれわれと同じくらいに事情がわかっているでしょう。もちろん、パリ警視庁にも電話を入れておきました。

公爵　警察庁にも連絡されましたか？

警視　（にっこりして）そこには警視庁から連絡が入るようになっていますから。

公爵　そうですか！　存じませんでした……ぼくが直接ゲルシャールさんに電話をしても差支えないでしょうか？

警視　あの、主任警部の、ですか？

公爵　ええ、舅になる人にたのまれたのです。（電話帳を見ながら）ゲルシャール……ゲルシャール[*113]……

警視　六七三－四五ですよ。

公爵　どうも。（電話をかける）「もしもし、六七三－四五をお願いします」それで、犯人はルパンではないと思われるのですか？

警視　そうです……きっとちがうと思います。

公爵　なぜです？

警視　もし運悪くルパンが犯人なら、手がかりを見つけられないかもしれません。

公爵　（電話口で）「話し中ですか？　[*114]つながったら呼び出してください」どういう理由で、ルパンではないと思われるのですか？

警視　ルパンは犯行の跡を残していきませんが、これはずいぶん粗雑です。

公爵　でも、ぼくの舅になる人は昨夜手紙を受け取っていますよ。このサインだって青いチョークで書かれています。しかも石鹼チョークです。

警視　公爵、そんなものは模倣できます。嫌疑をそらそうとしているんです。もう三度も、こういう事件があったのです。

警官　（錠前屋とともに登場）終了しました、警視。ドアはすべて開錠しました。

警視　（錠前屋に）それで、閉めなおしてきただろうね？

錠前屋　はい。これが鍵です。

公爵　最初から鍵がかかっていたドアの錠前については、いじられた形跡はないと思いますか？

錠前屋　合鍵を持っていたら話は別ですが、いじられていないとお答えできます。

公爵　つまり、こじ開けた跡はないということですね。

錠前屋　ありません。

公爵　奇妙だな！　とにかく、泥棒は場所を知っていたようですね。屋敷のなかでも、確実に高価なものがあるところにだけ侵入したのですから。

警視　（錠前屋を引き取らせる）ご苦労だった。

警官と錠前屋は出ていく。

公爵　すみませんが……もう一度、ゲルシャールさんの電話番号を教えていただけますか？

警視　六七三‐四五です。

公爵　（受話器を取って）どうも……「六七三‐四五をお願いします」ゲルシャールさんが知ったら驚くでしょうね……「もしもし、ゲルシャールさんのお宅ですか？　ご本人ですか。シャルムラース公爵といいます。実は、近々舅になる人の屋敷に泥棒が入りまして。えっ！　どうして？……もうご存じだったんですか……お仕度中で……来ていただけるのですか？　そうですか！……結構です……はい……ルパンの名前です。でも、警視は別の意見をお持ちのようです……かまいませんが」

公爵は受話器を置く。

警官 （告げる）予審判事がお見えになります。

警視 予審判事はフォルムリと言います。

公爵 ええ、優秀な予審判事のようですね。

警視 （驚いて）誰かに、そうお聞きになったのですか？

公爵 ちがうんですか？

警視 いえ、いえ……ただ、これまであまり運がよくなかっただけでして。予審がことごとく誤審に終わってしまうんですよ。ほら、やってきました。

ひどくもったいぶった様子の判事が、とてもせかせかと登場する。[115]

警視 （紹介する）こちらは、シャルムラース公爵です。

判事 公爵、心からお察し申し上げます。いやはや、よろい戸がずたずただ。ああ、ひどい！（あたかも大発見でもしたかのように）[116]ここから侵入して、ここから逃亡したのですな。

公爵 ええ、きっとそうです。

判事 （あたりを見回して）おやまあ、ずいぶんごっそりやられましたなあ、公爵……これは……これは……ふむ、警視が知らせてくれたとおりですな。アルセーヌ・ルパンか……（傍白《ぼうはく》、警視に）また、あいつかね。いい加減、冗談にはつきあっていられんよ。

警視 判事、今度の件では、冗談は口だけだと思います。ごく単純な泥棒です……いわゆる押し込み強盗か不法侵入の類です。

判事 （窓のほうに行き、それから金庫に向かう）そう願いたいものだな……ふむ、たしかに跡が粗雑すぎる。どうやら、金庫には手をつけなかったようだが。

公爵 はい、幸いなことに。おそらくこのなかに、少なくともぼくのフィアンセによると、彼女の父がコレクションのなかでも一番高価な……つまり宝冠を、しまっているんです。

判事 ランバル王女の、あ[*117]の例の宝冠ですな？

公爵 そうです。

判事 しかし、警視、きみの報告書によると、ルパンの署名のある手紙には、宝冠を盗むと予告されていたのではなかったかね。

公爵 ええ、はっきりと予告されていました。

警視 判事、だからますます、これはルパンがらみの事件ではないということになります。あやつは言ったことは実行しますよ。

判事 （公爵に）誰が留守番をしていたのですか？

公爵 門番夫婦と女中です。

判事 ふむ。門[*118]番については、のちほど尋問します。門番室で、縄でしばられ、猿ぐつわをかまされていたのを発見したのは公爵、あなたでしたね？

警視　そうです、判事。それに、これもルパンの真似です……黄色い猿ぐつわに青い縄だったのです。おまけに厚紙の切れ端に、いつもの標語もありました。〈われ盗む、ゆえにわれあり〉ってね。

判事　（傍白、警視に）また新聞で、われわれを公然とばかにする気だ。そうだ、女中に会っておこう……どこにいる？

警視　そのことなんですが、判事……[119]

判事　何だね？

公爵　われわれにも行方がわからないのです。

判事　どうしてわからないんです？

公爵　どこを探してもいないのです。

判事　（即座に）素晴らしい、素晴らしいじゃないか……共犯ということですよ。

公爵　いや、そうは思いません……少なくとも、ぼくのフィアンセの父もフィアンセもヴィクトワールを大変信頼していました……昨日も、城館に電話をかけてきましたし。宝石を全部管理してもらってもいます。

判事　それで、宝石は盗まれたのですな？

公爵　手をつけられてはいませんよ。[120]被害に遭ったのは、二つの大広間とこの部屋だけです。

判事　（公爵に）それがやっかいなのですよ。

公爵　ぼくはそうは思いませんが。

判事　ふむ。でも私は、職業がらそういう見方をいたします……さあさあ、もっとよく探してみましょう。その女中も、きっとどこかにいるはずです。全部の部屋を捜索したかね？

警視　もちろん、すべて調べました、判事。

判事　いったいぜんたい、どういうことだ！　衣服の切れ端も、血痕も、犯行の跡も、手がかりは何もないというのか？

警視　何もありません、判事。

判事　（低い声でつぶやく）がっかりだな……女中の部屋はどこだ？　寝床で寝たような様子はなかったのか？

警視　部屋は上です。シーツ置き場の上にあります。寝床は乱れていました。着替えの衣服などを持ち出した形跡はありません。

判事　（重[*121]々しく）ただごとではないな……今回の事件は、どうも複雑だ。

公爵　ゲルシャールさんにも電話をかけておきました。もうじきいらっしゃるでしょう。

判事　（眉をひそめて）ふむ。おやおや、そうですか……それはよいことをなさいましたな！　ゲルシャールに協力してもらえれば、助[*122]かります……少々風変わりで、妄想癖があって、要するに頭がいかれてはいますがね。まあ、ゲルシャールはそういうやつですよ……にっくき宿敵のルパンが相手だと知ったら、われわれにとってますます厄介なことをしでかすでしょう。見ていてください。何でもルパンがらみにしてしまうでしょうから。

公爵　無理もありませんよ！（ルパンのサインを眺めながら）これでは、どんな些細なことでも、そうなってしまうでしょう。

判事[*123] 公爵、よろしいですか。とりわけ犯罪にまつわる物については、まず外側を疑ってみなくてはならないのですよ……ああ、だめです。どうか、何もさわらないでください。

公爵 （かがんで）ただの本です。（拾って）おや！

判事 どうなさいました？

公爵 たいしたことではないと思いますが、きっとこの本は、泥棒がこのテーブルから落としたものでしょう。

判事 それで？

公爵 本の下に足跡があるんです。

判事 （いぶかしげに）絨毯《じゅうたん》の上に足跡があると？

公爵 ええ、絨毯の上に石膏《せっこう》がついてるんです。

判事 （かがみこむ。警視はそのわきで膝をつく）石膏か……これはまた、どうしてだろう？

公爵 泥棒は庭から来たと仮定してください。

判事 （立ち上がって）そう仮定しましょう。

公爵 それから、庭の隅に建築中の家がありますね。

判事 本当ですか？……お考えを聞かせてください。さあ、どうぞ。

公爵 もし泥棒が絨毯に残った足跡を消したとしたら、ここだけ消し忘れたのです。急いだあまりに本を落とし、それで隠れてしまったからです。

判事　ふむ。

公爵　それにもし、いや、もしというより、きっとと言いたいところですが、泥棒が窓から侵入したか、あるいは逃げたのだとしたら、おそらくはこのクッションの下にだって……

判事　（即座に、尋問のような口調で）足跡があるかもしれないというのですな？

公爵　はい。

判事　あなたは、あるかもしれないと言われましたが、私は確信しますよ！

公爵　おお！

判事　これが、その証拠です。（かがんで、ゆっくりとクッションを持ち上げる）ごらんなさい……（沈黙。公爵をじっと見つめて、勝ち誇ったように）ちがいましたな、公爵。何もないですよ。

公爵　でも、円卓が窓にひっかかっていることには変わりありません。

判事　それに、はしごもです！　はしごは建築中の家から持ってきたのでしょうな。この点について捜査を続行しましょう。

警官　（登場）判事、ブルターニュからこの家の使用人たちが到着しました。

判事　台所と配膳室で待たせておきなさい。（警官、退場。書記官が判事にたのまれた書類を渡す……判事が公爵に）公爵、あなたにちょっとうかがいたいことがあるのですが……（報告書に目をやりながら）[*124]「私は昨夜、城館で、車の盗難の前に……」あなたはすでに泥棒をつかまえたのですね。未遂ではありましたが……「車を盗んだ連中の一人がペンダントを盗ろうとしました」

公爵　ええ、でもそいつに懇願されてしまって、しかたなく……今では後悔しています。

警視　判事は、その車泥棒が今夜屋敷に入った泥棒に関係があるとお考えですか?
判事　(自信たっぷりに) いやいや、全く関係ないよ。(報告書に目をやって) ここには、六時半に到着されたのですね……呼び鈴を鳴らしても、もちろん屋敷のドアを開ける者はいなかったはずですが?
公爵　もちろんです……すぐに錠前屋のところに行きました。錠前屋を連れて警視のところへ寄って、それからこの屋敷に入ったというしだいです。やるべきことをやったと思いますが。
判事　(真顔で) 非常に的確に行動されました。ご立派です。さて、それでは、いつまでもこうしてゲルシャールを待っているわけにはいきません。門番[*125]の尋問をとりおこなうことにしましょう。

第二場[*126]

判事、警視、公爵、門番夫婦

判事　お入りなさい。慌てないで席に着いて。さあ、落ち着いたかね? (門番夫婦は二人そろって着席する) 質問に答えられるかね?
門番夫　へえ……わたしらは、ちょっとばかし突き飛ばされはしましたが、手荒なまねはされてません。

門番妻　うちの人のカフェオレまで持っていっちまったんです。

門番夫　ああ、そうだったな！

判事　まあ、そのくらいでよかった……さて、眠っているところをいきなり襲われて、何も見ても聞いてもいないそうだね？

門番夫　それはそうですよ！　そんな暇なんかなかったんで。気がついたら、ああなってたんですから……あっという間もなかったですよ！

判事　庭で足音はしなかったかね？

門番夫　へえ、判事さん、わたしらの部屋には庭の音は聞こえないんで。

門番妻　夜だってそうなんです。昔、旦那さまが犬を飼いなさっていたころ、夜になると犬が吠えて家の者がみんな目を覚ましたって、あたしらだけはぐっすり眠っていたもんです。

判事　（独白）そんなに熟睡していたのなら、どうして猿ぐつわをかませたんだろう？（門番夫婦に）でも、ドアのところで何か物音がしなかったかね？

門番夫　ドアですかい？……いいや、なんにも。

判事　それでは、夜通し何の物音もしなかった、というのかね？

門番夫　あっ！　いいえ……猿ぐつわをかまされてすぐあとに、妙な音が聞こえました。

判事　おや、それは重要な証言だ……それで、音はどこから聞こえてきた？

門番夫　それが、この部屋からなんで。わたしらの部屋は、ちょうど真下なもので。

判事　どういう音だ？

門番夫　鈍い音でしたよ。足音とか家具を壊しているみたいな音で。

判事　争っているような音や、誰か連れていかれそうな人の叫び声とかは聞かなかったか？

門番夫婦　（顔を見合わせて）いいえ。

判事　たしかだな？

門番夫婦　へえ。

判事　ふーむ。グルネイ＝マルタンさんのところで働くようになって何年だね？

門番夫婦　一年です。

判事　よろしい。またのちほど話を聞くことにしよう。（門番夫婦が立ち上がろうとした瞬間、警官が登場し、判事に書類を渡す）待ちなさい！……（きびしい口調で、門番夫に）おやおや、きみは二度、有罪判決を受けているね……

門番夫　判事さん、だけど……

門番妻　（即座に）うちの人は正直者です。公爵さまに訊いてみなさればわかります。

判事　結構！（門番夫に）最初の判決は、執行猶予のついた禁固刑一日。次のは三日の禁固刑だ。（警視に）ほら、見給え……

門番夫　そのとおりで！　判事さん。おぼえがないとは言わないです。だけれど、それは名誉の服役ってやつです。

判事　どういうことだ？

判事「どういうことだ？」

門番夫　へえ。最初のは、召使だったときで、五月一日に「スト万歳！」って叫んで、ぶちこまれました。
判事　どこのお宅で働いていたのかね？
門番夫　ジョレさんです。
判事　ふむ。それで、二度目のは？
門番夫　サント＝クロティルド寺院の門のところで叫んだんで。「くたばれポリ公！」ってね。
判事　おや！　それで、そのときもジョレさん宅にいたのかね？
門番夫　いいえ、ボードリ・ダッソンさんのお宅です。
判事　なにか特別な政治的信条があって、そんなことをしたわけではないのだな。
門番夫　いいえ、信条は持ってますよ。わたしらは、いつだって旦那さまに忠誠を尽くすことにしてるんで。

判事　よろしい。下がりなさい。（門番夫婦、退場）あの二人は愚かだが、真実を語ったことは、疑いようがないな。

公爵　ええ、正直な人たちだと思います。

判事　（警視に）それでは、警視、ヴィクトワールの部屋を見にいくことにしよう……乱れた寝床というのが、どうもひっかかる。（公爵に話しかける）さっきの石膏のあとにはあまり意味がないように思えるのですがね。

公爵　ごいっしょしてもよろしいですか？　差し出がましいでしょうか？

判事　ご冗談を！　すべてがあなたに関わりのあることばかりなんですから。

全員、退場。舞台はしばらく無人となる。

第三場[*127]

ゲルシャール[*128]、警官

警官　（愛想よく）ゲルシャールさんがお見えになったと、判事にお伝えしてきます。

ゲルシャール　いいえ、それには及ばないよ。誰の邪魔もしたくないんだ。私には何の権限もないのだから。

警官　（抗議するように）いいえ、そんな！

ゲルシャール　（あたりを注意深く見回して）何の権限もないのだよ……今のところ、すべてが予審判事の管轄なのだから……私は補佐にすぎない。

警官　予審判事と警視は、女中の部屋に行かれました。部屋は最上階ですから、裏階段をのぼって、通路を回っていきます。よろしかったら、ご案内いたしましょうか？

ゲルシャール　（ハンカチを出しながら）もう、知っているよ。

警官　そうなんですか！

ゲルシャール　ふむ。（鼻をかむ）そこから来たのだから。

警官　（感心して）ゲルシャールさんのほうが一枚うわてですね。予審判事が束になってもかなわない。

ゲルシャール　（立ち上がって）そんなことを口に出して言うべきではないよ。考えるのは勝手だがね、言ってはいけない。

ゲルシャールは窓のほうに行く。

警官　（はしごを示して）お気づきですね。このはしごを使って、泥棒が出入りした可能性があるのです。

ゲルシャール　（辛抱強く）どうもありがとう。
警官　窓枠のところに、円卓も置いていったのです。
ゲルシャール　（いらいらするが、丁重に、笑みを浮かべつつ）はい、ありがとう。
警官　それで、ルパンの仕業ではないということです。トリックだそうで。
ゲルシャール　結構だ。
警官　もうご用はありませんか？
ゲルシャール　（微笑んで）ああ、まったく。

警官、退場。一人残ったゲルシャールはたばこに火をつけ、金庫のところに行き、ボタンを一つ拾ってしゃがみこんだまま点検する。それから暖炉のところへ行き、火の粉よけのつい立の下を一瞥《いちべつ》し、何かわかったような顔でにやりと笑って立ち上がる。落ちている本[*129]を拾い、その下に石膏の跡を見つけ、窓までの距離を歩幅で測る。窓辺でも同じ石膏の跡を見つけると、注意深く観察する。庭に建築中の家があることに気づき、窓をまたぐ。部屋に戻ってくる予審判事の声がしたときには、姿を消している。

第四場[*130]

公爵、判事、警官、ついでグルネイ＝マルタン、ジェルメーヌ、ついでゲルシャール

判事　（相変わらず、非常にもったいぶった様子で）疑いの余地がありませんな。部屋も寝床も荒らされているが、意図的にそうしたのです……ここに、共犯がいるということですな。この有益な知らせを、少なくともグルネイ＝マルタンさんに伝えるべきだ。ところで、何時に到着される予定ですか？

公爵　わかりません。昨夜の八時十二分発の列車に乗ったはずですが。

判事　それなら、到着はかなり早いでしょうな。

警官　（登場、仰々しく）ご家族がお見えになりました。

グルネイ＝マルタンがジェルメーヌと下手[*131]のドアから到着する。

グルネイ＝マルタン　（しゃがれ声で）ろくでなしめ！（客間に行って）強盗めが!!（戻ってきて、荒らされたものを見ながら）悪党め!!!

グルネイ＝マルタンはへたり込む。

ジェルメーヌ　パパ、もう大声を出さないで。声がかすれているわよ！

グルネイ＝マルタン　そうだ、そうだな！　もうどうにもならんのだからな！（また、声を張り上げて）ルイ十四世様式の家具が！……絵も一枚も残っとらん……傑作ばかりだったのに……

判事　グルネイ＝マルタンさん……お気の毒です……本当に何と申し上げたらよいやら！（グルネイ＝マルタンは判事の顔を見つめてうなずく。判事は自己紹介をする）予審判事のフォルムリです。

グルネイ＝マルタン　悲劇ですよ、判事さん。まったくの悲劇です。

判事　そんなにお嘆きにならないでください。コレクションはわれわれが探し出してみせますから。それに、なんです、最悪の事態は免れたのでしょう。宝冠は無事だったのですから。

公爵　（金庫の横で）はい、金庫には手をつけなかったようです。ほら、もとのままです。

グルネイ＝マルタン　そんなものはどうでもいい……なかはからなんだからな！

公爵　からなんですか……では宝冠は？

グルネイ＝マルタン　（おびえて、不明瞭な声で、判事にすがりついて）ああ、どうしよう！……盗られたかもしれない。

公爵　（近づいて）大丈夫ですよ……金庫は……

グルネイ＝マルタン　その金庫には一度も宝冠をしまったことはないのだ……（小声で、判事に）私の寝室も荒らされていましたか？

判事　いいえ。

公爵　二階はどこも荒らされていませんでしたよ。

グルネイ＝マルタン　よかった！……それなら安心だ……わしの寝室にある金庫には鍵が二つあって……その一つがこれで、それからもう一つはこの金庫に入っているんだ。

判事　（まるで宝冠を救ったかのように、いばって）そうでしょうとも！

グルネイ＝マルタン　ああそうだ、そうだった……（叫びながら）ごっそりもっていかれたんだった！　略奪されたんだった！　ゲルシャールはいますか？　手がかりは、証拠は、つかみましたか？

判事　（したり顔で）はい、女中のヴィクトワールです。

ジェルメーヌ　ヴィクトワールですって？

グルネイ＝マルタン　どこです？

判事　いなくなったのです。

グルネイ＝マルタン　いなくなっただと！　一刻の猶予もならん……すぐに……[132]

判事　まあまあ、落ち着いてください。私がいますから。

公爵　そうですよ、落ち着いてくださいよ。

グルネイ＝マルタン　それもそうだ。落ち着こう。[133]

判事　どうも、共犯者がいると思わざるをえませんな。この盗難事件は、長い時間をかけてじっくりと準備され、確実に実行されたものです。犯人は家のなかを熟知しているばかりか、あなたの習慣についてもよく知っています。

グルネイ＝マルタン　ふむ……

判事　ちょっと、うかがいたいのですが、お宅では以前にも盗難に遭われたことはありませんか？　何か盗まれたものはありませんか？

グルネイ＝マルタン　三年前に……

判事　存じ上げています……

グルネイ＝マルタン　それ以降は、娘が盗難に遭っています。

判事　そうだったんですか！

ジェルメーヌ　ええ、この三年のあいだに。

判事　おや、それは……お知らせいただければよかったですね！　大変興味深いお話です。重要でもあります！　で、ヴィクトワールがあやしいと思いますか？

ジェルメーヌ　まあ、とんでもない。最近あった盗難は、二度とも城館で起こったものです。そのとき、ヴィクトワールはパリにいましたから。

判事　（沈黙してから）しめた……しめたぞ。これで、われわれの仮説が確証を得る……

グルネイ＝マルタン　どんな仮説です？

判事　（考え込んで）おかまいなく！　それで、お嬢さん、お宅であなたのものが盗まれるようになったのは、三年前からなのですね？

ジェルメーヌ　三年前の十月ごろからでした。

判事　一九〇五年[*134]の十月ですか。グルネイ＝マルタンさんがはじめて犯行予告の手紙を受け取り、今日のように盗難に遭われたのはちょうどその頃ではないですか？

グルネイ＝マルタン　ああ、そうだった！　あの悪党どもが！

判事　ですから、三年前からお宅に勤めるようになった使用人が誰だかわかれば、興味深いのではないかと思いますがね。

グルネイ＝マルタン　ヴィクトワールはうちに来て一年しかたってない。

判事　（困惑し、少し間をおいて）そうでしたか！（ジェルメーヌに）お嬢さん、最後に盗難に遭われたときのことを話していただけますか？

ジェルメーヌ　二ヵ月前、ブローチを盗まれました。そこには、ペンダントにしてもいいような真珠がついていました……ジャック、あなたが贈ってくれたペンダントみたいなね。

判事　（ジェルメーヌに）そのペンダントを拝見できますか？

ジェルメーヌ　ええ。（公爵に）持ってきてくれたでしょう？

公爵　宝石箱なら……持ってきたよ。

ジェルメーヌ　どうして、宝石箱なの？

公爵　からっぽだったからだよ。

ジェルメーヌ　からっぽですって？　そんなことあるはずないわ。

公爵　きみが出発してすぐに……飾り簞笥の上にあった宝石箱を開けてみたら、何も入ってなかったんだ。

判事　そのペンダントというのは、シャロレの息子が盗もうとしたのを、あなたが取り押さえたものではありませんか？

公爵　ええ……それより四十五分前のことです。だいたい六時ごろでした。
ジェルメーヌ　七時半に着替えに部屋へ上がったときは、つまり出発の十分前ということですが、ペンダントは飾り簞笥の上の宝石箱にありました。
グルネイ＝マルタン[*135]　盗まれたんだ！
公爵　ちがいますよ……きっとイルマがきみのために持っていったんだよ。あるいは、クリチノーフさんかもしれないが。
ジェルメーヌ　クリチノーフさんではないわ。列車のなかで、公爵がペンダントを忘れずに持ってきてくださるといいですねって言っていたもの。
公爵　それじゃ、イルマだ。
ジェルメーヌ　イルマ！　イルマ！
イルマ　（下手より登場）お嬢さま、お呼びですか……
ジェルメーヌ[*136]　ええ、ねえ、イルマ……
判事　ちょっと、失礼。（イルマに）こちらに来てください……さあ、落ち着いて……お嬢さまのために、ペンダントを持ってきたかね？
イルマ　あたしがですか……いいえ。
判事　本当かね？
イルマ　本当です！……お嬢さまが飾り簞笥の上に置きっぱなしにされたのではないんですか？
判事　どうして、それを知ってるんだね？

イルマ　出発するとき、お嬢さまが公爵に、宝石箱を持ってきてって叫んでいらしたからです。でも、そういえば、クリチノーフさんがバッグにしまったような気がします。

公爵　（即座に）クリチノーフさんがだって！　どうしてだい？

イルマ　……お嬢さまに持っていってあげるためです。

判事　だが、どうしてそう思ったんだね？

イルマ　飾り箪笥の前にいるのを見かけたからです。

判事　そうか！　おまけに、ペンダントは箪笥の上にあったのだね？

イルマ　はい、そうです。

沈黙。

判事　お嬢さまのお世話をするようになって、どのくらいだね？

イルマ　半年です。

判事　よろしい。下がりなさい……そっちじゃない。あとでまた来てもらうことになるかもしれないからな。（イルマ、上手より退場。警視に）クリチノーフさんを尋問することにしよう。

公爵　（即座に）クリチノーフさんを疑うなんて筋違いです。

ジェルメーヌ　ええ、わたしもそう思います。

判事　クリチノーフさんは、お宅に来てどのくらいですか？

ジェルメーヌ　（考えて）あら。
判事　どうしました？
ジェルメーヌ　ちょうど三年です。
判事　ちょうど、盗難がはじまった時期ですね？
ジェルメーヌ　ええ。

衝撃がはしる。

判事　（警官に）クリチノーフさんに来てもらいなさい。
警官　承知しました。
公爵　いいえ、どこにいるか知っていますから、ぼくが行きましょう。

公爵が出ていこうとする。

ゲルシャール　（はしごの天辺に現れて）[*137] いいえ……だめです！……
全員　（振り返って）えっ？
ゲルシャール　（警官に）きみが行きなさい！

警官、退場。

公爵　失礼ですが……

ゲルシャール　（はしごから下りて）お気を悪くなさらないでください、公爵……でも、判事も私と同じ意見でしょう。規則違反[*138]になります。

判事のところへ行って握手を求める。

公爵　（近づいて）でも……

ゲルシャール　ゲルシャールといいます。警察庁の主任警部です。

公爵　そうでしたか、はじめまして。ずっとお待ちしておりました。

公爵とゲルシャールは握手する。

判事[*139]　はしごの上で何をしていたのかね？

ゲルシャール　お話を聞いていました……感心しましたよ。尋問の進め方など、さすがは判事です。多少の意見の相違はありますが……さすがです。（挨拶する）どうも、グルネイ＝マルタンさん。やあ、警視。

みなでテーブルを囲む。警官が登場し、判事に伝言する。

判事　（驚いた顔、小声で）それじゃ、出かけようとしていたのかね？

警官　外出の許可を求めています。

判事　（小声で）彼女の部屋へ行って、荷物を調べるんだ。

ゲルシャール　（それを聞いて）その必要はありません。

判事　そうかね！（気を悪くしながら、警官に繰り返す）その必要はない。

第五場*[140]

同じ登場人物、ついでソニア

ソニアが登場。旅行用の服装のまま、腕にコートをひっかけている。驚いた顔で立ち止まる。

判事　こ*[141]ちらへどうぞ……（尋問を開始して）お嬢さん……

ゲルシャール　（穏やかに、判事が拒むことができないほどうやうやしく）ちょっと、よろしいでしょうか？（判事は憤慨し、わきへ寄って背を向ける。ゲルシャールはソニアに愛想よく）お嬢さん[142]、ある出来事について判事が調査しなくてはならなくなりました。公爵がグルネイ＝マルタンさんのお嬢さんに贈ったペンダントが盗まれたのです。

ソニア　盗まれたって！……本当ですか？

ゲルシャール　間違いありません。しかも、非常に限定された状況で盗まれたのです。しかし、犯人は現場を押さえられないようにするために、ほかの人の旅行かばんやハンドバッグのなかにその宝石を隠したと考えることもできます。ですから……

ソニア　（即座に）旅行かばんは部屋にあります。鍵はここに持っています。

ソニアはハンドバッグのなかから鍵を出そうとしてコートをソファの上に置く。コートが床にすべり落ちる。じっと彼女の様子を見ていた公爵が、近づいてコートを拾い上げ、ポケットを探り薄紙を取り出し、それを広げてペンダントを見つけ、薄紙をポケットにもどしてからコートをソファの上に置いて[143]、その場を離れる。

ゲルシャール　これはまったく形式上のことにすぎません。ほかに荷物はありませんね。

ソニア　あります。トランクが一つ……部屋に置いてありますわ。鍵はかかっていません。

ゲルシャール　お出かけになるところのようですね？

ソニア　外出許可をお願いしたのですが……ちょっと買い物があるんです。

ソニア「ええ……お金と……ハンカチが入っています」

ゲルシャール　判事、このお嬢さんが外出しても差支えないでしょうか？
判事　問題ありません。
ゲルシャール　（その場を離れようとするソニアに）持ち物はそのハンドバッグだけですか？
ソニア　（バッグを差し出して）ええ……お金と……ハンカチが入っています。
ゲルシャール　（バッグをじっと見つめて）なかを見る必要はありません。バッグに入れるなどという大胆なことはしないものでしょう……

ソニアは出ていこうとして一歩踏み出すが、一瞬ためらって戻り、コートを手に取る。

ゲルシャール　（即座に）お手伝いしまし

ょうか?
ソニア　ありがとうございます。でも着ていきませんので。
ゲルシャール　(いかにも優しそうにしながら、押しつけがましく)はい……でも、ポケットのなかはちゃんと見ましたか?……ほら、こっちに何か……
ソニア　(ぎょっとして、震える手をポケットの上に置く)でも、それはあんまりですわ……なんでしょう……まるで……
ゲルシャール　すみませんが、お嬢さん。これも職務のうちなのです……
公爵　(じっとしたまま、はっきりとした声で)ソニアさん、ほんの形だけのことですよ。きっと大丈夫です。
ソニア　でも!……
公爵　(ソニアをじっと見つめて)な*144んの心配もいりませんよ。

ソニアは公爵を見つめ、抵抗するのをやめる。ゲルシャールはポケットを探る。薄紙を見つけて広げる。

ゲルシャール　(不明瞭な声で)何もないぞ。(はっきりした声で)お詫び申し上げます。

ソニアは出ていこうとして、よろける。

公爵　（駆け寄って）大丈夫ですか？

ソニア　（小声で）ありがとう。助かりました。

ゲルシャール　本当にすみません！

ソニア　いいえ、なんでもありませんわ！

ソニア、退場。

ジェルメーヌ　（父親に）かわいそうなソニア！……わたし[*145]、声をかけてくるわ！

公爵、ジェルメーヌ、退場。

判事[*146]　（傍白）失態を演じたな、ゲルシャールは。

ゲルシャール　（薄紙を持ったまま、眺め回して）私が許可した者以外は外出を禁止したいのですが。

判事　（にやにやして）ソニア以外の者は、ということかね。

ゲルシャール　彼女も例外とはいえません。

判事　わからんな。

警官（登場し、即座に）判事、よろしいですか？

判事（振り向いて）何だ？

警官 庭で……この布切れが見つかりました。井戸にひっかかっていたんです。門番が、ヴィクトワールの服の布地だと言っています。

判事 しまった！

判事は布切れを手に取る。

グルネイ＝マルタン これで説明がつく！……人殺しだ……

判事（即座に）まず現場を見ましょう……だが、可能性は否定できませんな。本の下に石膏の跡があっただけに、庭はぜひとも捜索せねばなりません。この石膏の跡は、さっき私が発見したものです。*147 さあ、現場へ。

ゲルシャール（落ち着き払って、動こうともせず）いいえ。少なくとも、ヴィクトワールを探すためなら、行く必要はありません。

判事 それじゃ、布切れはどうなる……

ゲルシャール（グルネイ＝マルタンに）この布切れですが……お宅で犬か猫を飼っていませんか？

判事（憤慨して）ゲルシャール。

ゲルシャール　すみません。大変、重要なことなのです。
グルネイ＝マルタン　たしか、雌猫がおります。門番の猫です。
ゲルシャール　やはりそうですか。布切れは、猫がそこに運んでいったものです……ほら、見てください。ひっかいた跡があります。
判事　何を言っておるんだね！　ばかばかしい！　支離滅裂だ。殺人があったかもしれないというのに。ひょっとしたらヴィクトワールが殺されているかもしれないんだぞ。
ゲルシャール　ヴィクトワールは絶対に殺されてはいませんよ。
判事　誰にそんなことがわかるというのかね。
ゲルシャール　（即答して）はい……私です……
判事　きみにかね？
ゲルシャール　はい。
判事　それなら、どうして彼女がいないのか説明できるかね？
ゲルシャール　もし彼女がいないのなら、説明はできません。
判事　（かんかんになって）だが、いなくなっているじゃないか。
ゲルシャール　いいえ。
判事　何も知らないくせに。
ゲルシャール　知っています。
判事　なんだって！　彼女がどこにいるか知っているというのか？

ゲルシャール　はい。

判事　彼女を見たということかね。すぐに答えるんだ。

ゲルシャール　はい、見たんです！

判事　見たのかね！　いつだ？

ゲルシャール　二分前です。

判事　なんだと、きみはこの部屋にいたじゃないか！

ゲルシャール　はい。

判事　それなのに、見たというのか？

ゲルシャール　はい。

判事　なんてことだ、それじゃ、どこにいるのか言い給え、さあ。

ゲルシャール　喋らせてくれなかったのは、あなたですよ。[*148]

判事　（かっとなって）さあ、話すんだ。

ゲルシャール　それでは言いましょう。彼女はここにいます。

判事　どうして、ここなんだ？　どうやってここに来るなんてことができたんだ？

ゲルシャール　マットレスの上に乗って来たんです。

判事　そうか、ゲルシャール。きみは、みなをばかにする気だな！

ゲルシャール　ほら。（暖炉のほうへ行き、椅子と火の粉よけをどける。ヴィクトワールがマットレスの上で、猿ぐつわをかまされ縄でしばられている。全員、驚愕する）さあどうです。よく眠ってい[*149]

ますね。それに床に、クロロホルムをしみこませたマスクが落ちています。（警官に）これを持って行きなさい。

判事　（きびしい口調で、警視に）警視、きみは暖炉は調べなかったのかね？

警視　調べませんでした。[150]

判事　過失だな、警視。重大な過失だ……早く、彼女を運び出すんだ……だが実際問題、ありえない話だ……

警官と警視がヴィクトワールを運び出す。

ゲルシャール　四つんばいになれば、ありえる話となります。四つんばいになると、彼女の二つの踝《くるぶし》がはみ出ているのが見えるんです。ほらね……

判事　（ゲルシャールに）これで、振り出しにもどったぞ。こうなったらもう、私の手には負えないな。お手上げだ。[151]きみはどうかね？

ゲルシャール　（愛想よく）ええ、そのう……

判事　きみはそうではないのだな？

ゲルシャール　はい。判事は、庭の捜査はされたのですか？

判事　（はっとして）もちろん、そのつもりだった！　おもしろいものを見たことだしな。ほら、[152]あの建築中の家だよ。

彼らは退場する。

第六場[*153]

公爵、ついでソニア、ついでゲルシャール

公爵は隣の部屋を一瞥し、誰かに見られていないか確認すると、ポケットからペンダントを取り出して眺める。

公爵　（独白）彼女は泥棒なんだ！

ソニア　（取り乱して、登場）許してください！　どうか！

公爵　泥棒なんだね、きみは！

ソニア　ああ！

公爵　用心なさい。ここにはいないほうがいい。

ソニア　（取り乱して）もうわたしと口をきくのがお嫌なんですね。

公爵　ゲルシャールがあらゆることを疑っているんです！……ここで話をするのは危険です。

ソニア　こんなことになって、あなたはわたしをどんな女だとお思いになったのでしょう？　ああ、どうしましょう！

公爵　もっと小さな声で話してください。

ソニア　もう、どうでもいいんです！　たった一人の大切な方に軽蔑されてしまったんですもの。あとはもう、どうなってもかまいません。

公爵　（あたりを見回して）あとでお会いしましょう……そのほうがいい。

ソニア　（腰をおろして）いいえ、嫌です……今すぐに知っていただきたいんです……お話ししておかなくてはならないんです。でも、どうしましょう……どういうふうに話したらいいのかわからない。だって、何もかもが不公平なんですもの。あの人は、ジェルメーヌは、何でも持っています。昨日、わたしの前で、あなたはそのペンダントを彼女に渡していました……彼女は微笑んで……鼻高々で……その喜びはわたしに伝わってきました。それで、盗ったのです。持っているものをみんな奪うことができたらいいのに……憎らしいんです。

公爵　（近寄って）なんですって？

ソニア　ええ……憎んでるんです。

公爵　どうして？

ソニア　ああ！　それは、あなたに申し上げるようなことではありませんわ……でも、思い切って……お話しすると……つまり……わたしは……あなたが……（告白の言葉を最後まで言うことができずに、絶望して）彼女が憎いんです。

公爵　（ソニアに、やや身をかがめて）ソニア！
ソニア　（毅然として）[*154] ええ、わかっています。だからって、許されるものではありません。きっと、こう思っていらっしゃるんでしょう。今回は見つかったけれど、これがはじめての盗みではないなって。ええ、そのとおりですわ。これで十回目かもしれない、いえ、二十回目かもしれません。わたしは泥棒なんです。でも、一つだけ信じていただきたいことがあります。それは、あなたが城館に戻られたときから、あなたを知ってから、あなたに見つめられた日から、わたしは盗みをやめていたのです。

ソニア「ええ……憎んでるんです」

公爵　信じましょう。
ソニア　それから、どうしてこんなことを……こんな忌まわしいことをはじめてしまったのか、聞いていただけますか……
公爵　気の毒に……
ソニア　そうやって、わたしに同情するんですね。軽蔑して、うんざりしているくせに！　やめてください、同情なんて真っ平です！
公爵　ほら、落ち着いて。
ソニア　ねえ……あなたは、独りぼっちに、天涯孤独な身の上になったことがありますか？……空腹をかかえたことが？……わたしはそうだったんです……大きな町で死に瀕《ひん》していました。そのとき、棚の上に、ちょっと手を伸ばせば届くところに……パンがありました……でもお金が一銭もなくて。ずいぶん、ありふれた話ですね……そうでしょう？

公爵　話を続けて。

ソニア　それでも、わたしは手を伸ばしませんでした。でもその日、わたしは死にかけていました。おわかりになりますか。死ぬところだったんです……それから一時間後、わたしは知人の男性の家を訪ねました。最後の手段でした……まずは、ほっとしました……食べるものをくれて……飲み物も……シャンパンまで出してくれました……それから、その人はわたしに言ったんです。お金をあげるから……[*155]

公爵　なんだって！

ソニア　でも、わたしには出来ませんでした……それで盗んだんです……そのほうがまだましでした！　よっぽどまともだと思ったんです。そうです。そのとき、自分を正当化するための理由を見つけたのです。わたしはまず、堕落した女にならないために盗みをはじめ……きちんとした女であるふりをするために、盗みを続けました。なんて……今のはみんな冗談です。ああ……

ソニアは泣く。

公爵　かわいそうに！

ソニア　ああ、わかってくださったのですね……わたしの話を……

公爵[*156]　（顔を上げて）かわいそうなソニア。

ソニア　（立ち上がって）ああ！

二人はしばらく見つめ合う。おたがいにすぐ近くにいる。

公爵　さようなら！　お別れだ！

公爵は何か話そうとしてためらっていたが、物音を聞き、ソニアから身をそらす。彼女は出ていこうとする。ゲルシャールが登場する。

ゲルシャール　ここでしたか！　お嬢さん、探しましたよ……（ソニアが立ち止まる）判事の考えが変わりました。外出はできません……これは全員に適用されます。

ソニア　そうですか！

ゲルシャール　それから、お部屋に上がっていていただきたいのです。食事は運ばせます。

ソニア　なんですって！……でも！……（ややあって、公爵の顔を見る。公爵はゲルシャールに従うよう目配せする）わかりました……部屋に戻りますわ！

ソニア、退場。

第七場[*157]

公爵、ゲルシャール、判事、警視

公爵　ゲルシャールさん……そのような措置は……

ゲルシャール　ああ、公爵、すみませんが、これは仕事なもので……あるいは、義務と言ったほうがいいかもしれません……事態を把握すべき立場にありながら、まだ私にははっきりつかめていないことがあるのです。だから、こういう措置をとりました。さっきこの電報を受け取って、あなたの未来のお舅殿が床に伏せられましたよ。

ゲルシャールは公爵に電報を差し出す。

公爵　（ざっと目を通し、肩をすくませて）へえ！……それであなたは、これを真に受けたのですか……でたらめですよ！

ゲルシャール　ううむ。

公爵　[*158]（判事と警視に）さて、お二人はどう判断されますか。ぼくの舅になる人がこの電報を受け取って、こちらの方がそれを本気にされています。

判事　見せてください……（音読する）「宝冠の約束不履行陳謝す。アカシアにて急用の故。今夜午後十一時四十五分から午前零時の間参上。宝冠、寝室にご用意乞う。アルセーヌ・ルパン」ばからしい！……どうして、きみ、ゲルシャール……おや、どこに行ったのかな？

警視　おそらく出て行ったのでしょう。

判事　よかった。これで心置きなく話ができる。みなさん、ゲルシャールには気をつけねばなりませんぞ。ルパンに関わると思ったとたんに、頭に血が上ってしまうんですから。もういい加減にしてもらいたいものですよ！　もし犯人がルパンなのだとしたら、喉から手が出るほど宝冠を欲しがっていたのだとしたら、やつは盗んだでしょう。少なくとも、盗もうとはしたはずです。宝冠のありかが、グルネイ＝マルタンさんの部屋であったとしても、もう一つ鍵が必要で、それがこの金庫（金庫のところへ行く）のなかにあったとしてもです。

警視　きっとそうです。

判事　（話を続けて）屋敷には誰もおらず、絶対優位に立っていたのに何もしなかったのだとしたら、今さら何かをしようとするはずがないでしょう。警察に通知され、警官がうようよいて、[*159]屋敷は包囲されているんですからね！……みなさん、この子供じみた電報は、ゲルシャールの精神状態にとっては憂慮すべきものです！

判事は金庫にもたれかかって、よろける。突然、金庫の扉が開いて、なかからゲルシャールが現れる。

全員　おや？

ゲルシャール　なかにいても、話し声がとてもよく聞こえましたよ。

判事　なんというやつだ！

ゲルシャール　入るのは何でもありません……出るのが危なかった。弾薬筒が置いてあったんですよ。へたすると扉ごとふっ飛ばされるところでした。

判事　どうやって入ったのだね？　どうやって入ったのかと訊いたんだ。

ゲルシャール　納戸からです。納戸の奥がなくなってるんです……

全員　まさか。

ゲルシャールは再び金庫のなかに姿を消す。

全員　ああ！

ゲルシャールが、上手前のドアから再び姿を見せる。

全員　ああ！

ゲルシャール　金庫の奥の鉄板も取り払われています……まったく！　見事なものですよ……

判事　鍵はあったか？　宝冠がしまってある上の金庫の鍵だ。あったんだろうな？

ゲルシャール　いいえ、ありませんでした……でも、もっといいものを見つけましたよ。

全員　何ですか？

ゲルシャール　きっと誰にもわかりませんよ！

判事　言い給え！

ゲルシャール　お手上げですか？

判事[*160]　ゲルシャール！

ゲルシャール　（指の間に挟んだカードを持ち上げて）アルセーヌ・ルパンの名刺です！

判事　くそっ！

幕

第三幕

第一場

第二幕と第三幕のあいだに幕間《まくあい》はない。

同じ舞台装置。夜になり、明かりが灯されている。舞台奥の窓は閉めてある。舞台は無人。[*161]

ゲルシャール、公爵

ゲルシャール　（マントルピースの下にかがみこんで）大丈夫ですか、公爵。重すぎませんか？
公爵　（暖炉のなかにいて姿が見えない）大丈夫です。
ゲルシャール　通路は狭くないですか？　ロープはちゃんと握ってるでしょうね。
公爵　はい……気をつけて！

ゲルシャールは後ろへ飛びのく。暖炉のなかで轟音がする。大理石*162の塊《かたまり》が落ちている。

ゲルシャール くそっ！　もう少しで……下敷きじゃないか！　ふう、やれやれ。間一髪のところだった。ロープを放したのですね？

公爵 ひとりでに、はずれたんです。あなたが、ちゃんと結んでなかったんですよ。（ダスターコート姿で下りてきて、コートを脱ぐ。コートの下は正装）でも、おっしゃるとおりでしたよ。犯行に使われたのは明らかです。

ゲルシャール もちろんです！　もう一つのほうは子供だましだ。庭の足跡、はしご、窓枠にひっかかった円卓……手がかりとしては、どうもちぐはぐです。予審判事向けのものですな。今日は一日、無駄にしてしまいました。

公爵 では、本当の手がかりは？……

ゲルシャール さっきいっしょに見たものです。この屋敷と隣の空家、これら二つの建物はつながっているのです。

公爵 そういうことにもなりますが……この二つの建物は、ルパンとその一味が暖炉本体のなかに作った抜け穴で、行き来が可能となっているということですね。

ゲルシャール はい。よく知られたトリックです。大きな宝石商のところも、たびたびこの手口でやられています。だが、今回のものには、これまでになかった特徴と、初見を誤らせるような要素があります。それは、犯人が大胆にも暖炉のなかを三メートルも掘り進んで充分な穴をあけ、品物をすべて盗み出せるようにしたということです。

公爵　そうですね。穴は、隣の建物の三階にある部屋に、文字どおりの出入口となってつながっていましたから。どんなことでもやりかねない悪党ですね。しかも、やることが徹底している。

ゲルシャール[*163]　これはすべて、長い時間をかけてじっくりと準備されたものですよ。だが今、私は目を閉じても、彼らの足跡を、行動の一つ一つをたどることができるでしょう。証拠がそろっていますからね……金色の額縁のかけらやタピストリーの糸などがね。一度盗み出してしまえば、隣の建物は空家なので、慌てることもなく階段をおりて堂々と外に運び出せたはずです。

公爵[*164]　やつらは階段を使っておりたとお思いなんですね？

ゲルシャール　思うどころか確信していますよ。ほら、この花を見てください。階段で見つけたものです。まだ、そんなに萎《しお》れてはいません。

公爵　えっ！　ぼくも昨日、シャルムラースで似たような花を摘みましたよ。サルビアですね。

ゲルシャール　ピンク色のサルビアですよ、公爵！　こういう色合いを出せる庭師は、私の知る限り一人しかおりません。グルネイ＝マルタンさんの庭師です。

公爵　でもそうなると……泥棒は……そうだ……きっと……

ゲルシャール　さあ……考えをおっしゃってください。

公爵　シャロレ一家ですか。

ゲルシャール　もちろんです！

公爵　本当ですか……これはおもしろい。ああ、証拠があったらいいのに！

ゲルシャール　じきに、あがりますよ。

公爵　どういうことです？

ゲルシャール　はい。シャルムラースに電話をしました。庭師は留守でしたが、戻ったら折り返し電話をくれるでしょう。そうすれば、誰が温室に入ったかわかります。

公爵　とてもおもしろいですね！　そうした手がかりや……犯人の足どりが交わって……ばらばらの事実が、徐々に復元されていくのですね……実におもしろい！……たばこはいかがですか？

ゲルシャール　カポラル*165（フランスの並のたばこ）ですか？

公爵　いいえ、メルセデスというちょっと軽めのたばこです。

ゲルシャール　どうも。

公爵　（たばこに火をつけながら）実に興味深い。それで、泥棒はシャルムラースから来た……シャロレ一家なんですね……やつらは、隣の屋敷から出ていったが、忍び込んだのもそこからだった。

ゲルシャール　いいえ、ちがいます……

公爵　ちがうのですか？

ゲルシャール　はい。やつらは、今われわれがいる、この屋敷のドアから入ってきたのです。

公爵　でも、誰が鍵を開けたのです？　やはり、共犯がいるんですか？

ゲルシャール　そうです。

公爵　誰です？

ゲルシャール　（鈴を鳴らす。登場したブルサンに）女中のヴィクトワールを連れてこい。

ブルサン、退場。

公爵　どうして、ヴィクトワールなんです！　予審判事が午後に尋問して、彼女は何も知らないと思ったようでしたよ。

ゲルシャール　はい……さきほどごいっしょに検証した暖炉の通路を、あまり重要視しなかったからでしょう。ヴィクトワールが何も知らないだなんてありえませんよ！　公爵、この件に関して、たしかに何も知らない人物がいます。誰だかわかりますか？

公爵　いいえ。

ゲルシャール　予審判事ですよ。

第二場

ゲルシャール、公爵、ヴィクトワール

ブルサンがヴィクトワールを部屋に入らせる。

ヴィクトワール　（登場しながら、ブルサンに）また、あたしを締め上げようっていうのかい？
（部屋に入り、ゲルシャールに）ほらやっぱり、またあたしを締め上げる気だね？

ゲルシャール　お座りなさい。屋根裏部屋で寝ているようだが、窓から屋根が見えるね……

ヴィクトワール　そんなこと訊いて、何になるのさ、え？

ゲルシャール　答えてくれないか？

ヴィクトワール　もう答えたよ。ほかの、もう一人の判事にね。それに、あっちのほうが、まだやんわりして話しやすかったよ。だけどあんたは、何の用事かさっぱりわかりゃしない！……

ゲルシャール　夜は屋根裏部屋で過ごしていたのに、屋根の上から何の物音も聞こえてこなかったというんだね……

ヴィクトワール　今度は屋根の上かい……厄介だね、まったく……

ゲルシャール　何の物音も聞こえなかったのだね？

ヴィクトワール　話すことは話したよ。あやしい音がしたんだよ。階段のほうからさ……それで客間に行って、見たってわけさ。

ゲルシャール　で、何を見たんだね？

ヴィクトワール　略奪者だよ……色んな物を袋につっこんで、窓から逃げてったよ。

ヴィクトワール「だけどあんたは、何の用事かさっぱりわかりゃしない！」

ゲルシャール　窓からねえ？
ヴィクトワール　そうだよ。
ゲルシャール　暖炉からではないのかね？
……
ヴィクトワール　暖炉だって……まったく、厄介だねえ！
公爵　（ゲルシャールに）でも、善良そうではありませんか。
ゲルシャール　（ヴィクトワールに）さっきまで、あんたはどこにいたんだね？
ヴィクトワール　暖炉のなかさ。つい立の後ろのね……
ゲルシャール　だが、部屋に入ったときには……
ヴィクトワール　ああ……つい立はここじゃなかったね。
ゲルシャール　どこにあったか見せてもらいたいのだが……つい立があった場所に[*166]

置きなおしてくれるかね……あ、ちょっと待って！　つい立の正確な置き場所がわからなくならないようにしなければ。そうだ……チョークで印をつけておこう……[*167]どうやらあんたは、この場所には馴染みがないようだね。

ヴィクトワール　そうさ。使用人の服のつくろいものをするのが、あたしの仕事なんでね。縫い物専門さ。

ゲルシャール　よろしい。それじゃ、いつもチャコ（洋裁用の印つけに使うチョーク）を持っているはずだな！

ヴィクトワール　そりゃそうさ……（スカートをめくり上げ、ペチコートのポケットをさぐり、思い直すと、おびえた顔で言う）うっかりしてたよ……そんなもの、持ってなかったよ。

ゲルシャール　たしかかね？　どれどれ。

　ゲルシャール[*168]はヴィクトワールのエプロンのポケットを探る。

ヴィクトワール　何するんだよ！　やめとくれよ。自分でやるからさ。ちょっと……くすぐったいよ。

ゲルシャール　（青いチョークのかけらを見つけて）とうとう、あったぞ!!!……ブルサン、この女をしょっぴくんだ。

ヴィクトワール　なんだって！……ああ、神様！　あたしは何も知らないよ。チャコを持っていたから、泥棒だっていうのかい。

ゲルシャール　もういい！　ブルサン、護送車が来たら、すぐにこの女を留置所に送るんだ。

ヴィクトワール　ああ、神様、ああ！

[*169]ヴィクトワール、退場。

ゲルシャール　彼女だけではないな!!!

第三場

公爵、ゲルシャール、ブルサン、ボナバン

公爵　ヴィクトワールが！……とても驚きました。それで、このチョークは……壁に書かれたものと同じですか？……

ゲルシャール　はい。同じ、青のチョークです。どうです、公爵、このチョークにしろ、サルビアの花にしろ……（戻ってきたブルサンに）何だ？

ブルサン　ボナバンがお知らせしたいことがあるようです。

ゲルシャール　そうか！……（ボナバン、登場）何かあったか？

ボナバン　実は、ボス……昨夜、隣家の前にトラックが三台、停まっていたそうです……

ゲルシャール　そうか!……で、どこから得た情報だ?

ボナバン　くず屋です。朝の五時ごろ、トラックが立ち去るところを目撃しています……

ゲルシャール　そうか!　そうか!　それだけか?

ボナバン　男が一人屋敷から出てきたそうです。運転用の服装をしていたそうです……

ゲルシャールと公爵　(即座に)　そうか!

ボナバン　二十歩ほど歩いて、たばこの吸殻を捨てたそうです。くず屋がそれを拾っています。

公爵　拾って吸ったのですか?

ボナバン　いいえ[*170]、ここにあります。

ゲルシャール　吸い口が金色のやつだ……銘柄は〈メルセデス〉か……おや、公爵、あなたのたばこでは……

公爵　まさか!　とんでもない!……

ゲルシャール　しかし、明らかです。証拠立ての範囲が狭まってきましたよ。この銘柄のたばこをシャルムラースに置いてらっしゃいますか?

公爵　テーブルというテーブルに、箱ごと置いていますよ!

ゲルシャール　おやおや!

公爵　本当です。シャロレ一家の誰かが盗ったのでしょう。

ゲルシャール　もちろんそうでしょう……平気でちょろまかす連中ですから。

公爵　でも……そういえば……

ゲルシャール　何です？

公爵　ルパンが……そのとき……

ゲルシャール　なんですって？

公爵　この事件はルパンの犯行であり、サルビアの花が隣家で見つかったということは……ルパンがシャルムラースに来たということになりませんか？……

ゲルシャール　当然そうですな。

公爵　それなら、ルパンは……シャロレ一家の一人なんですか？

ゲルシャール　それはまた別の話です。

公爵　いや、そうにちがいない！　われわれはたしかに、手がかりをつかんだじゃありませんか。

ゲルシャール[*171]　それはよかった！　ほらそんなに熱中して。公爵は私と同じですな。もし警察官になっていたら、さぞかし敏腕だったでしょうなあ！　ただ……今のところ確証は一つもないんです。

公爵　そうに決まってますよ。ほかにいったい誰だというんです？　犯人は昨日、シャルムラースに来たやつですよ。そうでしょう？　それからきっと、自動車泥棒を企てたやつです。

ゲルシャール　それは疑いの余地もありません。だが、当人は舞台の裏に潜んでいた可能性もあります。

公爵　どんな姿をして、どんな仮面をかぶって潜んでいたというんです？……それにしても、どんな男なのか、ものすごく会ってみたいなあ。
ゲルシャール　今晩、会うことができるでしょう。
公爵　今晩ですか？
ゲルシャール　はい。宝冠を盗りに、午後十一時四十五分から午前零時の間に現れるでしょうから。
公爵　そうでしょうか？　本当にそんなに大胆なことをすると思うんですか？
[*172]**ゲルシャール**　公爵は、あの男のことをご存じない。並の人間ではないのです。ひどく大胆かと思えばひどく冷静な男なのですよ。危険に惹きつけられて火のなかに飛び込むんです。だが、やけどをしない。この十年、私は自分自身にこう言い続けてきました。やったぞ！　今度こそ……しっぽをつかんだぞ！……やっと、つかまえられるぞ……ってね。毎日、こう言い続けてきたんです……
公爵　それで？
ゲルシャール　それで、月日は流れ、私はまだ一度もつかまえることができないでいます。ああ、実に有能な男です……ずる賢くて抜け目がない。プロちゅうのプロだ。（間、それから不明瞭に）だが、ごろつきだ！
公爵　それでは、あなたの考えによると、今晩、ルパンが……
ゲルシャール　公爵、あなたは私とともに手がかりをたどり、一つ一つ裏付けをおこなってきましたね。仕事を通して、あの男のことを見てきたわけです……もうどんな男かおわかりでしょう……やつに不可能はないと思いませんか？

公爵　ええ！

[*173]**ゲルシャール**　それでは……

公爵　ああ、きっと……おっしゃるとおりでしょう。

ノックの音。

ゲルシャール　入れ。

ブルサン　（小声で、封書を渡しながら）予審判事からです。

ゲルシャール　どれどれ……（目を通して）そうか！……

ブルサンは下手から退場。

公爵　どうしました？

ゲルシャール　何でもありません。……のちほど、お話しします。

イルマ　（上手より登場）クリチノーフさんが、公爵さまにお話し申し上げたいことがあるそうです。

公爵　そうかい！……で、どこにいるんだい？

イルマ　ジェルメーヌお嬢さまのお部屋です。
公爵　（上手に向かいながら）わかった、今行くよ。
ゲルシャール　（公爵に）だめです。
公爵　どうしてです……
ゲルシャール　絶対にだめなんです……[*174]
公爵　しかし……
ゲルシャール　私の話を聞いてからにしてください！
公爵　そうですか！（ゲルシャールが持っている書類を見つめ、思案したのち、落ち着いた声でゆっくりと）それじゃ、クリチノーフさんに伝えておくれ……こう言うんだよ。ぼくは客間にいると。
イルマ　それだけですか、公爵さま？
公爵　（同じ声の調子で）そうだ！……ぼくは客間にいる……十分ほど手が放せないってね。言ったとおりに伝えておくれよ。（イルマ、退場）これで、彼女に、ぼくがあなたといっしょだとわかるでしょう……それで……いったいなぜですか？……理解できませんが。
ゲルシャール　さっき、これを予審判事から受け取ったのです。
公爵　それで？
ゲルシャール　つまり、これは逮捕状です、公爵。
公爵　なんですって！　逮捕状って……彼女のではないでしょう？
ゲルシャール　彼女のです！

公爵　そんな……彼女を逮捕するなんて……そんなこと、ありえません！

ゲルシャール　その必要があるのです。尋問の結果が思わしくないんですよ。返答を渋ったり、答えたとしても、その内容はあいまいで矛盾だらけなのです……

公爵　それで、逮捕なさるのですか？

ゲルシャール　はい……

ゲルシャールは、鈴を鳴らしに行く。

公爵　ゲルシャールさん、今、彼女はぼくのフィアンセといっしょです……せめて、自分の部屋に戻るまで待ってあげてください……ぼくのフィアンセには大変な衝撃でしょうし、彼女には屈辱的です。そんな事態にならないようにしていただけませんか。

ゲルシャール　しなくてはならないのです！

ゲルシャールは鈴を鳴らす。登場したブルサンに。

ゲルシャール　クリチノーフさんに逮捕状が出た……見張りの警官を下のドアに立たせているだろうな？

ブルサン　はい。

ゲルシャール　（語気を強めて）私のサインのある、私の名刺を持っている者以外は外に出さないように、よく伝えておいてくれ。

　　ブルサン、退場。

公爵　（その間、見るからに考え込んでいる様子）やはり、彼女は逮捕[*175]されなくてはならないのか……

ゲルシャール　もちろんです！　おわかりいただけますよね？　個人的には、何の恨みもありません。感じのいい娘さんだと思っているくらいです。

公爵　そうでしょう？　彼女には、まるで迷子のように途方に暮れている感じがあるんです……だけど、ずいぶんお粗末な隠し方をしたものです……ハンカチを丸めて、隣家の部屋に捨てるなんて、なんてばかなんだろう！

ゲルシャール　（びっくりして）[*176]ハンカチと……おっしゃいましたか？

公爵　あんまりへまなので、怒るに怒れませんよ。

ゲルシャール　真珠のペンダントを包んだハンカチですか？

公爵　ええ。四階の小部屋で、ごらんになったでしょう。あんなことをするなんて、無謀ですよ。

ゲルシャール　とんでもない、見ていませんよ。

公爵　どうしてです？……そうか！……そうでした。見たのは予審判事でした。

ゲルシャール　判事が、クリチノーフさんのものであるハンカチを見たんですか……そのハンカチはどこです?

公爵　予審判事は真珠を取って、ハンカチはそこに放置したはずですよ。

ゲルシャール　なんということだ!　それじゃ、ハンカチは取らなかったんですか?　まったく、なんという……やれやれ……

ゲルシャールはコート[*177]を脱ぎ、暖炉のほうに行き、ランタンを灯す。

公爵　ああ、でも、クリチノーフさんを逮捕されるのですから、もうそんな些細なことにこだわることはないでしょう。

ゲルシャール　とんでもない、重要なのです。お詫びしますよ……

公爵　どうしてです?

ゲルシャール　疑わしい点があるためクリチノーフさんを逮捕しますが、証拠の品は何もないのです。

公爵　(動揺したふりをして)えっ[*178]!

ゲルシャール　証拠は、今あなたに提出していただきました。それから、真珠を隣家に隠したというなら、そこに通じる道を知っていたことになります。つまり、彼[*179]女は共犯です。

公爵　どうしてそう思うのです?　そうか!　どうしよう!……ぼくだ……ぼくが、うっかりしていたからだ……ぼくのせいで、わかったのですね？……

ゲルシャール　このランタンをお願いします……なかを照らしていただけますか、公爵？

公爵　（即座に）ぼくが行きましょうか？　ハンカチがどこにあるか知っていますから。

ゲルシャール　（即座に）いいえ、私が自分で行くほうがいいんです。

公爵　（即座に）では、もしよろしければ……

ゲルシャール　（即座に）いえ、結構……

公爵　差し出がましいことを申しまして……

ゲルシャール　それじゃ、見えませんよ……もっと腕を伸ばしてくれませんか？

公爵　わかりました。

ゲルシャール　五分ですみます。この体勢で、お疲れになりませんか？

公爵　大丈夫です。

　ゲルシャールは暖炉のなかに姿を消す。公爵はしばらくしてから、暖炉の内側にランタンをひっかける。

公爵　こんな感じでいいですか……

ゲルシャールの声　はい、とてもいいです。

公爵は上手のドアに駆けつけ、ドアを開ける。ソニアが外出用の身なりで現れる。

公爵　（ランタンを持つために、暖炉に戻る）早く！
ソニア　まあ、どうしましょう！
公爵　あなたに逮捕状が出ました。
ソニア　（取り乱して）もう終わりだわ。
公爵　いいえ、逃げるんです。
ソニア　逃げるって……どうやってです……ゲルシャールは？
公爵　いいですか、ぼくが明日の朝、電話しますから……
ゲルシャールの声　公爵！
ソニア　まあ、大変！
公爵　しっ！
ゲルシャールの声　ランタンをもう少し持ち上げてくれませんか？
公爵　（暖炉のなかで）待ってください。やってみます……ああ、だめです。できません。
ゲルシャールの声　それでは、少し右寄りにできませんか。

公爵は有無を言わさぬ態度でソニアに合図をし、ランタンを持ちに来させる。彼女がそれを持っている間に、すばやくゲルシャールのコートから紙入れを取り出し、名刺を抜き取り、何か言葉を書き込み、暖炉に戻る。ソニアはその一部始終を驚きと心配の入り混じった表情で見つめる。

公爵　（暖炉のなかに入って）これでいいですか。

ゲルシャールの声　はい、とてもいいです。

公爵　（ソニアに）この名刺を見張りの警官に渡すんです。

ソニア　（名刺を眺めて）なんですって！　でも……これは……

公爵　さあ、行って……

ソニア　まあ！　どうかしています！……もしゲルシャールにわかったら。

公爵　心配いりません……あ、そうだ！　もし何かあったら……明日の朝、八時半に、うん、そうしよう。ちょっと待ってください……（暖炉に駆けつけ、呼ぶ）暗くないですか？（答えがない）隣[*180]の家に行ったんだ。八時半に、電話をかけてもいいですか？

ソニア　ええ、エトワール広場のそばの宿にいます……でも、この名刺はいただけませんわ……あなたの身が……

公爵　宿には電話がありますか？

ソニア　ええ。五五五‐一四です。

公爵　（カフスのなかに番号を書き込んで）もし八時半に電話をしなかったら、ぼくの家に直接来てください。

ソニア　わかりました。でも、もしゲルシャールに知れたら……もしゲルシャールに見つかってしまったら……

公爵　行きなさい、ソニア。さあ、早く！

ソニア　（公爵のもとに戻って）ああ！　なんてお優しい方なんでしょう！

公爵はソニアをドアへと押しやる。敷居のところで、二人はためらいがちに見つめ合う……公爵がソニアを抱き寄せる。ソニアは腕のなかに飛び込む。二人は口づけを交わす。ゲルシャールの声が聞こえ、公爵は彼女から離れる。

公爵　もう、行ったほうがいい。きみが大好きだよ。さあ、行って！

ソニア、退場。

第四場

ゲルシャール、公爵、ブルサン、ジェルメーヌ、グルネイ＝マルタン一人になると、公爵は走って暖炉[*181]まで戻りランタンを持つ。そのとき、ドアの閉まるかすかな音がする。感きわまり、マントルピースに寄りかかる。

ゲルシャール （あざけるような目を公爵に向け、驚き[*182]と疑いの入り混じった調子で）なんにもありませんでした……いやはや、不可解ですなあ。何も見つからないとは！

公爵 何も見つからなかったのですか？

ゲルシャール はい。四階の小部屋でハンカチを見たというのはたしかなんですか？

公爵 たしかです……ハンカチは見つからなかったのですか？

ゲルシャール はい。

公爵 （皮肉っぽく）ちゃんと探したのですか……あなたのかわりに、ぼくが見てきましょうか。

ゲルシャール 結構です……それにしても、ずいぶん妙な話だ……（公爵を見つめて）あなたも、そう思いませんか。

公爵 ええ……妙な話です。

ゲルシャールは少し歩き回ってから鈴を鳴らす。ブ[*183]ルサン、登場。

ゲルシャール ブルサン……クリチノーフさんを……時間だ。

ブルサン クリチノーフさんですか？

ゲルシャール　そうだ……時間だからな……連れて来い。
ブルサン　でも、クリチノーフさんは出ていきましたよ、ボス。
ゲルシャール　（飛び上がって）出ていった！　なんだって、出ていったのか？
ブルサン　そのとおりです、ボス。
ゲルシャール　おい、こら……おまえはばかか？
ブルサン　いいえ、ちがいますよ。
ゲルシャール　出ていったのか！……誰が出ていかせたんだ？　誰だ？
ブルサン　見張りの警官ですよ。
ゲルシャール　（荒っぽく）なんだって！……なんだって見張りの警官が？
ブルサン　でも……
ゲルシャール　私のサインが必要なはずだ……私のサインのある私の名刺が。
ブルサン　はい、これです……ボスの名刺です……それにボスのサインもあります……
ゲルシャール　（仰天して）なんだって？　にせ物なんじゃないのか？　そうか、これは……（かなりゆっくりとした演技のシーン。ゲルシャールは事の次第を理解しようと努めるうちに、ソニアの逃亡に公爵が手を貸したのではないかと感づく）よろしい！（ブルサン、退場。間。コートのところに行き、紙入れを取り出し、名刺の数を数え、一枚足りないことに気づく。公爵はそのすぐそばにいるが、二人の間にはつい立が立ててある。公爵はそのつい立の上に両手を置いて、揺[*184]すっている。ゲルシャールがコートを着ようとする。公爵が手を貸そうとするが、断られる。再び鈴を鳴らして）ブルサン……ヴィクトワールはちゃんと護送車に乗せただろうな？

ブルサン　とっくに乗せましたよ、ボス。九時半から中庭*185に待機していましたから。

ゲルシャール　九時半だって！……たしか、ちょうど今頃の、十時半前後にならないと到着しないはずだと思ったが。まあ、いいだろう。

ブルサン　では、もう一台のほうは帰らせましょうか？

ゲルシャール　もう一台とは、どういうことだ？

ブルサン　今さっき到着したほうの護送車です。

ゲルシャール　なんだって？　さっきから何をほざいてるんだ？

ブルサン　護送車を二台、依頼されたのではないんですか？

ゲルシャール　（動揺して）二台だって！　嘘だろう？

ブルサン　もちろん本当です、ボス。

ゲルシャール　ちくしょう！　ヴィクトワールを乗せたのはどっちの車だ？

ブルサン　決まってますよ！　最初に来たほうです、ボス。

ゲルシャール　警官や御者の顔を見たか？　知ってる連中だったか？……見覚えのあるやつはいたか？

ブルサン　いいえ。

ゲルシャール　いいえ、だと？

ブルサン　はい。きっと新入りですよ。サンテ刑務所から来たと言っていました。

ゲルシャール　このばかたれめ！　おまえのほうこそ、精神病院《サンテ》に行くがいい。
ブルサン　いったい、どうなってるんです？
ゲルシャール　かつがれたんだよ。こういう芸当をやってのけるのは……
公爵　ルパン[*186]でしょうね？
ゲルシャール　まったく！……いまいましい！……（ブルサンに）それで、おまえはここでじっとしているつもりか。口をぱくぱくさせやがって。ヴィクトワールの部屋でも調べてこい。
ブルサン　ボナバンが調べましたよ、ボス。
ゲルシャール　ああ、それなら、ボナバンはどこだ？　ここへ呼んでくれ。
ブルサン　ボナバン！

ボナバン[*187]、登場。

ゲルシャール　ヴィクトワールのトランクを調べたか？
ボナバン　はい。下着や衣服ばかりでした……ただ[*188]、これが。
ゲルシャール　見せてくれ……ミサ曲集か、これだけか？
ボナバン　なかに写真が挟んであります。
ゲルシャール　これは！　ヴィクトワールの写真だな……色があせているな……日付は……十年前だ……おや！　この若造は誰だろう、ヴィクトワールがこの若造の首に腕をまわしているぞ……ああ、これは!

とてもゆっくりとした演技のシーン。ゲルシャールは、さまざまな思いにおそわれながら写真を眺め、公爵を横目で見つつ、写真を遠ざけたり近づけたりするが、公爵には焦点を合わさない。[*189]公爵はずっと暖炉のそばで、つま先立ちになって写真を覗こうとする。正体が暴かれたことを察知してひどく不安になり、いざという時の逃げ道を探して、しばし目をきょろつかせている。ゲルシャールは公爵に近寄っていくと、揉み手をしながらじっと見つめる。

公爵 どうなさったんです? ぼくにどこかおかしなところでもあるのですか……ネクタイが曲がっていますか……

ゲルシャールは何も答えずにじっと見つめ続ける。電話が鳴る。公爵が立ち去ろうとする。

ゲルシャール だめです、どうぞ……(電話に出て)「もしもし、私だが。警察庁の主任警部だ」(公爵に)シャルムラースの庭師からです。

公爵 ああ、そうですか。

ゲルシャール 「もしもし、よく聞こえますか……はい。昨日、誰が温室に入ったか知りたいのです。ピンク色のサルビアの花を摘んだ可能性のある人が誰だかわかりますか？……」

公爵　ぼくです。さっき言いましたよ。

ゲルシャール　はい……わかっています。（電話口で）「昨日の午後です……はい、ほかには？……ああ、シャルムラース公爵以外は誰も入っていないのですね……たしかですね！……絶対に？……断言できるのですね……はい、以上です。どうも」（円錐形をした受話器をもどして、公爵に）お聞きになりましたか、公爵？

公爵　ええ。

沈黙。

グルネイ＝マルタン　（旅行かばんを手に登場）ジェルメーヌ、おまえもリッツに行くか？　さあ、いっしょにおいで。（公爵に）しかたがないだろう。わしは、どうやらもう家で寝ることができない定めらしいのだ。

公爵　リッツにお泊まりになるんですか？　どうして、行ってしまわれるのです？

グルネイ＝マルタン　危険が迫っているからだ。きみはまだ、ルパンからきた電報を読んでいないのか。今夜午後十一時四十五分から午前零時の間参上、宝冠ご用意乞う、と書いてあった。宝冠はわしの寝室だというのに、やつが来るのをおとなしく待っていられると思うのか。

公爵　でも、宝冠はもうそこにはないのですから……ぼくを信用してくださって、いっしょに隠し場所を変えたではありませんか。

グルネイ＝マルタン　ふむ。だがそこからまた取り出して、この旅行かばんのなかに入れたのだ。自分で持っていようと思ってな。

このやりとりの間、ゲルシャールはわきで考え込む。それからジェルメーヌに質問する。

公爵　なんですって！

グルネイ＝マルタン　何がだね？

公爵　果たして、それは安全でしょうか？

グルネイ＝マルタン　なんだって！

公爵　もしルパンが宝冠を盗むと決めたのなら、力づくでも奪おうとするでしょう。そうしたら、どんな危険な目に遭うかわかりませんよ。

グルネイ＝マルタン　それもそうだ。そこまでは考えが及ばなんだ。では、どうしたらいいのだ？

公爵　用心なさることです。

グルネイ＝マルタン　誰に対してもということだな。まったく、そのとおりだ。ところで、（近づいてくるゲルシャールに）悪いが、ちょっと待ってください。（公爵に）なあ、きみはゲルシャールを信用できるかね？

公爵　ゲルシャールをですか！

グルネイ＝マルタン　あの男を全面的に信用しても大丈夫だと思うかね？

公爵　ええ、それはもう！

グルネイ＝マルタン　それなら、あの男に宝冠を預けることにしよう。（旅[*190]行かばんを開けて）ほら、どうだ、美しいだろう？

公爵　（蓋を開けた宝冠の箱を持って）ああ、素晴らしいですね！

グルネイ＝マルタン　（ゲルシャールに）ゲルシャールさん、危険が迫っているので宝冠を預かっていただきたいのだが、ご迷惑ですかな？

ゲルシャール　とんでもない。ちょうど、こちらからご提案しようと思っておりました。

公爵　（非常にゆっくりとした動きで、ゲルシャールに宝冠を差し出す。二人は同時に、宝冠の箱を両手で持つ格好になる）どうです。美しいでしょう？（公爵が手をひっこめる）

ゲルシャール　実に素晴らしい！

グルネイ＝マルタン　（公爵に）ああそうだ、ジャック、何か変わったことがあったら、わしはリッツにおるからな。それから……

グルネイ＝マルタンは公爵と喋り続ける。

ゲルシャール　（ジェルメーヌに）この、公爵の写真をごらんになったことがありますか？　十年前のものです。

ジェルメーヌ　十年前のものですか？　でも、これは公爵ではありませんわ。

ゲルシャール　（即座に）なんですと？

ジェルメーヌ　どうしてです？

ゲルシャール　いいえ何でもありません……でも似ていますね……

ジェルメーヌ　公爵に、ええ、今の公爵になら少し似ていますね。でも、昔の公爵とは似ていませんわ。彼は変わってしまったんです。

ゲルシャール　そうですか！

ジェルメーヌ　旅行やら、病気やらで……ご存じのように、死[*191]んだと思われていたのですから……

ゲルシャール　そうでしたね。

ジェルメーヌ　父の心配が的中してしまったんです。今はとても元気になりました。

ゲルシャール　公爵、あなたも行かれるのですか？

公爵　ええ。もうぼくにご用はありませんね？

ゲルシャール　ありますとも！

公爵　でも、用事もあることですし。

ゲルシャール　怖いのですか？

沈黙。公爵は考え込む。それから、まるで一か八かの勝負に出るかのように決意して。

公爵　ああ、ゲルシャールさん、まんまとぼくを引きとめましたね。

グルネイ＝マルタン　そうだよ、残ってくれ。二人でも多すぎることはないのだからな。感謝するよ……だが、いったいいつになったら、わしは自分の家で枕を高くして寝られるのやら。

グルネイ＝マルタン[*192]はゲルシャールと握手を交わして、退場。

ジェルメーヌ　（上手より再び登場して[*193]）あなたは来ないの？

公爵　ぼくは、ゲルシャールさんとここに残るよ。

ジェルメーヌ　それなら、明日はオペラ座に行く元気はないわね。昨日の晩も徹夜でしょう。（ゲルシャールが身震いする）ブルターニュを車で夜の八時に出発して、ここに到着したのは朝の六時なんですもの。

ゲルシャール　（飛び上がって）車か。

ジェルメーヌ　でも、いいこと、疲れていてもなんでもオペラ座にエスコートしてちょうだい。『ファウスト』が見たいの。楽しみにしていたのよ。

第五場

公爵、ゲルシャール、ブルサン

ゲルシャール　（独白、ゆっくりと、喜びを抑えきれずに）車で来たのか！……これで……すべて説明がつくぞ……きっとそうだ……わかったぞ……（テーブルの上に宝冠の入った箱を置く。公爵[*194]が舞台に戻ってくる）存じませんでしたよ、公爵……昨夜は車が故障して大変だったのでは……もし知っていたら、お引きとめするのは気がひけましたよ。
公爵　故障ですか……
ゲルシャール　はい。夜の八時に出発されているのに、パリに到着したのが朝の六時ということですからね。あまり馬力のある車ではなかったのでしょうね。
公爵[*195]　いいえ、百馬力あります。
ゲルシャール　そりゃ、すごい！　では、さぞかしひどい故障だったんですね。
公爵　三時間、立ち往生でした。
ゲルシャール[*196]　でも誰もいなくて、修理を手伝ってもらえなかったんですね。
公爵　もちろんです。夜中の二時半でしたから。
ゲルシャール　人気《ひとけ》もなかったことでしょう。
公爵　人っ子一人、いませんでした。

ゲルシャール　厄介でしたな。
公爵　とても厄介でした。ぼくが、自分で修理しなくてはなりませんでしたから。そういう意味ですね？
ゲルシャール　そうです。
公爵　たばこはいかがです？　あ、いけない、カポラルしか吸わないのでしたね。
ゲルシャール　いえいえ、かまいません。（たばこを手にして眺める）同じものですな。どうも、おかしなことばかりです。
公爵　何がです？
ゲルシャール　すべてがです……このたばこも……サルビアの花も……あの写真も……運転用の格好をした男というのも……それから、車の故障もです。
公爵　もういい加減にしてください。酔っているんじゃないでしょうね……

公爵はコートを取りにいく。

ゲルシャール　（立ち上がって、公爵の前に立ちはだかって）だめです。外に出[*197]ないでください。
公爵　なんですって？（沈黙）いったい、今、何ておっしゃったんです？
ゲルシャール　（額に手をやって）なんでもありません……申し訳ない……どうかしていました。
公爵　まったくですよ！……

ゲルシャール　助けてください……そうです。そう言いたかったのです……どうか……ここに残ってください……ルパンと戦うために私を助けてください。おわかりでしょう……よろしいですね？

公爵　それでしたら、喜んで。でも、あなたはあまり冷静ではないようですね……これでは何を言われるかわかったものではない！……

ゲルシャール　もう一度、お詫び申し上げます。

公爵　いいでしょう！……でも、何をしようというのです？

ゲルシャール　さあて？　宝冠は……箱のなかですね？

公爵　それはよくわかっていますよ。今日の午後、隠し場所を変えたのはぼくなんですから。グルネイ＝マルタンさんにたのまれたのでね。

ゲルシャール　はい、つまり、ご存じのように……[*198]このなかにあります。

公爵　はい、はい、わかりましたよ。それで？

ゲルシャール　それで、われわれはこれから待つわけです。

公爵　誰をです？

ゲルシャール　ルパンをです。

公爵　ルパンですって！　それではあなたは、おとぎ話に出てくるように、柱時計が十二時を鳴らすとルパンが入ってきて宝冠を盗っていくと思っているのですね。

ゲルシャール　はい、そう思っています。

公爵　それは、どきどきしますね！

ゲルシャール　退屈ではありませんか？

公爵　とんでもない。あなたを十年も振り回している、姿の見えないタフガイとお近づきになれるのですからね。いい夜になりそうだ。

ゲルシャール　誰に向かって言ってるんです？

公爵　あなたにですよ。（二人は腰をおろす。間。ドアを指して）あそこから来るのですね。

ゲルシャール　（耳を澄まして）そうでしょうか？……いいえ。

公爵　そうですよ。ほら……ノックしています。

ゲルシャール　本当だ。あなたは私よりずっと耳がいい。その上、あらゆる面で、一流の警察官が持つべき資質をお持ちだ。（ゲルシャールは公爵から目を離さないようにして、ドアを開けにいく）入れ、ブルサン。（ブルサン、登場）手錠を持ってないか？

ブルサン　（ゲルシャールに手錠を渡しながら）どうぞ。自分も残ったほうがよろしいですか？

ゲルシャール　いいや……中庭[*199]に警官を待機させているな？

ブルサン　はい。

ゲルシャール　隣家は？……

ブルサン　こちらの屋敷と行き来できないようにしました。警備は万全です。

ゲルシャール　通ろうとする者がいたら、（公爵を一瞥して）誰であろうと逮捕しろ……（公爵に笑いかけながら）なんなら、撃ってもかまわん。

ブルサン、退場。

公爵　いやはや！　ここは、まるで要塞ですね。
ゲルシャール　公爵、ご想像をはるかにこえた厳戒態勢をとっています。ドアの向こうにはすべて、部下の警官を待機させているのですから。
公爵　（うんざりとした様子で）やれやれ！……
ゲルシャール　うんざりなさったようだ。
公爵　なんてこった！　これじゃ、ルパンもこの部屋に入れるわけがない！
ゲルシャール　まず無理でしょう……天井から落っこちるか……あるいは……
公爵　アルセーヌ・ルパンがあなたでないかぎりはね。
ゲルシャール　それなら、あなただって別の人かもしれない。

二人とも笑う。

公爵　こいつは傑作だ。さて、それでは失礼します。*200
ゲルシャール　なんですって？
公爵　当然ですよ！　ぼくはルパンに会うために残ったのです……もう、それがかなわないのですから……

ゲルシャール　絶対に会えますよ……だから、行かないでください……

公爵　ずいぶんと、無理強いなさいますね！

ゲルシャール　きっと会えますから。

公爵　まさか！[*201]

ゲルシャール　（内緒話でもするように）もうここにいるんです。

公爵　ルパンがですか？

ゲルシャール　ルパンがです！

公爵　どこにですか？

ゲルシャール　屋敷のなかです！

公爵　では、変装しているのですか？

ゲルシャール　そうです。

公爵　警官のなかにいるのかもしれませんね？[*202]

ゲルシャール　ちがうと思います。

公爵　では、もしここにいるのだとしたら、そのままにしておけば……きっと現れますね。

ゲルシャール　そう願いたいところですが、果たしてそこまでやるでしょうか？

公爵　どうしてです？

ゲルシャール　当然ですよ！　ご自分でもおっしゃったじゃないですか、要塞のようだと。ルパンは、おそらく一時間前まではこの部屋に侵入するつもりだったでしょうが、今はどうでしょうか。

公爵　どうなんです？

ゲルシャール　今となったら、並々ならぬ勇気がいるでしょうねえ。のるかそるかの大勝負です。仮面もかなぐり捨てねばなりません。ルパンがわざわざ、そんな危ない橋を渡るでしょうか？私にはとてもそうは思えません。あなたはどう思われますか？

公爵　もちろん現れますよ！　ぼくよりよっぽどご存じのはずです。もう十年もつきあってらっしゃるのですからね……少なくとも、聞くところによると……

ゲルシャール　（しだいに、いら立ちはじめて）あの男の行動パターンは、よく頭に入ってますよ。この十年、どういう策を弄《ろう》しどう事を運ぶのか、ひたすら解明してきたのですから……ええ！実に巧妙な手口です……敵を攻め立て……揺さぶりをかけるのです……（にやりとしながら）とにもかくにも、やってみる。そうして、複雑にからんだ不可解な策略をいくつも重ね合わせていくのです。私だって、何度もひっかかってきました。おかしいですか？

公爵　大変興味をそそられます！

ゲルシャール　私もですよ。だが、今度ばかりは、見抜けそうです。策略も抜け道もないところで、正々堂々と戦うのですから！……ルパンは勇敢かもしれませんが、それは泥棒をするときだけでしょうし……

公爵　おお！

ゲルシャール　当たり前ですよ。悪党に、勇気などという美徳[*203]があるはずがない。

公爵　すべてを持ち合わせた人間などいませんよ。

ゲルシャール　罠にしろ、攻撃にしろ、戦術にしろ、やつらのやることはすべて、底が知れています。

公爵　手厳しいですね。

ゲルシャール　とんでもない、公爵。本当のことですよ。ずいぶん買いかぶられているんです、あのルパンという男はね。

公爵　それでも……手際は、なかなかのものだ。

ゲルシャール　そうですかな!

公爵　そうですよ……公正な判断をすべきです……昨夜の盗みにしたって、前代未聞というほどではないが、なかなかのものです。自動車泥棒も、あざやかなものだった。

ゲルシャール　へえっ!

公爵　たった一週間のうちに、まずはイギリス大使館に、次は財務省に、三番目はレピンヌ邸[*204]に盗みに入ったのも、なかなかのものでした。

ゲルシャール　ふむ。

公爵　それに、あの男がゲルシャールになりすました事件を忘れてはなりません。どうです……ここだけの話、ざっくばらんに言って……あざやかな手際じゃありませんか。

ゲルシャール　さあどうでしょう。だが、最近、もっと腕を上げましたね。どうして、その話をなさらないんです？

公爵 おや、何でしょう？

ゲルシャール シャルムラース公爵に化けたことですよ。

公爵 そんなことをしたのですか？ ああ、なんというやつだ！ しかし、ぼくもあなたのように、真似のしやすいタイプなんでしょう。

ゲルシャール だが、公爵、おもしろいのは、それが結婚までいきかねなかったということです……

公爵 へえ！ あの男がねえ……でも、ルパンに結婚生活なんて……

ゲルシャール 莫大な財産に……美しい娘です。

公爵 愛しているのは、きっと別の娘でしょう。

ゲルシャール おそらく、女泥棒のほうでしょうな……

公爵 似たもの同士ということです……それから、ぼくの考えを言えば、婚約したほうの女には、*205 きっとうんざりしていたのでしょう……

ゲルシャール それでも、結婚前夜にそんな告白をされるというのは、痛ましいし、気の毒だ。本心を明かすとは、ずいぶん愚かなことをしたものだ。だが待てよ、よくよく考えてみれば、充分理にかなっているということか？ ルパンはシャルムラースの仮面の下で本領を発揮し、まず持参金のほうを狙ったんだ。娘のほうは、もう手に入らないという危険を冒しても。

公爵 おそらくは、打算的結婚と言われるものでしょう。

[*206]ゲルシャール　失敗だったな！　明日はオペラ座のボックス席のはずが、留置所で過ごす破目になろうとは……一ヵ月後には、シャルムラース公爵として、盛大な祝福を受けながらマドレーヌ寺院の階段を上っていたものを、舅の作り上げた階段から転げ落ちようとは。今夜は（強調して）、今夜こそは、鉄のわっぱを手首にはめられることになるのだからな……おい！　どうだ、これがゲルシャールの仕返しだ！　老いぼれ能無しゲルシャールのな……囚人の縁なし帽をかぶった、獄中の怪盗ブランメル（英国ウェールズ公の友人でもあった洒落男）とはな！……ルパンにはさほどの事ではなかろうが、公爵には破滅だな……さてこのくらいにして、それではあなたの番です。ざっくばらんに言って、おもしろい話だとは[*207]思いませんか？……

公爵　（ゲルシャールの前に着席していたが、顔を起こし、つっけんどんに）もう、すんだかい？……

ゲルシャール　[*208]なんだって？

二人は向かい合って立ち上がる。

公爵　ぼくはおもしろい話だと思うよ。

ゲルシャール　[*209]私もだよ。

公爵　いいや、おまえはこわいんだ。

ゲルシャール　こわいだって？　はっ、はっ、はっ！

公爵　そうだよ、こわいんだ。それに、おまえと呼んだからって、おまわりさんよ、ぼくが仮面を取ったと思うなよ……そんなもの、最初からつけちゃいないんだからな。取るものなんかないんだよ。ぼくは、はじめからシャルムラース公爵だ。

ゲルシャール　嘘だ！　おまえは十年前、サンテ刑務所から脱走したルパンだ！　やっとわかったぞ。

公爵　証明してみろよ。

ゲルシャール　するさ。

公爵　ぼくはシャルムラース公爵だぞ。

ゲルシャール　はっ、はっ！

公爵　笑うんじゃない。何も知らないくせに。

ゲルシャール　おまえ呼ばわりしてるじゃないか。

公爵　悪いか？　おまえにぼくを逮捕できるのかい？　ルパンなら逮捕できるだろうがな……でも、なんなら、シャルムラース公爵を逮捕してみたらどうだ。誠実な紳士で、今風のダンディ。ジョッキークラブやユニオンの会員でもあり、ユニベルシテ通り、三二‐二の屋敷の主人。おまけに、グルネイ＝マルタン家令嬢の婚約者なんだぞ。どうだ、そんなシャルムラース公爵を逮捕できるのか。

ゲルシャール　往生際の悪いやつだな！

公爵　さあ、逮捕してみろよ！……パリじゅうの笑いものになって、ばか扱いされるのが落ちだ……警官たちを呼んだらどうだ……証拠もないくせに……ただの一つも握っちゃいないくせに……

ゲルシャール　いずれ、あげるさ。

公爵　そうかもしれない……一週間後か……ひょっとしたら、あさってか……そう、いつかはな……でも、今夜じゃないってことはたしかだ……

ゲルシャール[*210]　ああ、誰かこの話を聞いていたらなあ！

公爵　心配するなよ……何の証拠にもなりはしないさ。予審判事も言ってたじゃないか。ルパンの事になると、おまえは気が狂うって。へえ！　予審判事っていうのは、なるほど頭がいいもんだな。

ゲルシャール　どっちみち、宝冠は今夜……

公爵　待てよ、おい……待てったら。（立ち上がる）このドアの向こうに何があるか知ってるのか？

ゲルシャール　（びくっとして）えっ！

公爵　臆病だな、まったく。

ゲルシャール　ちくしょう！

公爵　今に吠え面かくぞと言ったろう。

ゲルシャール　そうやって、好きなだけ喋ってろよ。

公爵　哀れなやつだよ！　時計の針が十二時に近づく一刻一刻が、おまえには針の筵《むしろ》だ……（荒っぽく）気をつけろ！

ゲルシャール　（飛び上がって）なんだい？

公爵　そんなにびくつくなよ！

ゲルシャール　くさい芝居をしやがって！

公爵[*211]　おまえは、ほかのやつらほど腰抜けじゃないさ……だけど、得体の知れないことが突然襲いかかってくるかもしれないんだ。不安のあまり耐えられなくなるかもしれないな。（力のこもった声で）ぼくの言ったとおりになったな。おまえも感づいては、いや、確信さえしていたはずだ。時計の針が刻一刻と進み、やがてその時間になったとき、破滅をもたらす出来事が容赦なく襲いかかってくると、な。肩をすくませている場合じゃないんだ。顔色が悪いぞ。

ゲルシャール　警官が待機しているんだぞ……警備は厳重だ。

公爵　まだまだ青いな！　だが、おぼえてないのかい？　いつもおまえが準備万端、手筈を整え、虎視眈々と狙っているときにかぎって、何か不測の事態が起こり、せっかく積み上げてきたものがガラガラと崩れちまうんじゃなかったのかい。いつも、さあこれから勝利を手にしようってときに、決まっておまえは打ち負かされ、やっと届きそうになっていたはしごの天辺からまっさかさまだったじゃないか。

ゲルシャール　そんなことを言うとは、やっぱりおまえはルパンだな。

公爵　そう確信しているんだろう……

ゲルシャール　（手錠[*212]を取り出し）ああ！　この瞬間をどれほど待っていたかわかるかい、坊や。

公爵　（即座に、そして横柄に）もうたくさんだ、ちがいますか？

ゲルシャール　なんだって？

公爵　もうたくさんだ。おたがい承知で、おまえと呼び合うのは結構だが、坊や呼ばわりされるいわれはない。

ゲルシャール　しようがないなあ……そうやって虚勢を張ってほざいていられるのも今のうちだ。

公爵　もしぼくがルパンだというなら、つかまえればいい。

ゲルシャール　あと三分待てよ！　さもないと、宝冠に手が出せないからな。

公爵　三分後には、宝冠は盗まれ、ぼくも逮捕されないだろう。

ゲルシャール　おやそうかな。誓って言うが……

公爵　むやみに誓いなんか立てるなよ。あと二分だ。

公爵[*213]はリボルバーを取り出す。

ゲルシャール　なんだ！　くそっ！　だめだ！

ゲルシャールもリボルバーを手にする。

公爵　まあまあ！　べつに、ルパンを撃つために持ってきたわけではないんだ！

ゲルシャール　へえそうかい！

公爵　念のために用意していたんだ……あと一分……

ゲルシャール　（ドアのほうに行って）多勢に無勢だぞ。

公爵　ふん！　臆病者！

ゲルシャール　いやちがう。私一人だ。

公爵　それは無用心だ！

ゲルシャール　少しでも動く素振りをみせたら……ほんのわずかでも動いてみろ……ぶっぱなすからな。

公爵　ぼくはシャルムラース公爵だ。そんなことをしたら明日逮捕されるぞ。

ゲルシャール　知ったことか。

公爵　あと五十秒。

ゲルシャール　それがどうした。

公爵　あと五十秒で、宝冠は盗まれる。*214

ゲルシャール　盗まれない。

公爵　盗まれるさ！

ゲルシャール　いいや、盗まれない。（振り子時計が鳴りはじめる。二人はたがいににらみ合う。公爵が二度ほど動く素振りをみせる。そのたびに、ゲルシャールは慌てふためく。十二回目が鳴ると、二人とも突進する。公爵は宝冠のわきに置いた帽子を取り、ゲルシャールは宝冠をつかむ）ほら、取ったぞ……とうとう……私が勝ったのだな？　今度ばかりは、だまされなかったはずだ。ルパン

公爵「本物はこっちだ」

は宝冠を盗らなかったはずだ。

公爵　（陽気に、コートをはおりながら）思ったとおりだ……で、そっちは、たしかなのかい？

ゲルシャール　えっ！

公爵　（笑いを押し殺して、鈴を鳴らしながら）おや！　目方がない……ちょっと、軽すぎると思わないのかい？

ゲルシャール　なんだって？

公爵　（ふきだして）それはにせ物だ！

ゲルシャール　くそいまいましいやつめ!!!

公爵　（傍白、コートを少しめくって、なかに隠した宝冠を見て）本物はこっちだ。（登場した警官たちに）宝冠が盗まれたぞ。

公爵は下手のドアから逃げる。

ゲルシャール　（茫然自失の状態から、われに返って）いまいましいやつだ！　やつはどこだ？

ブルサン　誰のことです？

ゲルシャール　公爵に決まってるだろ！

警官たち　公爵ですか？

ゲルシャール　（逆上して）[*215] 公爵を外に出すな。追跡して……つかまえるんだ。逃すなよ。家に帰すんじゃないぞ。

幕

第四幕

非常に品よくしつらえられた喫煙室。電話が置かれた仕事机、ソファ、書き物棚がある。

幕が開くと、観客正面に、エレベーター室に通じる大きな開口部。その下手に本棚。

上手奥に、玄関に通じるドアが大きく開け放たれている。ドアの端は客席から見えない。

下手真ん中に、通りに面した窓。[*216]上手前と下手前にドア。

第一場

[*217]ヴィクトワール、シャロレ父子

シャロレ父　（窓辺で、振り向いて）ちぇっ、呼び鈴が鳴ったぞ。

シャロレ息子　ちがうよ。振り子時計だよ。

ヴィクトワール　（急いでやってきて）[218] 六時だ……もう六時だよ……どこにいるのかねえ？……仕事のほうは夜中の十二時にすんじまってるはずなんだけどねえ……どこにいるんだろうねえ？

シャロレ父　（窓のそばで）きっと、尾行されてるんだ……帰りたくとも帰れねえんだ。

ヴィクトワール　エレベーターを下げといたよ。秘密の通路から帰ってきたときのためにね。

シャロレ父　なんだよ、これは！　扉を下ろせよ。扉が開けっぱなしなのに、どうしてエレベーターが動くんだよ。

ヴィクトワール　本当だ……どうかしていたよ……（ボタンを押すと扉が下り、エレベーター室が覆い隠される）パシー（パリ16区の高級住宅地）の家のジュスタンに電話をしてみようか。

シャロレ父　ジュスタンは、あまり事情を知らないはずだ。

シャロレ息子　ずらかったほうが、いいんじゃないの。

ヴィクトワール　だめだよ。ちゃんと帰ってくるよ。あたしは希望は捨てないよ。

シャロレ父　やっぱり、呼び鈴が鳴ってるじゃないか。ちくしょう……もしも家宅捜索なんかされたら……何も指示がなかったから、準備なんかしてないぞ……いったい、どうすりゃいいんだ？

ヴィクトワール　あたしはどうなるんだよ？……逮捕されるかもしれないってえのに、文句の一[219]つも言ったかい？

シャロレ息子　あの人は、つかまっちゃったのかもしれないね。

ヴィクトワール　ああ、そんなこと言わないでおくれよ……（間）二人組みの警官は、まだあそ

[*220]こにいるのかい?

シャロレ父　あんたは窓に近寄ったらだめだ。顔を見られてるんだからな。(窓から外を眺めながら)まだいるよ……カフェの前だ……その正面は……おや!……

ヴィクトワール　何だい?

シャロレ父　男が二人走ってくるぞ。

ヴィクトワール　男が二人走ってるって?　こっちに来るのかい?

シャロレ父　いいや。

ヴィクトワール　ああ!

シャロレ父　二人組みの警官のところに近づいて、何やら話しているぞ!　くそっ!　走って通りを渡っているぞ……

ヴィクトワール　こっちにかい?……こっちに来るのかい?

シャロレ父　そうだ。来るんだ!……こっちに来るんだよ!!!

ヴィクトワール　まだ帰ってこないっていうのにねえ!　警察なんて来ないでおくれよ……どうか、やつらが呼び鈴を鳴らしませんように……どうか……

玄関の呼び鈴が鳴る。一味はみな呆然となり身動きできずにいる。エレベーターの扉が上がり、ルパンが現れる。メーキャップが崩れ、見違えるほど顔が変貌し、カラーもはずれている。扉がまた下がる。

ヴィクトワール　けがをしてるのかい？

ルパン　いや……（呼び鈴が二回鳴る。シャロレ父に、身振りを交えて、てきぱきと指示を出す）制服のチョッキを着るんだ……それから開けてこい……（シャロレ息子に）本棚を閉じてこい……（ヴィクトワールに）あんたは隠れてくれ。見つかったら、おしまいだ！……

ルパンは下手前から急いで退場する。

ヴィクトワールとシャロレ父子は上手前から退場。シャロレ息子がボタンを押す。本棚が移動し、エレベーターの場所を覆い隠す。[*221]

第二場

シャロレ父、デュージー、ボナバン、ついでルパン

召使の制服を身につけたシャロレ父が、上手から出てきて玄関に向かう。[*222]

シャロレ父　すみませんが……公爵は……

舞台袖で物音。

デュージー　おい……もうたくさんだ。

ボナバンと共に踏み込む。

ボナバン　どこで見失ったんだろう？　やっとしっぽをつかんだのに。
デュージー　せっかく家に戻れないようにしていたのに。
ボナバン　たしかに、あいつだったんだろうな？
デュージー　それはもう……請け合ってもいいよ……
シャロレ父　すみませんが、こちらでお待ちいただくわけにはいかないのです。公爵はまだお目覚めではありませんので。
デュージー　お目覚めだと。その公爵は夜中じゅう、走り回っていたんだぞ。それも、ものすごい速さでな。
ルパン　（登場。なめし革のスリッパをはき、くすんだ色のパジャマにガウンをひっかけている）何かおっしゃいましたか？
デュージーとボナバン　えっ！

ルパン　さっきから騒いでいたのは、あなた方ですか？（デュージーとボナバンは唖然として顔を見合わせる）いい加減にしてくださいよ！　おや、見覚えのある顔ですね。ゲルシャールさんのところの刑事さんですね？

デュージーとボナバン　はい。

ルパン　それで、どういうご用件でしょう？

デュージー　いいえ……べつに……何かの間違いのようです。

ルパン　それでしたら……

ルパンはシャロレ父に合図をし、シャロレ父はドアを開ける。

デュージー　（退場しながらボナバンに）しくじっちまったな！　ゲルシャールは解任されるかもしれないぞ。

ボナバン　だから言ったろう。公爵は、公爵なんだって！

第三場

ルパン一人、ついでヴィクトワール、ついでシャロレ父舞台にはルパンただ一人。警官が来た場面で、すでに疲労のあまり足をふらつかせていたが、警官が立ち去ると、長椅子に倒れ込む。

ヴィクトワール　（上手から戻って）坊や！……（ルパンは返事をしない。ヴィクトワールは彼の手を取って）坊や、お休み……さあさあ……（下手から戻ってきたシャロレ父に）食事だ！……今朝は何も食べてないじゃないか！……（ルパンに）何か食べるかい？

ルパン　ああ。

ヴィクトワール　（いらいらして）まったく、とんでもない暮らしだね……でも、変える気はないんだろう……（ひどく心配そうに）顔[*223]色が真っ青じゃないか……どうして何も話さないんだい？

ルパン　（かすれた声で）ああ、ヴィクトワール！　すごく怖かったんだ！

ヴィクトワール　おまえが怖がるなんて！

ルパン　しっ、ほかのやつらには言わないで……でも、今度ばかりは……ばかなこと、しちまったよ……うん……軽率だった……グルネイ＝マルタンの目の前で宝冠をすり替え、ソニアとあんたをやつらの手から逃したあとは、充分に用心すべきだったんだ。ね、そうだろう？　それなのに、いい気になってゲルシャールをこけにしたんだ。このぼくが……常に冷静なはずなのに……一つしかない、絶対にやってはならないことをやっちまったんだ。シャルムラース公爵のまま、そっと立ち去ればいいものを、逃げちまったんだ……うん。思わず走ってしまったんだよ……まるで泥棒みたいにね……すぐにへまをやらかしたってわかったよ……すぐだった……ゲルシャールの手下の警官たちが、みんなでぼくを追いかけてきたんだ……宝冠を持っているのが見え見えだったし……失敗だったよ！

ヴィクトワール　ゲルシャールは……それでどうしたんだい？

ルパン　はじめは動転したけど、最後には真相を見破ったんだ……時間切れだったがね……ぼくも時間切れで……走ったってわけさ……まるで……狩りのようだったよ。ぼくを追いかけて十人も十五人も警官が連なってるんだ。すぐ後ろで、息を切らして激しくうなっている声がして……まるで猟犬の群れのようだった……ぼくは前の晩はずっと運転しっぱなしだったから……もうへとへとで……はじめから分が悪かったんだ……やつらのほうが断然優位だった……

ヴィクトワール　隠れりゃよかったのに。

ルパン　接近しすぎてたんだよ。最初は三メートル離れていたのに、しだいに二メートル、一メートルと狭まって……もうだめかと思ったよ……ちょうどセーヌ川の……橋の上を渡っているときだった……ぼくはつかまるくらいなら……いっそ川に飛び込んで、かたを付けちまおうかって思ったんだ……

ヴィクトワール　（取り乱して）[*224] ああ神様、どうかお守りください。それで？

ルパン　抵抗することにしたんだ。考えたんだよ……

ヴィクトワール　あたしのことをかい？……

ルパン　うん。あんたのこともね……ぼくは再び元気を取り戻した。これが最後の瞬間だ……ピストルもある……ぼくは死力を尽くして立ち向かうことにした……後ろを見ると……今度はぼくのほうが優位に立っていた……いつの間にかやつらを引き離してたんだ……やつらもくたくたтака

ただったんだ……それでまた勇気が出た……ぼくはあたりを見回した……あんなにたくさんの通りをただ闇雲に走っただけなのに、本能的に家の方向に向かっていたんだ……ぼくは持てる力をふりしぼって、この通りの角までたどり着くと、やつらがちょっとぼくの姿を見失ったすきに……秘密の通路に入ったんだ……誰もまだその通路のことを知らなかった……それで助かったんだよ！……（間、それから、やつれた笑みを浮かべて）ああ、ヴィクトワール、なんてやくざな商売だろうね！

シャロレ父　（盆を持って登場）ほら、朝飯ですぜ、ボス。

ルパン　（起き上がって）ボスなんて言うなよ……おまわりたちがゲルシャールを呼ぶときと同じなんだから……むっとするんだ！……

シャロレ父　だけど、こんな大きな山をよくぞ越えなすったですね。本当に危ないところでしたよ。

ルパン　ああ。これまではうまくやってきたが、さっきはきつかったよ……（シャロレ父、退場。ヴィクトワールがテーブルに食事を並べている間、ルパンは宝冠を見ている）文句のつけようがないほどきれいな宝冠だな……

ヴィクトワール　お砂糖を二つ入れといたよ。着替えをするかい？

ルパン　ああ……（食卓につく。ヴィクトワール、退場）卵もハムもすごくうまいな……腹ペコだったんだ……健康にいいもんだな、実際、こういう生活は……
ヴィクトワール　（アンクルブーツを持って登場）[*225] はかせてやるよ。

ヴィクトワールはひざまづいてルパンにブーツをはかせる。

ルパン　（伸びをして）ヴィクトワール、ずいぶん元気になったよ。
ヴィクトワール　ああ、そうだね……さっきは取り乱して……自殺まで考えたけど……まだ若いんだ……乗り越えたんだね……それでまた、嘘で固めたしがない泥棒稼業がはじまるんだ！
ルパン　ヴィクトワール、もうたくさんだ！
ヴィクトワール　いいや、ろくなことにならないよ。泥棒なんて因果な商売さ。おととい、昨日と、おまえがあたしにやらせたことといったらねえ。
ルパン　よく言うよ！　へまばかりやらかしたくせに！
ヴィクトワール　しかたがないじゃないか……あたしにゃ嘘がつけないんだから。
ルパン　まあね……それがどうして、ぼくなんかといっしょにいられるのかと不思議に思うことさえあるよ。
ヴィクトワール　そりゃ、あたしだっていつもそう思うんだけど、わからないんだよ……たぶん、おまえのことが可愛くてしかたがないんだろう……

ルパン　ぼくだってそうだよ、ヴィクトワール、あ*226んたのことが大好きだよ。

ヴィクトワール　それにね、口では言い表せないこともあるんだ。おまえの母さんともよくその話をしたものさ……ああ！　気の毒な人だったよ、お*227まえの母さんは！　ほら、チョッキに腕をとおして。

ルパン　ありがとう。

ヴィクトワール　ほんの小さいころから、おまえはどこかちがってた……すでに別格だったのさ。品のいい顔つきをして、物腰までちがっていて、特別な子だったよ……だから、百姓仕事ができなくても無理はなかったんだ。ごつごつした手で大地を耕してビートを作って売っていた、おまえの父さんのようにはね。

ルパン　気の毒な父さん！……でも、今のぼくを見たら、きっと誇りに思ってくれるさ。

ヴィクトワール　七歳のときには、すでにもういっぱしの悪がきだったよ。いたずらっ子でねえ……そ*228れに、盗みもしたんだ！……

ルパン　ああ、砂糖をね！

ヴィクトワール　そう。まずは砂糖だった。その次はジャムで、次はコインだった。あの頃はよかったよ。小さな子供の泥棒は可愛らしかったからね。だけど今、おまえは二十八歳だよ。

ルパン　またかい、ヴィクトワール！

ヴィクトワール　ちゃんとわかってるよ。おまえは堕落しちゃいない。金持ちからしか盗まない。いつだって貧乏人の味方だ……心ある人にとっては、おまえは善人なんだ。

ルパン　[*229]それで？
ヴィクトワール　だから、もっと別の考えを持つべきなんだよ。どうして盗みなのさ？
ルパン　あんたもやってみるべきだよ、ヴィクトワール。
ヴィクトワール　まったく、口がへらないねえ。
ルパン　本当だよ……ぼくだって色んな仕事をやってみたさ。医者も法律家も俳優も柔術の師範もやったんだ。ゲルシャールみたいに警察にいたことだってあるんだ。ああ、汚《きたな》らしい世界だったよ……それから社交界に潜り込んだ。公爵になったんだ。だけど、泥棒以上の職業はないね。公爵もかなわないくらいだ。スリル満点……波乱万丈、半端じゃなくおもしろいんだ！　それから、滑稽なんだ！
ヴィクトワール　滑稽だって!!!
ルパン　そうだよ……大金持ちの、膨れ上がった連中が、豪勢な暮らしをしているくせに、たった一枚紙幣を盗られただけでどんなツラをするか……あのデブのグルネイ＝マルタンがタピストリーを盗られてどんな顔をしたかあんたも見ただろう……まるで断末魔だったじゃないか、ぜいぜいあえいでさ。それから宝冠だ。やつを慌てふためかせるための細工はすでにシャルムラースで仕込み済みだったから、パリではゲルシャールが慌てふためいているすきに、そっとつまみとればよかったんだ。おまけに警察をさんざん手こずらせて、本当にスカッとしたなあ！　ぼくにだまされたと知ったときの、ゲルシャールのあの煮えくり返った目ったらなかったよ！……最後の仕上げは、御覧じろだが……（部屋をさして）シャルムラース公爵になりすませば、何だってできる。この職業は万能だ……ただし、限度を越えちゃならないがね……偉大な芸術家にも偉大な軍人にもなれないときには、偉大な泥棒になるしかないんだよ。

ヴィクトワール　もうお黙りよ。そんなに喋っちゃだめだよ。頭に血が上って、のぼせちまうじゃないか。さっきから、ちっともまともじゃないよ。あ、そうだ！　泥棒のことなんかすっかり忘れちまえるようなことを考えたらいいんだ。恋をするんだ……そうすりゃ、変わるさ……きっとね……生まれ変われるかもしれない。所帯を持つといいんだよ。

ルパン　（考え込んで）そうだね……たぶん……あんたの言うように、生まれ変わって別の人間になれるかもしれないね。

ヴィクトワール　（うれしそうに）本当に、そう思うかい？

ルパン　ああ。

ヴィクトワール　でも、遊び[*230]じゃだめだよ！　一夜かぎりの娘っ子なんかじゃなくってさ、本物の女じゃなくっちゃ……生涯にただ一人の女だよ……

ルパン　ああ。

ヴィクトワール　（上機嫌で）殊勝だねえ、坊や、恋をしてるんだね、ちゃんとした恋を。

ルパン　ああ。本当の恋だ。

ヴィクトワール　まあ、坊やったら！……それで、どんな娘なんだい？

ルパン　きれいな娘だよ、ヴィ[*231]クトワール。

ヴィクトワール　それは、おまえのことだからそうだろうよ。髪は茶色かい、それともブロンドかい？

ルパン　ブロンドだよ。それから、ほっそりしていて、頬がバラ色で、まるでどこかのお姫さまみたいなんだ。

ヴィクトワール　（飛び上がって喜んで）坊や、よかったね！　それで、どんな仕事をしてるんだい？

ルパン　それなんだけど、泥棒なんだ！

ヴィクトワール　（涙を流して）ああ、神様！

シャロレ父　（登場）朝飯をさげますか？

電話のベルの音。

ルパン　しっ！……（受話器を取ろうとするシャロレ父に）やめろ……「もしもし……はい……何ですか……きみか？……」（シャロレ父に、小声で）グルネイ＝マルタンの娘だ……「よく眠れたかって？……そりゃもう、ぐっすりさ！……今すぐ話があるっていうのかい……リッツで待ってるって……」

ヴィクトワール　行っちゃだめだよ。

ルパン　しっ！……（電話口で）「十分以内にかい？」

シャロレ父　罠ですぜ。

ルパン　「なんてことだ！……そんなにひどいのかい？……それなら、車で行くよ……じゃあとで」

ヴィクトワール　きっと、あの娘はみんな知っているよ！……復讐する気かもしれないね……おびきよせて、逮捕させるんだ……

シャロレ父　そうに決まってますぜ……予審判事もリッツのグルネイ＝マルタンのところです……全員集合しているにちがいないんだ！

ルパン　（しばらく考え込んで）ばかだなあ！　もしぼくを逮捕する気なら、もし物的証拠を押さえているなら、ゲルシャールがとっくにここに乗り込んでいるよ。でも、[*232]まだ証拠を握っちゃいないんだ。

シャロレ父　それじゃ、なぜ追われたんです？

ルパン　（宝冠を示して）これのためではないから、理由がないってことだ。理由もないのに、おまわりが来てぼくは起こされる……その時点で、追われたのはもうぼくではなくなった……では、証拠は……物的証拠はどこだ？……そんなものはない、と言うより、それを握っているのはぼくだということだ……（本棚の引き出しを開けて、紙入れを取り出す）地方や外国にいる取引相手のリストに……シャルムラース公爵の死亡証明書……ゲルシャールが欲しがるものが全部ここにある。予審判事を動かせるものがね……（シャロレ父に）ぼくの旅行かばんを取ってくれ……（ルパンは書類を旅行かばんのなかにしまう）これは、ここに置いておく……逃げなきゃならなくなったときのためだ……それに万が一、つかまったとしても、ゲルシャールのやつに公爵を殺したことにされたらかなわないからな。まだ殺しはやったことがないんでね！

ヴィクトワール　（コートと帽子を持ってきて）心は真っ当なんだからね……

シャロレ父　シャルムラース公爵にかぎったことではないけれど、あんなに病気が重かったんだから、簡単にやれたんだ。ちょっと薬を……

ルパン　（外出着に着替えながら）おまえにはうんざりだ！

シャロレ父　それどころか、命を救ってやりなすったんですからねえ。

ルパン　（同じ動作）そうだったな。あの男はいいやつだったよ。ぼくに似ていたしね。むしろ、ぼくより美男子だったかもしれないな。

ヴィクトワール　同じだったよ。まるで双子のようだったさ。

ルパン　公爵の肖像画をはじめて見たとき、ピーンときたんだ……ほら、おぼえてないのかい、三年前、グルネイ＝マルタンとこに盗みに入ったときのことだよ……

シャロレ父　よっくおぼえてますよ！……お知らせしたのは、このおれですぜ。ボスにそっくりですぜ！ってね。そのとき、これで何かできそうだなって言いなすったんだ……それから雪と氷に覆われたところに出かけていって公爵と友達になり、それから半年して、公爵のほうは死んじまいましたがね。

ルパン　気の毒な男だったよ！　りっぱな貴族だったのにな。あの男が死んで、そのまま名家がすたれてしまったら……だからぼくは迷いもなく、すぐに跡を継ぐことにしたのさ……（懐中時計を見て、落ち着いた声で）七時半か……サントノレ街に立ち寄って、旅費を都合する時間はあるな。

ヴィクトワール　ああ、神様！　またそんなこと言って！

ルパン　もう行くよ！

ヴィクトワール　（即座に）変装もしていないのに……外の様子だって見てないじゃないか。見張りがいるかもしれないのに……

ルパン　だめだよ。もう遅刻しそうなんだ。グルネイ＝マルタンの娘に、ぼくが下品だったといつかは責められるだろうと覚悟しているが、それでもこれ以上無作法を繰り返せないよ。

シャロレ父　だけど……

ルパン　ぼくは一度も女を待たせたことがないんだ……ヴィクトワール、宝冠をしまっといてくれ……ほら、スツールのなかにね。

ルパン、退場。

ヴィクトワール　騎士道ってやつだね。少し昔だったら、十字軍の騎士になっていたかもしれないのに、今は、宝冠をつつきまわす騎士なんだからねえ。悪いことにならなきゃいいんだけれど！

ヴィクトワールは、かがんでスツールを開けて宝冠をなかに隠す。

シャロレ父　格好つけて、あの娘に全部吐いちまうかもしれないぜ。早いとこ、荷造りしといたほうがよさそうだ。さあ！

ヴィクトワール　そうだね。神様、どうかお守りください。ろくなことにはならないだろうよ！

（ヴィクトワールとシャロレ父は退場しようとする。玄関のベルが鳴る。ひどくおびえて）呼び鈴が鳴ってるよ。

シャロレ父　さっさと隠れろよ！　開けてくるから。

ヴィクトワール、退場。シャロレ父が玄関に行く。舞台は無人となる。

第四場

ブルサン、シャロレ父、デュージー、ついでルパン

シャロレ父　（玄関の控えの間で）裏階段からまわっていただけますか？

ブルサン　（リッツホテルの従業員用制服を着用して）知らなかったものですから。

シャロレ父　お手紙ですか。お預かりしましょう。

ブルサン　公爵にじかにお渡ししなくてはならないのです。
シャロレ父　それでは、帰宅するまでお待ちください……お宅のホテルに、リッツに出かけてるんです。ああ、そこではなくて……控えの間でお待ちください。

シャロレ父はブルサンを控えの間に押しやり、ドアを閉め舞台を横切りヴィクトワールのところへ行く。ブルサンはそっと顔を出して部屋の様子を窺うと、玄関のドアを開けにいき、呼ぶ。

ブルサン　デュージー！
デュージー　（登場）それじゃ、ブルサン、あの娘の電話が効を奏したってわけだな？……リッツに行ったんだろう。
ブルサン　だけど、車で行ったんだ！……あと五分で戻ってくるぞ。そこにいろよ。電話線を切るからな。

ブルサンが電話線を切断する。

デュージー　（ブルサンに旅行かばんを示して）おい、ブルサン！　かばんがあるぞ！……きっと中身がどっさりだ！……

ブルサン　（駆けつけて）たぶんな……（上手ドアから物音）手遅れだ！　よし、打ち合わせどおりにやるんだ！

ブルサンとデュージー、退場。シャロレ父、新聞をかかえて登場し、テーブルの上にのせる。控えの間のほうから発砲音。実は偽装。

シャロレ父　なんだ？……（飛び上がってドアを開け、ブルサンが椅子に腰掛けている控えの間を横切って出て行く。ドアは開け放したままになっている。ブルサンがすぐに立ち上がり、旅行かばんのところに行って、なかから紙入れを取り出し、ドルマン軍服を模した制服の下に滑り込ませる。シャロレ父が戻る）誰もいないぞ！……どういうことだ？（ブルサンに）おい、手紙だとか言っていたな……手間をかけやがって！……

シャロレ父が手紙を取り上げる。ブルサンが出て行こうとする。ちょうどそのとき、上手のドアからルパン登場。小さな紙箱を小脇にかかえている。

ルパン　なにごとだ？……（箱をテーブルの上に置く）ああそうか！　リッツからの取り消し連絡だな、きっと……あっちには行かなかったからな！

ブルサン　お手紙をお渡ししました……グルネイ＝マルタンさんからの手紙です。

ルパン　そうか！（ブルサンが出て行こうとする）ちょっとお待ちを……ずいぶん急いでいますね……

ブルサン　すぐに戻るように、言いつかっているのです。

ルパン　（手紙の封をやぶりながら）だめです。返事がいります。

ブルサン　かしこまりました。

ルパン[*233]　こちらでお待ちください……（シャロレ父に）娘のほうからだ。「前略……ゲルシャール氏からソニアのことをすべてうかがいました。わたくしの考えを言いましょう。女泥棒を愛する男はみんなペテン師です」……ウイットに欠けるなあ……「ところで、お知らせが二つあります。まず一つ目は、シャルムラース公爵は亡くなっているということです。しかも、三年も前にです！　それからもう一つは、公爵のいとこで、唯一の相続人であるド・レルジエール氏とわたくしが婚約するということです。いずれは公爵の爵位と紋章を復興することになるでしょう……マドモアゼル・グルネイ＝マルタンより、代筆、小間使い、イルマ」ふうむ。（少しずつ[*234]出口に近寄ろうとしているブルサンに）どうぞ、こちらにいらしてください！（シャロレ父に）代筆をたのむ。（シャロレ父に書き取らせる）「前略、ぼくはきわめて丈夫な体質ゆえ、婚約解消による心の痛手もすぐに癒えるでしょう。今日の午後に、未来のド・レルジエール夫人に宛てて、ささやかではありますが、結婚祝いの贈り物をお送りいたしたく存じます……ジャック・ド・バルチュ、レルジエール侯爵、ヴィリュ大公、シャルムラース公爵より、代筆、執事、アルセーヌ？」

シャロレ父　（驚いて）アルセーヌと書くべきですかね。

ルパン　（口述しながら、旅行かばんのところに行き、チャックが閉まっていないことに気づき、ブルサンを注意深く観察する）いいじゃないか……出来上がったか？……よこせ！……（ブルサンに）さあ、どうぞ。（ブルサンに手紙を差し出す。ブルサンはそれを受け取ると、すぐに帰ろうとする。ルパンは首根っこをつかまえ、のけぞらせる）おい、動くんじゃない。腕をへし折られたいのか。（シャロレ父に）おれたちの書類を制服の下に隠しているぞ。（ブルサンに）[235]これが柔術っていうもんだよ。仲間に教えてやれよ。（ブルサンを起こしてやると、出口に押しやって）おい、あんたのボスに言ってやれ。ぼくを撃ち取るのに猟師を雇うくらいなら、自分で出かけて来いってな……雇われ猟師にゃ、ちと獲物がでかすぎて役立たずなんだよ……弾も届かないんだからな！

……

ブルサン[236]　ボスもじき来ますよ。

ブルサン、退場。

ルパン　（ブルサンを送って控えの間まで行き）教えてくれてありがとよ！

第五場

ルパン、シャロレ父、ついでヴィクトワール

ルパン　（走って戻ってくる）この大ぼけが！　なんにも見なかったのか？

シャロレ父　制服の下をですかい？

ルパン　ちがうよ、ばかだな。かばんのなかだよ。こうなったら逃げられないぞ。ゲルシャール[*237]がじきに逮捕状を持ってやってくるからな！（有無を言わさず）さっさと、ずらかるんだ！

シャロレ父　いったいどこから逃げられるんで？……おまわりがうようよしてるんですぜ！……援軍だって来るんだ……この玄関口にだって、ここと平行して走っている通りにだって。

ルパン　でも、ここはどうだ。すぐ前の大通りだよ。

シャロレ父　（覗いて）いませんね。

ルパン　裏階段で逃げろ。ぼくはあとから行く……パシーの家で合流しよう……

シャロレ父、退場。

ヴィクトワール　おまえも来るだろう？

ルパン　（電話をしながら）少ししたらぼくは秘密の通路を使うから……まだ、あそこは見つかってないからな。

ヴィクトワール　どうしてそんなことがわかるんだい？　それに、どうかしてるよ、電話なんかして……

ルパン　ああ。だけど、もし電話しなかったらソニアが来てしまうんだ。ゲルシャール[*238]の網にかかっちまうよ。

ヴィクトワール　ソニアか。だけど……

ルパン　（いらいらして）応答しないぞ。「もしもし」……何の音もしない。

ヴィクトワール　（おびえて）ソニアのところへはこちらから寄ることにして、とにかくここから逃げようよ……

ルパン　（しだいに動揺してきて）でもソニアの……住所はどこだったかな？　昨夜は、逆上していたからな……「もしもし」……エトワール広場のそばの宿だったんだが……あの辺りには、宿がひしめいているからな……「もしもし」……（かっとなって）なんだい、この電話は！……こんなもの、こうしてやる……（電話を持ち上げ、怒声を発して）そうか！　小細工しやがったんだな……ゲルシャール[*239]の仕業だ……あの悪党め！……

ヴィクトワール　こうなってしまったからには……逃げるだろ？

ルパン　どうして、逃げるんだよ？

ヴィクトワール　ここにはもう用がないだろ。電話ができなくなっちまったんだから。

ルパン　（ヴィクトワールの腕を握る。興奮と不安のためにガタガタ震えて）まだわからないのかい。電話をしないと、ソニアが来てしまうんだよ！　もうきっと、こっちに向かっている頃だ。わかったかい。来てしまうんだ。

[*240]**ヴィクトワール**　でも、おまえはどうするんだい？

ルパン　だって、ソニアが……

ヴィクトワール　それで何の役に立つっていうんだ。ねえ、二人とも破滅だよ！

ルパン　いっそ、そのほうが……

ヴィクトワール　おまえはつかまっちまうんだよ……

ルパン　つかまるもんか！……（さきほど持ってきた紙箱に手をのせて）そうさ！　本当に命がけなんだ。

ヴィクトワール　（凍りついて）お黙り……お黙りよ！　そうか、そのなかにとんでもないものが入ってるんだね……わかってるよ、まったく無鉄砲なんだからね……でも、やつらだって黙っちゃいないよ、どんなことをされるか知れやしない……やっぱり逃げたほうがいいよ……やつらもあの娘に手なんか出しゃしないよ……もしもつかまったって、あの娘はたいしたことにはならないさ。だから、ねえ、逃げるだろう？

ルパン　だめだよ、ヴィクトワール！

ヴィクトワール　（腰掛けて）それじゃ、あとは神の意のままに……

ルパン　なんだよ！　あんたはここにいちゃだめだよ。

ヴィクトワール　てこでも動かないからね。あたしだって、あの娘と同じようにおまえを愛してるんだよ……（呼び鈴が鳴る。二人は顔を見合わせる。不安におびえた、くぐもった声で）あの娘かい？

ルパン　（小声で、微動だにせず）いや、ちがう。

ヴィクトワール　（小声で、微動だにせず）それじゃ？

ルパン　（小声で、微動だにせず）そうさ、ゲルシャールだよ！

ヴィクトワール　（小声で、微動だにせず）じっとしていよう……そうすりゃ、きっと……

ルパン　（一瞬の沈黙ののち）ねえ、ドアを開けてきてくれないか。

ヴィクトワール　（ぎょっとして）なんだって！　そんな……

ルパン　（驚くほど冷静で非常に毅然とした態度、ゆっくりとした重々しい口調で、全身全霊をかたむけて）いいかい、ようく頭に入れるんだよ。やつがなかに入ったら、まわりこんで、裏階段を使って外へ出て、家の近くであの娘を待ち伏せしてもらいたいんだ……彼女のことはすぐにわかるよ……美人だからね……それで、彼女がドアに手をかけようとしたら……（震えてはいるが高圧的な声で）ヴィクトワール、彼女が家のなかに入らないようにしてくれないか。

ヴィクトワール　わかったよ。でも、もしゲルシャールがあたしを逮捕したら？……

ルパン　ちがうんだ！　やつが入ろうとしたら、あんたはドアの後ろに隠れるんだ。それに、あんたのことはやつの眼中にはないよ……

ヴィクトワール　でも、もしも逮捕したら？……（ルパンは返答しない。再[*241]び呼び鈴の音）

ルパン　（間、か細い声で）それでも、やっておくれよ、ヴィクトワール……

ヴィクトワール　わかったよ、坊や。

ヴィクトワールは控えの間に下りていく。

第六場

ルパンただ一人

ルパン　（一人きりになり、崩れ落ちるように座り込む、衰弱した様子で）間に合うといいんだが……ヴィクトワールが彼女を家に入れないようにしてくれるといいんだが……ああ！　ソニア、可愛いソニア……（感情を抑えて）やれやれ、すっかりのぼせちまって、ぼくとしたことが！……ゲルシャールが、もしも……ああ！　絶対に嫌だ……絶対に……（立ち上がる）嫌だ……

ルパンは紙箱を持ち上げ、本棚の何段目かの棚の上に置きにいく。

第七場

ルパン、ついでゲルシャール、ついでブルサン、ついでソニア
ゲルシャール　（ずかずかと入ってくる。[*242] 敷居の上でぱっと立ち止まって）やあ、ルパン。
ルパン　やあ、あんたか。
ゲルシャール　待たせたな……色々と手間取ったものでね。
ルパン　（気持ちを鎮めて）いいや、時のたつのは早いものさ。
ゲルシャール　結構な住まいじゃないか。
ルパン　中心街でね……ただ、申し訳ないんだが、思うようにもてなすことができないんだ。使用人がみな出払っているんでね。
ゲルシャール　心配することはないさ。みんなとっつかまえてやるよ。（間）それで、ヴィクトワールなんだがね……
ルパン　（不意をつかれて動揺する、しゃがれ声で）つかまったのか？
ゲルシャール　そうだ！
ルパン　ああ！（間……帽子をかぶったままでいるゲルシャールに）帽子はかぶったままで結構だ。
（二人はたがいに向き合いながら、にらみ合ったままゆっくりと腰を掛ける）ここに来た目的は何だい？（いたずら小僧のような表情で）逮捕状のサインをもらってきたというわけかい？
ゲルシャール　そうだ。
ルパン　（同じ表情で）それを持って乗り込んだっていうことか？

ゲルシャール　そうだ。
ルパン　ルパン、別名シャルムラースに対して出されたんだな?
ゲルシャール　ルパン、別名シャルムラースに対して出されたものだ。
ルパン　それじゃ、さっさと逮捕したらどうだ?
ゲルシャール　そうだな。だけど、あんまりうれしいんで、ついに訪れたこの決定的瞬間をじっくり味わいたいと思ってな、ルパン!
ルパン　本人もそうだろうよ。
ゲルシャール　信じられない気分だよ。
ルパン　それは、ごもっとも!
ゲルシャール　本当に信じがたいよ。おまえを生け捕りにし、なすがままだなんて。
ルパン　それは、まだだ。
ゲルシャール　いや、そうなんだよ……まだ、話がのみこめてないようだな……(ルパンのほうに身を乗り出して)今、ソニア・クリチノーフがどこにいるか知っているか?
ルパン　なんだって?
ゲルシャール　ソニア・クリチノーフがどこにいるか知っているか、と訊いたんだよ。
ルパン　(動転して)あんたはどうなんだ?
ゲルシャール　私は知っているさ。
ルパン　言ってみろよ。

ゲルシャール　エトワール広場近くの宿さ……

ルパン　（動転して）エトワール広場近くの宿か……

ゲルシャール　電話がある宿だ。

ルパン　そうか！　番号を言ってみろよ。

ゲルシャール　五五五 - 一四だ……電話するかい？

ルパン　（不意に立ち上がって）それで、そのあとは？

ゲルシャール[*243]　そのあとは……べつに……

ルパン　（興奮しつつも理性を保ち、切迫し懇願をこめた声で）もちろん、そうだろうよ……彼女は関係ないからな。べつに用があるわけではないんだろう。あんたが探していたのはこのぼくだ……憎むべき相手はぼくだ……さんざんひどい目に遭わされてきたんだからな、おい、そうだろう？　だから、あの娘のことはそっとしといてくれよ……腹いせだったら、お門違いだぜ……いくら警察でも、いくらぼくを憎んでいても、やっちゃならないことがあるんだ……あんたはそんなことはしないよな、ゲルシャール……なあ、そうだよな……ぼくのことは……好きにしてもいいが……彼女には指一本触[*244]れるなよ。

ゲルシャール　（きっぱりと）それはおまえしだいだな。

ルパン　ぼくしだい、だって？

ゲルシャール　ちょっとした取引をしないか。

ルパン　ああ、そういうことか！……

ゲルシャール　そうだ。
ルパン　何が望みだ？
ゲルシャール　おまえにやるものがある……
ルパン　ぼくに何かをくれるだって？　そりゃ嘘だ……だます気だな。
ゲルシャール　安心しろよ。おまえ本人には何もやらんから。
ルパン　何もかい？
ゲルシャール　何もだよ。
ルパン　よし、嘘じゃなさそうだな。で、どういうことだい？
ゲルシャール　自由をやろうっていうんだ。
ルパン　誰にだい？　門番にかい？
ゲルシャール　ふざけたことを言うなよ。おまえが恋い慕っている、たった一人の娘にだよ。ソニア・クリチノーフを利用して、おまえを拘束しようっていうんだよ。
ルパン　ってことは、ぼくを脅してるのかい。
ゲルシャール　そのとおり。
ルパン　まあいいだろう。今のところ、あんたのほうが優勢だからな。それも長くは続かないぞ。とにかく、あの娘を自由にしてくれるっていうんだな。
ゲルシャール　そうだ。
ルパン　完全な自由だぞ……誓うか？

ゲルシャール　（即座に）わかった。
ルパン　（即座に）できるんだな？
ゲルシャール　保証するよ。
ルパン　（即座に）どうやるんだ？
ゲルシャール　（即座に）おまえに全部おっかぶせるんだ。
ルパン　そうか。それならちっともかまわないよ……それで、交換に……何が欲しいんだ？
ゲルシャール　そりゃ、全部だよ。絵もタピストリーもルイ十四世様式の家具も宝冠も、それからシャルムラース公爵の死亡証明書もだ。
ルパン　うわっ、ひどいな。破産しちまうじゃないか……ないものねだりだぜ。要するに何かい、身ぐるみ剥がそうってんだな！
ゲルシャール　そうさ。身ぐるみ剥がそうってんだよ。
ルパン　ばかをいえ！
ゲルシャール　嫌なのか？
ルパン　ポートワインを一杯やろう。ぼくがあんたにやるのは、それだけだ。
ゲルシャール　よかろう！

呼び鈴が鳴る。ゲルシャールがドアに向かう。

ルパン　（走って）待てよ！　待てったら！
ゲルシャール　（登場したブルサンに）誰だ？
ルパン　（ひたむきになって）わかったよ、全部のむよ。
ブルサン　（ゲルシャールに）出入りの商人です。
ルパン　それなら、お断りだ。

ブルサン、立ち去る。

ゲルシャール　あの娘をしょっぴくぞ。
ルパン　長くはしょっぴけないさ。
ゲルシャール　刑法を知っているのか。最短で五年だぞ。
ルパン　嘘だ！　できるわけがない！
ゲルシャール　……三八六条だ。*245
ルパン　（しばらくして）要するに、返却しても……いつかまた、取り返せばいいんだから……
ゲルシャール　（皮肉っぽく）もちろんそうさ！　刑務所から出たらな。
ルパン　それにはまず、入所しなけりゃならないな。
ゲルシャール　そうだ！　では悪いが、逮捕しようと思うのだがね！
ルパン　もちろんだよ。できるんだったら、逮捕すればいいさ……

ゲルシャール　いいんだな?
ルパン　ええと……
ゲルシャール　どうなんだ?
ルパン　(荒っぽい調子で) やっぱり、嫌だ!
ゲルシャール　そうか!
ルパン　そうさ。ねらいはぼくだろう……それなのにソニアを利用して……本当は彼女などどうでもいいくせに……逮捕なんてしやしないさ……だがたとえ……逮捕したって……べつにいいさ! かまわない……ただ逮捕するだけじゃ不充分だ。立証できなくてはな。証拠はあるのかい? ペンダントの件にしたってそうだよ。立証できるのかい? 嫌だね、ゲルシャール。十年もあんたの毒牙から逃れてきたっていうのに、その手に乗ってたまるかっていうんだ。あの娘を救うためといったって、危ない目にも遭っていないのに、どうやって救うんだよ。断る。
ゲルシャール　それなら結構。(呼び鈴が鳴る) またか……おまえの家は、今朝は来客が多いな。
(登場したブルサンに) 誰だ?
ブルサン　クリチノーフさんです。
ゲルシャール　そうか! 逮捕しろ……令状が出ている……逮捕しろ。
ルパン　(ブルサンの喉元に飛びかかって) だめだ、絶対にだめだからな! こんちくしょう、指一本でも触れてみろ!……
ゲルシャール　それじゃ条件をのむか? (しんと静まり返る。ルパンは顔面蒼白となり、弱々しくテ

ーブルに寄りかかり返答をしないでいたが、とうとう首をたてに振る。ゲルシャールがブルサンに）
クリチノーフさんを待たせておけ……（ブルサン、退場。ゲルシャールがルパンに）シャルムラース公爵の死亡証明書は。

ルパン　（紙入れから書類を抜き出して）これだ！

ゲルシャールはすぐに書類を広げてみる。

ゲルシャール　ようやく手に入れたぞ！　絵は？……タピストリーは？……

ルパン　（折りたたんだ紙切れを取り出して）受取証だ。

ゲルシャール　なんだって？

ルパン　全部、家具預かり所にあずけてあるんだ。

ゲルシャール　（ルパンから渡された紙切れにさっと目を走らせて）宝冠が入ってないぞ。

ルパン　あんたの足元にあるよ。

ゲルシャール　なんだって？（かがんで、スツールを開けてなかから宝冠を取り出す）

ルパン　箱もいるかい？（ゲルシャールは宝冠をじっくりと点検する）思い出の品だろ！

ゲルシャール　（宝冠を点検し終え、安心して）よし……これは本物だ。

ルパン　あんたがそう言うんならそうだろうよ！……これですべて巻き上げたってわけだな？

ゲルシャール　武器は？

ルパン　（テーブルの上にピストルを放り出す）ほらよ。

ゲルシャール　これだけか。そこに何が入ってるんだ？

ルパン　ナイフだよ。

ゲルシャール　でかいのか？

ルパン　中くらいだ。

ゲルシャール　見せてみろ！……[*246]（ルパンは大型の短剣を出す）

ルパン　（ポケットのなかを探りながら）爪楊枝《つまようじ》だ……よし、すんだぞ！　今度はあんたの番だ！

ゲルシャール　（手錠を出して）まず、手錠だ。

ルパン　約束が先だ！

ゲルシャール　手錠が先だ。あの娘の自由が欲しいのか、欲しくないのか、どっちだ？

ルパン　ぼくがこんなにお人好しで、ちっともシャルムラース（魅力的血筋）ではなく、庶民的でよかったな。な、そうだろう？　恋をするのに、貴族もへったくれもないからな。

ゲルシャール　ほら、両手を出せよ。

ルパン　最後に彼女に会わせてもらえるかい？

ゲルシャール　わかった。

ルパン　アルセーヌ・ルパン、ついに捕らわれる。しかも、あんたにね！　運がいいや！　ほら！（ルパンは両手を差し出す。ゲルシャールが手錠をはめる）ついてるねえ！　冗談だろう。やられちまうなんてねえ。

ゲルシャール（あざけるように）そうかい……そうかい……ブルサン！……（ブルサン、登場）クリチノーフさんは自由の身だ。そう言ってやれ。それから、ここに連れてこい。

ルパン（びくっとして）手首にこんなものをつけた姿なんか……見せられないよ！……だけど……（ブルサンが立ち止まる）やっぱり……会っておきたい……もしこのまま行かせてしまったら……ぼくは、いつ……やっぱりそうだ、会うことにするよ……（ブルサンとゲルシャールは控えの間に下がる）でも、だめだ……

ゲルシャール（最後までルパンの話を聞かず、ソニアを連れてくる）お嬢さん、あなたは自由の身になりました。公爵にお礼を言いなさい。公爵のおかげなんですよ。

ソニア 自由の身なんですね！ 本当に！ あの方のおかげで！

ゲルシャール そうです。

ソニア（ルパンに）あなたがそうしてくださったんですね？ 本当に、なにもかも、あなたのおかげなんですね！ ああ、ありがとうございます。（ソニアから手錠が見えないようにルパンは背を向けている。ソニアは絶望して）わたしが間違っていたんです。ここに来てはいけなかったんですわ。昨日はてっきり……誤解してしまったんです……ごめんなさい。もう行きます……

ルパン（つらそうに）ソニア……

ソニア いいえ、わかっています。かなわないことだったんです。でも、どうか信じてください。わたしは、すっかり心を入れ替えてここに来たんです！……ええ、これまでのことはきれいに捨て去って。今のわたしは、泥棒がいると思っただけで気分が悪くなるほどなんです。

ルパン　ソニア、黙りなさい！

ソニア　ええ、そうですね。起きてしまったことを取り消せるわけがありませんもの。わたしは、盗んだ物は全部、返却するつもりです。それからさきは、反省し悔い改めるために過ごしたいと思っています。でも、わたしが何をしたとしても、公爵、あなたの目にソニア・クリチノーフはどう映るんでしょう？　やっぱり、泥棒は泥棒なんですね。

ルパン　ソニア！

ソニア　それでも、泥棒だったからわたしは……ええ、どうして盗みをしたかはもうご存じでしたね。言い訳をするつもりではないんです。でも、自分を守るためだったんです。あなたを好きになったときには、泥棒の心は消え、ただの哀れな娘の心をときめかせただけでした……ただ、愛していただけでした……

ルパン　（取り乱して）きみにはわからないんだ。こんなにぼくを苦しめて。もう何も言わないでくれ。

ソニア　それでは、もう行きます。二度とお目にかかることはないでしょう。ですから、せめて握手をしていただけませんか？

ルパン　（苦悩して）だめです。

ソニア　お嫌なのですね？

ルパン　（かすかな声で）そうです。

ソニア　ああ！

ルパン　できないんです。

ソニア　無理をなさることはありませんわ。でも、ああ、こんなふうにお別れするなんて。昨日わたしに、あんなことをおっしゃってはいけなかったんです。間違いだったんです。

ソニアは出て行こうとする。

ルパン　(小声で、口ごもる) ソニア！ (ソニアは立ち止まる) ソニア！　きみはこんなことを言っていたね……泥棒がいると思っただけで気分が悪くなるって……それは本当なのかい？

ソニア　ええ、本当です。

ルパン　もし、ぼくがきみの思っているような人間ではなかったら？

ソニア　どういうことです？

ルパン　もし、ぼくがシャルムラース公爵ではなかったら？

ソニア　なんですって？

ルパン　もし、ぼくが真っ当な人間ではなかったら？

ソニア　あなたが？

ルパン　もし、ぼくが泥棒だったら？……もし、ぼくが……

ゲルシャール　(あざけるように) アルセーヌ・ルパンだよ。

ソニア　(口ごもって) アルセーヌ・ルパン……(手錠に気づいて、叫び声を上げる) 本当ですか？

ソニア「それじゃ、わたしのために自首を？」

……それじゃ、わたしのために自首を？……ああ、わたしのために刑務所に入るのね？　どうしましょう。なんて幸せなの。（ルパンに飛びつき抱き締める）

ゲルシャール　（大げさな身振りで）女が悔い改めるっていうのは、こういうことさ。

ゲルシャールはルパンから目を離さないようにしながら、控えの間に下がり、命令を下す。

ルパン[*247]　（ソニアに、子供のように有頂天になって）やつには言いたいように言わせておこう。ああ、こんなにうれしいことが起こるなんて信じられないよ。きっとずっと忘れないよ……ぼくがルパンだとわかっても、まだきみが、ちゃんとぼくのことを愛してくれるなんて……きみの大きな愛を知ったのだから、今こそぼくは過去を悔やみ、心を改めよう。ぼくは変わらなければならないんだ。もっといい人間に、正直な人間になるんだ……ああ、なんて幸せなんだろう！

ゲルシャール （戻ってきて）もう充分だろう。

ルパン ああ、ゲルシャール、あんたのおかげでぼくはこれまでの生涯で最良の時間を過ごせたよ。

ブルサン （息を切らせて登場）ボス！

ゲルシャール （傍白）なんだ？

ブルサン 秘密の通路が……見つかりました……地下室に通じてます……

ゲルシャール そうか！ 今度こそ、とうとう見つかったか。

ブルサン、退場。

ソニア （傍白）でも、あなたが警察に連れて行かれたら、わたしたち、離れ離れになってしまうわ。

ルパン 今となったら、ぼくにはどうでもいいよ。

ソニア ええ、でもわたしは嫌よ。

ルパン （きっぱりと）さあきみは行くんだ、おとなしくしているんだよ。ぼくは刑務所には行かないから。

ゲルシャール さあ、娘さん、もう行かないと。

ルパン　行くんだ、ソニア！　さあ。（ソニアが離れる。ルパンが飛び出す。ゲルシャールが慌てて駆けつけると、ルパンが身をかがめる）ハンカチを落としたんだ。（それを拾ってソニアに渡す。ソニア、退場。すると、ルパンは平然とソファの上に横になる）

ゲルシャール　ほら、起きるんだ。夢からまっ逆さまだぞ。護送車が到着した。

ルパン　本当に無粋なことばかり言うなあ。

ゲルシャール　私といっしょには行かない気か？　行く気はあるのか？

ルパン　あるよ。

ゲルシャール　それじゃ、来るんだ。

ルパン　嫌だよ。そりゃ*248、あんまりだ。（また横になる）イギリス大使館の昼食会に行くんだ。

ゲルシャール　ほう、用心するんだな……役*249柄が変わったんだからな。最後の枝にしがみついていたって、しかたがないんだぞ。おまえの手の内は、すべて知ってるんだからな。おい、お見通しなんだぞ。

ルパン　お見通しなのかい？（立ち上がって）そりゃ、命取りだったな！（ささっと手を動かすと手錠をはずして床に投げ捨てる）ほら、これもお見通しだったのかい？　いつか昼飯にでも呼んでくれたら、どうやったか教えてやるよ。

ゲルシャール　（かんかんになって）もう、いい加減にしろよ……ブルサン！　デュージー！

ルパン　（ゲルシャールを止めて、とぎれとぎれに）ゲルシャール、よく聞くんだ。もう冗談はおしまいだ。もしも、さっきソニアが、少しでもぼくを軽蔑するようなことを言ったり素振りをみせたりしていたら、あきらめていただろう……まあ、半分くらいだがね。勝ち誇ったあんたの手中に落ちるくらいなら、この小箱を爆発させて自殺するつもりだったからね！　だけど今は、ソニアといっしょに幸せになるか、刑務所に入るか選ばなくてはならなくなった。そこで決めたんだ。ソニアといっしょに幸せになるとね。それができないなら、あんたといっしょに死ぬまでだ。さあ、おまわりたちを呼べよ。待ってやるよ！

ゲルシャール　やってやろうじゃないか！（控えの間に走る）

ルパン　えらいことになるぞ！

ゲルシャール　口がへらないやつだ！

ルパン　おい……

ゲルシャールが控えの間に行っているすきに、ルパンは小箱から爆弾を取り出す。と同時に、ボタンを押す。本棚が移動して扉が上がり、エレベーターが現れる。

ゲルシャール　（警官を連れて戻ってくる）縛り上げろ！

ルパン　（凄んで）全員下がれ！（みな、がやがやいって後ずさりする）手*250を上げろ！……ほら、諸君、これが何だかわかるだろう？……爆弾だ！　ぼくの、ささやかな抵抗だ。さあ、ぼくを縛り上げたいやつは、遠慮するなよ！……（ゲルシャールに）あんたもだよ。手を上げな！

ゲルシャール　臆病者だな、おまえたちは！　こいつが本気なものか……

ルパン「ほら、諸君、これが何だかわかるだろう？……爆弾だ！」

ルパン　見せてやろうじゃないか！

ゲルシャール　さあ、やれよ。（前へ進む）

全員　（恐怖におびえ、ゲルシャールに飛びかかる）ボス！　無謀です！　あの目を見てください……普通じゃないです！

ルパン　（爆弾を手に持ちながら）ちぇっ！　見苦しいツラばかりだぜ。まるで、徒刑囚のツラだ。（ゲルシャールが身動きする）おっと！（ゲルシャールが手を上げる。全員後ずさりをする）カメラがなくて残念だよ。それじゃ、そこの泥棒さん、ぼくの書類を返してもらおうか。

ゲルシャール　絶対に返すもんか！

ブルサン　ボス、気をつけたほうがいいです。

ルパン　それじゃ、全員、ふっ飛ばしてもいいんだな？……諸君、これが戯《ざ》れ事《ごと》に見えるか？

デュージー　折れたほうがいいですよ、ボス。

ブルサン　折れたほうがいいです。

ゲルシャールは全員に囲まれる。

ゲルシャール　断じて返さんぞ！

ブルサン　さあ、さあ！　ボス、ほら、ちょっとかしてくださいよ。

ブルサンはゲルシャールから紙入れをひったくる。

ルパン　テーブルの上に置け……よし。[*251] それじゃ、気をつけろよ。爆発するぞ。

大混乱の状態。ルパンはエレベーターに飛び込む。

ブルサン　（ゲルシャールに）逃げる気です！

ゲルシャール　出口はかためてある。

エレベーターの扉が閉まる。全員殺到するが、間に合わず、扉にぶつかってしまう。大慌てで、四方八方に走り回る。

ゲルシャール　（扉に突っ込もうとして）扉だ！　扉を開けるんだ！（デュージーと警官たちに）おまえたちは、通りに出て……秘密の通路にまわれ！（彼らは、上手のドアから慌てて出て行く）この扉は、じき開くだろう。あいつも外で警官と戦うことになるぞ！

そのとき、エレベーターの扉がひとりでに開く。ゲルシャールとブルサンがなかに突進する。ゲルシャールがボタンを押すと、エレベーターが上昇する。ゲルシャールが慌てふためく。

ゲルシャール　上に行っちまってるじゃないか、くそっ！　なんてこった！　停止ボタンはどこだ、ちくしょう！

エレベーターはゆっくりと上昇し、なかからゲルシャールの叫び声が聞こえている。すると下から、上昇したエレベーターと同様に作られた、もう一つの仕掛けが現れる。ルパンはそのなかで化粧台の前に座っている。その仕掛けが床と水平になると、ルパンは始動装置を切って動かないようにする。それから、鏡の前で身づくろいし、ゲルシャールのものとそっくりなコートと帽子を身につけて、たっぷりとした白いマフラーを首に巻き、ゲルシャールそっくりの姿になる。

第八場

ルパン、ソニア

ルパン　ゲルシャールのツラったらなかったな！……さぞかし、上で大騒ぎをしているだろうな……この建物はぼくのものだ……誰にも行かせるものか！……ああ、なんてこった！　爆弾をどうしたっけ？……（エレベーターに戻り、爆弾を取り、腕に持ち上げて）悲劇がおこり、（爆弾を落とし、バウンドさせてからテーブルの上にのせる）喜劇がおこる……さてと……まだたっぷり五分はあるが……迅速さが肝心だ！（控えの間に続くドアに突進し、鍵穴からなかを覗く）警官が一人とヴィクトワールだ……かわいそうに！……（差し鍵をかけてから、上手に行き耳を澄ます）おやっ！……警官だな！……ちょっと脅かしてやるか！（爆弾を取って、持ち上げる）

ソニアが現れる。

ソニア　まあ、どうしましょう！……ゲルシャールさん！

ルパン　（即座に）ちがうよ。ぼくだよ。

ソニア　まあ、あなたなの！

ルパン　ほら、すごく似てるだろう、どうだい？　醜男《ぶおとこ》もいいとこだろう。

ソニア　ああ！

ルパン　今度こそ、シャルムラース公爵は死んだんだ。

ソニア　いいえ、死んだのはルパンだわ。

ルパン　ルパン？

ソニア　ええ、そのほうがいいわ。

ルパン　それは損失だよ、ねえ……フランスの国家的損失だよ！

ソニア　そんなことはないわ。

ルパン　こんなにきみを愛しているのに！……

ソニア　もう盗みをやめる？

ルパン　ぼくは何をまだ迷っているんだろう。きみがここにいて……ゲルシャールはエレベーターのなかで……もうこれ以上望むものはないのに……きみがここにいて、ぼくの心は愛にあふれている。でもそれはまだ泥棒の心なんだ。きみの唇を盗みたい。きみの頭も心も盗みたいんだ。ああ、ソニア、もしぼくがほかのものを盗まないようにしたいなら、もうぼくのそばを離れないでおくれ……

ソニア　もう、盗みはやめるのね……（二人は抱き合う）音がするわ！

ルパン　（急いでエレベーターのところに行く）大丈夫、なんでもないよ。ゲルシャールが床を蹴ってるんだ。

ソニア　どういうこと？

ルパン　あとで、説明するよ……傑作だよ。ああ、幸せだなあ……だめだ……もう盗みはやめるんだ……おや……（ポケットから何か物を取り出す）ゲルシャールのストップウオッチだ。盗ってしまったんだ。でも便利そうだ。いいだろう？

ソニア　（とがめるように）もうなの！……

ルパン　ああ、そうだったね……悪かったよ。でも、むずかしいもんだな！　これはやつのために置いていこう。

ソニア　さあ、急いで……ここを逃げ出さなければ……

ルパン　逃げ出すなんて、そんなことはしない！　しっ！（ドアを開けて）[252] 誰かいるか？

警官　はい、ボス。

ルパン　（ゲルシャールの声色を使って、警官に背を向けたまま）おい！……ルパンはエレベーターのなかだ。ブルサンがつかまえた。もうすぐおりてくるぞ。

警官　ルパンですか？

ルパン　そうだ。変装しているからだまされるなよ。エレベーターのなかにはブルサンとルパンしかいないはずだ。待ち伏せして、襲いかかるんだ。

警官　わかりました、ボス。

ルパン　それから、この爆弾を市の研究所に持っていってくれ。（ボタンを押してエレベーターを始動させる。ソニアとヴィクトワールの手をとって連れ出す）さあ、二人とも留置所行きだ。アルセーヌ・ルパンは死んだと思ってくれ……やつを殺したのは愛だがね。

三人は姿をくらます。ゲルシャールがおりてきて、急いでルパンを追跡しようとする。

警官　（リボルバーを向けて）止まれ！　さもないと、ぶっぱなすぞ！

ゲルシャール　なんだって？

警官　なんだい、ボスの顔になってるのか……

ゲルシャールは警官を振り払って、ドアに向かって走る。

ブルサン　ばか！　間抜け！　こっちがボスで、あっちはルパンだよ！

警官　なんだって！

ゲルシャール　ドアが閉まってるぞ！　遅すぎたか！　おやっ？（車の警笛が聞こえる。ゲルシャールは窓から身を乗り出して大声でどなる）おれの車でずらかりやがった！……

幕

「戯曲アルセーヌ・ルパン」校異

『戯曲アルセーヌ・ルパン』はフラマリオン社刊（一九二五、以下〔改〕）において大きく改変が行われた（詳細は巻末解説）。よって以下に、初版本であるピエール・ラフィット社刊（一九〇九、以下〔初〕）とフラマリオン社刊との主な校異を示す。また、括弧（　）内はト書きを示す。

＊1〔初〕（壁には初代よりの公爵の肖像画が掛けられているが、肖像画のかわりにタピストリーが掛かっているところがある。上手と下手にドア。ピアノがある）
〔改〕（上手前に城の続きの間に通じるドア。上手中に鏡が載った飾り簞笥。下手前に小机、書き物棚、それからドア。壁には初代よりの公爵の肖像画が掛けられているが、肖像画のかわりにタピストリーが掛かっているところがある。ピアノ、長椅子、肘掛け椅子、小物類）

＊2〔初〕（一人で音読している。集中している様子）
〔改〕（書くのをやめて、通知状の一枚を眺め、物思わしげな調子で）

＊3〔初〕**ジェルメーヌの声**
〔改〕**ジェルメーヌ**（舞台袖で）

＊4〔初〕**ソニア**
〔改〕**ソニア**（立ち上がって）

＊5〔初〕（ラケットを手にさっと登場）
〔改〕（ラケットを手に走って登場）

＊6〔初〕（すぐに登場）
〔改〕（すぐに、ジャンヌと共に登場）
＊7〔初〕でもまだ全部は終わっていないの。これは頭文字のVのぶんよ。
〔改〕でも、これは頭文字のVのぶんだけよ。
＊8〔初〕あら、そんなことはなくってよ。
〔改〕ところが幸いなことにね、
＊9〔初〕あら、どうして？
〔改〕まあ！　わたしはそんなにスノッブではないことよ！
＊10〔初〕**ジャンヌ**　まあ、わたし、そんな高貴なご婦人とお近づきになったことがないからわからないわ。
マリー　わたしもよ。
ジェルメーヌ　わたしだってそうだわ。でも、ここにジャックの亡くなったお母さま、シャルムラース公爵夫人の交友リストがあるんだけど、この二人の公爵夫人（ここだけ強調して）は親しかったようなの。もっとも、ヴォーレグリーズ公爵夫人は少しやかまし屋だそうだけれど。ただ信仰心の厚さといったら大変なもので、週に三日も聖体拝領をしているんですって。
ジャンヌ　それじゃ、三つになさいな。
〔改〕**ジャンヌ**　どうしましょう。そんなことわからないわ。
（アルフレッド、お茶のセットが載ったワゴンを押して登場）
＊11〔初〕以前だったら、何かを深刻に考えるなんてことなかったわ。だから七年前、南極を探検するために旅立ってしまったのでしょうけれど。それも、ただのスノビスムのためによ……まあ、まことの公爵だからこそ、あんなことをしたのでしょうけれどね。

〔改〕（手帳をめくりながら）以前は、真面目なものごとについてはちゃんと真面目に取り合ってくれたわ。七年前、南極を探検するために旅立ってしまったのも、ただのスノビスムのためよ……まことの公爵だからこそ、あんなことをしたのでしょうけれど。それが今はねえ！

＊12〔初〕**ジャンヌ**
〔改〕**ソニア**

＊13〔初〕学者ぶっているし、
〔改〕なんでも茶化してしまうわ。

＊14〔初〕**ソニア**
〔改〕**ソニア**（紅茶をカップに注ぎながら）

＊15〔初〕**ジェルメーヌ**
〔改〕**ジェルメーヌ**（立ち上がって）

＊16〔初〕（ピアノの横で立ち止まる）
〔改〕（突然、立ち止まる）

＊17〔初〕（紅茶を持って登場した召使に）
〔改〕（登場した召使に）

＊18〔初〕誰か入った人はいない？
〔改〕誰か入った人はいない？

（彼女はアルフレッドに彫像を渡す。アルフレッドはそれを飾り簞笥の上に置きにいく）

＊19〔初〕（ソニアが紅茶をカップに注ぐ）
〔改〕（ジェルメーヌが紅茶のカップをジャンヌに渡し、またソニアからカップを受け取る）

＊20〔初〕ド・ビュイさん
〔改〕デュビュイさん【以下同】

＊21〔初〕**ジェルメーヌ**　あら、それじゃ……

何て言ってたのかしら?
〔改〕(ジェルメーヌが立ち上がる)
＊22〔初〕それで、何が入っていたの?
〔改〕早く、何が入っていたか教えて!
＊23〔初〕(誇らしげに)
〔改〕(友人たちに誇らしげに)
＊24〔初〕ほとんど知られていないもの。
ジャンヌ　何も通知をしなかったのかしら?
ジェルメーヌ　冗談はよして。でも、知られていないのはたしかなの。彼の親戚のド・レルジエール夫人が、このあいだわたしのために開いてくださったお茶の会でそうおっしゃっていたもの、ねえ、ソニア?
ジャンヌ(小声でマリーに)彼女ったら、お茶会のことばっかり言いたがるわね。
〔改〕ほとんど知られていないもの。彼の親戚のド・レルジエール夫人が、このあいだわたしのために開いてくださったお茶の会でそうおっしゃっていたもの。
＊25〔初〕**ジェルメーヌ**
〔改〕**ジェルメーヌ**(カップを片手に、菓子をほおばりながら話す)
＊26〔初〕**ジャンヌ**
〔改〕**ソニア**
＊27〔初〕**マリー**
〔改〕**ソニア**
＊28〔初〕**ジャンヌ**　ジェルメーヌの美しき青春時代がすべて……
ジェルメーヌ(むっとして)ええ……
ジャンヌ　それはそうだけど、今あなたは二十三歳、一番美しい盛りだわ。

〔改〕ナシ

＊29〔初〕もうすぐだけど、まだ二十三歳ではないわ……

〔改〕ナシ

＊30〔初〕袖も通せなかったわ。

ジャンヌ（マリーに）そんなの、たいしたことではないわよね。

ジェルメーヌ　ところがね、ある日また公爵から手紙がきたの。

〔改〕袖も通せなかったわ。ところがね、ある日また公爵から手紙がきたの。

＊31〔初〕（傍白、ジェルメーヌの口調を真似て）

〔改〕（マリーに、ねたましげに皮肉をこめて）

＊32〔初〕**マリー**　それでも、七年あまりもフィアンセの帰りを待ち続けるなんて貞節そのものだわ。

ジャンヌ　それは、この城館のせいよ。

ジェルメーヌ　どういう意味？

ジャンヌ　当然のことよ！　シャルムラース城を持っているのに、ただのグルネイ＝マルタンと呼ばれることはないもの。

〔改〕ナシ

＊33〔初〕**ジャンヌ**（同じ調子で）ただの男爵だったけれど。

〔改〕ナシ

＊34〔初〕**ジャンヌ**　なるほど、肝心なのはそこだったのね。それじゃ、わたしたちそろそろ退散するわね。

ジェルメーヌ　もう？

ジャンヌ（誇張して）ええ、グロスジャン子爵夫人のお宅にちょっとお邪魔することになっているの。（投げやりな調子で）グロスジャン子爵夫人のことは知っているでしょう？
ジェルメーヌ　お名前だけはね。パパがその方のご主人と証券取引所で知り合いになったものだから。でもその頃は、ただのグロスジャンさんだったわ。だからパパは、昔のままグロスジャンさんって呼んでいるわ。
ジャンヌ（退場しながら、マリーに）昔のまま呼んでいる、ですって。そういう人がいるなんてね。それじゃ、今度はパリで会うことになるわね？　出発は明日でしょう？……
ジェルメーヌ　ええ、明日よ。
マリー（ジェルメーヌを抱擁して）じゃ、パリでね。
ジェルメーヌ　ええ、パリで。
（二人とも退場。）
〔改〕**マリー**　なるほど、肝心なのはそこだったのね。（ラケットを取り、ジェルメーヌを抱擁し別れの挨拶をする。ジャンヌも同様にする。二人は舞台奥を通って退場）
（第二場）
（ジェルメーヌ、ソニア、ついでアルフレッド）
【〔改〕ではここから第二場】
＊35〔初〕（登場）
〔改〕（上手より登場）
＊36〔初〕（アルフレッド、退場）あらまあ！
〔改〕（アルフレッド、退場。ジェルメーヌは振り返り、庭園に面したガラス戸を見て声をあげる）
＊37〔初〕**ソニア**　あら！　ええ、ちょうどイスパニア錠のところですね。
〔改〕**ソニア**（立ち上がり、ジェルメーヌのそばに来て、かがんで）あら！　ええ、ちょうどイスパニア錠のところですね。
（シャロレ父、息子を伴って登場）

＊38〔初〕**ジェルメーヌ**
〔改〕**ジェルメーヌ**（振り返って）

＊39〔初〕（第二場）
〔改〕（第三場）

＊40〔初〕（人の良さそうな笑みを浮かべて）
〔改〕（善良そうな様子で）

＊41〔初〕こうしてお邪魔いたしました……
〔改〕こうしてお邪魔いたしました……

（シャロレ父は着席する。息子のほうは立ったまま）

＊42〔初〕（彫像をかすめとる）
〔改〕（テーブルの上にあったペンダントを盗る）

＊43〔初〕もどすんだ。
〔改〕もどすんだ。
シャロレ息子（しぶしぶ、ペンダントをもとの場所にもどす）わかったよ。

＊44〔初〕（シャロレ父子、深々とお辞儀をして退場）
（第三場）

（ジェルメーヌ、ソニア）

〔改〕（シャロレ父子、戸口で再度深々とお辞儀をする。ジェルメーヌは彼らが出て行くのを眺める。ソニアは飾り箪笥のところへ行き、その上にある鏡の前で髪をなおす）【〔改〕ではまだ第三場が続く】

＊45〔初〕**ソニア**
〔改〕**ソニア**（もどって、椅子にすわって）

＊46〔初〕まあ！　あなたもそう思う？
〔改〕ええ、そうでしょう。

＊47〔初〕ポールと公爵がけんかをしたのよ。
ソニア（心配そうに）本当ですか？
ジェルメーヌ　ええ、おいとまするときも妙な具合だったわ。
〔改〕ポールと公爵がけんかをしたのよ。二人は別れ際も妙な具合だったわ。

＊48〔初〕お茶の時間にちょうど間に合ったわね。
〔改〕ナシ

＊49〔初〕七千フラン
〔改〕三万フラン

＊50〔初〕（第四場）
（ジェルメーヌ、ソニア、公爵）

公爵（晴れやかに登場）それ、ぼくのなら、紅茶はたっぷり、クリームはちょっぴり、砂糖は三つでお願いしますよ。（懐中時計を見て）五時だ！　間に合ったぞ。

〔改〕**公爵**（晴れやかに登場）それ、ぼくのなら、紅茶はたっぷり、クリームはちょっぴり、砂糖は三つでお願いしますよ。（懐中時計を見て）五時だ！　間に合ったぞ。（ジェルメーヌの手に接吻し、ソニアにお辞儀をしてから、手袋と帽子をテーブルの上に置く。ジェルメーヌがソニアにペンダントをゆだねると、ソニアはそれを小円卓の上に置いて戻り、公爵のカップに紅茶を注ぐ）

（第四場）

（ジェルメーヌ、ソニア、公爵）

＊51〔初〕**公爵**
〔改〕**公爵**（トーストにバターを塗りながら）

＊52〔初〕五分くらい中断してもいいじゃないか。何小節かでいいんです。お願いしますよ。

〔改〕ほんの少し中断するだけだよ。
（ソニアは席を立ち、ピアノのところへ行って弾きはじめる）

＊53〔初〕ルイ十六世様式のインク壺とペーパーナイフは
〔改〕ペーパーナイフは

＊54〔初〕ここに掛かっているのはみんな、先祖代々の肖像画ですもの。
〔改〕ナシ

＊55〔初〕（チョークで）
〔改〕（壁にチョークで）

＊56〔初〕**公爵**
〔改〕**公爵**（読む）

＊57〔初〕レストラン
〔改〕ナイトクラブ

＊58〔初〕（ソニアは書き物棚のほうへ行く）
〔改〕（ソニアは書き物棚から書類を取り出し、封書を一通ジェルメーヌに渡す）

＊59〔初〕（書き物棚から書類挟みを取り出し、そこから封筒を一通抜き出して）
〔改〕ナシ

＊60〔初〕宝冠は、その昔、あの薄幸のランバル侯爵夫人がつけていたものです。
〔改〕宝冠は、先ごろまで、あの薄幸のランバル王女がつけていたものです。

＊61〔初〕お笑いになっただろうなあ。
〔改〕お笑いになっただろうなあ。
（公爵が手紙をジェルメーヌに渡し、彼女はそれをソニアにあずける）

＊62〔初〕正体はルパンです。
〔改〕正体はルパンです。
（ソニアは書類を書き物棚にもどす）

＊63〔初〕（客間に見とれていた様子のベルナールが、テーブルの上にあった小物を二つちょろまかして出ていこうとする）
〔改〕（ベルナールは、公爵がテーブルの上に置きっぱなしにしたシガレットケースを、通りぎわにつかんでハンチング帽に隠し、それからペンダントも盗って上着の内ポケットに隠し、本や封筒を落としたまま出ていこうとする）

＊64〔初〕（ベルナールを引きとめ、内ポケットから宝石箱を取り出す）
〔改〕（上着の襟をつかんでベルナールをつかまえ、内ポケットをさぐってペンダントを取り出す。ベルナールは公爵の腕をふりほどいてドアまで行く。公爵があとを追いながら言う）

＊65〔初〕（すっかり興奮して）
〔改〕（ほほ笑もうとしながら）

＊66〔初〕ばかげてますわね……でも……あの目をごらんになった？
〔改〕ばかげてますわね……（深刻になって）でも、あの目をごらんになった？

＊67〔初〕（間）
〔改〕（ソニアはそう話しながら、テーブルの上の手紙と封筒をさっと手に取って立ち上がり、下手のドアに向かう）

＊68〔初〕（幸せな気持ちに揺れ動きながら）
〔改〕（とても率直に）

＊69〔初〕（登場）

〔改〕（上手よりいきなり登場）

＊70〔初〕（ジェルメーヌ、退場）
ソニア　はい、お嬢さま。
〔改〕（ソニアが身をかがめる）
（ソニアは身をかがめて拾う）
ソニア　はい、お嬢さま。
（ジェルメーヌ、退場）

＊71〔初〕**公爵**
〔改〕**公爵**（ソニアに）

＊72〔初〕（公爵とソニアは膝をつき、たがいにすぐ近くにいる）
〔改〕（公爵とソニアはたがいにすぐ近くにいる）

＊73〔初〕重すぎやしませんか？
〔改〕これはずいぶん重たいでしょう？

＊74〔初〕（公爵はすばやくソニアの手を取り、思わず握り締める。彼女はしばし、ぼうっとなるが、身をかわす。戸口で振り返り、彼に微笑みかける）
〔改〕（公爵はすばやくソニアの手を握って引き寄せ、その手を思わず握り締める。彼女はしばし、ぼうっとなるが、書き物棚のほうに行って本を一冊取り、下手のドアに向かう。戸口で一瞬立ち止まると、彼にほほ笑んで退場。間。公爵は、ソニアが出ていったドアを見つめているが、やがて椅子にすわりたばこに火をつける）

＊75〔初〕はっきり返事をしてください。
〔改〕はっきり返事をしてください。
（グルネイ＝マルタンは舞台奥で、鈴を鳴らす）

＊76〔初〕一万九千フラン
〔改〕七万フラン【以下同】

＊77〔初〕三万三千フラン
〔改〕十二万三千フラン

＊78〔初〕べつに驚きませんよ。
〔改〕べつに驚きませんよ。
（公爵は面白がる表情をする）

＊79〔初〕お祖父さんの書簡を何かいい序文を付けて出版すれば、
〔改〕お祖父さんの書簡に何かいい序文でも付け、お祖母さんの書簡にも何か紹介文を付けて出版すれば、

＊80〔初〕べつに上流ぶりたいわけではない。
〔改〕ナシ

＊81〔初〕**グルネイ＝マルタン**
〔改〕**グルネイ＝マルタン**（立ち上がって）

＊82〔初〕（椅子に倒れこむ）
〔改〕（椅子にぐったり倒れこむ）

＊83〔初〕ちくしょう！
〔改〕ナシ

＊84〔初〕女房のやつが見つけましたんで。
〔改〕女房のやつが見つけましたんで。

（フィルマン、退場。ジェルメーヌがコップを父親に差し出すと、父親は水を飲んでコップを返す）

＊85〔初〕**公爵**
〔改〕**公爵**（ジェルメーヌの手から手紙を取って）

＊86〔初〕フィルマンはいるか？
〔改〕フィルマンはいるか？　フィルマン！

＊87〔初〕（姿を見せる）
〔改〕（走って登場。雨が降りだしたため、ずぶ濡れとなって）
＊88〔初〕**ジェルメーヌ**
〔改〕**ジェルメーヌ**（父親に）
＊89〔初〕（一人残ったジャンは、口笛で合図をする）
〔改〕（ジャンは一人残る。間。用心深くテラスのほうに行き、口笛で合図する）
＊90〔初〕（登場）
〔改〕（テラスより登場）
＊91〔初〕（ジャン、退場）
〔改〕（ジャン、テラスより退場）
＊92〔初〕**シャロレ次男**
〔改〕**ベルナール・シャロレ**
＊93〔初〕**シャロレ次男**
〔改〕**ベルナール・シャロレ**
＊94〔初〕（ぎょっとする）
〔改〕（ぎょっとなって、二度ぐるりと回る）
＊95〔初〕**公爵**　それだけでも残ってよかった！
〔改〕ナシ
＊96〔初〕何が落ちてくるかわからんじゃないか。
〔改〕何が降っているか聞こえるじゃろう！
＊97〔初〕**ソニア**（即座に）七時二十四分前です。
グルネイ＝マルタン（即座に）七時だ。

〔改〕**ソニア**（即座に）七時です。
グルネイ＝マルタン（即座に）七時二十分だ。
＊98〔初〕さあ、行った、行った。
〔改〕さあ、仕度だ。仕度をしておいで。
＊99〔初〕**イルマ**（退場しながら）厄介だよ、まったく。
〔改〕ナシ
＊100〔初〕（箪笥の上の鏡をのぞく）
〔改〕（箪笥の上の鏡をのぞく。ペンダントを取り、宝石箱は残してテラスのガラス戸から退場。ジェルメーヌがあとに続く）
＊101〔初〕（再登場）
〔改〕（再登場し、飾り箪笥のほうへ進んで）
＊102〔初〕（公爵、退場）
〔改〕（公爵、退場。フィルマンは舞台奥のドアに鍵をかけ、時刻表を書き物棚の上に置き、籠の覆いを取る。それから、電気のスイッチのところで鉄砲を装備する）
＊103〔初〕（照明の明るさを落とす）
〔改〕（電気のスイッチをひねる）
＊104〔初〕いっしょに来てくれるようにたのめばよかったなあ……
〔改〕俺の代わりをやってくれるようにたのめばよかったなあ……
＊105〔初〕とっとと失せやがれ。
〔改〕とっとと失せやがれ、この盗人め。
＊106〔初〕フィルマン、開けてくれないか？
〔改〕ばか野郎！　開けるんだ、フィルマン。

*107〔初〕（明かりを灯しながら、開けにいく）
〔改〕（スイッチをひねり明るくしてから、開けにいく）
*108〔初〕そいつは万博の年に出たものでさ。
〔改〕そいつはあっしの初聖体拝領式に、あっしの名付け親が贈ってくれたものでさ。
*109〔初〕（上手奥に大きな暖炉）
〔改〕（舞台奥に大きな暖炉）
*110〔初〕（暖炉は覆われている）
〔改〕（暖炉は部分的に覆われている）
*111〔初〕それに、ドアにはそれぞれ、フランドルのタピストリーが掛けてあったのです。十五世紀の傑作でして……鮮やかでもありくすんでもいる、古めかしい色調の素晴らしい作品です。

警視（丁重で愛想よく）とてもお好きなものだったようですね、公爵。
公爵　はてさて……つい、もう自分のもののように考えてしまったものですから。これは、結婚祝いに、舅がぼくに贈ってくれることになっていたものなんです。
警視　きっと見つけてみせますから、どうかいつか見つかると信じてください……ああ、公爵、どうぞ何もさわらないでください。まず、予審判事に視察してもらわなくてはならないのです。ほんの少しいじっただけでも、判断を狂わせる可能性があるものですから。
公爵（舞台奥に行って）そうですね。心配なのは、女中のヴィクトワールがいなくなったことです。
〔改〕（舞台奥に行って）心配なのは、女中のヴィクトワールがいなくなったことです。
*112〔初〕**警視**　私もです。

公爵（懐中時計を引き出して）九時半です。予審判事はもうそろそろですか。
警視　はい。あと数分で参ります。あなたが警察署にお見えになってすぐに、検事局宛てに連絡を入れておきましたから。簡単な報告書も送っておきました。本人か自称かわかりませんが、とにかくアルセーヌ・ルパンからきたという手紙と、自動車詐取についてのあなたの話を要約したものです。ここに到着するときには、予審判事もほぼわれわれと同じくらいに事情がわかっているでしょう。もちろん、パリ警視庁にも電話を入れておきました。
〔改〕警視　私もです。（懐中時計を引き出して）九時半ですな。予審判事ももうそろそろでしょう。それから、パリ警視庁にも電話を入れておきましたよ。

＊113〔初〕六七三‐四五
〔改〕パシーの七三‐四五【以下同】

＊114〔初〕つながったら呼び出してください
〔改〕ナシ

＊115〔初〕（とてもせかせかと登場する）
〔改〕（とてもせかせかと登場し、警視と握手を交わす）
判事　やあ、警視。

＊116〔初〕（あたかも大発見でもしたかのように）
〔改〕（あたかも大発見でもしたかのように窓を指して）

＊117〔初〕あの例の宝冠ですな？
公爵　そうです。
〔改〕あの例の宝冠ですな？　ランバル王女か！　私は十八世紀の歴史には目がありませんでね。ロベスピエールをもう少し美男子にすると、私に似ているなどとよく言われたものです。

公爵　なるほど。ぼくには、そうした知識はほとんどありませんが、そうなのでしょう……

＊118〔初〕門番については、のちほど尋問します。

〔改〕門番なら、さきほど尋問しましたよ。

＊119〔初〕**判事**　何だね？

公爵　われわれにも行方がわからないのです。

〔改〕**判事**　何だね？　ええっ？　いったい何なんだね？

公爵（この場面のあいだ、ずっと行ったり来たりしながら）われわれにも行方がわからないのです。

＊120〔初〕被害に遭ったのは、二つの大広間とこの部屋だけです。

〔改〕ナシ

＊121〔初〕（重々しく）ただごとではないな……

〔改〕ナシ

＊122〔初〕助かります……少々風変わりで、妄想癖があって、要するに頭がいかれてはいますがね。

〔改〕助かります……少々いらいらさせられるし、少々風変わりで、妄想癖があって、要するに頭がいかれてはいますがね。

＊123〔初〕**判事**　公爵、よろしいですか。とりわけ犯罪にまつわる物については、まず外側を疑ってみなくてはならないのですよ……ああ、だめです。どうか、何もさわらないでください。

〔改〕**警視**　ああ、だめです。どうか、何もさわらないでください。

＊124〔初〕「私は昨夜、城館で、車の盗難の前に……」あなたはすでに泥棒をつかまえたのですね。
〔改〕あなたは、帽子の箱を開けてはじめて、お姉さまの脚を見つけられたそうですが……
公爵　なんですって？
判事　おや、失礼！　書類を間違えました。「私は昨夜、城で、車の盗難の前に……」あなたはすでに泥棒をつかまえたのですね。
＊125〔初〕門番の尋問をとりおこなうことにしましょう。
〔改〕（電話の音）ああ！　まったく！
公爵　ただの電話ですよ。「もしもし……はい、こちらがそうですが……はい……もしもし……盗難が起きたのですか？」
判事　一度に二件もの窃盗事件を担当することはできませんよ。
公爵　「もしもし……肖像画が盗まれたんですか？」
判事　どうも落ち着きませんな。それで、どこで盗まれたんです？
公爵　「もしもし……場所はどちらですか？　おや！　そうですか……わかりました……お伝えいたします。どういたしまして」
判事　肖像画の窃盗などで、この私をわずらわせるとは……しかも、捜査中だというのに！……それで、盗難の現場はどこなんです？
公爵　判事のお宅です。
判事　なんですと？
公爵　犯行時間は、今朝の八時だそうです。
判事　なんと？
公爵　盗まれたのは、判事の全身が描かれた肖像画だそうです。
判事　こないだ二万フランを支払ったばかりの、私の肖像画がか……せっかく妻をあっと言わせようと思って用意したのに……これは、大変だ……なにはともあれ最優先すべき事件だ。（警

視の帽子を頭にのせる）
公爵　とにかく、ご自宅に戻られたらいかがですか？
判事　いいえ。私もプロですから、途中で職務を放り出すわけにはまいりません。しかし、ずいぶん大胆な犯行ですなあ……予審判事の家に盗みに入るとは！　つまりはもう、警察などないも同然ということか？
警視　そんなことはありませんよ。警察がいるから、判事の帽子は判事のもとに返却されるわけでして。
判事　私の帽子だって？
警視　頭にのせていらっしゃるのは、私の帽子です。
判事　なんだ、みっともない。
公爵　ヴィクトワールが見つかればいいのですが！
判事　私の知ったことじゃない！……
（彼らは退場する。舞台はしばらく無人となる）

＊126　【〔初〕の第二場が〔改〕ではすべて削除されている】
＊127　〔初〕（第三場）〔改〕（第二場）
＊128　〔初〕（ゲルシャール、警官）〔改〕（ゲルシャール、警官）（ゲルシャールが、警官を一人伴い登場し、ソファにすわる。フエルトのソフト帽をかぶり、コートを着て、首のまわりにマフラーを巻いている。彼は靴紐を結びなおす）
＊129　〔初〕（落ちている本を拾い、その下に石膏の跡を見つけ、窓までの距離を歩幅で測る。窓辺でも同じ石膏の跡を見つけると、注意深く観察する。庭に建築中の家があることに気づき、窓をまたぐ。部屋に戻ってくる予審判事の声が

したときには、姿を消している）
〔改〕（石膏の跡を見つけて窓までの距離を歩幅で測り、同様の跡を窓辺で見つけてじっくり調べる。本が落ちているのに気づき、足跡を見つけ、歩いて距離を測る。四つんばいになって窓のほうへ行き、そこにあったクッションを足で持ち上げ、窓辺から外を一瞥する。ポケットから双眼鏡を取り出し、遠方を眺め、窓をまたいで姿を消す）

＊130〔初〕（第四場）
〔改〕（第三場）

＊131〔初〕（下手のドアから到着する）
〔改〕（下手のドアから到着する。公爵がジェルメーヌのもとに行く）

＊132〔初〕すぐに……
〔改〕さあ早く、追跡してくださいよ！

＊133〔初〕落ち着こう。
〔改〕落ち着こう。（椅子にすわる）

＊134〔初〕一九〇五年
〔改〕一九二一年

＊135〔初〕**グルネイ＝マルタン**　盗まれたんだ！
〔改〕**グルネイ＝マルタン**（騒々しく）盗まれたんだ！　さあ、さっさと追跡してくださいよ！

＊136〔初〕ちょっと、失礼。
〔改〕ちょっと、失礼。私にお任せを。

＊137〔初〕（はしごの天辺に現れて）
〔改〕（窓辺のはしごの天辺に現れて）

＊138〔初〕規則違反になります。
（判事のところへ行って握手を求める）

〔改〕規則違反になります。（判事のところへ行って握手をする）奥様はお元気でいらっしゃいますか？

判事　ありがとう。家内はいとこと旅行中だよ。
＊139〔初〕**判事**
〔改〕**判事**（むっとしながら）
＊140〔初〕（第五場）
〔改〕（第四場）
＊141〔初〕こちらへどうぞ……
〔改〕こちらへどうぞ。どうぞおすわりください……さあ、落ち着いて。
＊142〔初〕お嬢さん、ある出来事について判事が調査しなくてはならなくなりました。

〔改〕それで、お嬢さん……
判事　それは、さっき私が言ったばかりだ。
ゲルシャール　実は、ある出来事について、判事が調査しなくてはならなくなりました。
＊143〔初〕（その場を離れる）
〔改〕（その場を離れる。それはさりげなく素早く行われたため、まわりの誰も注意を払わない）
＊144〔初〕なんの心配もいりませんよ。
〔改〕なんの心配もいりませんよ。
判事　まったくなにもね。
＊145〔初〕わたし、声をかけてくるわ！
〔改〕わたし、なぐさめてくるわ！
グルネイ＝マルタン　みなでなぐさめに行こう。
＊146〔初〕**判事**（傍白）失態を演じたな、ゲルシャールは。

〔改〕**判事**　ひどい失態を演じたものだな、ゲルシャール。
＊147〔初〕さあ、現場へ。
〔改〕さあ、現場へ。
グルネイ＝マルタン　追跡だ！
＊148〔初〕あなたですよ。
判事（かっとなって）さあ、話すんだ。
ゲルシャール　それでは言いましょう。彼女はここにいます。
〔改〕あなたですよ。彼女はここにいます。
＊149〔初〕マットレス
〔改〕肘掛け椅子【以下同】
＊150〔初〕調べませんでした。
判事　過失だな、警視。
〔改〕調べませんでした！

公爵（少し前に戻ってきて）あなたはどうなのです？
判事　私も調べていませんよ。これは過失だな、警視。
＊151〔初〕きみはどうかね？
〔改〕きみはどうかね？
（公爵は暖炉の前に行って）
＊152〔初〕ほら、あの建築中の家だよ。
〔改〕あの建築中の家と、それからその横の出来上がった家だよ。
＊153〔初〕（第六場）
〔改〕（第五場）
＊154〔初〕（毅然として）
〔改〕（続けて）

＊155〔初〕お金をあげるから……

〔改〕お金をあげるから……いいだろう……

＊156〔初〕**公爵**（顔を上げて）かわいそうなソニア。

ソニア（立ち上がって）ああ！

（二人はしばらく見つめ合う。おたがいにすぐ近くにいる）

公爵　さようなら！　お別れだ！

（公爵は何か話そうとしてためらっていたが、物音を聞き、ソニアから身をそらす。彼女は出ていこうとする。ゲルシャールが登場する）

〔改〕**公爵**　かわいそうなソニア。

ソニア（立ち上がる。二人はごく間近にいて、しばし見つめ合う。）さようなら！　これでお別れです……

（ソニアが出ていこうとする。公爵が彼女のもとに来て、戸口でしばらく彼女を抱擁する。彼は何か話そうとしてためらうが、物音を聞き、ソニアから離れる。ゲルシャール、登場）

＊157〔初〕（第七場）

〔改〕（第六場）

＊158〔初〕（判事と警視に）

〔改〕（登場した判事と警視に）

＊159〔初〕屋敷は包囲されているんですからね！

〔改〕屋敷は包囲され、おまけに私までいるのですからね！

＊160〔初〕**ゲルシャール**（指の間に挟んだカードを持ち上げて）アルセーヌ・ルパンの名刺です！

判事　くそっ！

〔改〕**ゲルシャール**　判事の肖像画です。

判事　なんだって？　私の盗まれた肖像画か

ね？　まったく、台無しにしおってからに……芸術もわからん乱暴者め！　さて、鼻めがねはどこにやったかな？（あちこち、鼻めがねを探しまわる。鼻めがねはひもにぶらさがって、背中にまわっている）きみ、そこに何と書いてあるか読んでくれないか。眼鏡がないと見えないものでね。

警官（困惑して）ですが、判事どの……

判事　読み給え。これは命令だぞ！　さあ、何と書いてあるんだ？

警官　では、読み上げます。「予審判事はコキュ（寝取られ男）だ！」

判事　ああ！　証拠もないくせに！

＊161〔初〕（同じ舞台装置）

〔改〕（同じ舞台装置だが、室内はかたづけられている）

＊162〔初〕（大理石の塊が落ちている）

〔改〕（それは公爵が大理石の塊を落としたためである）

＊163〔初〕**ゲルシャール**

〔改〕**ゲルシャール**（下手の端にゆっくりと行って）

＊164〔初〕**公爵**

〔改〕**公爵**（ゲルシャールに近寄って）

＊165〔初〕メルセデス

〔改〕ロランス

＊166〔初〕見せてもらいたいのだが……

〔改〕見せてもらいたいのだが……（ヴィクトワールはゲルシャールのように暖炉のそばに来る）

＊167〔初〕どうやらあんたは、この場所には馴

染みがないようだね。
〔改〕あんたはここで縫い子の仕事もしているようだね。

＊168〔初〕（ゲルシャールはヴィクトワールのエプロンのポケットを探る）
〔改〕（ゲルシャールはヴィクトワールの服を探る。ヴィクトワールが抵抗する）

＊169〔初〕（ヴィクトワール、退場）
〔改〕（ヴィクトワール、ブルサンに連行されて退場）

＊170〔初〕いいえ、ここにあります。
ゲルシャール　吸い口が金色のやつだ……銘柄は〈メルセデス〉か
〔改〕いいえ、ここにあります。
（ボナバン、退場）
ゲルシャール（即座に）吸い口が金色のやつだ……銘柄は〈ロランス〉だ

＊171〔初〕**ゲルシャール**
〔改〕**ゲルシャール**（公爵に面と向かって）

＊172〔初〕**ゲルシャール**
〔改〕**ゲルシャール**（椅子に馬乗りになって）

＊173〔初〕**ゲルシャール**
〔改〕**ゲルシャール**（公爵に面と向かって）

＊174〔初〕**ゲルシャール**
〔改〕**ゲルシャール**（封書を示しながら）

＊175〔初〕逮捕されなくてはならないのか……
〔改〕逮捕されなくてはならないのか……（椅子にすわる）

＊176〔初〕（びっくりして）

〔改〕（公爵の前に棒立ちになり、びっくりして）
＊177〔初〕（コートを脱ぎ、暖炉のほうに行き、ランタンを灯す）
〔改〕（コートを脱ぎ安楽椅子の上に置くと、暖炉のほうに行き、ランタンを灯す）
＊178〔初〕えっ！
〔改〕えっ！（立ち上がる）
＊179〔初〕彼女は共犯です。
〔改〕彼女は共犯です。（ランタンに火を灯す）
＊180〔初〕隣の家に行ったんだ。
〔改〕隣の家に行ったんだ。（暖炉のなかにランタンを置いて、ソニアのところに来る）
＊181〔初〕（マントルピースに寄りかかる）
〔改〕（マントルピースに寄りかかる。ゲルシャールが暖炉から出てくる）
＊182〔初〕何も見つからないとは！
〔改〕何も見つからないとは！（両手をこすって拭く）
＊183〔初〕（ブルサン、登場）
〔改〕（ブルサン、登場。公爵は暖炉に背をもたせかける）
＊184〔初〕（揺すっている。ゲルシャールがコートを着ようとする。公爵が手を貸そうとするが、断られる。再び鈴を鳴らして）
〔改〕（揺すっている。ゲルシャールが顔を上げ、二人は見合ってにっこり笑う。ゲルシャールがコートを着ようとする。公爵が手を貸そうとするが、断られる。再びベルを鳴らす。ブルサン登場）

＊185〔初〕中庭に待機していましたから。
〔改〕中庭に待機していましたから。（公爵は、ずっとつい立の上で体を揺すっている）
＊186〔初〕ルパンでしょうね？
〔改〕ルパンだと、言われるのですね……ああ！
＊187〔初〕（ボナバン、登場）
〔改〕（ボナバン、登場。ゲルシャールがそばに寄って）
＊188〔初〕ただ、これが。
（ボナバンは一冊の本を差し出す）
〔改〕ただ、これが。
＊189〔初〕公爵はずっと暖炉のそばで
〔改〕公爵は相変わらず暖炉を背にしたまま

＊190〔初〕（旅行かばんを開けて）
〔改〕（旅行かばんを床に置いて箱を取り出し、その箱を開けて公爵に差し出し）
＊191〔初〕死んだと思われていたのですから……
ゲルシャール　そうでしたね。
ジェルメーヌ　父の心配が的中してしまったんです。今はとても元気になりました。
〔改〕死んだと思われていたのですから……父の心配が的中してしまったんです。今はとても元気になりました。
（公爵はグルネイ＝マルタンと話しながら、コートを着て帽子をかぶり手袋をする）
＊192〔初〕（グルネイ＝マルタンはゲルシャールと握手を交わして、退場）
〔改〕（グルネイ＝マルタンはゲルシャールと公爵の二人と握手を交わして、退場）

＊193 〔初〕（上手より再び登場して）
〔改〕（上手より再び登場して、公爵に）
＊194 〔初〕（公爵が舞台に戻ってくる）
〔改〕（公爵が舞台に戻ってきて、コートと帽子と手袋を置く）
＊195 〔初〕**公爵**
〔改〕**公爵**（ソファに腰をおろして）
＊196 〔初〕**ゲルシャール**
〔改〕**ゲルシャール**（椅子に腰掛けて）
＊197 〔初〕出ないでください。
〔改〕出ないでください。出てはなりません！
＊198 〔初〕このなかにあります。
〔改〕このなかにあります。（箱を開けて、宝冠を見せる）
＊199 〔初〕中庭に警官を待機させているな？
〔改〕中庭に警官を待機させているな？（公爵は肘掛け椅子に腰をおろす）
＊200 〔初〕それでは失礼します。
〔改〕それでは失礼します。（ゲルシャールの前を通って、帽子をとりにいく）
＊201 〔初〕まさか！
〔改〕まさか！（帽子を宝冠の箱のそばに置く）
＊202 〔初〕いるのかもしれませんね？
〔改〕いるのかもしれませんね？（二人ともテーブルのへりに腰をかける）
＊203 〔初〕美徳があるはずがない。
〔改〕美徳があるはずがない。

（ゲルシャールは立ち上がる。公爵もすぐにそれにならう）
＊204〔初〕レピンヌ邸
〔改〕警視庁
＊205〔初〕うんざりしていたのでしょう……
〔改〕うんざりしていたのでしょう……
（公爵は椅子に馬乗りになる）
＊206〔初〕**ゲルシャール**
〔改〕**ゲルシャール**（立ち上がり、テーブルに寄りかかって）
＊207〔初〕思いませんか？……
〔改〕思いませんか？……（テーブルのへりに腰をおろす）
＊208〔初〕なんだって？
〔改〕なんだって？（立ち上がる）
（二人は向かい合って立ち上がる）
＊209〔初〕おまえはこわいんだ。
〔改〕おまえはこわいんだ。
（いきなり立ち上がると、すわっていた椅子を暖炉の前に放る）
＊210〔初〕**ゲルシャール**
〔改〕**ゲルシャール**（窓のほうに行きながら）
＊211〔初〕**公爵**
〔改〕**公爵**（椅子に馬乗りになって）
＊212〔初〕（手錠を取り出し）
〔改〕（手錠を取り出し、公爵のところへ歩き出す。公爵はいきなり立ち上がる）
＊213〔初〕（公爵はリボルバーを取り出す）

〔改〕（公爵はリボルバーを取り出し、撃鉄を起こす）

＊214　〔初〕五十秒
〔改〕二十秒

＊215　〔初〕（逆上して）公爵を外に出すな。追跡して……つかまえるんだ。逃すなよ。
〔改〕公爵を外に出すな。追跡して……つかまえるんだ。逃すなよ。（逆上して）

＊216　〔初〕（上手前と下手前にドア）
〔改〕（上手前と下手前にドア。幕が開くと、シャロレ父は窓の前、シャロレ息子はドアの前に立ち、ヴィクトワールは椅子にすわって眠っている）

＊217　〔初〕（ヴィクトワール、シャロレ父子）
〔改〕（ヴィクトワール、シャロレ父子）（六時を知らせる時計の音が聞こえる）

＊218　〔初〕（急いでやってきて）
〔改〕ナシ

＊219　〔初〕文句の一つも言ったかい？
シャロレ息子　あの人は、つかまっちゃったのかもしれないね。
ヴィクトワール　ああ、そんなこと言わないでおくれよ……（間）二人組みの警官は、まだあそこにいるのかい？
〔改〕文句の一つも言ったかい？（間）二人組の警官は、まだあそこにいるのかい？（ヴィクトワールは窓に近寄る）

＊220　〔初〕**シャロレ父**
〔改〕**シャロレ父**（ヴィクトワールの腕をつかんで）

＊221〔初〕（場所を覆い隠す）
〔改〕（場所を覆い隠す。舞台は無人となる）

＊222〔初〕（上手から出てきて玄関に向かう）
シャロレ父　すみませんが……公爵は……
（舞台袖で物音）
〔改〕（上手から出てきて玄関に向かう。舞台袖で物音）
シャロレ父　すみませんが……公爵は……

＊223〔初〕顔色が真っ青じゃないか
〔改〕何があったんだい？

＊224〔初〕（取り乱して）
〔改〕ナシ

＊225〔初〕（アンクルブーツを持って登場）
〔改〕（アンクルブーツとチョッキを持って登場し、ソファの上に置いて）

＊226〔初〕あんたのことが大好きだよ。
〔改〕あんたのことが大好きだよ。

（ヴィクトワールは立ち上がってスリッパを控えの間にもって行くと、ソファに置いたチョッキを取って戻ってくる）

＊227〔初〕おまえの母さんは！　ほら、チョッキに腕をとおして。
ルパン　ありがとう。
ヴィクトワール　ほんの小さいころから、おまえはどこかちがってた
〔改〕おまえの母さんは！（ルパンは立ち上がる）ほんの小さいころから、おまえはどこかちがってた

＊228〔初〕それに、盗みもしたんだ！……
ルパン　ああ、砂糖をね！
ヴィクトワール　そう。まずは砂糖だった。

〔改〕それに、盗みもしたんだ！……そう。まずは砂糖だった。

＊229〔初〕それで？

ヴィクトワール だから、もっと別の考えを持つべきなんだよ。どうして盗みなのさ？

ルパン あんたもやってみるべきだよ、ヴィクトワール。

ヴィクトワール まったく、口がへらないねえ。

ルパン 本当だよ……ぼくだって色んな仕事をやってみたさ。医者も法律家も俳優も柔術の師範もやったんだ。ゲルシャールみたいに警察にいたことだってあるんだ。ああ、汚らしい世界だったよ……それから社交界に潜り込んだ。公爵になったんだ。だけど、泥棒以上の職業はないね。公爵もかなわないくらいだ。スリル満天……波乱万丈、半端じゃなくおもしろいんだ！それから、滑稽なんだ！

ヴィクトワール 滑稽だって!!!

ルパン そうだよ……大金持ちの、膨れ上がった連中が、豪勢な暮らしをしているくせに、たった一枚紙幣を盗られただけでどんなツラをするか……あのデブのグルネイ＝マルタンがタピストリーを盗られてどんな顔をしたかあんたも見ただろう……まるで断末魔だったじゃないか、ぜいぜいあえいでさ。それから宝冠だ。やつを慌てふためかせるための細工はすでにシャルムラースで仕込み済みだったから、パリではゲルシャールが慌てふためいているすきに、そっとつまみとればよかったんだ。おまけに警察をさんざん手こずらせて、本当にスカッとしたなあ！　ぼくにだまされたと知ったときの、ゲルシャールのあの煮えくり返った目ったらなかったよ！……最後の仕上げは、御覧じろだが……（部屋をさして）シャルムラース公爵になりすませば、何だってできる。この職業は万能だ……ただし、限度を越えちゃならないがね……偉大な芸術家にも偉大な軍人にもなれないときに

は、偉大な泥棒になるしかないんだよ。

ヴィクトワール　もうお黙りよ。そんなに喋っちゃだめだよ。頭に血が上って、のぼせちまうじゃないか。さっきから、ちっともまともじゃないよ。あ、そうだ!

〔改〕それで?

（彼はテーブルの上に腰をかける）

ヴィクトワール　あ、そうだ!

＊230〔初〕遊びじゃだめだよ!
〔改〕もう遊びじゃだめだよ!

＊231〔初〕ヴィクトワール。
〔改〕ヴィクトワール。

（彼はソファに腰をおろす）

＊232〔初〕まだ証拠を握っちゃいないんだ。
〔改〕まだ証拠を握っちゃいないんだ。（ヴィクトワールに）ぼくの持ち物をたのむ。（ヴィクトワール、退場）

＊233〔初〕**ルパン**
〔改〕**ルパン**（帽子をテーブルの上に置きながら）

＊234〔初〕（出口）
〔改〕（ドア）

＊235〔初〕（ブルサンに）
〔改〕（シャロレ父がブルサンの服のなかを探り、書類を取り返す。ブルサンに）

＊236〔初〕**ブルサン**
〔改〕**ブルサン**（脅すように）

＊237〔初〕（有無を言わさず）
〔改〕（ヴィクトワール、登場。有無を言わさず）

＊238〔初〕ゲルシャールの網にかかっちまうよ。
ヴィクトワール　ソニアか。だけど……
ルパン（いらいらして）応答しないぞ。
〔改〕ゲルシャールの網にかかっちまうよ。（いらいらして）応答しないぞ。
＊239〔初〕あの悪党め！……
〔改〕あの悪党め！……（立ち上がって）
＊240〔初〕**ヴィクトワール**　でも、おまえはどうするんだい？
ルパン　だって、ソニアが……
〔改〕ナシ
＊241〔初〕（再び呼び鈴の音）
〔改〕（再び呼び鈴の音。低い声で）もしも、逮捕されたら……
＊242〔初〕（ずかずかと入ってくる。敷居の上でぱっと立ち止まって）
〔改〕（登場し、敷居の上でぱっと立ち止まって）
＊243〔初〕**ゲルシャール**
〔改〕**ゲルシャール**（同様に立ち上がり、ポケットのなかのリボルバーに手をかける）
＊244〔初〕触れるなよ。
〔改〕触れるなよ。あんな哀れな娘、な、そうだろう？　そっとしといてやれよ。
＊245〔初〕**ゲルシャール**　刑法を知っているのか。最短で五年だぞ。
ルパン　嘘だ！　できるわけがない！
ゲルシャール　……三八六条だ。
ルパン（しばらくして）要するに、返却しても……いつかまた、取り返せばいいんだから……
ゲルシャール（皮肉っぽく）もちろんそうさ！刑務所から出たらな。

ルパン　それにはまず、入所しなけりゃならないな。
ゲルシャール　そうだ！　では悪いが、逮捕しようと思うのだがね！
ルパン　もちろんだよ。できるんだったら、逮捕すればいいさ……
ゲルシャール　いいんだな？
ルパン　ええと……
ゲルシャール　どうなんだ？
ルパン　（荒っぽい調子で）やっぱり、嫌だ！
ゲルシャール　そうか！
ルパン　そうさ。ねらいはぼくだろう……それなのにソニアを利用して……本当は彼女などどうでもいいくせに……逮捕なんてしやしないさ……だがたとえ……逮捕したって……べつにいいさ！　かまわない……ただ逮捕するだけじゃ不充分だ。立証できなくてはな。証拠はあるのかい？　ペンダントの件にしたってそうだよ。立証できるのかい？　嫌だね、ゲルシャール。

十年もあんたの毒牙から逃れてきたっていうのに、その手に乗ってたまるかっていうんだ。あの娘を救うためといったって、危ない目にも遭っていないのに、どうやって救うんだよ。断る。
〔改〕ナシ

＊246　〔初〕（ルパンは大型の短剣を出す）
〔改〕（ルパンは大型の短剣を出す）なんてこった！　これで全部か？

＊247　〔初〕ルパン（ソニアに、子供のように有頂天になって）やつには言いたいように言わせておこう。ああ、こんなにうれしいことが起こるなんて信じられないよ。きっとずっと忘れないよ……ぼくがルパンだとわかっても、まだきみが、ちゃんとぼくのことを愛してくれるなんて……きみの大きな愛を知ったのだから、今こそぼくは過去を悔やみ、心を改めよう。ぼくは変わらなければならないんだ。もっといい人間

に、正直な人間になるんだ……ああ、なんて幸せなんだろう！
〔改〕ナシ

＊248〔初〕そりゃ、あんまりだ。
〔改〕まだ早すぎる。

＊249〔初〕役柄が変わったんだからな。
〔改〕役柄が変わったんだからな。おとなしく言うことを聞いてもらおうか。

＊250〔初〕手を上げろ！……
〔改〕手を上げろ！……（全員、手を上げる）

＊251〔初〕よし。
〔改〕よし。（紙入れを拾い上げる）

＊252〔初〕（ドアを開けて）
〔改〕（爆弾をソファの上に置いてからドアを開けて）

アルセーヌ・ルパンの帰還

Le Retour d'Arsène Lupin

登場人物

ジョルジュ・シャンドン＝ジェロ……大使館書記官
ジャック・ド・ブリザイユ……ジョルジュの友人
アンリ・グレクール……ジョルジュの友人。作家
ジャン・ド・ファロワズ……ジョルジュの友人。飛行船操縦士
ベルジェ……ジョルジュの友人。フェンシングの選手
ウベール・ダンドレジ……ジョルジュの命の恩人

アルベール……シャンドン＝ジェロ宅の召使
ベルトー……シャンドン＝ジェロ宅の執事
ジョゼフ……シャンドン＝ジェロ宅の召使

ジェルメーヌ・ダブルメニル……ダブルメニル伯爵の令嬢。ジョルジュの婚約者
ソニア・クリチノーフ……ジェルメーヌの家庭教師

ゲルシャール……警察庁の警部

ジョルジュ・シャンドン＝ジェロ宅。非常に品よくしつらえられた喫煙室。書籍、絵画、狩猟の記念品、インド旅行の真新しい思い出の品々（ブロンズの象、仏像など）が飾られている。

第一場

ブリザイユ、召使

ブリザイユ　（登場）ご主人は帰ってらっしゃるかな？

アルベール　はい、一週間前にお戻りになりました。

ブリザイユ　インドから一週間前に戻ってきたのはもう知ってるよ。パリに戻ってきたかと訊いたのではなくて、ご在宅かと訊いたんだ。

アルベール　ああ、そうでしたか。いらっしゃいますが、どちら様でございますか？

ブリザイユ　友人のブリザイユだよ。ということは、きみは新入りだね？
アルベール　はい。おととい、こちらに参りました。
ブリザイユ　ああそうだ、もしシャンドン＝ジェロさんがフィアンセや未来の父君と会ってらっしゃるなら、ぼくが来たことは言わないでくれ給え。あとで会うことになっているんだ。昼食に呼ばれているものでね。
アルベール　実は、お医者様がお見えなのです。
ブリザイユ　医者がかい？　それじゃ、体の具合でも悪いのか？
アルベール　昨夜、めまいを起こされまして。
ブリザイユ　重症なのか？
アルベール　いいえ、たいしたことはございません。

アルベール、退場。

第二場

ブリザイユ、ついでジョルジュ

ブリザイユ　どれどれ……ここは模様替えをしたようだな。おや、これははじめて見るものだぞ。なんてきれいなんだ……この仏像は。（写真に気づいて）ああ、これはあの可愛いダブルメニルじゃないか。もうじきシャンドン＝ジェロ夫人になるとはねえ……やあ、ジェルメーヌ……きみはすてきだね。由緒正しき血筋に生まれ、父君は大使だし、ダンスだってとても上手い。ぼくの憧れの的だったんだよ。でもまあ、きみはいいやつと結婚するんだ。大使館書記官で、貴族で共和主義者……貴族の橋渡し役だ……おまけに大金持ちだしね……ぼくがきみを好きだったのは嘘じゃないよ。ボストンワルツをいっしょに踊ったときからね。

ブリザイユ「ああ、これはあの可愛いダブルメニルじゃないか」

ジョルジュ　（登場）ブリザイユ！　そこで何してるんだい？

ブリザイユ　写真のなかのきみのフィアンセとちょっとお喋りしていたところだ。やあ、また会えてすごくうれしいよ。それから、婚約したんだってね。おめでとう！

ジョルジュ　ああ、そうなんだ、ボンベイで婚約したんだ。幸せだよ。うん、ぼくは本当に幸せ者だよ。ところで、きみは彼女を知ってるんだね。
ブリザイユ　七歳のときから知ってるよ。
ジョルジュ　そんなに昔からとはおそれいるなあ。幸い、彼女の髪はまだふさふさだがね。それにしても、こんな早くに、どうしたんだい。まさか昼食をいっしょにとれなくなったわけではないだろうね？
ブリザイユ　いいや、一刻も早くきみと話がしたくてね。一年と三ヵ月ぶりじゃないか。だけど、ずいぶん顔色もいいし、病気にはみえないが。
ジョルジュ　病気だって？　ぼくはいたって健康だよ。
ブリザイユ　さっき、医者が来ていたんだろう？
ジョルジュ　ああそうか！　ちがうんだ、来てたのは医者ではなくて、ゲルシャールの助手なんだ。
ブリザイユ　あのゲルシャール警部のかい？　ひょっとして、きみはアルセーヌ・ルパンの訪問を受けたのではないだろうね？
ジョルジュ　ルパンはこんなささやかな物のために、わざわざ出かけてきたりはしないさ。指輪を一つ盗まれただけだからね……でも、その指輪は大切にしていたものでね。実は……

召使、登場。

アルベール　旦那さま、お電話です。
ジョルジュ　ダブルメニル嬢からかい？
アルベール　いいえ、家庭教師の方からです。ちょっと失礼させてもらうよ。こちらでお出になれます。
ジョルジュ　ありがとう。「もしもし、クリチノーフさんですか？　はい、そうです……ぼくです……ジェルメーヌと電話を代わるのですね？……はい、わかりました。それではまた」家庭教師までチャーミングなんだ。
ブリザイユ　そうだろうとも！
ジョルジュ　ジェルメーヌとぼくは、今朝二人で乗馬をしてね……それからもう二時間も顔を見ていない。早く会いたいなあ！
ブリザイユ　いかにも、熱々の婚約期間中って感じだな。
ジョルジュ　おいブリザイユ、あまり冷やかすなよ。「もしもし、うんぼくだよ……何も変わったことはないかい……ぼくも元気だ……乗馬のあと疲れなかった……何だい？……いつものように今夜も夕食に来るかって？……それが問題でね！　まず、お茶にうかがって……なに？……ええ……ああ、もちろん愛しているよ……いいや、だめだよ。人がいるんだ」
ブリザイユ　なんなら、席をはずそうか……
ジョルジュ　「そうなんだ。女性がいるんだ。それも、とびっきりの美人がね。それじゃ電話を代わるからね」ほら、彼女に何か一言いってくれるかい。

ブリザイユ　（受話器を二つ取り、女の声色で）「わたくし、あなたのフィアンセのガールフレンドですの。（笑う）もしもし……わたくしが誰だかおわかりになって？　ジャック・ド・ブリザイユですよ……もしもし……よろしければ、今月の十五日にダンスパーティーに行きませんか？……喜んで……若い女性だけの舞踏会ですって？……それはもう喜んで……ところで、ご婚約おめでとう……きっとこれから苦労が絶えませんよ……でもまあとにかく、おめでとう！」

ジョルジュ　まったく、きみったら！

ブリザイユ　「父君によろしくお伝えください……はい、明日、お茶にうかがいましょう……ありがとう」（二つの受話器の一方だけジョルジュに渡す）本当に彼女はすてきだね。

ブリザイユはもう一方の受話器を持ったままでいる。

ジョルジュ　「もしもし……そう、またぼくだ。ああ、彼はとてもいいやつだよ。なんと！　それできみは？　そんなに大きいの？……きみは天使だね！」（ブリザイユが笑う）おや？　ほら、受話器をよこせよ。「もしもし、ちがうよ、ブリザイユに言ったんだ……交換手さん、切らないでください……もうすぐ昼食かい？　それじゃあとで電話するよ……じゃあまた……なに？『ル・マタン』って？　新聞の？　いや、でもどうして？　ルパンの手紙？　お父上のことが……そんなのでたらめだよ！　見てみよう……じゃあとで……」まったく、なんて彼女はかわいらしいんだ。（鈴を鳴らす）ベルトー、『ル・マタン』を持ってきておくれ……きみは『ル・

マタン』を読んだかい？

ブリザイユ　いや、ぼくは『レコー・ド・パリ』を読んだ。

ベルトー　旦那さま、お客様がお見えです。

ジョルジュ　どなただい？

ベルトー　アンリ・グレクール様です。

ジョルジュ　ああ、きっとそうだと思ったよ。

ブリザイユ　なんだ、彼も昼食に呼んだのか？

ジョルジュ　そうだが、知り合いか？

ブリザイユ　実は親しいんだ！

ジョルジュ　そうだったのか！　まさか、喧嘩中ということはないだろうね？

ブリザイユ　まさか！　そういえば、最近、彼すごい本を出したよね……不道徳だけど、一見の価値がある。

ジョルジュ　やあ、グレクール、ようこそ。不道徳だと非難されているよ。

第三場

同じ登場人物、ついでグレクール、ファロワズ、ベルジェ

グレクール　（登場）ぼくをけなしているのはきみだな、ブリザイユ？
ブリザイユ　その逆だよ。不道徳だと非難して、きみを売り込んでいたところだ。でもとにかく、きみの書き下ろした『窃盗史』なんだが、あれは泥棒への賛辞になっているな……これからは、泥棒は歴史的行為だ。
ジョルジュ　（鈴を鳴らして）食前酒はいかがかな？　昼食まではまだ三十分ほどあるからね。
グレクール　ポートワインをいただけるなら喜んで。
ジョルジュ　（ブリザイユに）きみは？
ブリザイユ　ウイスキーのソーダ割りを。
ベルトー　（登場）旦那さま、『ル・マタン』でございます。
ジョルジュ　ありがとう。ポートワインとウイスキーをお出ししておくれ。
グレクール　ああそうだ！　新聞といえば、『フィガロ』を読んだかい？
ジョルジュ　いいや、なぜだい？
グレクール　アルセーヌ・ルパンの手紙が載ってるんだ。
ジョルジュ　『フィガロ』にもか？　さっき、フィアンセが電話で、『ル・マタン』にも載っているると言っていたが……
グレクール　それじゃ、きみはまだあの記事を読んでないんだね。未来の父君に関わることが書いてあるんだぞ。（ポケットから『フィガロ』を取り出す）これは、手紙としては非常に上手く書けている。簡潔で、人を食った感さえある。もしルパンが謎の人物でなければ……

ブリザイユ　（問いただすように）ルパンは実在しない。人を煙に巻こうとして誰かがでっち上げたものだよ。

ジョルジュ　でも、火のないところに煙は立たない、というぜ。

グレクール　もしルパンやその手柄話が事実だとしたら、ぼくが調べたかぎりにおいて、これほど大胆不敵でスケールの大きい泥棒はいないね……ほら、この手紙を朗読してみ給え……謹んで拝聴しよう。

ジョルジュ　（読む）「編集長殿……一年前……」

ベルトー　（登場）ジャン・ド・ファロワズ様がお見えです。

ファロワズ　（登場）やあ、しばらくだったね……ああ、ブリザイユ、元気かい。（グレクールに）こちらは……

ジョルジュ　紹介しよう。ジャン・ド・ファロワズ男爵、飛行船の名操縦士で……こちらは、大作家のアンリ・グレクールさん。

ファロワズ　ああ！　先生のご本を拝読しましたよ……素晴らしかったです。でも、章が一つ欠けていますね。アルセーヌ・ルパンについての章です。（ジョルジュに）『ル・ゴーロワ』を読んだかい？　おや、諸君、どうして笑うんだい。

ジョルジュ　ちょうど今、『ル・マタン』に載ったアルセーヌ・ルパンの手紙を読もうとしていたところだったのさ。『ル・ゴーロワ』にも載っているのか？

ファロワズ （『ル・ゴーロワ』をポケットから取り出す）たまげた手紙だよ！

三人そろって 「編集長殿……」

ブリザイユ なんだい、これじゃだめだ。誰が読むか、くじ引きにしないか。

アルベール （取り次ぐ）ベルジェ様がお見えです。

ジョルジュ ああ、フェンシングの名選手の登場だ。今朝の試合では誰も殺さなかっただろうね。諸君、紹介はいらないね。

全員 もちろん！

ベルジェ （ファロワズに）たしか、決闘であなたの相手方の介添えをさせていただいたように思うのですが……

ファロワズ 人違いでしょう。間違いなく、あなたから剣の一撃を食らった覚えがあります。

ベルジェ それは失礼。

ジョルジュ （グレクールに）では、あの記事を。（ベルジェに）今日の新聞にびっくりするような記事が出ているらしいんだ。

ベルジェ おや、ぼくもみなさんに新聞を持ってきたんだが。

全員 どの新聞だい？

ベルジェ 『ル・ジュルナル』だ。（ポケットから新聞を取り出す）『ル・ジュルナル』は読んだかい？ アルセーヌ・ルパンの手紙が載ってるんだ。（読む）「編集長殿……」（みな、ふきだす）なんだい、どうした？

グレクール　何だろう、これは。まるで回状だな。

ジョルジュ　グレクール、きみは講演をするだろう。その素晴らしい声でみなに読んで聞かせてくれ給えよ。

執事のベルトーが食前酒を運んでくる。

ジョルジュ　ほら、水の入ったグラスもあるし、卓もある。

ベルトー　すみませんが、旦那さま、『ル・プチ・ジュルナル』はお読みになりましたか？

ジョルジュ　いいや、読んでないが、どうしてだい？

ベルトー　未来のお父君になられる、大使閣下にかかわる手紙が載っているのでございます。（読みはじめる）「編集長殿……」

みな笑う。

ジョルジュ　まったく、ベルトーまで、やめてくれよ。

ベルトー　承知いたしました。

ベルトー、退場。

ファロワズ　あきれたものだなあ。きっとこの手紙は、『ジル・ブラス』にも『ラ・リーブル・パロール』にも『ル・プチ・パリジャン』にも『コムディア』にも載っているよ……たいした野心家だよ、このルパンってやつは！

グレクール　では、読みはじめてもよろしいかな？

全員　お願いするよ。

グレクール　（読む）「編集長殿、このように長々しい書状をお送りする失礼をどうぞお許し願います。しかしながら、いくつかの事実をはっきり申し上げるにはこれが絶好の時機と思われたのです。たとえそれが自画自賛の妄想であろうと、この書状は貴紙を購読するご婦人方にとってそれほど不快なものではありますまい」どうだい？

ジョルジュ　ずいぶん気取り屋だな！

グレクール　（続けて）「……その事実とは、一年前、フランスを代表してボンベイ会議に出席する使命を帯びたダブルメニル伯爵が、帰国の際インドの王様からフランス大統領への贈り物として宝冠を持ち帰ることとなった、というものであります。それを知って、私は胸騒ぎを覚えました。なんでも、その宝冠には世にも稀《まれ》なる素晴らしいエメラルドが散りばめられているとのこと。だからこそ気にかかり……」気にかかる、とはよく言ったものだな！……

全員　ほら、そのさきをつづけて！

グレクール　「だからこそ気にかかり、大統領に次の手紙を書き送りました。『大統領閣下、私の国を想う心は真実誠のものでございます……』」このくだりはしゃれている。

ジョルジュ　途中で読むのをやめないでくれ給えよ！　これではまるで、きみが書いたもののようだ。

全員　さあ、手紙を！

グレクール　「『……真実誠のものでございます。だからこそ申し上げます。宝冠がルーブル国立美術館に展示されたら、フランスから盗まれてしまうおそれがあるのではなかろうかと……』」

ブリザイユ　軍隊が守ってくれるさ！

グレクール　「『このひどく倫理観の欠けた時代において、閣下のもとに宝冠を間違いなく無事に持ち帰ることができる人物はただの一人しかおりません。これだけは申し上げておきましょう。それはあの非の打ちどころのない紳士、ダブルメニル伯爵ではありません』」

みな笑う。

ジョルジュ　（立ち上がって）どうか、諸君。おかしくなんかない！（グレクールに）ぼくは笑わないよ。

グレクール　「『どうあってもこの申し出を拒絶されるおつもりなら、用心なさることです。私の手助けがなければただではすまないことを証明し、宝冠は自分への贈り物といたしますゆえ……これがどういう意味かおわかりになりますね……ご返事は二十四時間以内にいただけますように。宛先はいつもの、アルセーヌ・ルパン、フランスへどうぞ』」これはまたうっとりするような文面だ。

ジョルジュ　これを書いたのはきみなんじゃないのか。

グレクール　「奇妙なことに返信がないため、しかたなく共和国大統領に次のメッセージを送ることといたしました。『大統領閣下、ダブルメニル氏がパリに到着して一週間が経過しました。例の宝冠は、書記官のバルサン氏が運んでおり三月十四日、夕刻の六時にパリに到着する予定です。遺憾ながらお知らせしますが、十四日の真夜中に宝冠は私のものとなるでしょう。どうぞ、ご自身をお責めになりませんように。もしこれが数ヵ月前なら、レジオン・ドヌール勲章と交換するために喜んで宝冠を差し出したのですから。受勲には、私のほうがよほどふさわしく、あんな婦人服のデザイナーや文学者……』」

ジョルジュ　これは滑稽だ！　実に滑稽だよ！

グレクール　(読み続ける)「『……文学者や外交官などに……』」ほら、外交官も入ってる。

ジョルジュ　そうだな。まあとにかく、これは、ぼくのフィアンセの父上に嫌がらせをしようとしている輩《やから》の仕業だよ。

ブリザイユ　もちろんそうさ。絶対にいやしないよ。ルパンなんてものは。

ファロワズ　捜査が行き詰まると、警察がひろめる噂だよ。

ジョルジュ　ならず者には好都合だ。ルパンのいる間に洗濯できる。

ファロワズ　主よ、今日もわれわれに日ごとのルパンを与え給え。
ブリザイユ　ぼくにとってルパンは切り裂きジャックのようなものだ。いずれ劣らぬ優男《やさおとこ》だし、怠慢なるわが共和国と……
ベルジェ　いいぞ、いいぞ！
ブリザイユ　……縁起かつぎをする大衆が、一連の犯罪を伝説化さえしてしまったのだからね。
全員　そうだ。
ファロワズ　どうしてそわそわしているんです？　あなたも演説すればいいのに。
グレクール　ルパンを切り裂きジャックになぞらえるなんて、あきれた話だ！
ベルジェ　それはもっともだ。ルパンは一度も人殺しをしていない。
ファロワズ　決闘でも、誰も殺したことがないんだ。
ジョルジュ　きみはルパンがいると信じているのか？
グレクール　もちろん、きっといるよ。彼は宝冠を奪うと通告しているが、その脅しは本物だと思うね。そのあとは、モナリザを盗むとも言っている。
ジョルジュ　ううむ……
ファロワズ　そのとおりだ……そのふざけた話が新聞に出てたよ。
ジョルジュ　ルーブル美術館のモナリザを盗むだなんて……それでもきみはルパンがいると思うのか？
グレクール　そうだ。

ブリザイユ　（宣言するように）ルパンの存在を信じるのは神の存在を信じるようなものだと思うね……

ジョルジュ　グレクールにまかせよう。泥棒についての本を出したばかりなんだからね。そして、ルパンはその本に今日的意義を与えてるんだ。

グレクール　ぼくのことにはかまわないでくれ給え……でも、諸君はナポレオンの存在を否定したりするかね？

ファロワズ　こいつは傑作だ！

グレクール　たしかに！　でも、それがきみたちの原則なんだ。並の水準から少しでも外れていたり、堂々とした、自分より優れた存在にあうと、とたんに冷やかすかあるいは否定する。気の抜けた凡庸《ぼんよう》な精神しか持ちあわせていない……いやというほど虚構にまみれた……鼻持ちならない懐疑主義者なんだ……そしてなにより、何も信じていないんだ。

ジョルジュ　じゃ、きみはどうなんだ？

グレクール　きみたちは戦争が起きるなんて思ってもいないから、もしも頭上で大砲がとどろいたら仰天するだろう。愛さえ信じてはいない……英雄的行為などありえないと思っている……正真正銘の決闘があるなどとは考えたこともない。

ベルジェ　それは聞き捨てならないな！

グレクール　要するにきみたちは、あまりに聡明で、あまりに洗練されていて、あまりに教養があるために、今まさに目の前で起きているものごとについては、かえって何もわからなくなっているんだ。それで、この、時代の集大成であり、産物であり、明白な事実であり、証人であるアルセーヌ・ルパンを否定するんだ。

ジョルジュ　でもいったい、どこに証拠があるんだ？　何を根拠にルパンの存在を信じてるんだい？

グレクール　彼の行為だよ。彼の仕業だと認めることができる行為、彼が自画自賛し、人々が彼の仕業にちがいないと確信できるような行為だよ……そこには、何と言うか……彼しか持ちえない印、彼特有の斬新な手法があるんだ。

ブリザイユ　むしろ、手法の欠如と言うべきじゃないかな。

グレクール　彼の起こした事件をそれぞれ考えてみよう。サンテ刑務所からの脱獄、それからカオルン事件はどうだい。いつも、一定の行動パターンがあるだろう。そこにどんなからくりがひそんでいるのか、まだぼくにはわからないんだが、とにかく誰にも真似のできない、きわめて独特な、いわばサインのようなものがあるんだ。

ベルジェ　たしかにそうだね……

グレクール　ねらった獲物を追いつめていく方法、目的達成のための一連の準備工作……

ファロワズ　ああ、だけど……

グレクール　あんなふうに敵をじわじわと包囲していくために……はったりや鳴り物入りの大広告、つまり、曖昧で間接的でこみ入った策略を巧みに組み立てているんだよ。だが、そこにはすべてに共通する特徴がある。計算ずくの大ぼら、鼻持ちならないが必然的とも思える自信といったものだ……ぼくは、ルパンを信じる根拠を問われた……そしてこれがその答えだ。だけど、これぐらいのことは、おそらく誰もが知っている……そういえば、ルパンの正体がダルベルだと言われたこともあったな！

ベルジェ　ダルベル！　エドゥアール・ダルベルか！

グレクール　そうだ。

ジョルジュ　ダルベルとは知り合いだった。

ファロワズ　ぼくもだよ。たしかに悪い噂があったな。競馬界から締め出されたし。

グレクール　ミュッセもそうだよ。

ベルジェ　ダルベルって、若いのに豪勢な暮らしをしていた、あの青白い顔の美男子のことだよね。ダンドレジに似ていたな。

グレクール　そうだね。二人には驚くほど似たところがあったし、そろって社交界の寵児《ちょうじ》だった。十年ほど前だったか、ある日ダルベルが突然姿をくらまし、その翌日彼に勾引状《こういんじょう》が出されたんだ……警察はオーストラリアまで追跡して、やっとつかまえたんだが、手錠をかけられたのは……いったい誰だったと思う？

ブリザイユ　アルフォンス十三世かな。

グレクール　ちがうよ。それがダンドレジだったんだ。

ジョルジュ　なんだって？

ベルジェ　ダンドレジは気の毒だ。ずいぶん嫌な思いをしただろうねえ。ダルベルとはすごく親密だったから。
ジョルジュ　へえ、あの二人は親しかったのか。
ブリザイユ　だが、彼はいったいどうなったんだろう？
ファロワズ　彼って誰だい？　ダルベル、それともダンドレジ？
ブリザイユ　ダンドレジだよ。ダルベルのことなんかどうでもいいよ。
グレクール　もし、ダルベルがルパンだったら別だろうがね。
ファロワズ　ダンドレジは死んだんだ。あくまでも、噂だがね。
ベルジェ　ぼくは、彼がハーレムに忍び込んでトルコの高官の女を連れ去ったという話を聞いたよ。
ブリザイユ　ぼくは、水牛狩りに行って虎に出くわし破傷風がもとで死亡したと聞いた。（ジョルジュに）どうして笑うんだ？
グレクール　ぼくは、たしか彼が金鉱を掘り当てたという話を聞いたよ。出所は彼の家族の友人だ。
ファロワズ　彼の家柄は相当なものだよ。ダンドレジはシャルムラース公爵の甥《おい》だもの。
ベルジェ　ところが、財産は全くないそうだ！　だからパリを離れてしまったのだと言う人さえいるくらいだ。
ブリザイユ　ぼくはもっとひどい話を聞いたぞ。
全員　どんな話だい？

ブリザイユ　もう忘れてしまったけれど、身の毛もよだつようなことだったな。
グレクール　とにかく、彼の消息は途絶えてしまった。パリっ子が一人減ったということだ……
ところで、ジョルジュ、あれやこれやでみんな空腹で死にそうだ。
全員　そのとおり。
ブリザイユ　食事にしたらどうだろう。
ジョルジュ　申し訳ないが、まだ来てない人がいるものでね。もう少し待っていただけないか。
グレクール　誰が来るんだい？
ジョルジュ　破産もしていないし、トルコ人の女を誘惑してもいない。それから虎に嚙まれて破傷風にかかってもいない人物だ。それに約束の時間を守る男だよ。
グレクール　みなをばかにするのか？
ジョルジュ　ぼくがその男に最後に会ったのは、半年前チベットを旅行したときだった。そのとき彼はこう言ったんだ。三月一日月曜日の一時十五分に、きみの家に昼食に寄らせていただくよ、とね。
ブリザイユ　その男の名前は、さしずめ、さまよえるユダヤ人といったところかな？
ジョルジュ　ぼくの親友だ。
全員　これは驚いた！
ジョルジュ　少なくとも、そうあるべきなんだ。命の恩人なんだからね。
全員　いったい誰なんだ？

ジョルジュ　ただ、ひどく謎めいた男でね、いつも心ここにあらずといった感じなんだ……
ブリザイユ　その恩人の名前を言わないと、この壺をこわしてしまうぞ。
ジョルジュ　だめだよ。こわさないでくれよ。ダンドレジだよ。
ブリザイユ　なんだって！

ブリザイユは壺を落としてしまう。

ジョルジュ　なんてことするんだ！
ベルジェ　ダンドレジだって！　それじゃ、死んだんじゃなかったのか。
ジョルジュ　（壺のかけらを拾いながら）貴重な壺だったのに！
グレクール　それで彼は昼食に来るのか？
ブリザイユ　それにきみの命を救ったのか？
グレクール　どんなことがあったのか話し

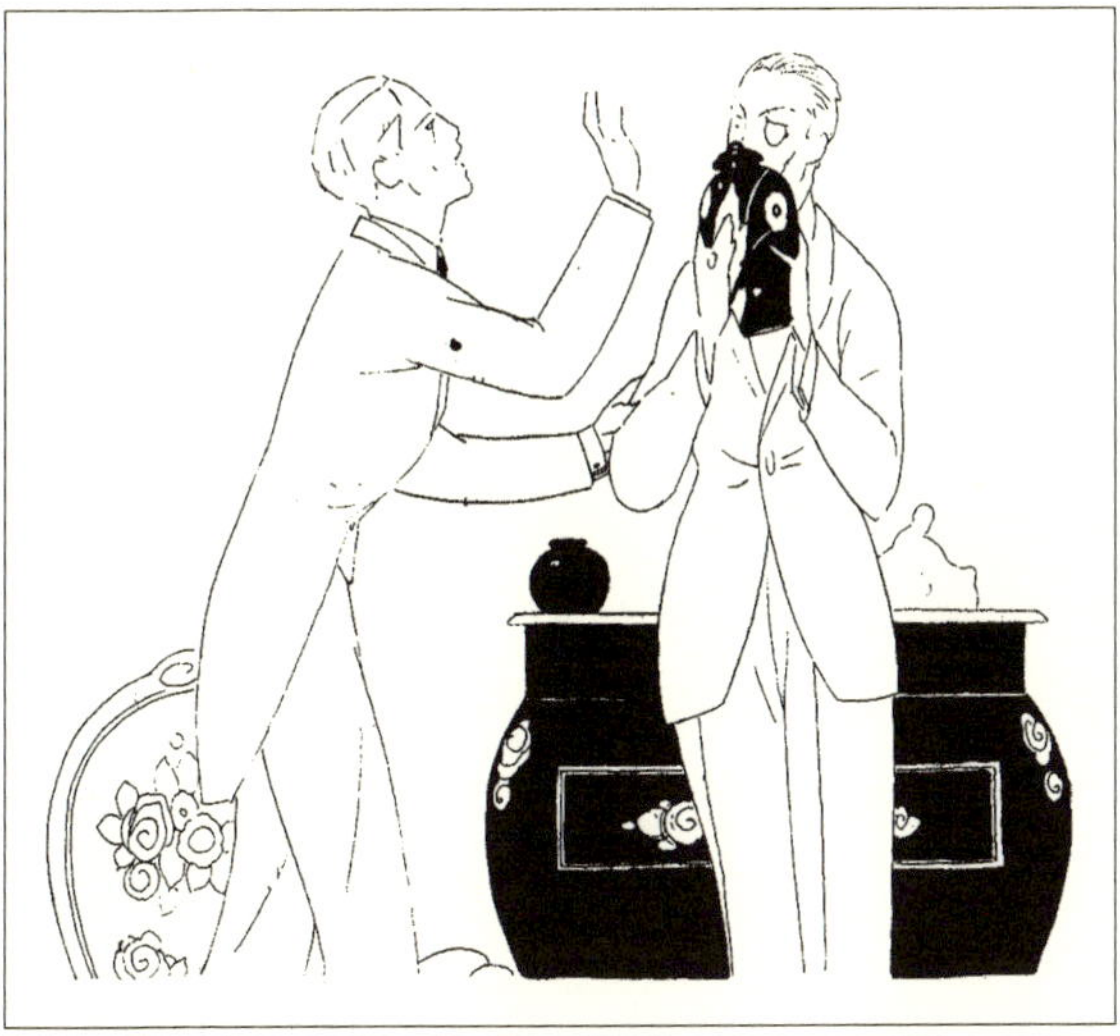

ブリザイユ「その恩人の名前を言わないと、この壺をこわしてしまうぞ」

てもらえないか。
ジョルジュ　はたして信じてもらえるかな。こんな話、パリでは、ひどく現実離れしたものに聞こえそうだからな。
全員　とんでもない……
ジョルジュ　それに、思い出すと不愉快でね……ねえきみたち、ぼくは臆病者なんかじゃないだろう……それなのに、あれほど恐ろしかったことはなかったんだ！
ファロワズ　ますます聞きたくなったよ。
ジョルジュ　それほど言うなら、話をするよ。まず状況を説明すると、メナッソンからカルカッタへ行く途中に、ヨーロッパ人が入るのは危険だといわれている寺院があってね。女性の出入りは禁止、祭務をとりしきるのは狂信的な僧侶たち、僧侶長はほかならぬラサのダライラマだといわれているところだ。
ブリザイユ　地理の説明なんかいらないよ。かえってわかりにくくなって、うんざりしてしまうんだ。
ジョルジュ　わかったよ。でもともかく、その寺院には世にも恐ろしい刑罰や拷問がなされるという言い伝えや、人を生贄《いけにえ》にするという噂まであることだけは言っておくよ……
ファロワズ　こちらはクック旅行代理店。ご案内の料金は二フランです。
ジョルジュ　ばかなこと言うなよ！　その寺院は本当にあるんだぞ。
グレクール　そうだ。実在している。

ジョルジュ　そうした話をダンドレジから聞かされて、ぼくたちはひどく好奇心をかきたてられてしまってね。ダンドレジとはその三日前に知り合ったんだ。まあそんなわけで、ある晩、彼には何も告げずにぼくはフィアンセのジェルメーヌとクリチノーフ嬢といっしょに、その寺院に向かったんだ。

ブリザイユ　そんなところに女連れでいくなんて、あきれた話だ。

ジョルジュ　それはそうだが、どうしても行くと言ってきかなかったのは彼女たちのほうだぜ。ぼくは一人で行きたかったんだ。もっとも、ぼくのようなフランネルのゆったりとした上着を身につけて、少年のように見せかけたがね。さあいよいよ探検のはじまりだ。ぼくたちは絵葉書のような土地を通り過ぎ、夕方の六時にもなると日が沈み……

ブリザイユ　ああ、もうたくさんだよ！

ジョルジュ　そんなことばかり言われたら、話せないよ……

グレクール　（ブリザイユに）そうだよ。口を慎み給えよ。ジョルジュの好きなように話してくればいいよ。

ジョルジュ　要するに、ぼくたちは寺院に到着した。門が少し開いていたので、そこからなかに忍び込んだ……きみたちは乳白色の灯りがどんなだか想像できるかい……青い影が浮かぶんだ……バラと香《こう》の匂いに混じって、むせかえるようなすさまじい悪臭が鼻をついて……その瞬間は、よほど引き返そうかと思ったんだけれど、奥のほうにある祭壇がどうしても気になってね。黒と白の大理石でできた……葬儀用の祭壇で……祭壇の前には三人の僧侶がいた……そのうちの二人は低い声で詠唱《えいしょう》し、もう一人はある物の上にかがみこんでいたんだが、それが何なのかぼくたちには見えなかった。何か生き物だった……そう、それは生きていて……苦しんでいたんだ。すると突然、悲鳴がした。ぞっとするような叫び声で、生贄として殺された人の声のようだった……ぼくたちはそこに、恐怖に震えながらただじっと立っていた。ふと見ると、クリチノーフ嬢はぼくのそばにいたが、ダブルメニル嬢とは離れ離れになっていた……幽霊のように白い顔をした僧たちが次々に入ってきて、押されてしまってね。ぼくは激しい不安に襲われて彼女のところまで進もうとしたんだが、不可能だった！　それでも前に進もうとして、ピストルを手探りしたんだ。そのとき、ぼくは腕をつかまれ猿ぐつわをかまされた。するとダブルメニル嬢の悲鳴が聞こえ、ぼくは身の毛もよだつような恐ろしい考えにとらわれた。もしや彼女は生贄に選ばれ、祭壇に連れていかれて、儀式が……

ベルジェ　ぞっとするような話だね！

全員　それから？

ジョルジュ　寺院内陣の奥にある小さな扉が開いて、人が入ってきたんだ。なんとそれはダンドレジだった。彼は祭壇に近づき、ダブルメニル嬢を取り囲んでいる輩たちをにらみつけ、何か身振りをした。それ以外のことは何もせず、一言も発しなかった。すると、ぼくを押さえ込んでいた手が離れ、猿ぐつわが落ちた。あっという間に内陣の僧侶たちは消え、ぼくたち三人とダンドレジだけが残された。

ベルジェ　まるで芝居のようだな！

ブリザイユ　ダンドレジはモンテ＝クリスト伯といった役どころだな。

ジョルジュ　好きなように言えばいいよ！　でも、あの場所で味わった恐怖の瞬間は絶対に忘れられるようなものではなかったよ……あんなに恐ろしいことは、これまで一度も経験したことがなかったからね……それから、なぜだかわからないんだが……ダンドレジがドアを開けてゆっくりと進んでくるのを目にしたとき、ぼくはすぐに、言いようもないほどの安堵と信頼の気持ちを覚えたんだ。決して忘れることができないようなね。

グレクール　茶番だ！　茶番だ！

ジョルジュ　何とでも言えばいいよ。でも、どこに登場人物を操る糸があるんだい？　どういう目的でこんな芝居をするんだ？　どうして彼はあれほど僧侶たちを支配することができたんだ？

ベルジェ　彼自身は、きみにどういう説明をしたんだ？

ジョルジュ　何の説明もしなかったよ。ただ微笑みを……あの謎めいた微笑みを浮かべてこう言ったんだ。「きっとわかってもらえないでしょう」と。それから、「それどころか、誤解されてしまうかもしれません」ともね。

グレクール　それで、きみはダンドレジのことをどう思ってるんだ？

ジョルジュ　わからないんだ……ぼくの命ばかりか、ぼくの愛する人の命も助けてくれた……深い感謝の気持ちを抱くべきだ。それなのに……

グレクール　不安のようなものを感じるんだね。

ジョルジュ　そうなんだ……いや……つまり、理性で割り切ることができなくて……どう言ったらいいか……好意を抱いているのに気詰まりな気持ちというのか……彼は特別な存在で、ぼくたちとはあまりにかけ離れているような気がしてね。誰にも理解したり見抜いたりできないようなことを、彼は理解し見抜いてしまう。まるで、奇術師のように。

ブリザイユ　コーヒー占いでもするのかな？

ジョルジュ　それでね……昨夜、ぼくは大切にしていた指輪を盗まれてしまってね。ゲルシャールの助手に来てもらったけれど、もちろん何も見つからなかった。けれども、ダンドレジなら五分できっと見つけ出してくれる気がするんだ。

ファロワズ　まさか！

ブリザイユ　うまくいったらお慰みだ！

ジョルジュ　とにかくたいした人物だよ！　ぼくなど足元にもおよばない。苦境を切り抜ける能力や、人を支配する秘訣を心得ている点ではとても太刀打できないよ。おまけに、あの、有無を言わせぬ態度にはひれ伏してしまいそうだ。誘い込まれそうな力を感じるんだ……そう、ブリザイユが言っていたモンテ＝クリスト伯のような……あの物語のなかでアルベール・ド・モルセールもこうした印象をモンテ＝クリスト伯に抱いたにちがいないよ。

ブリザイユ　いやはや！　ぼくがきみの立場だったら、そんなに落ち着いていられないだろうなあ！

ファロワズ　ぼくの意見はこうだ。きみは悪い夢を見たんだよ。グレクールはどう思いますか？

グレクール　ええと、諸君。ぼくの意見はまったくちがうものだ。ルパンはいるだろうが、モンテ＝クリスト伯まで実在するなどと認めることはできない。ジョルジュ、きみはそこで無意識に過去の記憶の影響を受けてしまったのではないだろうか。モンテ＝クリスト伯の物語は読んだことがあるだろう？

ジョルジュ　冗談だろう！　でもどうして？

グレクール　状況設定が同じなんだ。ここに、『モンテ＝クリスト伯』の本はあるかい？

ジョルジュ　あるよ。（本棚を指して）デュマは大好きなんだ。

グレクール　さてと、ちょっとお待ちを。（本を探しながら）第三巻だ。アルベール・ド・モルセールは、ローマでイタリア人の強盗に囚われ捕虜にされてしまうが、不思議なことにモンテ＝クリスト伯によって救出される。きみがダンドレジに救出されたようにね。それから、モルセールはきみと同じようにモンテ＝クリスト伯を自宅に招待する。十時半の昼食に来るように約束するんだ。

ブリザイユ　時間は少し早いがね。

グレクール　モルセール同様、きみは昼食に、伊達者を一人と小粋で品のいい若者を数人招待した。

ブリザイユ　（グレクールを指して）流行作家もね。

グレクール　それからモルセールはこう言うんだ……では、読んでみよう。「『いいよ、好きなだけ笑えばいい』と、少しむっとしてモルセールは言った。『きみたちのような、カフェや劇場に入り浸りブーロニュの森を散歩するパリの若者と比べれば、あの男は、何というか、ちがう種類の人間のように思えてくるよ』『ぼくは今の自分で満足だ!』と、ボーシャン」これはブリザイユだな。「『とにかく、きみのモンテ＝クリスト伯は暇をもてあました紳士なんだ。ただし、イタリア人の強盗と談判したときは別だろうけれど』と、シャトー＝ルノー」これはファロワズだ。「『ああ! イタリア人の強盗なんていなかったのさ』と、ドゥブレイ」これはぼく、グレクールだ。「『モンテ＝クリスト伯だっていやしないさ』と、ボーシャン。『ほら、アルベール、時計が鳴っている。もう十時半だ。やっぱりきみは悪い夢でも見たんだよ。そろそろ昼食にしよう』と、またボーシャン。だが、振り子時計がまだ鳴りやまないうちにドアが開き、召使のジェルマンが来客を告げた。『閣下が……』」

ベルトー （登場）ダンドレジ伯爵がお見えになりました。

第四場

同じ登場人物、ダンドレジ

全員、立ち上がる。

ダンドレジ　やあ、ジョルジュ、ちょうど約束の時刻だと思いますが。たしか、半年前、三月一日の一時十五分にお宅におうかがいすると言いましたね……ほら、どうです。ちょうど一時十五分です……ところで、みなさんは今ぼくのことをモンテ＝クリスト伯にたとえていたのではないですか?

ジョルジュ　よくそんなことがわかりましたね！　ちょうどその話をしていたところでした。

ダンドレジ　そんなことだろうと思いましたよ……なにしろ、こうして不意にやってきて、コートをいつものようにベルトーに預けていると……

ジョルジュ　なんですって?

ダンドレジ　何がです?

ジョルジュ　いつものようにベルトーに、とおっしゃいましたが……それじゃ、うちの召使をご存じなんですか?

ダンドレジ　もちろんです……あなたの母君のところで……もう十年ほど前に会ったことがあるんです……ところで、ジョルジュ、ホストのお務めをお忘れですよ。ぼくは自己紹介をしなくてはならないようです。（やや躊躇《ちゅうちょ》して）グレクールさんですね?

グレクール　ええ、そうです……

ダンドレジ　あなたの書かれた、『窃盗史』という本は力作ですね……とくに素晴らしいと思ったのは……ええと、十七、十八、十九ページです。あの部分は、非常に読みごたえがあります。

グレクール　ああ、そうですか……そういう感想をうかがうと、実にうれしいものです。あそこは、とりわけ気に入っているところでしてね……しかし、あのページを指摘されたのは、あなたがはじめてですよ……

ジョルジュ　（紹介して）こちらはベルジェさんです。

ダンドレジ　ああ、存じ上げていますよ！　お手合わせ願ったことがあります……フェンシングの稽古場が同じ、ルラン先生のところでした。

ベルジェ　人違いでしょう……あちらにはまったく通ったことがありませんから。

ダンドレジ　では、アンジュの稽古場でしたか？

ベルジェ　ええ、もちろん、そこなら！……そうですね、なんだかそこでお会いしたような気もしますが……

ダンドレジ　そうでしょう？

ジョルジュ　（紹介して）ジャン・ド・ファロワズ男爵はご存じですか？

ダンドレジ　きっとそうだ！　クラブの仲間でしょう？　あの語り草となった自転車競技をおぼえていますか？

ファロワズ　ええ、そうでしたね！……いやはや……

ダンドレジ　でも、ぼくのことはおぼえてないのですね……ブリザイユ君、あなたもですか……エタンプ公爵夫人主催のダンスパーティーのことも忘れてしまったのですか？

ブリザイユ　忘れたわけではないのですが……ただ、そのときのあなたの姿が思い浮かべられないのです……

ダンドレジ　やれやれ！……鏡をのぞけばいやおうなく思い知らされる。ぼくはずいぶん老け込んでしまったようです。
ブリザイユ　その逆ですよ、つまり……
ダンドレジ　というと？
ブリザイユ　若返りました……
ファロワズ　まさしく、そうだ！
ダンドレジ　なんと！
ブリザイユ　今やっと思い出しましたよ。そう、その眼差しやその仕草は、たしかにダンドレジだ……やあ、元気でしたか？
ダンドレジ　ええ、もちろん……で、あなたは？
ブリザイユ　よくいっしょに、どんちゃん騒ぎをしましたね！　すごく楽しかったな……あの頃は……
ベルトー　お食事がご用意できました。
全員　ああよかった！
ブリザイユ　（ジョルジュに向かって）まだやることがあったじゃないか！……ほら、指輪は？
グレクール　ああそうだった……指輪だ！
ダンドレジ　指輪がどうかしたのですか？
ブリザイユ　（ダンドレジに）つまりねえ、……ええっと、ところで、よそよそしい言葉遣いはやめて以前のように「きみ」と呼び合いませんか？
ダンドレジ　それはありがたい！
ブリザイユ　つまり、きみには占いの才能があるらしい……それで妖術師になったというわけか……。
ジョルジュ　冗談ですよ、ダンドレジ……でも実は、家で指輪をなくしてしまったのです。それでさっき、ゲルシャールのところに行くより、あなたに相談したほうがよほどいいと話していたところです。
ブリザイユ　彼は、きみが五分で指輪を見つけ出すはずだと言ったんだ。
ジョルジュ　ええ、ついそう言ってしまって……
ダンドレジ　五分ですか……可能でしょう……
全員　それはすごい！
ダンドレジ　その指輪はいつなくなったのです？
ジョルジュ　わかりません。昨日の午後四時には、ぼくが普段使っている化粧室のマントルピースの上にありました。そして、夜中に帰宅するとすでになくなっていたのです。
ダンドレジ　その部屋に入ることができるのは誰ですか？
ジョルジュ　ぼくの召使たちです。でも、誰も疑わしいとは思いません。
ダンドレジ　その指輪には目立った特徴がありますか……たとえば、とても華奢《きゃしゃ》だとか？
ジョルジュ　おや、いったい、どうしてそんなことがわかるんです？

ダンドレジ　ぼくのためにドアを開けてくれた、あの若い召使は以前からこちらで雇われているのですか？

ジョルジュ　いいえ、一週間前からです。でも、身元はしっかりしています。

ダンドレジ　このお屋敷に入ったときからすでに、あの男は右手中指に銅製の太いリングをしていましたか？

ジョルジュ　右手の中指にですか？……少しも気づきませんでしたが。

ダンドレジ　どんな用事でもかまいませんから、鈴を鳴らしてあの男を呼びつけてください。ああ、その前に……約束してほしいのです。もしぼくがあなたの指輪を見つけたら、犯人はそのまま見逃してやってくれますか？

ジョルジュ　約束ですか……でも……

ダンドレジ　友人として、少しでもあなたのお役に立てればうれしいと思いますが、ぼくは密告者でも法の番人でもない。そんな連中は、どうも苦手でしてね。

ジョルジュ　（鈴を鳴らしながら）それではあなたはアルベールが……でも、あの身元保証書は……まあとにかく……（アルベール登場）アルベール……ああ、そうだ、ガレージに電話をかけてくれないか……そう……三時にドライブに行くと伝えてくれ。

アルベール　承知いたしました。

ダンドレジ　（たばこを口にくわえて、アルベールに）ええと……マッチはあるかな……

アルベール　どうぞ……

アルベールはマッチを擦り、ダンドレジに差し出す。

ダンドレジ （アルベールに）おや、きみはカンボジアに行ったことがあるのかね？

アルベール わたしがですか？

ダンドレジ きみの、その太い銅製のリングだが……そういうものを作って身につけているのは、カンボジアの部族しかいないはずだがね。

アルベール おっしゃるとおりです。これは、友人が……

ダンドレジ 見せてもらえるかな……

ダンドレジが手を伸ばすと、アルベールは後ずさりする。ダンドレジはいきなりアルベールの手をつかむ。

アルベール 何をなさるんです？　どうしろとおっしゃるんで？

ファロワズ、ジョルジュ、ベルジェらが進み出る。

ダンドレジ さあ見せるんだ！

ブリザイユ　（声を低めて）ダンドレジはたたきのめす気だぞ。

ダンドレジ　（アルベールに）このリングは……

ダンドレジ「とんでもないやつだな、おまえは。まあ今度だけは見逃してやる」

アルベール　いえ……

ダンドレジ　（アルベールの襟首をつかまえる。アルベールはもがいて抵抗するが、倒される。ダンドレジはアルベールのリングを素早くはずすと、アルベールを膝で押さえつけながらリングの蓋の部分を開き、なかから指輪を取り出す。ジョルジュに向かって）この指輪に間違いありませんか？

ジョルジュ　ええ……そうです……

ダンドレジ　（アルベールに）とんでもないやつだな、おまえは。まあ今度だけは見逃してやる。とっととよそに行って、縛り首にでも何にでもなるがいい。（声をひそめて）けがはないか？

アルベール　大丈夫です、ボス！

ベルトー　（登場し、アルベールが立ち上がるのを見て）ああ、なんということだ！

ジョルジュ　（ベルトーに）アルベールを首にした。

部屋に上がって荷物を調べるようにジャンに伝えなさい。

ベルトー　はい、それにしても、なんということでしょう！

ジョルジュ　そのあと、食事にしておくれ。

ベルトー退場。

ファロワズ　ぼくは食欲が失せてしまったよ。

ブリザイユ　だが、見事なものだったね。

ジョルジュ　さあ、食事にしよう……ああそうだった、まいったな！

全員　なんだい？　まだ何かあるのか？

ジョルジュ　（宝石箱を手にして）真珠は大丈夫かな？　あの悪党がくすねていないといいが……もしなくなっていたら……よかった、あったぞ……

ダンドレジ　真珠ですか？

ジョルジュ　ええ、ほら、ちゃんとありました……昨日買ったのです……フィアンセの目にとまったものでね……それが、もしや、あの悪党に盗まれたのではないかと心配になったのです……ペンダントにしたら、映えると思いませんか……

ダンドレジ　これは素晴らしい！

ベルトー　お食事の用意ができました。

ジョルジュ　アルベールは出ていったのか？
ベルトー　はい、旦那さま。荷物もとらずに、すぐに出ていってしまいました。
ジョルジュ　やれやれ。さあ諸君、どうぞ着席してくれ給え。（ダンドレジに）それから、ねえウベール、心から感謝しますよ。
ダンドレジ　いいえ、どういたしまして！

第五場

ジェルメーヌ、ソニア

ジェルメーヌ　（登場し、舞台袖に向かって）旦那さまにはお知らせしないで結構よ！……（ソニアに）わくわくするわね。さあ、入っても大丈夫よ。みなさん、お食事中だもの。
ソニア　こんなふうに出かけてきてしまって、大使がお知りになったら、きっとご立腹なさいますわ。
ジェルメーヌ　いいこと、パパは絶対に怒ったりしないの。外交官なんですもの。考えられる最悪の事といえば、どうしようもなく機嫌が悪くなることくらいよ。ねえ、男の方の家を訪ねるなんて、わたくしはじめてだわ。

ジェルメーヌ「でも、ここはずいぶん整理が行き届いているわね……ジョルジュは几帳面なのね」

ソニア　本当に、お怒りにならないといいのですが！

ジェルメーヌ　なによ！　怒られるはずがないわ！　どうして婚約者なのに、相手の家を訪ねて、あちこち調べてはいけないのかしら……でも、ここはずいぶん整理が行き届いているわね……ジョルジュは几帳面なのね。

　　ジェルメーヌは、積まれた本をひっくり返す。

ソニア　たしかにきちんとなさっていますわ。でも、お嬢さまがその調子でなさると……

ジェルメーヌ　ジョルジュが昼食に誰を招待したか見てみたいの。だって、もし女なんかを招待していたら……食堂は、きっとここね。それじゃドアを少しだけ開けてみるわ。そっとね。

ソニア　そんなふうにしてはいけませんわ！

ソニア　お嬢さまったら、本当に楽しい方だわ……
ただの花かごだったわ。
ジェルメーヌ　女ものの帽子があるわ……まったく、しようがないわね！　まあ、ちがったわ。
ソニア　どうなさいました？
ジェルメーヌ　ええそうね……ああ、見えたわ……まあ！
ソニア　ドアをきしませないように……掛け金をはずしてから開けなくては。
ジェルメーヌ　どうして？

ソニアは蔵書や書棚を眺める。

ジェルメーヌ　ブリザイユがいるわ……ファロワズも……ああ、ジョルジュがいたわ……みんな誰かの話を聞いているわ……あんなに熱心に、誰の話を聞いているのかしら……まあ！
ソニア　今度は何です？
ジェルメーヌ　絶対に、わからなくてよ！　当たりっこないわ。ねえ、いったい誰がいると思う？
ソニア　さあ、誰でしょう？
ジェルメーヌ　あなたのボーイフレンドよ。
ソニア　まあ、どうしてそんなことを！

ソニア　掛け金をはずしてからですよ。

ソニア「気をつけてください……聞こえてしまいますわ」

ジェルメーヌ　カルカッタで出会った人よ……あなたが、ほめたりけなしたりしていた男の方よ。

ソニア　ダンドレジさんですね！

ジェルメーヌ　ほら、ごらんなさいよ！

ソニア　本当だわ！

ジェルメーヌ　まあ、赤くなってる。

ソニア　そんなに、からかわないでください。

ジェルメーヌ　本当に赤くなっているわ、ほらまた。

ソニア　気をつけてください……聞こえてしまいますわ。

ジェルメーヌ　ええ、そうね。

ジェルメーヌはドアを閉めようとする。

ジェルメーヌ　ええ……（ドアを閉める）ねえ、どきどきしてるんでしょう？

ソニア　どうしてです？

ジェルメーヌ　ダンドレジさんと再会したからよ。白状なさいな。好みのタイプなんでしょう。

ソニア　お嬢さま、そういうおっしゃりかたは……

ジェルメーヌ　お二人とも、ボンベイではとても楽しそうだったんですもの……わたくしは、あの方、あなたにお熱だと思うわ……

ソニア　ダンドレジさんには、もっとほかになさることがおありですわ。わたしのような哀れな娘にかまっている暇なんかありませんよ……

ジェルメーヌ　あなたは美人だもの！

ソニア　まあ、とんでもない！

ジェルメーヌ　いいえ、とても美人だわ！　その上、気難しくて、男の方を寄せつけない。そう、ローマ神話のディアナ（狩猟の女神）のようにね！　ダンドレジさんが、あなたに付けたあだ名はまさにぴったりだわ……そう、ディアナだったわよね！……

ソニア　まあ……そんな……

ジェルメーヌ　ちがうかしら？……でも、男の方を寄せつけないということはないかもしれないわね。

ソニア　わたしは、女性だからって、わざとらしいお世辞や退屈な話をされるのが苦手なだけですわ。

ジェルメーヌ「もうたくさん……結構よ！」

ジェルメーヌ　あら、これは何かしら、鍵がかかっているわ。

ソニア　何をなさってるんです？

ジェルメーヌ　鍵がかかっているの……なかに何が入っているか、見てみたいのに。きっと、いわくつきの手紙なんかをしまってるんだわ……

ソニア　それなら、見ないほうがいいかもしれませんわ。

ジェルメーヌ　ジョルジュが言っていたの。マルケトリ工芸（寄木細工の一技法）の家具に、秘密の品物が全部しまってあるんだって。この鍵を開けるにはどうしたらいいのかしら？

ソニア　まあ、それじゃ……

ジェルメーヌ　ね、こっちに来てちょうだい。あなたは、こういう仕掛けのことをたくさん知ってるでしょう。手先だってとても器用ですもの。

ソニア　お嬢さま、そんなことをなさるものではありませんわ。それは……

ジェルメーヌ　もうたくさん……結構よ！

ジェルメーヌは彫像をひっくり返す。

ソニア　ほらごらんなさい！　きっと聞こえてしまいましたよ。

ジェルメーヌ　でも、おかげで引き出しが開いたわ。（部屋のドアが開く）まあ、どうしましょう！

ジェルメーヌは包みを取って後ろ手に隠す。

ジョルジュ　（登場）あなたたちですか！……（舞台袖に向かって）ちょっと失礼、すぐに戻るよ。すぐだ。（ジェルメーヌに）どうしてここにいるんだ！（引き出しが開いているのを見て）これは……いったい、どういうことだ！

ソニア　ジョルジュさま。これはお嬢さまがなさったことです。

ジョルジュ　ジェルメーヌ、こんなことをして、恥ずかしくないの？

ジェルメーヌ　いいえ、ちっとも！

ジョルジュ　せめて、何も盗らなかっただろうね？

ジェルメーヌ　盗ったわ！

ジョルジュ　盗ったとはなにごとだ。（あたりを一瞥して）ジェルメーヌ、ぼくの手紙を返しなさい。

ジェルメーヌ　絶対に嫌よ。これは、誰からの手紙？
ジョルジュ　誰でもないよ……友達からだ……さあ、返しておくれ！
ジェルメーヌ　もしお友達からだったら、見てもいいでしょう。
ジョルジュ　だめだよ。
ジェルメーヌ　それじゃ、女の人からなのね。
ジョルジュ　ジェルメーヌ、いい加減にしなさい！
ジェルメーヌ　わたくしのことを愛しているの、それとも愛していないの？
ソニア　ジェルメーヌお嬢さま……
ジェルメーヌ　ソニアさんは口出ししないで。内輪のけんかなのよ。書棚に並んだ本でも見てらして。あなたは本の専門家でしょう。（ジョルジュに）この手紙は誰からなの？
ジョルジュ　ジェルメーヌ、こんなこと、ばかげてるよ！
ジェルメーヌ　それじゃ、あなたは婚約したのに、女の手紙を大切に持っているのね？
ジョルジュ　ええと、そうだよ……それは女性からの手紙だ。
ジェルメーヌ　まあ、ひどいわ！
ジョルジュ　（ジェルメーヌを追いかけて）ジェルメーヌ！
ジェルメーヌ　絶対に見るわよ……あら、まあ！……
ジョルジュ　これで気がすんだでしょう。
ジェルメーヌ　これは、わたくしが出した手紙だわ……それに、ほかにも……

ジョルジュ　ジェルメーヌ、だめだよ、見ないでくれよ。
ジェルメーヌ　わたくしのハンカチよ……リボンも……それから、わたくしの扇子の羽根も……
ジョルジュ　立場上……外交官というものはだね……
ジェルメーヌ　（ソニアに）ねえ、なかに何が入っていたか当ててみて。
ジョルジュ　ジェルメーヌ、だめだよ。
ジェルメーヌ　まあ、男の人ってプライドが高いのね！　ジョルジュ、あなたはわたくしを愛してないのね。
ジョルジュ　きみこそ。
ジェルメーヌ　そうよ、わたくしだって愛してないわ。
ジョルジュ　じゃあ、くちづけをしよう。
ジェルメーヌ　まあ、ソニアさんがいるのに！
ジョルジュ　彼女は本を見てるよ。

二人は接吻を交わす。

ジェルメーヌ　あとで、お茶にいらっしゃる？
ジョルジュ　きみのしたことは、あまりいただけないな。
ジェルメーヌ　ほら、またそんなことを！　たしかに、わたくしは、わからないことを言ってあなたを困らせたわ。まだ結婚もしていないのにね……でもこういうことってうれしいはずよ……それでは、お客様たちにあなたをお返しするわ。ああ、そうだわ、パパにはわたくしが来たことを言わないでね。

ジョルジュ どうしようもなく、機嫌をそこなわれるだろうからね？

ジェルメーヌ もちろんよ！ それに、時機が悪いわ。神経過敏になっているの。

ジョルジュ そうか。アルセーヌ・ルパンの手紙などという悪ふざけに、もしや悩まされておいでなのでは？

ジェルメーヌ いいえ、そうではないの。パパはルパンがいるなんて信じていないわ。何にもしばられない自由思想家ですもの。

ジョルジュ 娘譲りの、かな。

ジェルメーヌ ええそのとおりよ。（ソニアに）そろそろ、ずらかりましょう。

ソニア どういう意味です？

ジェルメーヌ 走って逃げる、ここを引き上げる。つまり、立ち去るっていうことよ！ ロシアで何を教わってきたの。

ソニア （椅子にのって、一冊の本を取る）ジョルジュさま、本を貸していただけますか？

ジョルジュ よろしいですとも。で、どの本ですか？

ソニア 英語から翻訳されたもので、『すべての男性、およびすべての非処女に対する処女の優位性について』という本です。

ジェルメーヌ　まあ、そんなこと本気にするの？　変わり者なのね……ああそうだわ、ジョルジュ。誓いを立ててくださる……

ジョルジュ　どんな誓いだい？

ジェルメーヌ　お客様たちの誰にも、わたくしがここに来たことを言わないって。本当は無作法なことですもの。

ジョルジュ　わかった、誓うよ。

ジェルメーヌ　あのハンサムなダンドレジさんにもね。ソニアさんが夢中なのよ。

ソニア　お嬢さまったら……

ジェルメーヌ　あら、死ぬほど夢中でしょう。（ソニアを押しやって）ごきげんよう。

ジョルジュ　ごきげんよう。

二人はジョルジュに見送られて退場。

第六場

ベルジェ、ダンドレジ、ファロワズ、グレクール、ブリザイユ

ベルジェ　それで、本当にぼくのためにそうしていただけるのですか?……
ダンドレジ　大統領が、あなたの試合を観戦するということですか?　そんなこと、お安い御用です。任せてください。
ベルジェ　本当ですか?　ご存じのように、ぼくたちのサークルはまだ出来たばかりなものですから、そうしていただけたら箔《はく》がつきます……感謝しますよ。仲間たち全員になりかわってお礼を言わせてください。それでは、大統領とはお知り合いなんですね?
ダンドレジ　エリゼ宮には参りませんよ。あちらは非常に雑然としていますからね。それでも、政界には親密な関係がありましてね。それからグレクールさん、もしノーベル賞のことをお考えなら……
ファロワズ　彼の頭にはそれしかないようですよ。強迫観念と言ってもいい。それも滑稽なほどです!　ぼくも、実はレジオン・ドヌール勲章を……
ダンドレジ　あのノーベル賞ですね……スウェーデンの?　グレクールさん、べつに不可能な話ではありませんよ……
グレクール　本気でおっしゃってるんですか?
ダンドレジ　今夜にでも手紙を書きましょう。シシイ……伯爵あたりへ……
グレクール　そんなまさか!……
ダンドレジ　何とかしましょう……(ファロワズに)それから、あなたは……(ファロワズの上着のボタンホールをつかんで)この件も承知しました。

ファロワズ　そんな！　あのレジオン・ドヌール勲章を？……ぼくが授与されるようにしていただけるのですか。ああ、何とお礼を言ったらいいか……われながらあきれてしまうほど欲しかったんです。本当にありがとうございます。

ブリザイユ　おい、ちょっと。

ダンドレジ　何だい？

ブリザイユ　ぼくがきみに何も頼みごとをしていないことに気づいているかい？　ほかの連中は、ああやってきみを追いかけまわしている。それだけ、きみに影響力があるからだ。でも、ぼくほどきみと親しくはない。言葉遣いだってぼくたちだけちがうじゃないか……古いつきあいだものな。それでも、ぼくは何も頼みごとをしていない、そうだろう？

ダンドレジ　そうだね。

ブリザイユ　それでね、つまりぼくにも欲しいものがあってね。それはというと、たばこ販売所なんだ。

ダンドレジ　たばこ販売所？

ブリザイユ　そうなんだ。恋人がレヴューに、端役《はやく》だけどド・マントゥノン夫人役で出演していてね、来年はヌボーテ座と契約したんだ。だけど生活が苦しくってね。それで、彼女の母親のために安定した働き口を見つけてやれれば、と思ってね。

ダンドレジ　それはちょっとむずかしいな。アパルトマンの管理人ではだめなのかい？

ブリザイユ　だめだよ、管理人だなんて。ほかはともかく、それだけはだめなんだ。

ダンドレジ　どうしてだい？
ブリザイユ　すでに今、管理人になっているからさ。
ダンドレジ　そうか。それなら、あたってみるよ……ぼくのところに一度顔を見せるように言ってくれるかい？
ブリザイユ　母親にかい？……
ダンドレジ　ちがうよ！……娘のほうだよ。
ブリザイユ　感謝するよ……きみは本当にいいやつだ！
ジョルジュ　（喫煙室に戻ってくる）もう食事はすんだんだね。
グレクール　おい、彼は素晴らしい人だね。
ジョルジュ　誰のことだい？
全員　ダンドレジさんのことだよ。感じがよくて……親切で……すごくいい人だね。
ベルトー　（登場）旦那さま、宝飾品細工師が参りました。
ジョルジュ　宝飾品細工師だって？
ベルトー　台座の件で来た、と申しております。
ジョルジュ　ああそうだった！　真珠だ。フィアンセへの贈り物を作らせるんだった……ちょっと失礼。（宝石箱を手に取り、蓋を開ける）おや！　どうしたわけだろう。いったい、こんなことって……あるはずがない！
全員　なんだい？　どうかしたのか？

ジョルジュ　勘違いでもしたのかな……いや、やっぱりないぞ！
全員　何が？
ジョルジュ　真珠なんだが。
全員　真珠？
ジョルジュ　ほら、あの真珠だよ。さっき、見せただろう……ここにあったはずなのに……なくなってるんだ。
ブリザイユ　そんなばかな！
ダンドレジ　つまり……さっき、そこにあった真珠が、今はないということですか？
ジョルジュ　そうです。
ダンドレジ　（きっぱりと）まさか。
ジョルジュ　本当なんです。
ダンドレジ　そんなはずはない……思い違いではないんですか。とても考えられません！
ジョルジュ　ええ、でも事実そうなんですから……ご自身でたしかめてください。
ダンドレジ　では……そんなばかな……（周囲を見回す）これはしかし……
ジョルジュ　心当たりはありますか？
ダンドレジ　とんでもない！　今回はまだ誰も……それにしても、とても信じられない話です。
ジョルジュ　ええ、本当に信じられません！（ベルトーに）そう、おまえはこの部屋には入っていない……食卓で給仕をしていたのだからね。（呼ぶ）ジョゼフ！

ジョルジュは小声でジョゼフに話す。

ジョゼフ　ジェルメーヌお嬢さまに電話をおかけになったほうがよろしゅうございますね。わたくしはドアの敷居もまたいではおりません。

ジョルジュ　そうだね。べつに疑ったわけではないのだよ。（ベルトーに）宝石の細工師にはひきとってもらいなさい。

ダンドレジ　なにもむずかしいことはありませんよ。身体検査をすればいいことです。

全員　（ジョルジュも含めて）おお、何ということを！

ダンドレジ　当然でしょう！　われわれのうちの誰かが、その真珠を盗んだ可能性があるんですからね。（身振り）さきほどわれわれが食事をしていたとき、この部屋には誰がいたんです？

ジョルジュ　誰もいません……ただ……

ダンドレジ　いたはずです！　おっしゃってください。

全員　そうだよ！　言ってくれよ。

ジョルジュ　その……ぼくの家族ですよ……弟と……いとこです……

ダンドレジ　ええ、弟さんは存じ上げています。でも、いとことおっしゃると……

ジョルジュ　どうか、もう……

ダンドレジ　なんですって！……われわれはたがいを疑う破目に陥っているんですよ……うっかり口をすべらせて余計なことまで言ってしまいそうだ。

ジョルジュ　諸君、もうこれくらいにしましょう！　災難だったが……たいしたことではない……不愉快といえば不愉快だが……べつにそれだけのことだ……

ブリザイユ　冗談じゃない！　ぼくは身体検査をしてほしいよ……絶対に……

ブリザイユは上着を脱ぐ。

グレクール　ぼくもだよ……泥棒についての本を出したのだからね……となれば、ぼくは窃盗狂だと結論づけられる。もちろん、ちがうがね！

ジョルジュ　たのむよ……もういい加減にしてくれよ。本当に恨むよ。

ダンドレジ　ジョルジュの言うとおりですよ。みなさんは彼の友人だし、家族同様のおつきあいをされています……よそ者はぼくだけだ。どうかジョルジュと二人だけにしてください。

ジョルジュ　ダンドレジ、どうかしてますよ！

ブリザイユ　それなら、ジョルジュにだって身体検査をしてもらいたいよ。

ファロワズ　うっかりして、その真珠をポケットのなかに入れてしまったかもしれないしね。

ジョルジュ　おや、それは気がつかなかったな。そういえば……おお！

全員　どうした？

ジョルジュ　内ポケットのなかに……あった……あったぞ……

全員　ああよかった。

ジョルジュ　本当に……あった……ほら……触ってみてください……

ダンドレジ　本当だ！

ベルジェ　まったく、こんな悪ふざけはするものじゃないよ。

ジョルジュ　本当に申し訳ない。すまなかったね。こんなばかばかしい出来事で不愉快な思いをさせてしまって。

全員　とんでもない！　たいしたことではないさ。

ブリザイユ　雨降って地固まるって言うじゃないか……どんなに友達を信頼していたって……こんなふうに真珠がなくなるものなのさ……それでも、残るものは残るんだから……

ジョルジュ　内ポケットをとってもらうことにするよ……なんだ、もう帰ってしまうのか？

ベルジェ　試合があるんでね。

ファロワズ　ぼくはクラブの集まりがあって。

グレクール　ぼくは議会に顔を出すんだ。

ブリザイユ　みんな気まずくなったんだね。

ジョルジュ　それじゃ、またあとで会おう！　〈ユニオン〉に行くよね？

全員　行くとも！

ジョルジュ　それじゃ、また！

全員　ああ、また会おう……（丁寧な口調で）ごきげんよう、ダンドレジさん……

第七場

ジョルジュ、ダンドレジ

ジョルジュ　（友人たちを見送って、再び舞台に登場する）困ったな……みんな、すっかり気を悪くしたみたいだったし、それに……ああ、どうしたらいいのかな……でもとにかく、真珠は見つかったんだ……あなたまで、お帰りにならないでしょう？

ダンドレジ　ええ、まだ……だが、何かご用がおありなのでは？

ジョルジュ　いいえ、べつにありませんよ。

ダンドレジ　内ポケットをとったりしないでしょう？

ジョルジュ　ええ……さきほどは……

ダンドレジ　そうですね……それに、そんなことをして何になるんです？

ジョルジュ　ええ、そうです。真珠はここに……ポケットのなかにあるんですから……

ダンドレジ　もう一度盗まれることはないでしょう。

ジョルジュ　（作り笑いを浮かべて）そのとおりです。

ダンドレジ　それに今度は、盗まれても、どうってことはない。

ジョルジュ　どうして、そんなことを言うんです？

ダンドレジ　ポケットに入っているのは真珠ではないからです。
ジョルジュ　なんですって？……でも……
ダンドレジ　いいえ、そこに真珠はありません……ぼくがさっき触ったものは、楕円形をしていました。あなたの真珠はまん丸だったはずです……ポケットの中身が咳止めのドロップだったとしても、驚きませんよ。
ジョルジュ　いやはや！……
ダンドレジ　ジョルジュ、あなたは心の優しい人ですね……友人の一人が泥棒なのに……そうでなければ、あなたの弟さんか、いとこのどちらかが泥棒ということになる。
ジョルジュ　それは、ありえない……
ダンドレジ　では、友人の一人だ……そこで、あなたはちょっとした逃げ道を見つけてあげたのです……本当に優しい人だ。
ジョルジュ　しかし、いったい誰だろう？　もしぼくの友人があんなことをしたのだとしたら、その理由は何だろう？　借金をかかえている者もいないし……誰も賭け事だってしないのに……ベルトーである可能性はない。食卓で給仕をしていたのだから……ジョゼフの可能性もない……ほかには誰もこの部屋に入っていない……こんなことを考えてどうなるんだろう……なんだか急に……どうしたらいいか、わからなくなりましたよ……
ダンドレジ　どうしたらいいかわからないなんて、愚かです。犯人が誰なのか、解明すべきです……むずかしくはないはずだ……さあ……そのいとこですが……信頼できる人ですか？

ジョルジュ　いとこですか？　ああ、もちろんです。ぼくたちは、全幅の信頼を寄せています。
ダンドレジ　今、何とおっしゃいましたか？
ジョルジュ　つまり、疑わしいところはないと……
ダンドレジ　さっきぼくたちに真珠を見せてくれたとき、宝石箱はどのように置いてありましたか？
ジョルジュ　さあ……どうだったかなあ……
ダンドレジ　あなたがこの部屋に入ったとき、いとこはどこにいましたか？
ジョルジュ　いとこですか？……さてと……弟は……コーヒーテーブルのそばにいて……ぼくをからかったのだが……
ダンドレジ　からかったんですか？
ジョルジュ　ええ、そうです……それから、いとこのほうは……そこの、本棚のそばにいました……
ダンドレジ　ああ！……本棚にはほこりが積もっていますね？……
ジョルジュ　ええ、窓を開けるのでどうしても……でも、今朝は掃除をしたはずですが……
ダンドレジ　それは、女中の仕事ですか？
ジョルジュ　いいえ、なぜです？　掃除は召使がします。
ダンドレジ　では、あなたのいとこはずいぶんと小柄なのですね？
ジョルジュ　中背ですが……ああ、では、もう本当のことを話しましょう。あなたがそれ以上こだわらなくてすむようにね。ここにいたのは、弟やいとこではありません。ぼくのフィアンセと……それから、クリチノーフ嬢です。

ダンドレジ　それから、どなたとおっしゃいました？……ああ、……わかりました……

ジョルジュ　そうなんです。だから、おわかりでしょう。もうその話はおしまいにしてください。

ダンドレジ　そうか、きっと……クリチノーフ嬢が……

ジョルジュ　何か？

ダンドレジ　いいえべつに。彼女は変わりありませんか？

ジョルジュ　ええ、元気ですよ。そういうわけなので、これは聞かなかったことにしていただけませんか。婚約期間中に、相手の男の家を訪ねるものではありませんからね……口外しないと約束したのです。どうか、他言無用に願います。

ダンドレジ　わかりました。ぼくはむしろあなたのために黙っていることにします。婚約期間中なのに女性が訪ねてきて、しかもそれを隠すなど……

ジョルジュ　女性ですって？　ぼくがそんなことを言いましたか……来たのは弟といとこだと言ったんですよ。

ダンドレジ　わかりました。でも、そうでないことは一目瞭然です。これは、女性の指の跡です……ほら……（本棚の棚を示す）それに、この部屋に足を踏み入れたとたんに、ホワイトローズとすみれの香水の匂いがしました……あなたがでたらめを言ったのだと、すぐにわかりましたよ。

ジョルジュ　ああ、そうだったのか！

ジョルジュはダンドレジをじっと見つめる。

ダンドレジ　瞬く間にです。それから、この鳥の羽根……持ち主は女性で、それも非常に洗練された女性のものです。彼女は本も取りましたね。

ジョルジュ　あなたは名探偵ですね！……たしかに本を貸しました。

ダンドレジ　それは英語から翻訳された本で、作者の頭文字はCです。

ジョルジュ　そうですか？

ダンドレジ　もちろんそうです！　英語の翻訳書籍に分類されていて、作者名はCの頭文字の欄にあったのですから。これくらいの推理は朝飯前ですよ！

ジョルジュ　なるほど！

ダンドレジ　小柄な人物だと言ったのは、本を取るためにこの椅子に上らなくてはならなかったからです。

ジョルジュ　どうしてわかるんです？

ダンドレジ　クッションに靴の跡があるからです。

ジョルジュ　本当ですね！

ダンドレジ　あ、これは妙だな……おもしろい。

ジョルジュ　今おっしゃったことはすべて、この部屋に入っただけでわかったのですか？

ダンドレジ　いえいえ、とんでもない。はじめは興味さえありませんでしたよ。でも、あなたの利害にかかわることだと知って、ざっと部屋を見回したらわかったんです。
ベルトー　（登場）旦那さまにお電話です。ゲルシャール様からです。
ダンドレジ　ずいぶんと早耳だ。
ジョルジュ　指輪の件でしょう。（電話に出て）「もしもし……はい……ゲルシャールさん、ご本人ですか？……ああ、これは恐縮です、ゲルシャールさん。指輪のことですね？……はい」
ダンドレジ　さっきの約束をおぼえておいでですね？……
ジョルジュ　ええ、ええ。（通話を続けて）「そのことなんですが、実は指輪は見つかりました。はい、そうなんです。絨毯の上に落ちていたのです……何ですか？……ぼくに用事がおありなんですか？……アルセーヌ・ルパンのことでですか？　例の宝冠のことで……もしもし……ぼくの未来の舅が？……はい、ぼくは家におりますが……交換手さん、切らないでください……それで、ゲルシャールさんは真に受けていらっしゃるんですか？……誰がパリにですって？……ルパンですか？……ルパンがパリにいるんですか？……いいえ、お邪魔だなんて、とんでもない……」
ダンドレジ　ぼくもそろそろおいとましなくては。
ジョルジュ　（電話口で）「四十五分後ですね、わかりました。ではのちほど」（受話器を置いて）驚いたなあ、まるで連載小説のなかにでもいるようだ。
ダンドレジ　どうして、連載小説などと言うんです？　これは現実そのもの、日常生活そのものですよ。一方に金持ち連中がいて、なんとか金持ちであり続けようとし、そのもう一方で貧乏人が、なんとかして金持ちになろうとする。ほどほどでいいとは誰も思わないのです……その、宝冠の話とは何ですか？　新聞に出ていたこと以外は何も知りませんのでね。

ジョルジュ　それならぼくも同じですよ。

ジョルジュは部屋のなかを歩き回り、たばこに火をつける。

ダンドレジ　どうしたんです？

ジョルジュ　わかりません……まったく……すべてが立て続けに起こって……どうも気詰まりなんです……今朝からまるで誰かに仕組まれでもしたかのようで……指輪……ルパンのばかげた話……そして、真珠……とりわけ、もしや友人の誰かがと考えたことが……わかっていただけますか、もしや友人の誰かがと考えたことが……きっと、そのためです……

ダンドレジ　ええ、わかります……

ジョルジュ　もう、そんなこと考えたくないのに……どうしても考えてしまう……少し神経質になっているようです。

ダンドレジ　弁解することはありません。考えて当たり前です。あなたは疑惑にとりつかれてしまったのです。それだけショックが大きかったからでしょう。知りたくてしかたがないくせに、知りすぎるのがこわいという気持ち。疑惑とは感覚としては非常に耐え難いものなのです。それにとりつかれてしまうと、たしかなものなどないように思え、すべてが不安なものに見えてしまう。まわりの人間がみな敵のように思え、拠り所がなくなってしまうのです。そうなんです。疑惑には、裏切りや胸のうずきや眩惑《げんわく》がつきものなのです……人がそうしたことに見舞われることが、心理学者にとってはたまらない瞬間なのですよ……それは興味深いものです！

ジョルジュ　赤の他人ならそうでしょう……でももし、愛する人や尊敬している人物に向けられたなら、疑惑ほど痛ましいものはありません。

ダンドレジ　もし、それが確信に変わったらなおさらです。

ジョルジュ　そうではないんです……愛する人に対しては、そうではないんです。誰かを愛するということは、人に対して不公平になるということです。敵には許せなくても、友人には許せるものなのです。わざわざ言うまでもありませんが、友人を愛するのは、その長所のためではなく短所のためなんです……たとえば、ぼくに泥棒の友人がいたとします。彼がそれを告白しにやってきたとしたら、ぼくは彼を真に愛する理由を得ることになるのです。もしそれがあなたのように、ぼくの命の恩人なら……はじめは驚いたり恐怖を抱いたりするでしょうが、やがてそれも薄らぎ、安らぎすら感じるでしょう。そしてぼくは、その友人に手を差し出すでしょう……そう、握手をするためにね……だが疑惑という感情は排他的だ……

ダンドレジ　（立ち上がり手袋をしながら）証拠ほど排他的なものはありません。

ジョルジュ　お帰りですか？

ダンドレジ　ゲルシャールが来るんでしょう？

ジョルジュ　あまり会いたくないようですね。

ダンドレジ　（少しの間、ジョルジュを見つめて）ジョルジュ！

ジョルジュ　ええ、ええ、そうですよ！　非常識だし、耐え難いし、無礼だし、ぞっとする。どうしてだかわからない、まったくどうしてこんな恐ろしいことを考えてしまうのかわからない……でも……突然ひらめいたんです。理由はわからないけれど、さっきから、どうしても振り払うことができないんです……ダンドレジ、あなたにはどこか謎めいて得体の知れないところがあります。何か不気味な、ぼくにはわからないものが……それに……

ダンドレジ　話してください……何を恐れているんです？

ジョルジュ　それに、ぼくはあなたの素性も知らないんだ……あなたは謎につつまれている……インドでの出会いだって、あの寺院での出来事だって……それに……

ダンドレジ　さあ、話してください。

ジョルジュ　話しますよ……どう言うべきか考えているんです……つまりその、ばかげているので……きっとふきだしてしまうでしょう……それで、ルパンなんですが……あのう……ルパンは……ええと……ルパンは……その外観は若くて上品で洗練された青年だということです……思い出してみると、ダルベルはたぶんあなたのように不気味で、別の世界の人間のようでした……あなたのように、です……おかしな話でしょう？……こんな話、笑いとばしてください……おや、笑わないんですか？

ダンドレジ　笑いません。

ジョルジュ 笑わないんですか？
ダンドレジ 笑いません。
ジョルジュ ダンドレジ。
ダンドレジ 何です？
ジョルジュ ダンドレジ、まさかそんな？
ダンドレジ はい。
ジョルジュ ダンドレジ、あなたはぼくに言わせるだけ言わせておいて……ぼくをあざ笑っている……ひょっとして、あなたは？……
ダンドレジ さあ、おっしゃってください。言いたくてうずうずしていますね。
ジョルジュ もしや、あなたはアルセーヌ・ルパンなのでは？
ダンドレジ そうです！
ジョルジュ おお、なんということだ！
ダンドレジ それでは、握手を……（間）やっと気持ちが楽になったようですね……ぼくもさっぱりしましたよ……誰にもしたことのない話ができたのですからね。ぼくは泥棒だって、しかも、なんたる泥棒でしょう！……ただし、ぼくはあなたの命を助けたし、疑惑からも解放してあげたのです……だから、握手を……
ジョルジュ （手を差し出して）もちろんです！
ダンドレジ （驚いて）本気なんですか。

ジョルジュ　（手を差し出したままで）ええ……あなたは命の恩人です。少なくとも握手くらいすべきでしょう……もうこれでお会いすることはないのですから……

ダンドレジ　（傍白）ばかな！

ジョルジュ　（手を差し出したままで）そういうことです！（ダンドレジがふきだす）いったいどうしたんです？

ダンドレジ　本当に大胆ですね！……見上げたものだ！……握手をしようだなんて……ぼくをあの男だと思ったくせに……そう信じ込んだくせに……

ジョルジュ　ええっ？

ダンドレジ　いや驚きました！　たしかにぼくも上手かったけれど、それにしても驚きました……ああ、ジョルジュったら……（腹をかかえて笑う）まったく、ジョルジュったら！

ジョルジュ　おかしくありませんよ！

ダンドレジ　おまけに気を悪くしている……ああ！　これをユニオンで話したら……

ジョルジュ　やめてください！　だめですよ……

ダンドレジ　是非、みんなに話したいなあ……すごくおもしろかったですから……アルセーヌ・ルパンになりすますことができたなんてね！……でも、だめなんですね……

ジョルジュ　ぼくがばかだったんです。

ダンドレジ　とんでもない！　あなたは心の優しい人で、とても好感がもてます。おまけに、早合点で信じやすくてだまされやすい。陳列棚に飾っておきたいくらいですよ……

ジョルジュ　むしろ囲いのなかに閉じ込められるべきです。
ダンドレジ　同じことですよ。それにしてもおもしろかったなあ！　ゲルシャールのことで、こんなことを言いましたね。「あまり会いたくないようですね」って。一生忘れません。どんなに長生きしても、あのときの声の調子は忘れることができないでしょう……人生なんてつまらないと嘆く人もいるけれども、さっきあなたが言ったことを耳にしたら……「あまり会いたくないようですね」
ジョルジュ　たしかに滑稽でした……でも……笑っていますが……そんなふうに笑っていても……恨んでいるでしょうね……
ダンドレジ　ぼくがですか？
ジョルジュ　ええ、あたりまえです。あなたは……つまり……あのように無礼な疑いをかけられたのですから……ぼくに背を向けて当然です……ぼくは決闘を申し込まれても……何をされようとしかたがないのです……当然の報いなのですから！
ダンドレジ　おお、そんなこと！
ジョルジュ　ええ、当然の報いですよ！　ああ本当に、今日はついてないなあ……おまけに、あなたの友情まで失いました。
ダンドレジ　（ジョルジュの肩に手を置きながら）ばかだなあ！
ジョルジュ　なんですって？
ダンドレジ　他人行儀な言葉遣いはやめませんか？

ジョルジュ　ダンドレジ！
ダンドレジ　今日、この日からぼくたちは友達だ。きみはぼくの心に適《かな》う大切な人だ。
ジョルジュ　きみは……あなたは……きみはぼくをからかっているの？
ダンドレジ　そう見えるかい？　そんなこと、するはずがないじゃないか。きみを、シャンドン＝ジェロをからかうなんて。国民公会議員のひ孫で、学士院会員、ジェローム・シャンドン＝ジェロの息子であるきみにそんなことするはずがないじゃないか。先祖代々続く骨の髄までブルジョワの家柄に生まれた少しスノッブな外交官であるきみは、スキャンダルを恐れ、泥棒の不安にさいなまれて育ち、ふさわしくないもの、高潔でないもの、習慣にないものに嫌悪を抱く。そのジョルジュ・シャンドン＝ジェロが、とうとう……友人の一人が泥棒だと知らされることになる。知ったつもりになる。それも、最初にして最後の、泥棒のなかの泥棒なのに、きみはその男にかなりの好意を、無意識的共感を、理性に反する愛情を抱いているので、彼を許し弁明を受け入れ……握手などというあきれた振る舞いまでしようとしたんだ！　ああ、親愛なるジョルジュ、ぼくはきみの命を救ったけれど……つい今しがたから、ぼくたちは貸し借りなしの間柄だ。
ジョルジュ　きみはぼくをばかにしたんだな！
ダンドレジ　少しね！
ジョルジュ　わざと、やったと認めるんだね。ぼくを怒らせたり、はらはらさせといて……きみのほうは辛辣《しんらつ》な皮肉屋のふりをして内心面白がっていたんだな。そもそも、きみには道楽のようなものなんだね。こういうはったりが。
ダンドレジ　まあ、実のところ、大好きなんだ……でも、きみはどうなんだい？
ジョルジュ　気に入ったさ！
ダンドレジ　ぼくたちは今、それも今やっと、友情で結ばれた気がしないかい？
ジョルジュ　そうだね！
ダンドレジ　きみもぼくと同じように、はじめて味わうような強くて穏やかな気持ちがしないか？　これからさき、ぼくたち二人は永遠にたがいを信頼していけそうな、そんな感じがしないか？
ジョルジュ　きみの言うとおりだよ。ああそうだ、きみは、今夜予定があるの？
ダンドレジ　今夜かい？　いいや、特に決まった予定はないよ。
ジョルジュ　それなら、近々舅になる人の家に夕食に招かれているんだけど、きみをそこに案内するよ。（ダンドレジが断る仕草をする）いいだろう、いっしょに行こうよ。どんな人かは知ってるよね……数年前パリを離れる前の昔のダンドレジだったら、彼のひんしゅくを買ったかもしれないけどね……女にちょっかいを出したりして、あまり人目をはばからなかったからね。インドでは紹介する機会がなくて……今度は、ぼくが責任をもって引き受けるよ。だから、来るだろう……きっと、来てくれるよね。
ダンドレジ　わかったよ。（微笑みながら）それじゃ、今度こそ握手をしてもらえるかな？
ジョルジュ　ああ、きみったら……喜んでするよ！

ダンドレジ　（口を開かず不明瞭に言う）ちょろいもんだ！
ベルトー　（登場）ゲルシャール様がお見えです。

ダンドレジが笑う。

ジョルジュ　だめだよ、笑ったりしたら。彼の前でぼくをからかったりしないでくれよ。（ベルトーに）お通ししておくれ。（ダンドレジに）さあ、もう笑わないで。
ダンドレジ　ほら、ちゃんとしてるよ。ごろつきみたいにね。

第八場

同じ登場人物、ついでゲルシャール

ゲルシャールが登場する。

ジョルジュ　これはこれは警部さん、じきじきにご足労いただき恐縮です……宝冠の件で何かお話しになりたいことでも……（ダンドレジに）ご存じでしょう？　こちらはゲルシャール警部……そしてこちらは、ダンドレジ伯爵です。

ゲルシャール　ああ伯爵、ちょうどお宅へうかがうところでした。

ダンドレジ　おや、そうですか。

ゲルシャール　ええ、秘書の方を通して私に依頼された件でです。当然のお申し出です。シャルムラース公爵の甥御さんで、元大使のダンドレジ伯爵のご子息でいらっしゃるのですから。ご家族のみなさまとは、常々、大変良好で和やかなおつきあいをさせていただいておりました。それで、これからお宅までお届けしようと思っておりましたが……ここでお目にかかることができたわけですから、今お渡しいたしましょう……（ゲルシャールはダンドレジに封筒を渡す）

ダンドレジ　どうもありがとうございます、ゲルシャールさん。おかげで、直接お礼を申し上げることができました。こうしてここで握手を交わしご挨拶することができませんでしたら、お礼状を差し上げるつもりでおりましたが。それではまた、近いうちにお目にかかれますように。

ゲルシャール　では伯爵、ごきげんよう……

ジョルジュ　（ダンドレジを戸口まで見送って）それで……夕食に行く前にうちに寄ってもらえるかな……ところで、ゲルシャールはきみに何を持ってきたんだい？

ダンドレジ　通行許可証だよ！

ダンドレジ退場。

幕

アルセーヌ・ルパンの冒険

Une Aventure d'Arsène Lupin

登場人物

ダンブルバル……………彫刻家
マルスリン………………ダンブルバルの娘
マレスコ…………………警察庁の副主任
ジョルジュ………………マレスコの部下
デュピュイ………………マレスコの部下
バルニエ…………………マレスコの部下
ゴントラン………………見張りに残される刑事
ルパンの共犯者…………通称ヤコブ
アルセーヌ・ルパン

舞台は彫刻家のアトリエ。上手前につい立が立てられ、モデル用の化粧室をなかば隠している。

舞台奥に両開きの扉。そこを開けると玄関ホールと入り口のドアが見える。舞台下手にドアが二つ。上手前に差し錠とドアチェーンが付いたややどっしりとしたドアが一つ。

アトリエには窓がなく、天井の一部、勾配のついた部分がガラス張りになっている。

書き物棚、スツール、石柱、下絵、画架、肘掛け椅子や革張りの椅子、モデル用の服やコートや装飾品。電話の置いてある机。キューピッドの彫像が一つ。

開幕時、舞台は無人。消灯されている。

舞台奥の入り口のドアがぱっと開く。舞踏服姿のマルスリンが登場。続いて父親が登場。

ダンブルバル、マルスリン

マルスリン　（息を切らして）誰か階段にいなかった？

ダンブルバル　（玄関のドアをしっかりと閉め、チェーンをして鍵をかけながら）いいや、誰も。
マルスリン　でも、わたしたちつけられていたわ。

彼女は明かりをつける。

ダンブルバル　へえ、いったい誰にだい。
マルスリン　ヴァルトン＝トレモール夫人の家の戸口で、わたしたちのことを窺っている人がいたの。
ダンブルバル　マルスリン、そんなにびくびくして、どうかしているよ。
マルスリン　どうかしているですって！　それもこれも、わたしにこの首飾りをつけさせるからじゃないの。

彼女は下手奥のドアから寝室へ行き、コートを脱いで戻ってくる。

ダンブルバル　何を言うか！　この由緒ある首飾りのおかげで、わしは有名になったのだぞ。「ダンブルバル？　ああ、娘さんにエメラルドの首飾りを贈った、あの彫刻家のことか」というぐあいだ。それで、わしの最高傑作、キューピッドの彫像の注文がくるのだからな……
マルスリン　自分のものでもないのに……

ダンブルバル　何をごちゃごちゃ言っているんだ。わしはブレーブ公爵夫人に一万フランを貸したかわりにこの首飾りを預かったのだ。夫人は期日までに金を返せなかった。気の毒だがな。

マルスリン　でも、その十倍以上の値打ちがあるわ。

ダンブルバル　わしにとっては幸運だった。

マルスリン　パパにはそんな権利はないって噂よ。

ダンブルバル　もちろん、そうだ。これは担保だよ……しかたがないじゃないか、マルスリンや。収入源をこさえないとならないのだから。今どき芸術だけでは食べていけないのだよ。

マルスリン　それはパパの問題でしょう。とにかく首飾りがここにあると、わたしは生きた心地がしないの。いつか、悪い人が……

ダンブルバル　明日、クレディ・リヨネ銀行に預けにいくから。

マルスリン　でも、もし今夜やってきたら？

ダンブルバル　どうして今夜なんだね？

マルスリン　今朝、パパのモデルをしているロシア人のお爺さんが、パパが首飾りを書き物棚にしまっているのをずっと見ていたんですもの。

ダンブルバル　おや、そうかい？　わしはほかにも色々なところにしまうのだよ……ありとあらゆるところ……正確に言うと、ふつうなら絶対に大切なものをしまわないような場所だ……ほら、花瓶のなかだよ。ここなら、何の危険もない……

彼は花瓶のなかに首飾りをしまう。突然、電話が鳴る。二人は顔を見合わせる。再び電話が鳴る。

ダンブルバル　(小声で)電話だ……

マルスリン　ええ。さあ、パパが出てよ。

ダンブルバル　夜中の二時に電話とは。(さっと、受話器をとる)「もしもし……はい、私ですが……パリ警視庁ですって？　それで？　え、何ですか？(しだいに心配そうな様子になり)なんですって？……何？……まさか冗談でしょう……もしもし？……」くそっ……切れた。

マルスリン　どうしたの？

ダンブルバル　(受話器を置きながら)警察からだ。今夜、わが家は泥棒に入られるおそれがあると知らせてきた。

マルスリン　首飾りのせいだわ！　ほらごらんなさい！　こわいわ！　召使たちにはパパが暇を出してしまったし。

ダンブルバル　知り合いのマレスコ副主任が、刑事を六人ほど連れてうちに向かっているそうだ。

マルスリン　間に合わなかったらどうしましょう。

ダンブルバル　それなら、わしがいるじゃないか。それに、この建物には三世帯も間借りしているし。

マルスリン　でも、モデルたち専用の出入り口は？

ダンブルバル　（チェーンと差し錠をたしかめてから）鍵を持っていておくれ。
マルスリン　何をしているの？
ダンブルバル　（花瓶をつかみ、娘の部屋のほうへ向かいながら）首飾りを持っていこうと思ってね。
マルスリン　わたしの部屋に？
ダンブルバル　そうだ。わしもおまえの部屋に行って警官が来るまで……
マルスリン　そんなの嫌よ。それはここに置いておいて。
ダンブルバル　（書き物棚の上に花瓶を置く）もっともだ。それに、これ以上の隠し場所はない。あちこち探しまわったとしても、ここだけは気づくまい。わしも安心していられるというものだ。
マルスリン　どうでもいいわ。わたしの部屋に置かないでくれさえすれば。

ダンブルバルは明かりを消し、二人はそれぞれ自分の部屋にひきとる。舞台は無人となる。しばらくして、天井のガラスを通して清らかな月の光がさしこみ舞台が照らされる。突然、上の方でかすかな物音がする。天井のガラスが一枚持ち上がり、はしご状の太いロープがゆっくりと下りてくる。ロープはゆらゆらと揺れ動きながら、端が床から二メートルのところまでくるとぴたりと止まる。するとすぐに、人影が一つすべり下りてくる。

ルパン　（電灯の場所を探しまわりながら）コードはどこだ……明かりはないかな……（電灯をつけ

る。ルパンはちんぴらに変装している。長ったらしい上着に帽子をかぶり扇形の赤髭を付けている。化粧台の上にあった鏡を手にとり、自分の姿を眺める）なんて髭だい！　いかにもワルって感じだな……ワルセーヌ・ルパンだ。おや！　ピストルがあるぞ。自分のを忘れてきちゃったからな。ちょうどいい。待てよ、これはいったい何だ？　スプレーかな？

共犯者　（屋根の開口部からなかば身を乗り出して）ルパン！

ルパン　何だ？

共犯者　どうかしてますよ！

ルパン　どうして？

共犯者　明かりですよ！

ルパン　まぶしいのか？

共犯者　そうです。

ルパン　目をつぶってろ。

共犯者　でも……

ルパン　口も閉じろ。

共犯者　ボス……

ルパン　ああ、そうだ。おまえは、はしごの心配でもしてろよ、ヤコブ（聖書の創世記。ヤコブは天上と地上を結ぶはしごを夢で見たことから「ヤコブのはしご」と言う言葉がある）。

共犯者　どうして、ヤコブって呼ぶんです？

ルパン　（写真をじっと見ながら）おまえにはわからんだろうなあ！（独白、書き物棚のほうに進みながら）ああ、そうだ、これはヴァルトン＝トレモール夫人の舞踏会で見かけた娘だ……どうも大変失礼、お嬢さん。このみすぼらしい作業服を着替えてくるべきでしたよ。かわいそうに、エメラルドを巻き上げられちゃうなんて……やれやれ、物価がこんなに高くなければねえ。（写真を書き物棚の上にもどす）さてと、ロシア人の爺さんの見取り図によると……（それぞれの場所を指しながら）玄関ホール……この先がこれから被害に遭う娘の部屋で……ここがモデルの専用階段に通じているのか……（つい立を指しながら）あそこがモデルたちの化粧室……これが書き物棚か……すべて順調だ。（鍵束の入った袋をポケットから取り出す）書き物棚の……三番目の引き出しだと、爺さんは言っていたな。

共犯者　そうです、ボス。

ルパン　では、はじめよう。エメラルド盗難事件、五幕劇、音楽担当はルパン。開幕はアルセーヌ製合鍵にて、四拍子で……一……二……三……四……（書き物棚の鍵が開く）ほら！……たやすいもんだ……こんな芸当、おまえには五十年早いだろうがね……ああ、そんなばかな！

共犯者　どうしたんです？

ルパン　三番目の引き出しはからだ。

共犯者　ほかはどうです？

ルパン　（しばらくして、憤怒《ふんぬ》の表情を浮かべ寝室のドアに向かって）無礼だぞ、まったく！　だがたしかに……調子をくずして……危ない橋を渡ったら、元も子もないがな。

共犯者　それじゃ、ずらかりましょうよ。
ルパン　（縄梯子に足をかけながら躊躇したあと）だめだよ、まだだ。これじゃ話にならない。（書き物棚の上を探しながら）今日は浮気をして、別の場所でおねんねしているのかもしれないかな。
共犯者　つかまっちまいますぜ。
ルパン　胸糞悪いなあ。（少し考え込んでからきっぱりとした調子で）ヤコブ！
共犯者　何です、ボス？
ルパン　いいいい、エレベーターを上げといてくれ。
共犯者　なぜです？
ルパン　言うとおりにしろ。

縄梯子のロープが上がっていく。

共犯者　それからどうします？
ルパン　待っていてくれ。大通りを見張ってるんだ。用事があるときは合図するから、行け！（電灯のスイッチのところに行って消灯し、小声で）さあ、開演だ……（床を三回たたく）幕を上げろ！（つい立の後ろまで走って身を潜め、つい立の隙間から覗き見する。寝室のドアが開き、ダンブルバルが心配そうな顔を出し、腕を伸ばして電灯をつける）

ダンブルバル　（部屋着姿で寝室の戸口に現れた娘に向かって）誰もいないぞ。
マルスリン　もっとよく見てよ、パパ。
ダンブルバル　（足を踏み出しながら）だから、誰もいないと言ってるだろう。
マルスリン　玄関は？
ダンブルバル　（舞台を横切り、玄関の入り口のほうへ行く）さっきから言ってるように誰もいない。
マルスリン　そうだわ！　首飾りは……
ダンブルバル　（書き物棚の上の花瓶を持ち上げる）これなら大丈夫だ。心配いらん。ずっとここにある。（首飾りを見せて、再びなかにしまう）やれやれ、たのむから静かにしておくれ。（父娘は部屋に戻っていく。ダンブルバルが電灯を消す）あんまりおどかさんでくれよ。
ルパン　（電灯をつけて書き物棚のところに行く。花瓶を持ち上げ、首飾りがなかにあるのをたしかめる）わざわざありがとう！　ほら、お礼に花瓶と花は置いていくよ。（首飾りを取ると、石柱のそばまで来て共犯者を呼ぶ）おい！（間）おや、どうしたんだろう？……おい！……ヤコブ！
……
共犯者　（おびえた顔を出して）ああ、ボス！
ルパン　どこに行ってたんだ？
共犯者　あっち側です……階下で呼び鈴を鳴らしてるやつらがいるんです……男が六人ほど来ています。
ルパン　はやく、エ、レ、ベ、ー、タ、ー、をよこせ。（共犯者がロープを下ろしはじめる）ほら、はやくしろよ

……音がするぞ……何だ？（そのとき、玄関の呼び鈴が鳴る）
共犯者　気をつけてください、ボス。ロープを緩めました。
ルパン　もう間に合わない。おまえは逃げろ。
共犯者　でも、ボスは？
ルパン　何とかするから……急ぐんだ……（電灯を消す。天井のガラスが開けたままにされる。ルパンはつい立の後ろに隠れる。ダンブルバルが寝室から出てきて電灯をつける）
ダンブルバル　やれやれ、この物音は警察にちがいない。はいはい、どなたですか？
声　副主任のマレスコです。
ダンブルバル　（寝室のドアを閉めなおしながら）ああ、これで一安心だ。（舞台を横切り、両開きの扉を開け、玄関ホールに出る）はい。ただいま……参ります……
ルパン　（扉まで走っていって様子を窺う）マレスコ副主任か……さあて、弱ったな。（小声で呼ぶ）ヤコブ……ヤコブ……（テーブルを移動させ、その上に石柱をのせるが、屋根のガラスまでは距離がありすぎる。小声で）とどかない……だからって、つかまるわけにはいかないぞ！……宝石をもどしておこうか？

ルパンはやや迷ってから、両開きの扉のほうへ行き、その扉を閉めて鍵をかける。騒がしい声が聞こえ、扉が揺さぶられる。

ダンブルバル　（舞台裏で叫ぶ）誰かいるぞ！　ああ、うちの扉を壊さないでくださいよ。錠前屋を呼んできて！（ルパンは、またたく間に作業服を脱ぎ帽子をとり、テーブルの上にのせた石柱の足もとにたたきつけてこれみよがしに放置すると、つい立の後ろに行って身を隠す。副主任と刑事たちがなだれこむようにして入ってくる。ダンブルバルが電灯をつける。ルパンはつい立の後ろで礼服姿になっている。赤いつけ髭をはずし、腰をおろしてゆっくりとメーキャップを落としはじめる）

ダンブルバル　（取り乱して）犯人はどこだ？

副主任　隠れてるんですよ。

ダンブルバル　それなら、私の部屋を見てください、マレスコ。あそこにちがいない。さあ、どうぞ先に行って。

副主任　（ドアを開ける）誰もいませんなあ……あのつい立の後ろは？（副主任が舞台を横切ろうとすると、ルパンは緊張の身振りをする。ところが、副主任はテーブルと石柱に気づいて）いいや、あそこじゃないぞ……ほら……

ダンブルバル　信じられない。

副主任　だがしかし……このテーブルに……この脚台……間違いない。犯人は屋根から逃げたのです……

ダンブルバル　でもどこから侵入したんでしょう？

副主任　同じところからですよ。

ダンブルバル　屋根までは高すぎますよ！

副主任　ごらんなさい……共犯者がいるんです……屋根のガラスが開けたままになっています……屋根に上ることはできますか？

ダンブルバル　一度、階下に下りて管理人にたのまなくてはなりません。裏階段があるんです。その男はもう遠くに逃げてしまっているでしょうがね……本当にそこから侵入したのだとしたら。

副主任　なんと、これが目に入らないんですか。（作業服を指しながら）ほら、これを見てください。いったい何ですか？　あなたのですか？

ダンブルバル　いいえ。

副主任　もちろんちがうでしょう！　これは犯人の作業服です……これを脱いで身軽になって逃げたのです……それに、この帽子。ロシア人の爺さんが話していた特徴とぴったり一致しています。

ダンブルバル　なんですと、私のモデルをしているあのロシア人の爺さんですか？

副主任　そうです。排水溝にはまっていたのを拾い上げてやったんです。ぐでんぐでんに酔っ払っていて、それでしゃべったんです。

ダンブルバル　それじゃ、あの爺さんは共犯ですか？

副主任　われわれが数日前から捜索している男の共犯者です……赤髭の男で……きわめて危険な悪党です。（ルパンは副主任のセリフに合わせた身振りをしてみせる）われわれはその爺さんから犯行が今夜予定されていることを知りました……首飾りを盗もうとしているにちがいありません。

ダンブルバル　（落ち着きはらって）いいえ、それはありません。

副主任　そうなんですったら。……書き物棚の引き出しにエメラルドの首飾りがしまってあるでしょう。

ダンブルバル　（冷やかすように）このなかに？　たしかですね！

副主任　たぶん。

ダンブルバル　いいえ。私はそんなに愚かではない……

副主任　しかし、エメラルドの首飾りを持っておられるでしょう。

ダンブルバル　ええ……素晴らしいのをね……

副主任　どこにあるんです。

ダンブルバル　安全なところです。間違いなく、誰も思いもつかないところだと断言できます。

副主任　と言うと？

ダンブルバル　あなたの目の前ですよ。

副主任　ダンブルバル！

ダンブルバル　（指差しながら）ここです、この花瓶のなかですよ……まったくもって……ほらね、泥棒が絶対に思いもつかないところだってわかったでしょう。（花瓶のなかをのぞいて、呆然とする）ああ！

副主任　どうしたんです？

ダンブルバル　盗まれた！（肘掛け椅子にへなへなと崩れ落ちる）はやく追いかけて……とっつかまえてくれ……（立ち上がると、娘の部屋のほうに突進する）マルスリン！……首飾りが！

マルスリン　（姿を現しながら）そんなまさか。

ダンブルバル　ほらみろ！　わしがあれほど言ったのに……おまえがあの首飾りを……

マルスリン　でも、誰が盗ったのかしら？

ダンブルバル　（だんだん激しく動揺して）髭の男だ……赤髭の……悪党だ……人殺しだ。

副主任　どうか、少し落ち着いてください……ジョルジュ……デュプュイ、あそこに上ってこい。

ダンブルバル　やれやれ、まったく！　上に行け、だなんて！　待ち伏せしていたらどうするんです。

副主任　しかし……

ダンブルバル　（怒り狂って地団太《じだんだ》を踏みながら）絶対にだめです！　ほかの家から回ったらどうです？　ドルー伯爵の屋敷とここは屋根がつながっていますから。

副主任　わかりました……さあ行け！

ダンブルバル　（同じ動作で）それから庭はどうするんです？　壁を乗り越えるかもしれないのに。

副主任　われわれが先回りします。

ダンブルバル　（同じ動作で）だめですよ。この大通り一体をしらみつぶしにしなくては。ああ、おそろしい！

副主任　このドアは……

ダンブルバル　モデル専用の階段があるんです。
副主任　どこに出られるんです？　大通りですか？
ダンブルバル　（同じ動作で）いいえ、広場ですよ。マルスリン、鍵をくれ。
マルスリン　鍵はわたしの部屋に置いてあるわ。
ダンブルバル　それならいい。わざわざ取りに行くことはない。（肘掛け椅子に倒れこむ）これは長引きそうだ……ああ、もしもちがうところに……でも、どうだろう……
副主任　（部下の刑事に向かって）バルニエ……広場側の階段の上り口を見張ってくれ。デュプュイ、おまえはヌムール街の警察署までひとっ走りして、警官を六人ほど連れてこい。共犯者がいるにちがいないからな。
ダンブルバル　（立ち上がり、屋根のガラスを指しながら）もし犯人があそこから戻ってきたら……私の娘は……
副主任　いや、そうは見えませんがね。でも、お嬢さんには部屋でじっとしていてもらわないと……誰にもドアを開けてはなりませんよ。いいですか、お父上と私以外の者にはね……それから……（刑事の一人に向かって）ゴントラン、おまえはここに残ってくれ……必要なときは発砲してかまわん。相手はきわめて危険な男だからな。
ダンブルバル　ならず者の人殺しだ……さあ早く、マレスコ。さきに出てください。私は鍵をかけますから。

みなが出て行き、ゴントランだけが残される。以上の場面が繰りひろげられている間、ルパンはずっと静かに椅子に腰を掛けて、メーキャップをふきとり、爪そうじをし、つけ髭にくしを入れてポケットにしまい、それから香水びん、スプレーノズル、ヘアアイロンといった洗面化粧用品をいじって暇つぶしをしていたが……今ここで、準備万端整い元気よく立ち上がる。刑事が両開きの扉を閉め、舞台前方に進みながら現場検証をはじめる。ついたての後ろを通ってモデル用の階段の方向に行き、舞台中央に戻ってくる。ルパンは刑事に見つからないように、刑事の動きに合わせてついたてのまわりを一周する。元の位置に戻ると、ルパンは少し考えてから、ぬき足さし足で、紙たばこを巻いている刑事に近づいてゆき、刑事の口に、ついたての後ろで見つけたタオルを押し当ててのけぞらせ、顔から二十センチ離してピストルを向ける。

ルパン　手を上げろ。動くな。そうすれば痛い目にはあわせない……（刑事はもがいて、うなり声をもらす）おい、黙れ……（ルパンはポケットを探り、小瓶を取り出す）ほら、クロロホルムだ……これで頭がすっきりするよ……（クロロホルムのせいで刑事は眠ってしまう）いいぞ、坊や、いい子だ。ほら、ご褒美に香水をかけてあげよう。（再び刑事にスプレーノズルを向けて、香水を振りかける）ねんねしな。（刑事をダンブルバルの部屋までころがしてゆき、そこに閉じ込める）じゃあ、おやすみ……（ルパンはさっと立ち上がると、扉を開け、玄関ホールの入り口のドアに駆けつけ、道具類を出して鍵をこじ開けようとするが、中断し、耳を澄まし小声でつぶやく）なんてこった。ぼくの道具をちょろまかしやがった。このこそ泥め！（扉を閉めて戻ってくると、少し考えてからモデル用のドアに向かう）だめだ！……鍵がないと……でもだから……だから何だい……閉じ込められちまった……だめだ！……ああ、まったく……（まるで猛獣のようにしばらくあちこち歩き回り、机の前に腰掛ける）ほらほら、どうした、ルパン……（傍らに電話があることに気づき、何かを思案しながら、モデル用の出入り口を見たりマルスリンの部屋のドアを見たりする動作を繰り返す）うむ、当然そうだ。だが、それには鍵がいるな。（間）とにかく、できないことはない。（懐中時計を見ながら）十五分ある。それで充分だ。（受話器をはずし、小声だがはっきりとした威圧的な調子で）「六四八‐七五をお願いします。（間）もしもし！……六四八‐七五と言ったんです……（いらいらしながら）なんだって。電話がつながらないんですか……それならオペレーションセンターにつないでください……（間）センターですか？……カロリンヌ、きみかい？　まあ聞いてくれ。（激しくいら立って）ちぇっ、黙って聞いてくれよ……仕事を中断して、車に乗って詰め所に寄ってもらいたいんだ。ベルナールとグリファンを見つけて、ぼくが彫刻家のダンブルバルのアパルトマンに閉じ込められていると伝えてくれ。見張りの警官が数人いる。広場側のモデル用階段の下にも潜んでいる。警官を始末して、ぼくを待つように言ってくれ。十分でたのむ……ああ、そうだ。詰め所にほかの連中がいたら、そいつらも全員来るように言ってくれ……十分後だぞ……」（受話器を置いて懐中時計に目をやり、マルスリンの部屋の戸口に行って耳を澄ませ、勢いよくドアをノックする）はやく……開けてください……私です。マレスコ副主任です。おねがいです……緊急なんです……モデル用出入り口の鍵を持ってきて

くださいﾟ（ドアを開けて姿を見せたマルスリンが、息を詰まらせたような声をもらす）

ルパン　（非常に高圧的に）話をしないで！　ぼくですよ！（マルスリンがドアを閉めようとするのを妨害し、ぶるぶる震えている彼女を舞台に連れ出す）

マルスリン　あなたは誰？

ルパン　黙って！……どうか……あまり考えないで、とにかくぼくに説明させてください……（マルスリンはおびえてへたり込む）それに、どうか、こわがらないで……あやしい者ではありません。

マルスリン　でも、やっぱり……

ルパン　どうか、もっと小さな声で……声を聞かれてはなりません。ぼくの声も。（両開きの扉をたしかめにいく）とても重大な理由のためです。ぼくがここに、あなたのもとにいるということを、あなたのために来たということを、知られてはならないのです。（やっとうまい弁解を見つけたかのように、しだいに勢いづく）そうです、ぼくはあなたのために来たのです！　今宵あなたはヴァルトン＝トレモール夫人の舞踏会にいらっしゃいました……そこでお見かけしたのです……ああ！　それがはじめてではありません……あなたがどこにいらしても、ぼくはあとを追ったのです……競馬場でも……

マルスリン　（驚いた顔でルパンの話に耳を傾けながら）競馬場ですって……でも、行ったことがないわ。

ルパン　いえいえ、いらしたじゃないですか。あの、なかではないですよ。でもそばを通りかかったはずです……それに、あなたが劇場にお出かけになるたびに……

マルスリン　一度も行ってないのに……

ルパン　（たえずあたりに目を配りながら）ああ！　どうか、話を続けさせてください……あと十分しかないんです……ずいぶん前から、ぼくはあなたに話しかける機会をうかがっていました！　本当にずっとうかがっていたのです！　それが、やっと今夜、ヴァルトン＝トレモール家の舞踏会があって……夫妻はぼくの友人なのです……実に魅力的な夫人で……ご主人とぼくは、毎日クラブで……

マルスリン　でも、あの夫人は未亡人だわ……

ルパン　（同じ動作、さらに勢いづいて）ええ、ご主人が亡くなってからはね……もし生きていらしたら、ぼくをあなたに紹介してくださったことでしょう……だからぼくは、ただあなたを眺めて過ごしてきたのです……（マルスリンに近寄って）ああ！　あなたにぼくがおわかりになるはずはありません……いつもあなたに気づかれないようにしたのですから……とても臆病なのです。いったいどうしたらあなたに近づくことができるだろうか？……そして思いました。ここでだ、って……だから思い切って来たのです……でもそうしたら、こんな風に泥棒事件の現場に出くわしてしまって……ぼくは今夜……あなたにお目にかかって……話をして……すぐに立ち去るつもりでした。そうです、すぐに……だってそうでしょう、誰かに顔を見られでもしたら……ぼくはこの出口から出て行きます……人気《ひとけ》がないのはここしかありません……すぐに行かなくては……今すぐに……わかっていただけますよね？

マルスリン　（いぶかしげにルパンを見つめながら）いいえ……いいえ、わかりません。わたしは父と帰ってきました。
ルパン　それで？
マルスリン　（疑いの気持ちを強めながら）ドアには鍵をかけました……それなのに……あなたは……どうやって？
ルパン　ただこうやってここにいるだけです。そんなこと重要ではありません。
マルスリン　（後ずさりしながら）とんでもない……重要です……あの男と来たんだわ……
ルパン　（憤慨して）赤髭の男ですね！
マルスリン　（素早く身をかわして）もうたくさんよ……おねがいだから……
ルパン　（マルスリンを荒々しく引き止める）どこに行くんです？（彼女ははっとして立ち止まる。間。ルパンは冷静さをとりもどして、ゆっくりと彼女を椅子に腰掛けさせる）ああ、申し訳ありません……許してください……（こっそりと懐中時計を見てつぶやく）ちくしょう！（それからおずおずとした調子で口から出まかせに話しはじめる。その内容は、いきあたりばったりで矛盾している）よろしい、そうです。ぼくはあの男といっしょに来ました……（マルスリンは舞台奥の扉のほうへ行こうとする）いえ、いえ、こわがらないでください。仲間ではないんです……ああ！でも、同じようなごろつきです！　最低のろくでなしです……ただぼくは、あの男の企みを知って、ここに来るために利用しただけなのです……何かあなたのものを持ち去ろうと思ったのです……いいえ、首飾りではありませんよ……それはあの男が盗みました。本当です……ぼくはそれ以外の……何かを……たとえばあなたの写真を……はいどうぞ、これがぼくの盗んだものです……お返しします……ほらね、ぼくが正直な人間だとおわかりになったでしょう……ねえ……（マルスリンは徐々に安心した様子になり、心ならずも彼の話に耳を傾ける。一方ルパンはさきほどからずっと心ここにあらずといった様子で途切れがちな声で話し続ける。彼女の前で演じている役柄と、はやく目的を達しようと逸《はや》る気持ちのためにますます差し迫った調子になる）どうかお願いですから、ぼくをここから追い出してください……ドアの外に追い払ってください……そうでないと、余計なことを言ってしまいそうなのです。あなたが聞いてはならないことを……言うまいと思っていたのに、もうおさえきれません……あなたを愛しています……あなたのことしか考えられないのです。ぼくの気持ちをお伝えできるならば、あなたに聞いていただけるならば、これ以上の喜びはありません……ああ愛しい人、ぼくがどんなに苦しい気持ちでいるか。あなたのことをあきらめ、もう会うこともできないなんて。もう終わりです。これが最後です……ああ！　愛しています……愛しています……どうか鍵をください！（ルパンの言葉にマルスリンはうっとりする。その声の調子、この異常な事態に彼女はすっかり混乱してしまう。そのめくるめく瞬間に彼女は夢心地となり、ほとんど気づかぬうちに彼に鍵を取らせてしまう）

ルパン　ありがとう……本当にありがとう……（得意満面となって立ち上がり、小声で）ふう、うまくいったぞ！（戸口に向かう。鍵を差し込んだ瞬間、振り返ってマルスリンを見る。彼女は頭をかかえている。ルパンは立ち止まり、考え、彼女のなかで何が起こったかを察し、今度は彼が心を動かされて彼女のもとに戻ってくる）何も言わないでください、どうかお願いです。（間）ぼくを許してください……（途方にくれた様子、声を震わせて）世の中には……あなたにはおわかりにならないでしょうが……ぬきさしならない事情ってものがあるんです……なんとか抜け出そうとして道を踏み外し、ちょうどあなたのような二つの瞳の前に立たされたとする。そして、その瞳がじっとこちらを見つめたとする……そのとき……

マルスリン　（不安げな様子で）出ていってください！

ルパン　あなたの好意を踏みにじりたくないんです。あなたがどう思ったとしても、ぼくは恋するヒーローの顔をしたままこの場を去りたくないのです。ぼくがあなたに言った言葉はすべて忘れてください。みんな嘘です。きたない芝居を打っただけです。

マルスリン　出ていって！　出ていって！

ルパン　ああ！　ぼくはなんてくだらない生き方をしているんだろう。あなたを見ていると、嘘がつけなくなってくる……さあ、もう行かなくては。（モデル用の階段があるドアに向かう。そして、激しい口調で）もう手遅れだ！

マルスリン　なんですって？

ルパン　だってそうでしょう！　この鍵欲しさに嘘をついたと後悔したくないのです。鍵をぼくに渡してくださったあなたの美しい行為によって、ぼくは正直な人間になったのです。正直さは宝です……どうぞ、あなたの鍵です。ぼくにはもう使えません。

マルスリン　（心配そうに）どうかしています！　まだ間に合うのに……ああ、どうしましょう！　本当だわ、音がする。

ルパン　いいえ、何でもありませんよ。
マルスリン　（喜んで）ああ！
ルパン　とんでもない、警察です。
マルスリン　（机の下手側に行って着席する）どうしましょう！
ダンブルバル　（マレスコといっしょに戻ってくる）おや！　これは……いったいどういうことだ？

ルパンはマルスリンから目を離し、モデル用のドアを見て懐中時計をのぞき、いらいらした仕草をする。

ダンブルバル　どなたですかな？
ルパン　（屈託のない様子で）今、お嬢さんにも説明していたところでして。階を間違えました。

ルパンは舞台奥へ行こうとする素振りをみせる。副主任が道を阻む。

ダンブルバル　階を間違えただって！　私はここの住人はみな知っていますよ！　あなたのお名前は？（ルパンは名刺を出して渡す）「オラース・ドーブリ、探検家」（警戒して）探険家ですと。
ルパン　（きっぱりと）ええ、探検家です……パリに立ち寄ったついでに、階上の友人宅を訪ねました。

ダンブルバル　階上は屋根じゃないか！……

ルパン　（通り抜けようとするが、副主任が妨げる）階下に行きましょう。ご説明しますよ。

副主任　（大声で）まず、こちらのご主人に説明するんだ。

ダンブルバル　（ルパンの腕をつかんで）どうやってここに来たんだね？

ルパン　歩いて。

ダンブルバル　どうやってここに入ったかと訊いてるんだ。

ルパン　ドアを開けて。

ダンブルバル　それはありえない。ドアには鍵がかかっていた。もっと正確に答えなさい。そうでなければ……（娘を見て）そうでなければ、誰かがなかに入れたと考えることもできる。それに、それがいつなのかも知りたいものだ。なにしろこの家には見張りが立てられていたのだから。（不意に娘に向かって）ほら、答えなさい。おまえはここにいたのだから！……そうだろう……この人と話をしていたのだな……さあ……答えなさい……

マルスリン　ええ、そうよ、パパ。

ダンブルバル　やれやれ！（沈黙。もったいぶった様子で）副主任殿、これは身内の話で警察には関係のないことです。さあ、ちゃんと答えなさい。

ルパン　（仲をとりなして）いいえ、お嬢さん、だめです。ぼくは認めません……絶対にだめです。（ダンブルバルのほうに振り返って）その名刺に書かれている名前はぼくのではありません。ぼくの名前はもっとスキャンダラスなものです。でも、自分なりには誠実な振る舞いをし、ご婦人に少しでも迷惑をかけるならば（マルスリンにお辞儀をする）あなたがた二人を殺すほうが（ダンブルバルと副主任はこわがる身振りをする）まだましだと思うような男の名前です。ぼくはお嬢さんに言い寄るためにここに来たのではありませんでした……でも白状しますが、こうしてお嬢さんにお目にかかることができた以上、結婚の申し込みをするためだけに（ダンブルバルに）、再び舞い戻ってくるかもしれません。

副主任　（ルパンに接近して）それなら、どういう目的でここに来たんだ？

ダンブルバル　ほら、まあまあ、マレスコ、真に受けないでください。だから、言っているでしょう。これは警察には関係ないんですよ。

ルパン　それで、この上どうしろとおっしゃるんです？

ダンブルバル　（皮肉っぽく）おそらくあなたは、われわれに首飾りのために来たと思わせたいんだろうねえ？

ルパン　（首飾りを返して）ほら、ここにあります。机の上に。

副主任　なんだって？

ダンブルバル　（近寄りながら）泥棒だ！

ルパン　恩知らず！

副主任　まあまあ！　泥棒は赤髭の男のはずだが。おや！　これは！

ルパン　（つけ髭を見せる）髭だ。

副主任　まさしくこれだ。だが、見張りに残した刑事は？
ルパン　ああ！　すごく疲れていたので寝かせておいたよ。
副主任　なんだと！　おまえはいったい誰なんだ？
ルパン　（名刺を渡す）驚くなよ、おまわりさん。
ダンブルバルと副主任　（読み上げる）アルセーヌ・ルパン！
ルパン　そのとおり！　盗みの達人さ！（副主任が玄関ホールのドアに走る。ルパンはマルスリンの前で上体を深くかがめてお辞儀をし、切迫した口調で）お嬢さん、これからここで、ちょっと一悶着あります。ひょっとしたら、血が流されるかもしれません……ごらんにならないほうがいい……（彼女の部屋のドアを開けながら）お入りください。
ダンブルバル　（娘を押しやる）さあ、行きなさい！

マルスリンは部屋の敷居の上で立ち止まり躊躇するが、ルパンを見ようとせず部屋へ入る。ルパンは彼女の姿をずっと目で追う。マルスリン、退場。

ルパン　（ダンブルバルをののしるように）あんたは本当にあの娘の父親なのかい？
ダンブルバル　なに、どういう意味だ？
ルパン　あんたのような男が、彼女のような娘の父親だなんて実際問題ありえないと言ったんだよ。（そしていきなり、副主任に向きなおって）さあ、お楽しみはこれからだ。相手があんた一人じゃないことを願いたいものだ。

ルパンは机の上に腰をおろして、紙たばこを巻きはじめる。

副主任　屋根の上にも、この階段の下にも警官がいるんだぞ。もしおまえがルパンなら多すぎるとは言えないがな。だが、警察署に応援もたのんである。さあ降伏しろ。

ルパン　（たばこを手にして）見張りは消滅だ……ぼくは礼儀をわきまえているから教えてやったんだぞ。

副主任　（リボルバーを向けながら）降伏しろと言ってるんだ。

ルパン　（リボルバーの正面で、手で指図して）もう少し右に……もうちょっと……それからちょっと上に！

副主任　ふざけるんじゃない！　降伏するか？

ルパン　自明の理には、いつだって。

副主任　武器をよこせ。（ルパンはスプレーノズルを渡す。副主任はろくに見もせずにさっさとしまってしまう）

ルパン　用心しろよ！　弾が入ってるんだからな。

副主任　さあ、私のあとからついてこい。

ルパン　（マッチを擦りながら）地の果てまでも。

副主任が脅しながら詰め寄る。

ルパン　（火のついたマッチを見せて）一歩でも前に出たら頭を撃ち抜くぞ。

副主任　あいにくだったな、撃つぞ。

ルパン　撃てっこない。

副主任　一つ……二つ……

ルパン　タイム！

副主任　（唖然として）なんだ？

ルパン　（立ち上がりながら）タイムだよ……タイムって言ったのさ……それで……（深刻ぶって）残酷な運命がぼくに死ねと言うのなら、是非とも首飾りがまだここに、机の上にあるということを指摘しておきたいのだがね。

ダンブルバル　私の首飾りだ……

副主任　それはそうですが……

ルパン　失礼、ぼくはタイムと言ったんです。（ダンブルバルに）この首飾りは、意外なことにあなたの所有物となっていますが……

ダンブルバル　ブレーブ公爵夫人から買ったものだ。

ルパン　へえ、そうですか！　これにまつわるちょっとした噂話を耳にしたんですがね。汚《きたな》らしい話です……まあ、ぼくに責任があるわけではないし。ここにいる人が……

副主任　（有無を言わせぬ態度で）おい、ろくなことにはならないぞ！

副主任は再びルパンに照準を合わせる。

ルパン　（キューピッドの彫像の後ろに身を伏せて）武器を捨てろ。さもないと破損品が出るぞ。

ダンブルバル　（気も狂わんばかりになって副主任に飛びかかる）何をするんだ！　私の彫像が！

ルパン　（大理石の像をぐらぐらさせながら）さあ、やってみろ！

ダンブルバル　ちょっと待って！　ほらほら、マレスコ、あの男を落ち着かせてくださいよ。首飾りは返したのだから。

ルパン　（モデル用の出入り口まで後ずさりしている）当然だろ、マレスコ。それから、あんたは大ばかだな。ぼくが正体を明かしたのは、成功間違いなしだからなのに。（ドアをノックする音。モデル用出入り口から聞こえてくる）おや……誰かな。援軍到着かな。まさか、共和国衛兵隊でも招集したんじゃないだろうね。ぼくも手伝おうか。三人寄れば文殊《もんじゅ》の知恵っていうからね。

ルパンは腕を背中にまわす。手に鍵を握っているのが見える。上手前のモデル用出入り口に寄りかかる。

副主任　もうおしゃべりはたくさんだ……手錠だ。
ルパン　ああ、嫌だよ！　みっともない！
副主任　やれやれ！　どうしろっていうんだ？
ルパン　敬意を払ってほしいな！
副主任　それからお次は？
ルパン　（鍵を差し込んで）あんたとぼくの間に適切な距離をあけてくれたら。
副主任　もしだめだと言ったら？
ルパン　それなら、ずらかるだけさ。（後ろを向きドアを開ける。制服姿の警官が二人、立ちはだかる）うすのろ間抜け、そこをどけよ！（ルパンが警官を押しのけようとしたとき、副主任が来る。警官がドアを押し返し、ルパンはなかにひき戻され、壁際に追い詰められる）
副主任　（高笑いしながら）しくじったな、ルパン！　今度こそ、おまえも……
ルパン　（しかたなさそうに）そうだな……つかまっちまったよ……
副主任　（得意になって）はっ！　はっ！
ルパン　だけど、口には気をつけろよな。礼儀ってものがあるだろう。
副主任　（警官に向かって）きみたち、ご苦労だった。で、警察署に連絡がいったのだな？
警官の一人　はい。署の者が大通りを見回っています。刑事さんたちに統率してもらっています。
副主任　（ダンブルバルに）玄関のドアを開けておいてください。
ダンブルバル　はいはい、ただいますぐに……（退場。二人の警官がルパンの両側につく）

副主任　（ルパンに）どうだ、なかなかいいものだろう、ルパン？

ルパン　どうも。だけど、もっといいことがあるんだ。

副主任　なんだって？　これで終わりじゃないのか？

ルパン　もちろん、終わりですよ……とにかく、務所《ムショ》暮らしは一瞬だ。入って出る間だけなのだから。

副主任　では、まず入ることからはじめようか？

ルパン　（笑いながら）ずいぶんせっかちだな！

副主任　（警官の一人に）さきに行って大急ぎで辻馬車を呼んできてくれ。すぐに行くから。

ルパン　それには及ばない。自家用車があるんだ。大通りの角に停めてある。運転手はバティニヨル家のエルネストだ。

副主任　（ルパンに詰め寄り）さあ、行くぞ。（背を向けた瞬間、ルパンの両側についていた二人の警官に腕をつかまれ、呆然となって抵抗する）何をするんだ？　いったいこれはどういうことだ？（間。二人の警官をじっくり観察し、ルパンを見て、叫ぶ）ちくしょう、仲間だな！（警官たちを荒々しく押しのけ、舞台奥の両開きの扉に飛びつく）助けてくれ！　助けて！（扉を開ける。玄関ホールに、がっしりとした体格のいかにも屈強そうな制服警官が六人見える。その傍らでダンブルバルと刑事たちは、猿ぐつわをかまされ、椅子に縛りつけられている。副主任が口ごもる）ああ！　悪党どもめ！

ルパン　（彼らを紹介する）こちらはぼくのシークレットサービスです……反警察業務を担当させ

ています……どうです、ハンサムぞろいでしょう？（ルパンが合図をすると、最初に出てきた二人組みの警官の一人が、古布を使って副主任を身動きできないようにする。ルパンがもう一人の警官に尋ねる）さっき、きみはぼくのことがわからなかったようだね？

警官　はい、ボス。新入りですし、暗かったので……それに、カロリンヌの話から、てっきり……

ルパン　赤髭をつけていると思ってたんだな？　ぼくのせいか。（捕虜たちに向きなおって）それでは、退却します！　それにしても、惚れ惚れするような眺めだなあ！　ぼくに絵の才能があったらいいんだが。（ポケットから小型カメラとフラッシュを取り出し、カメラを向けて首をかしげファインダーを覗きこむ）うん、なかなかの構図だ！……素晴らしい……マレスコ、しかめ面はだめだよ……そう。あまりむずかしく考えないで……ダンブルバル、にっこり笑って……はいよろしい、ではそのままじっとして……パチッ！　これでよし！……新聞に載せるスナップ写真の出来上がりだ！（そのとき、ドアが慌しく開き、警官の制服を着た男が一人飛び込んできて叫ぶ）警察だ！……（一味は恐怖の入り混じったパニックに陥り右往左往する）

ルパン　（非常に冷静に）まわれ右！　モデル用の階段から、整列して出発！（警官姿の一味が脱出する。玄関の呼び鈴が鳴る）マレスコ、さあドアを開けに行ったらどうだ！……（怒鳴る）ここは立ち入り禁止だぞ！　ぼくの所持品をどこにやった？　マレスコ、ぼくの古着はどこだ？（再び、呼び鈴の音）ちょっと待った。ちくしょう。だけど、帽子もかぶらず外に出るわけにはいかないな。そうだ、あんたはコートを着ていたね。（それを見つける）ああよかった！　あったぞ！　悪いね、邪魔をして……（モデル用の出入り口から警官姿の仲間が入ってくる）ボス、車が来ました。

ルパン　今行く。（お辞儀をして出ていく。捕虜たちはむなしく縄をほどこうともがく。ルパンが何か忘れ物をした様子で戻ってきて、ダンブルバルのポケットから首飾りを取る）あんたの所有物ではないということがはっきりしたので、あまり気もとがめないよ。ほら、悪銭身につかずっていう言葉があるだろう……ぼくは別だがね。

ルパンが再び出ていこうとすると、片方の腕がやっと自由になったマレスコが、ルパンから没収したスプレーノズルを向けて、怒鳴りながら引き金を引く。

副主任　このごろつき野郎！

ルパン　おや！　これはまたどうも。この香水は大好きなんだ。カロリンヌのと同じでね。ではまた近いうちに！……恨みっこなしだよ。ぼくは本当はあんたが好きなんだからね。

ルパンが退場すると、副主任とダンブルバルが立ち上がる。二人はほとんどぐるぐる巻きになり、口には猿ぐつわをかまされているのに、叫んだり暴れたりしてキューピッドの彫像をひっくり返してしまう。

ダンブルバル　（副主任につかみかかる）わしの彫像が！　キューピッドが！　この愚か者！　へま野郎！

幕

Arsène Lupin au Théâtre!

住田忠久（アルセーヌ・ルパン研究家）

作品解説

本書は、アルセーヌ・ルパン・シリーズの原作者であるモーリス・ルブラン本人が執筆に携わり、今日までに公刊になったルパン物の戯曲全三作品を世界で初めて一冊にまとめた物である。初めに収録した四幕物の「戯曲アルセーヌ・ルパン」と一幕物の「アルセーヌ・ルパンの帰還」は劇作家のフランシス・ド・クロワッセとの共同執筆であり、過去に邦訳があるものの、現在では入手が困難である上に、不完全な形でしか紹介されておらず、この度、近年になって発見された一幕物の戯曲「アルセーヌ・ルパンの冒険」を初紹介するにあたり、既訳のある二作も完全版の新訳として、三作品を一冊に収録する運びとなったものである。

「戯曲アルセーヌ・ルパン」

解題

この戯曲は、一九〇八年一〇月二八日にアテネ座で初演され、一九〇九年三月二七日発行の「イリュストラシオン・テアトラル」一一五号にそのシナリオが舞台の写真入りで出版された。次いでルパン・シリーズを世に送り出したピエール・ラフィット社から、若干の修正を施した版が同年の四月三日に単行本として刊行されており、本書の訳文はこのラッフィット版を底本にしたフランス本国最新版のルパン全集から全訳した物である。

ラフィット版の初刊本の表紙（本書カバー裏写真左）にはルパンを演じたアンドレ・ブリュレとゲルシャール警部役のエスコフィエが向かい合い、ルパンがゲルシャールのタバコにマッチで火を点けている写真が使われている。ところが、その二人の役者の写真の上に、この戯曲の二人の作者の名前が掲げられている為、現行のフランスの書誌では、この写真の人物がルブランとクロワッセだと誤解されて、「表紙には二人の作家の写真が使われている」と記してあるが、これは間違いで、左側がブリュレで、右側がエスコフィエである。この写真は後にイラスト化され、『アルセーヌ・ルパン対エルロック・ショルメス』の邦訳書で、大正七年に刊行された金剛社のアルセーヌ・ルパン叢書第二編『怪人対巨人』（保篠龍緒訳）とこの版組を利用して大正一三年に刊行された同書のルパン社版アルセーヌ・ルパン叢書第二編『茶色の女』の表紙に使われていた。

当の戯曲の方は大正一二年の金剛社版アルセーヌ・ルパン第九編『戯曲　寶冠』（愛智博訳）で

初めて日本に紹介され、その翌年に同書が『戯曲アルセーヌ・ルパン』（こちらは本名の松村博三名義）とタイトルを変えて同社より再刊されている他、福田早四郎がこの戯曲の粗筋を紹介した昭和五年四月七日発行の「演藝畫報」が存在するが、金剛社の本はラフィット版のテキストより訳されているのにも関わらず、原書の数ページ分が訳されておらず（この原因はフランス装にあるのかもしれぬ）、完全版ではないばかりか誤訳も多く、福田の文は戯曲の粗筋を紹介したに過ぎない為、本書が同作の我が国における最初の全訳紹介となる。

　この戯曲は初演時は三幕四場の形で公開され、初日より大変な評判となり、ルブランが亡くなるまでの多年に渡り何度も上演され続けた為、時代と共に作中に出て来る車の価格や場面説明、場面割り、セリフ等、かなりの部分に修正が加えられ、同作が一九二五年にフランシス・ド・クロワッセの戯曲全集の第五巻に収まった際にはその修正版が使われた。一九三一年に同作がルブランのルパン物ではない戯曲「憐れみ」と共にラフィット社版の雑誌サイズの挿し絵入り普及本の一冊として〈モーリス・ルブラン劇場〉という角書き付きで刊行された（本書カバー裏

「戯曲アルセーヌ・ルパン」初演プログラム

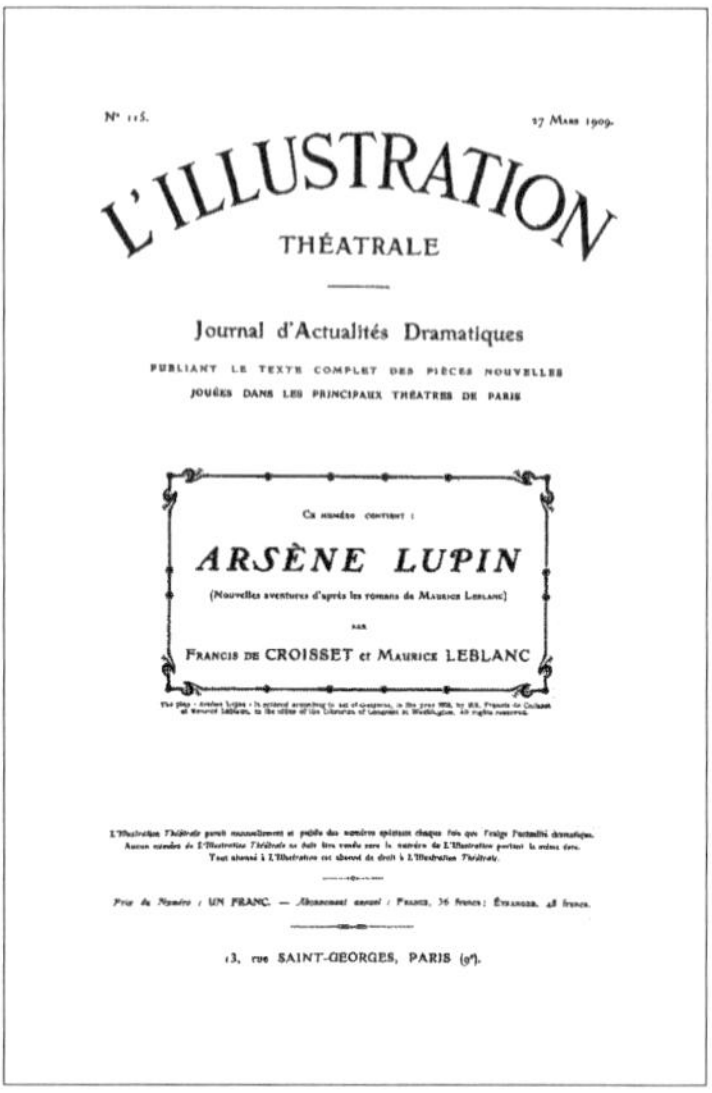

Nº 115.　　27 Mars 1909.

L'ILLUSTRATION
THÉATRALE

Journal d'Actualités Dramatiques

PUBLIANT LE TEXTE COMPLET DES PIÈCES NOUVELLES
JOUÉES DANS LES PRINCIPAUX THÉATRES DE PARIS

Ce numéro contient :

ARSÈNE LUPIN

(Nouvelles aventures d'après les romans de Maurice Leblanc)

PAR

Francis de CROISSET et Maurice LEBLANC

Prix du Numéro : UN FRANC. — Abonnement annuel : France, 36 francs ; Étranger, 48 francs.

13, rue SAINT-GEORGES, PARIS (9e).

「イリュストラシオン・テアトラル」115号

写真右）際にもこの修正版の原稿が収録されている。

今回、この戯曲の全訳紹介にあたり、舞台セットの説明や役者の動きに関するト書等が修正版の方がより詳しく書かれていることや、その逆に修正版では削除された場面、更には場面の「落ち」のセリフが異なっている事などを考慮して、本書ではこれらの修正箇所を全て調べ上げ、原語が異なっても同義語のため翻訳すると同じ表現になる箇所を除く全ての校異を同戯曲の末尾に記し、情景や役者の動きの把握、並びに如何にリニューアル化されたかを伺い知る為の研究の一助となるよう配慮した。併せて、筆者秘蔵の当時の舞台写真を該当場面に挿入して、初演時の雰囲気を味わえる様にした。また、登場人物の配役表においても、ラフィット版では明記されていない役者名を初演時のプログラム等によって補い、ラフィット版と異なる点はそれを括弧内〔　〕に示した。同時に、原書の配役表では役職名（肩書）でしか紹介されていない登場人物についても本文より名前が判明している者は配役表に補い、役者名も可能な限りフルネームで記載する事とした。

ルブランのルパン・シリーズは発表されるやいなや大変な評判となり、一九〇五年に発表された処女作から翌年までに発表された作品群は一九〇七年には『怪盗紳士アルセーヌ・ルパン』と題されて刊行され、ルブランは「フランスのコナン・ドイル」と称されて大変な人気作家となった。このルブランのルパン・シリーズに魅せられた劇作家で「ベルギーのシェイクスピア」の異名をとったフランシス・ド・クロワッセは、ルブランにルパン物の舞台化を提案し、ルブランはこれを快諾。その年の内に共同で脚本を執筆し、一二月にその劇作の上演を予定していたアテネ座の支配人であるアベル・ドゥヴァルと、ちょうどその月にレジャヌ座においてルパンのモデルとも言うべきアマチュア強盗の「ラッフルズ」を演じて好評を得ており、彼らがルパン役として目星を付けていたアンドレ・ブリュレの二人にその台本を読んでもらった。だが、その頃好評を得ていた「ラッフルズ」や、時を同じくしてアントワー

「怪人対巨人」（金剛社）

ヌ座で上演されていた「シャーロック・ホームズ」の舞台劇に比する作品を要求された様で、支配人の助言によってより面白い大作に書き改める事となった。翌一九〇八年、二人は新たな作品を手掛ける為、二人で旅行に出掛け、旅先で作品の構想を練った。最初はモロッコへ、次いでベニスへと出掛け、八月にはアルプスのサン・ジェルヴェ・レ・バンに滞在し、執筆作業を行った。この地は湯治場としても知られ、夏の間をこの地で過ごしに来た人達が、彼らが同地で作品の執筆をしていると知ると、その脚本を読みに、入れかわり立ちかわりで訪れたという。

クロワッセは大変なお洒落であると同時に、ユーモアのセンスに富んだ人物で、ルブランは「朝から晩まで笑いっぱなしだったよ」とこの時の事を述懐しており、脚本の中にしばしば出てくる観客が思わず吹き出してしまうような描写やセリフは、恐らくクロワッセの発案によるものであろう。出来上がった作品をドゥヴァル支配人は目も通さずに受け取り、大掛かりなセットをこしらえて公開の準備に取り掛かり、その年の一〇月二八日に初演を迎える事となる。

この戯曲ではいつもルパンに笑い者にされる警部の名前が、ガニマールからゲルシャールへと変更されているが、これは、当時のバリエテ座の支配人のポール・ガリマールと、その息子で、父に代わって当時のパリで行われる演劇興業の一切を取り仕切っていたガストン・ガリマールへの配慮だと伝えられている。ガリマールはこの時期に多くの作家達と知り合い、後に出版社を興して大変な成功を収めた人物である。代わりに登場する事となった警部の名前は、当時有名だった実在の警察官で後に司法警察の総監になったクサヴィエ・ギシャールの名をもじった物ではないかと言われている。

この舞台は初日には昼と夜の二回の公演が催されたのだが、昼の公演を観た人達の口からその面白さがあっと言う間に広がり、アテネ座の窓口は黒山の人だかりとなった。空席の有無を問い合わせる電話が引っ切りなしにかかり大変な騒ぎとなり、オーケストラ席やバルコニーまでもが観客で埋め尽くされる程の人気で、大変な成功を収める事となった。終演後、ルブランとクロワッセの二人は、主演のブリュレと共に観客から祝福され、多くの人々が彼らを取り囲み、握手やサインを求めたという。

左からデュリュック、ルブラン、ブリュレ、クロワッセ、ロスニイ

この時、楽屋で撮影されたと見られる、ルブランとクロワッセ、ブリュレの三人が写った写真が主演の二人の女優の写真を添えた形で、ラフィット社から発行されていた大判の女性向けグラフ誌に一ページを割いて掲載されていて大変貴重なショットなので本書にも再録したが、どう見てもブリュレの目元が不自然で彼とは別人の様に見えて仕方がない。それもその筈、同じ写真を掲載したラフィット社発行の月刊誌「ジュ・セ・トゥ」の写真を見ると、

ブリュレはフラッシュが眩しかったのか、目を瞑っていたのである。この写真を引き伸ばして大判のグラフ誌に掲載するにあたり、目の部分が後から書き加えられたのだろう。本人とは似ても似つかない生気のない不自然な目になっている。

この時代の演劇界の新しい動きをリードしてきたサラ・ベルナールによってその才能が認められ、彼女の指導の元で大成したルパン役のアンドレ・ブリュレは、そのスラリとした体格、優雅な物腰に加え、その魅力的な声によって女性たちを魅了し、その貫禄をもって大怪盗ルパンを見事に演じきった。その演技は一般大衆だけでなく、原作者のルブランからも絶賛された。以後、ブリュレはこれが当たり役となって、二〇数年間に渡ってルパンを演じ続け、その回数は二〇〇〇回を越えたという。一九三六年には「ルブランがラジオの為に特別に書いた脚本」によると宣伝された全三話のラジオドラマ版のルパン物（注、このラジオドラマの第二話のタイトルがフランス本国で誤って報告されたばかりか、その存在が日本に伝えられた際にそのタイトルが誤訳され、以後その間違いが現在に至るまで踏襲されているので、その詳細をこの機会に後述しておく）でもルパンの声を担当した。また、一九三八年には、犯罪者からフランス警察の一員となった実在の人物で、ルパンのモデルの一人と言われているヴィドックの生涯を描いたトーキー映画「ヴィドック」でも主役を務めており、生涯に渡ってルパンの化身の様に見られ、ルパンに似通ったキャラクターを演じ続ける事となり、現在でもルパン役者の第一人者として多くの人に記憶されている。

彼が主演したこの劇のリバイバル公演の幾つかには、彼の実の兄弟で、後にアントワーヌ座の支配人になったルシアン・ブリュレがゲルシャール役を演じており、一九七〇年代に製作されたテレビシリーズ「アルセーヌ・ルパン」に登場する警部の名前が舞台同様にゲルシャールになっているのは、このドラマの企画に参加し、このテレビドラマシリーズの脚本を手掛けた一人が、このルシアンの息子でアンドレの甥にあたるクロード・ブリュレの意見によるものであった。父が演じた思い出深いゲルシャールをテレビに登場させて活躍させているのである。

舞台で最初にルパンを演じ、そのイメージを定着させたアンドレ・ブリュレはフランスで最初にラッフルズを演じた役者としても知られており、ルパンの戯曲は、彼が演じたラッフルズの舞台に刺激されて製作されたものに違いないと思われる。その証拠に、先に述べたゲルシャールがその正体をルパンとは知らずにシャルムラース公爵から煙草（メルセデスという銘柄のこの煙草は黄色煙草、つまり軽い煙草として出てくるが、後で紹介するこの戯曲の小説版では「エジプト煙草のメルセデス」となっている）をもらい、火を点けてもらうシーンは滑稽な名場面なのだが、これは戯曲版のラッフルズにおいて、探偵がラッフルズからサリヴァン煙草（ラッフルズお気に入りの金口のエジプト煙草）をもらい、火を点けてもらうシーンを盗用したものだし、最後の逃走場面もラッフルズの戯曲を手本にして、より大掛かりな仕掛けを用いて観客をアッと言わせる工夫が成されており、戯曲版のラッフルズを参考にしながら、その上を行く面白い作品に仕上げようとした努力が伺える。

この舞台が公開された翌月、雑誌「笑い」にはこの戯曲の二人の作者と、警官やソニア役のドュリュックを背にしたエスイコフィエの演じるゲルシャールが描かれ、中央に描かれたシャルム

左から警官、エスコフィエ、デュリュック、警官、ブリュレ、クロワッセ、ルブラン

ラース公爵（ルパン）役のアンドレ・ブリュレに向かって、次の様な台詞を吐いている。
「私は何でも知っている《ジュ・セ・トゥ》、この男はラッフルズではないが、アルセーヌ・ルパンなのだ！」と。

ご丁寧に「ジュ・セ・トゥ」のキャラクターであるムッシュ・ジュ・セ・トゥの真似をして、こめかみに人差し指を当てたお馴染みのポーズで描かれているのが面白い。ムッシュ・ジュ・セ・トゥというのは頭が大きな地球儀になった人型のキャラクターで、世界中の事が頭に入っていると言わんばかりに、こめかみに人指し指を当てたポーズでよく知られており、初期の「ジュ・セ・トゥ」の表紙を飾った他、「ジュ・セ・トゥー一家」なる彼の家族が登場する読み物まで掲載されていて、当時はそのキャラクター・グッズまで存在し、シャンゼリゼ通りにあったラフィット社の玄関にも、このキャラクターが小さく浮き彫りにされていた。

一九〇八年の初演以来、数え切れない程の人々を楽しませたこの戯曲の評判はすぐにも海を渡り、翌年の一九〇九年にはイギリスのデューク・オブ・ヨークズ劇場でもこの戯曲が公開される事となった。奇しくもルパン役はブリュレ同様、ラッフルズ役で名を馳せたサー・ジェラール・モーリエが演じる事となり、公開に合わせる形で、この戯曲のノベライズ本が企画され、イギリスの作家、エドガー・アルフレッド・ジェプスンが小説化する事となった。ルブランがジェプスンに宛てた一九〇九年の六月付けの手紙には、参考の為にとルパンのキャラクターについて説明が成された他、もし必要なら、それまでに刊行されたルパン・シリーズの単行本四冊を送ると記されている。ジェプスンはその年の内に小説版を書き上げ、その小説版はミルズ&ブーン社からハードカバー版と軽装丁版の二種類の装丁で刊行される事となり、双方の表紙には、ルパン役のモーリエの写真が掲げられた。また、舞台の公開時には、公開中の舞台の写真を掲載し、その概略を紹介する雑誌「プレイ・ピクトリアル」の一五巻八九

ムッシュ・ジュ・セ・トゥ

号がこの舞台の特集号として発行され、四〇葉に及ぶ舞台写真を収録した同号は奇麗な三色刷の表紙で飾られ、これに収録されている写真の幾つかをカードにした物と共に劇場で販売された。一九一四年に発行された同誌の二五巻一五三号は同じモーリエによるラッフルズのリバイバル公演の特集号となっており、ルパン物と比較して楽しむ事ができるのでお勧めだ。

モーリエの好演もあってイギリスでも好評を得たこの戯曲は、翌年の一九一〇年の二月にはアメリカに渡り、ボストンのパーク劇場でも上演され、ウイリアム・クートゥネイがルパンを演じている。

同じ年の一〇月にはジェプスンの小説版が我が国の雑誌「サンデー」に翻案の形（ストーリーはそのままに、登場人物名や地名等を日本名に置き換えてある）で馬丘隠士名義で連載され、「豫告の大盗」と題された同作は翌年に清風草堂主人名義で萬理洞より刊行された。作者名が記載されていない同書を読んだ若き日の江戸川乱歩は、自らが読破した探偵小説の覚え書き等を綴った手製の本『奇譚』の中に、この本の感想を記しており、「作者を示シテ居ラヌカラ分カラヌガ十中八九ルブランダト信ズ」として、この原作がルブランのルパン物であることを見抜いていたのは流石と言えよう。後にこの本の原作であるルパンの戯曲とその小説版、並びに戯曲の元ネタの一つであるルパン・シリーズの第二作「獄中のルパン」等を参考にして『怪人二十面相』が書かれたのは有名な話だ。

イギリスで出版された翌年に日本に紹介されたジェプスンの小説版は何度か版を重ねた後、大正八年、一〇年には小田律訳でも『アルセン・ルパン』、『恋人の罪』等のタイトルで出版された。

以降しばらく出版されなかったものの、小田律らと同時期にルパン・シリーズをフランスの原書から翻訳し、後にルブランから翻訳権を受けてルパン・シリーズを初めとするルブランの作品の数々の翻訳紹介に努めた保篠龍緒も昭和になってから同作を「ソニアの宝冠」と題して翻訳したし、その後も、長島良三訳、南洋一郎訳の他、数多くの邦訳本が出回り、日本では現在でも『ルパンの冒険』(『リュパンの冒険』) 等のタイトルでこの小説版がルブラン名義で出版されている。だが実際にはジェプスンが戯曲台本を元に単独で書いた物で、ルブランは手を貸しておらず、この小説版はフランスでは一度も出版された事がないばかりか、近年までその存在すら知られていなかった (逆に、戯曲版が初めて英訳されたのは二〇〇二年の事であった)。これを最初にフランス語に訳して出版したのはベルギーのクロード・ルフラン社 (偕成社から翻訳が出ていたルパンの劇画本の版元でもある) で、一九九五年の事であった。

また、探偵小説研究家でルパン同好会会長の浜田知明氏の報告によると、この小説の米国初刊本には、英国版にある同書の第七章の末尾の七行にわたる一節が収録されていないとのことで、現行の同作の完訳版である長島良三と南洋一郎の訳本はいずれもこの作品の米国版のテキストを使用しているらしく、該当箇所は訳されていない。この未訳だった七行は、講談社の青い鳥文庫の一冊として二〇〇〇年に刊行された『怪盗ルパン 王女の宝冠』(久米みのる訳) で読めるようになったが、少し意訳された児童向けなのが残念だ。

一九一五年にはルブランとクロワッセによるこの戯曲がイギリスで映画化され、これまた映画でラッフルズも演じているジェラルド・エイムスがルパンを演じており、一九一七年にはアメリ

アンドレ・ブリュレ

カでも映画化されてアール・ウイリアムスがルパンを演じている。時代が変わって映画がサイレントからトーキーの時代になると、今度は「偉大な横顔」と言われた名優ジョン・バリモア（彼もアール・ウイリアムスがルパンを演じた年に映画でラッフルズを演じているばかりか、一九二二年にはシャーロック・ホームズも演じている）が世界で最初のトーキー版ルパン映画に登場し、兄のライオネルがゲルシャール警部を演じて、映画に於けるこの演劇一家の二兄弟の初共演が大変な話題となった。だが原作がルブランとクロワッセの戯曲としながら、ストーリーは全くの別物で、シャルムラースやグルネイ＝マルタン、ソニア等、登場人物の名を借りたに過ぎないものであった。しかしながら、美男のバリモアが花売りの老人に変装してルーブル美術館のモナリザを盗んだり、ゲルシャールの追跡から逃れる為に彼の可愛い娘を誘拐したり、手錠をかけられたルパンが、橋の上から川へ飛び込んで逃走したりと、見せ場も沢山あってなかなか面白い作品なので一見の価値があるが、これを観たルブランの評は辛口で「さして良くも無いがまったくの駄作というわけでも無い。とにかく、ルパンはあのようなキャラクターでは無い。問題は、これを演じた役者であり、大柄で肩幅の広いギャングのようなジョン・バリモアにある。それは、パリの人々が思い描いている優雅なアンドレ・ブリュレの印象とはあまりにも掛け離れている」と述べており、ブリュレという役者が、如何にルブランや当時のフランスの人々にルパン役者の第一人者として認められていたかを伺い知る事のできるコメントであった。

映画だけでなく、この戯曲はラジオドラマにもなっており、一九四八年にはポール・キャンボ主演で放送された他、一九五一年にもモーリス・トゥニャック主演のものがルクセンブルクで放送されている。

願わくばこの戯曲の初の全訳である本書の登場によって、この戯曲が日本でも上演される機会が訪れて欲しい物である。一度でいいからこの傑作戯曲を生で観てみたいと思うのは私だけではあるまい。

参考までに、アンドレ・ブリュレのヨーロッパ・ツアーの後、一九一二年よりフランスで再演された同戯曲の上演記録を公開年月、劇場名（表記を「劇場」に統一する）、ルパン役者名の順にまとめておく。

一九一二年七月	アテネ劇場	ブルッス
一九二〇年六月	ギャレリー・サン・ウベール劇場	アンドレ・ブリュレ
一〇月	パリ劇場	アンドレ・ブリュレ
一九二一年七月	帝国劇場	アルジェンタン

一九二二年五月	ベルヴィユ劇場	アンドレ・ブリュレ
六月	ポルト・サン＝マルタン劇場	アンドレ・ブリュレ
一九二四年二月	ヌーヴェル・アンビギュ劇場	アンドレ・ブリュレ
六月	ジムナッス劇場（マルセイユ）	アンドレ・ブリュレ
一九二九年四月	パリ劇場	アンドレ・ブリュレ
五月	サラ・ベルナール劇場	アンドレ・ブリュレ
一九三〇年二月	エドワード七世劇場	アンドレ・ブリュレ
一九三一年九月	ジムナッス劇場	アンドレ・ブリュレ
一〇月	バタクラン劇場	アンドレ・ブリュレ
一九三二年一二月	モンセイ劇場	アンドレ・ブリュレ
一九三三年一二月	ファンタジオ劇場	アンドレ・ブリュレ
一九三四年六月	ラ・フォーヴェット劇場	アンドレ・ブリュレ
一九四一年七月	サラ・ベルナール劇場	アンドレ・ブリュレ
	エドワード七世劇場	ジャン・マックス

備考　一九二九年のサラ・ベルナール劇場の公演より、アンドレ・ブリュレの実の兄弟であるルシアン・ブリュレがゲルシャール警部役を演じるようになる。また、一九四一年の公演はルブランの生前最後の公演であり、ルブランも劇場に足を運んでいる他、同公演のプログラムにはル

ブランによる一文が添えられており、本書への再録を試みたが、同資料を所持している、ルブラン伝の著者のドゥルアール教授から、この資料を含めたルブランに関する文献を集めた資料集を企画中との事で、出版に至るまでは、同資料の公開は差し控えたいとの返事を戴き、収録には至らなかったのも残念である。

「アルセーヌ・ルパンの帰還」

解　題

この一幕物の戯曲は四幕物の「戯曲アルセーヌ・ルパン」同様、ルブランとクロワッセの共同執筆によるもので、これまで一度も演じられていない物である。クロワッセにルパン物の舞台化を持ちかけられたルブランが、最初に彼と二人で書き上げ、アテネ座の支配人に提出して書き直すように意見された作品がこの作品であるらしい。この戯曲は長い間発表されなかったが、先の四幕物の戯曲がアンドレ・ブリュレ主演で二度にわたってリバイバル上演された一九二〇年に、ルパン・シリーズが最初に発表された「ジュ・セ・トゥ」の九月号と一〇月号に、イタリア出身の画家ウンベルト・ブリュネルスキの挿絵付きで二回にわたって掲載された。後編を掲載した一〇月号とそれに続く一一月号にはルブランの空想未来小説の一つである『驚天動地』も掲載されている（同作の創元推理文庫版『ノーマンズ・ランド』の訳者によるあとがきにはこの作品が発表されたのは「ジュ・セ・トゥ」の九月号と一〇月号と記されているが、これは誤りである）。

ルパン・シリーズの書誌学的研究が本格的に行われるようになったのは一九七〇年代に入ってからであるが、この作品はそれまで一度も単行本に収録されなかった為にその存在が忘れ去られており、今回本書で初めて日本に紹介される「アルセーヌ・ルパンの冒険」と混同された時期もあり、この戯曲がシガル座で上演されたとしている資料があるが、これは誤りで、この作品が「ジュ・セ・トゥ」に発表された際に添えられた編集部の序文には、この戯曲がこれまで未発表であり一度も上演されていないことが明確に記されている。ルパン・シリーズの第一短編集の最新の邦訳書である現在刊行中のハヤカワ文庫『怪盗紳士ルパン』の巻末にはルパン・シリーズの作品リストが付されているが、それにおいても、この「アルセーヌ・ルパンの帰還」のタイトルが「アルセーヌ・ルパンの冒険」の原題を掲げて紹介されているが、これも間違っている。

この一幕物「アルセーヌ・ルパンの帰還」の脚本が最初に復刻出版されたのは一九七五年の事で、ジュネーブの出版協会のプロデュースによってフランスで印刷された全一二巻のアルセーヌ・ルパン傑作集に収録された。アールヌーボー調のデザインで装丁されたこの大変美しい傑作集の監修に当たったのは、フランス本国で最初にルパン・シリーズの書誌を発表したフランシス・ラカサンであった。以後、長い間この作品が出版される事はなかったが、一九八六年に同氏の監修によって新たに発刊されたロベール・ラフォン社のブカン叢書版のルパン全集全三巻（後に増刊されて全五巻になった）にも収録されている。

この戯曲はもともとボツになった作品である上、四幕物「戯曲アルセーヌ・ルパン」にも登場するジェルメーヌやソニアが違った設定で登場し（別人と考えても良いと思うが）、物語上の矛盾が生じてしまうせいなのか、その後一度も出版されておらず、ルパン登場百周年の二〇〇五年に刊行された最新のルパン全集には収録されていない。

同作の本邦初訳はミステリ雑誌「ＥＱ」（光文社）の一九八九年九月号に掲載された物で、後に岩崎書店のアルセーヌ・ルパン名作集の第十巻として刊行されているが、現在は刊行されておらず、訳文も意訳、誤訳が少なくないので、今回新たに完訳版として収録し、初出誌のブリュネルスキの挿絵も再録することとした。

解説

「アルセーヌ・ルパンの帰還」というタイトルからルパンの劇的な活躍を期待すると肩透かしをくらってしまう作品だが、タイトルの「帰還」のそもそもの意味が読者が期待するような大袈裟な物ではなく、ルパン・シリーズの最初の発表媒体であった雑誌「ジュ・セ・トゥ」に久々に登場したルパンの物語ということなのだと解して楽しむべきなのかもしれない。ミステリと言うよりほとんど喜劇と言った方が良い程、観客を笑わせる為のおかしな場面が用意されていてそれなりに楽しめる小品で、こうした演出は、冗談好きでサービス精神旺盛なクロワッセによる物なのだろう。四幕物にも登場するジェルメーヌやソニアが違った設定で登場する他、ゲルシャールも登場し、ルパンの過去の事件についても語られており、現在のフランスのルパン全集に収録されていないのが残念である。

　同作を最初に邦訳紹介したのは先の四幕物「戯曲アルセーヌ・ルパン」の小説版を翻訳している長島良三だが、訳文に添えられた同氏の解説では、「戯曲アルセーヌ・ルパン」の公開年が誤って紹介されていた他、「アルセーヌ・ルパンの帰還」についても、「初演は一九一〇年五月で同じくアテネ座」と紹介しているが、その出自は不明で、フランスにおけるルパンに関するあらゆる文献を調べても、そのような記述を目にしたことはなく、何かの間違いであると思われる。「帰還」の本邦における初刊本の同氏の解説では「戯曲アルセーヌ・ルパン」の公開年が正しく紹介されているが、今度は公開月を一二月としていて、これも間違っているので、その信頼性はかなり薄いといっても過言ではあるまい。

　ルパンはその初登場より幾度も母親方の姓を用いた偽名を使っているが、この作品にも同じ名前の人物が登場して、その正体を匂わせつつ、その疑いを否定し、ルパンを追う側のゲルシャールから身元を保証するある物を貰って退場していく。

　はたして彼はルパンなのだろうか？


「アルセーヌ・ルパンの冒険」

解題

この寸劇は、前二作のルパン物の戯曲と違い、ルブランが単独で書き下ろした物で、一九一一年九月一五日から一〇月一五日までの一カ月間、当時大変に評判であったパリのミュージックホールであるシガル座で上演された。同年の八月に起こったルーブル美術館におけるモナリザ盗難事件を題材とした劇作家のウイルネットによる喜劇「彼女は微笑んでいる」と共に上演され、ルブランのこの戯曲が、この興業の最後を飾り、四幕物「戯曲アルセーヌ・ルパン」でルパンを演じたアンドレ・ブリュレがこれにも主演して大変な評判となった。

だが、好評であったにもかかわらず、この脚本は今日まで出版されなかった為、その内容については、当時の雑誌や新聞の劇評等でしか伺い知ることができず、同じ一幕物の「アルセーヌ・ルパンの帰還」と混同されたことすらあったが、ルブランの息子の協力を得、その死後も遺族の厚い信頼を得てルブランの遺品の調査を行い、世界初の詳細なルブラン伝を著した大学教授のジャック・ドゥルアール氏が、膨大な量の資料の中からこの寸劇の原稿を発見し、一九九八年に初めて公刊になったもので、本邦初訳となる作品である。

ドゥルアール氏によって発見されその原稿は、ルブラン専用の用紙にタイプライターで記録されており、ルブラン自身が書き下ろした作品であることは間違いない。この脚本が最初に収録されたのは、フランスの有名なミステリ叢書であるマスク叢書版のモーリス・ルブラン全集（全四巻）の第一巻で、この全集の監修を担当したのもドゥルアール教授だった。この全集には、収録された各作品に同氏による解説が付された他、ルブラン小伝が、全四巻に分載されており、「ジュ・セ・トゥ」やラフィット社の雑誌サイズの普及本に収録された当時の挿絵の模写も添えられている。

この全集は後に会員制のブッククラブであるフランス・ロワジールよりハードカバー装丁でも刊行され、ルパン登場百周年の二〇〇五年には同全集より挿絵を削除して文字を詰め、巻数を三巻に減らして分載されていたルブラン伝、並びにロベール・ラフォン社版のルパン全集に収録されていたフランシス・ラカサンによるルパン年譜「アルセーヌ・ルパンの実生涯」（ただし考証に難あり）が別冊付録（現行の版では第一、第二巻の巻末に収録）として付された他、ドゥルアール教授による最新の書誌やラフィット社の普及版のカバーアートを収録したマニアックな全集となってオムニバス社より再刊されているが、マスク版、オムニバス版共、「帰還」だけは収録していない。

解説

この寸劇が公開された一九一一年は、ルブランのルパン・シリーズが、その最初の発表媒体であったラフィット社の月刊誌「ジュ・セ・トゥ」に久しぶりに連載された年でもあった。大正八年の保篠龍緒の邦訳書が刊行されて以来、『奇巌城』のタイトルで知られる作品が同誌に連載されたのが一九〇八年から一九〇九年にかけての事で、これに続く『８１３』、『水晶の栓』は新聞連載の形で発表された為、およそ二年半ぶりに同誌に登場した事になる。「ジュ・セ・トゥ」の一九一一年二月号には、その新シリーズについての予告があり、四月号より、「アルセーヌ・ルパンの告白」と題した短編シリーズを六回にわたって連載するとして、掲載予定の作品のタイトルを掲げて宣伝している。リストにあがったタイトルは、「太陽の戯れ」、「結婚指輪」、「影の合図」、「彷徨う死神」、「蠟マッチ」、「ニコラ・デュグリヴァル夫人」の六作で、最後の作品は「地獄の罠」と改題され、同シリーズの第四作目として発表されたが、「蠟マッチ」なる作品は未発表に終わった作品で現在でもその原稿は発見されておらず、代わりに発表されたのが、名作の呼び名の高い「赤い絹の肩掛け」であった。この六回連載の最後の作品となったのは「彷徨う死神」で、同作を掲載した「ジュ・セ・トゥ」の九月号の目次ページには、ルブランの一幕物の戯曲が次号に掲載される事が予告されているが、一〇月号には掲載されなかったばかりか、これ以降も同作が掲載される事はなかった。また、予告が掲載された同誌と同じ日に発行されたラフィットの新聞「エクセルシオール」には八月にルーブル美術館より盗まれたモナリザ（ジャコンダ）について、ルブランのインタビューが掲載されており、「アルセーヌ・ルパンは、ジャコンダの行方を知っているのか?」と題されたその記事は、『奇巌城』の舞台となったエトルタの海岸で慣行されたインタビューを掲載した物で、以下の様なものであった。

「ジャコンダですって？　私は何も知りませんよ。大体、警察にも解くことの出来ない謎を、どうして私が知り得るというのです」

「どうしてですって？　だってあなたの友人のアルセーヌ・ルパンは、この手の盗難に、広く通じているではありませんか」
「それは以前にも世人が私に尋ねた質問に他なりません。他に答えようがないのです。私は何も知らない、としかね」

ひょっとしてこれは、ラフィットが仕組んだ寸劇の宣伝も兼ねたインタビューだったのではなかろうか？　同時に上演された演目が、このモナリザの盗難を題材にした風刺喜劇であり、この興業の最後の出し物が「アルセーヌ・ルパンの冒険」であっただけに、興味のそそられる記録である。しかも、『奇巌城』の中ではモナリザはルパンによって盗まれた事になっていて、それを隠していた場所がエトルタであるだけに、その地でインタビューを受けているのも気になるところである。

いずれにせよ、その月に「ジュ・セ・トゥ」に掲載が予告されていた一幕物の戯曲というのは、シガル座で演じられた「冒険」のことだったに違いない。だが不思議な事に毎号、前月にパリで行われた舞台興業の模様を写真入りで紹介していたにも関わらず、この戯曲に関する記事は同誌に掲載されていない。

この寸劇の本邦初訳となる本書には、出来ることならば同作の舞台写真を掲載したいと思い手を尽くしたが、入手には至らなかったのが残念だ。同作の記事が掲載され、舞台の内容が紹介されている事が判明している雑誌「モムディア」は舞台興業を専門に取り扱ったグラフ誌なので、該当号には舞台写真も掲載されていると思うのだが、その確認すら出来なかったのは、筆者の責任である。

この寸劇のタイプ原稿には、登場人物の一覧はあるものの、配役についての記録がない事や、舞台写真がない為に実際に演じられた舞台の様子を伺い知る事が出来ない事をを考慮して、参考までに、この舞台の様子を伝えた当時の新聞、雑誌の記事の抜粋を以下に紹介しておく。

モーリス・ルブランの戯曲は、極めて精彩に富んでいる。その新たなる首飾りを巡る物語りは、すぐにも人気を博することになるであろう。

エクセルシオール紙

アルセーヌ・ルパン……は、真珠の首飾りを盗む為に、上流階級の家に潜入します。彼は、彼を捕らえにやって来た警察官達を閉じ込めてしまいます。

コムディア誌

この寸劇を、彼（アンドレ・ブリュレ）の演技によって見ることはまさに喜びであり、楽しみである。幕際のメロドラマが、これにさらなる興味を添えている。

ル・ゴーロワ紙

誰もが泥棒に扮したアンドレ・ブリュレを見たいと思うに違いない。作業服を着込み、頭髪をもじゃもじゃに乱れさせた、手入れの悪い赤髭顔の彼の姿を。

ル・フィガロ紙

アンドレ・ブリュレ氏は喝采を浴び、歓呼の声で迎えられ、熱狂的なカーテーンコールを受けた。相手役のマルト・デルミニの演技は申し分なく、共演者のポール・クレクルやカルリュも完璧であった。

ル・ジュルナル紙

これらの評を読む限り、この舞台はかなりの好評を得ていた事が良く分かる。これにはクロワッセは手を貸していないようだが、観客をこれでもか、これでもかと笑わせようとするセリフや場面の数々は、クロワッセから学んだ演出なのだろう。ルパン物で一躍有名になったルブランは、ルパン物を舞台化する二年前に戯曲「憐れみ」を書き下ろし、アントワーヌ座で上演したが、批評家からはある程度の評価をうけるも興業的には全く振るわず失敗に終わった苦い経験があり、クロワッセとの作品が大成功した事で、大衆に受ける芝居の書き方を会得したのに違いない。

また、この舞台でルパンが登場した際、悪漢に変装したルパンが、鏡に写った自分の姿を見て「いかにもワルって感じだな……ワルセーヌ・ルパンだ!」と独り言を言う場面があるが、この

「ワル」の部分の原文は、「ならず者」を意味するArsouille（アルスイユ）という言葉が使われており、ルパンのファーストネームの「アルセーヌ」にそっくりな語感の名詞を使った面白いセリフなのだが、ちょっと訳しにくい所でもある。はたしてどの様に訳されるのか気になっていたが、訳者はこれをうまく日本語に置き換えている。

七〇年代の終わりになってその存在が語られながら、フランス本国でも今日まで出版されてこなかったこの寸劇が、ドゥルアール教授が今日も続けているその調査によってタイプ原稿が発見され、全集に収められた事で容易に入手出来る事となり、本国における初出から遅れること八年、やっと翻訳紹介される機会が訪れた事を喜びたいと思う。

ルブランはこの作品以外にも、「手にした時計で五分間」（あくまでも試訳です）というルパン物の寸劇を書いており、一九三二年の八月にエトルタのカジノで演じられたこの作品には、ミッシェル・ブランドゥジョンやコレット・ブールドンなる人物が主演しているが、その原稿は見つかっていない。しかしながら、この寸劇の第二部と思われる寸劇「アルセーヌ・ルパンとの一五分」のタイプ原稿がルブランの手によって保存されており、その公開が待たれている所である。また、映画雑誌「シネ・フランス」の一九三七年三月二八日号に寄せたルブランのエッセイ「アルセーヌ・ルパンの後を追う演劇と映画」には、その当時、劇作家のレオポルド・マルシャンと共同で、『奇巌城』を四幕物の戯曲にする計画があった事が告げられているが、これは実現されず、同作の劇場版は、九〇年代になってから他の作家によって手掛けられている（別項参照）。

近年になって、先述の寸劇「アルセーヌ・ルパンとの一五分」のタイプ原稿の他、ルブランが息子の妻に手伝わせて書き上げたというルブラン最後のルパン物の小説である「アルセーヌ・ルパンの最後の恋」等、まだまだ知られていない作品がドゥルアール氏の調査で発見されており、つい先日ご本人から戴いた手紙によると、これらの未発表作品を出版する準備を進めているとの事であるので、近いうちにそれらも読める日がくる様だ。教授の報告によると、現在二冊のルパン、ルブランに関する本を企画しているとの事で、一冊は上記の未発表作品に加え、新聞、雑誌に寄稿したルパン関連の記事やインタビュー等を収録する予定だそうで、もう一冊には、最近の調査により、ルブランの妹で女優、ソプラノ歌手として活躍したジョルジェット・ルブランの遺品から発見されたモーリスの手紙や、彼女の元に送られた短編創作、戯曲の数々を収録するつもりであるとの事。ジョルジェットは兄の伝記を発表するつもりでいたらしく、「我が兄、アルセーヌ・ルパン」と題したその手書き原稿の他、それを英訳させたタイプ原稿が見つかっており、これらも公表したいとの話であった。ジョルジェットはメーテルリンクの情人であった人で、英米では彼の妻と認識されていたが実際には籍は入れておらず、メーテルリンクの代筆や作品のリライトも手掛けることの出来た才人で、これらの資料の発見は極めて興味深く、新たな情報が得られる期待もある。ただ問題なのは、彼女が自らの経歴を脚色してインタビュー等に答えていて、彼女のそうした「嘘」が公に信じられ、近年に至るまで、この兄妹に関する間違った情報が伝えてこられた経緯があり、彼女が書くものが、全て事実であると鵜呑みにできないという点である。また、彼女に宛てたモーリスの手紙の中に、日本語に翻訳して発表するつもりで「アルセーヌ・ルパンの七月一四日」(「ルパンの巴里祭」、「ルパンの革命記念日」とでも訳すべきなのだろうか？）なる作品を計画していると伝えられたものがある。ルパン・シリーズの翻訳者として名高い保篠龍緒がルブランの著作の翻訳権の交渉を頼んでいた朝日新聞社のパリ特派員の重徳泗水を介して、講談社の雑誌「キング」の為に書き下ろしのルパン物を依頼した事が現存する書簡で確認されており、ルブランがそれについて、「困難であるが兎に角想を練ってみる」と約束した事が分かっている。だが、ルブランがジョルジェットにあてた手紙の日付が一九二四年の三月となっており、保篠が「アサヒグラフ」のグラフ部長を努めていた時期に相当し、同年にルブランの「ドロテ」を訳載した年であるが、日本向けの作品の交渉に成功した事を伝える重徳の手紙には日付が無いものの、一九三〇年前後の物と思われ、彼がルブランと接触していた時期についても、日付の記載のある書簡の中で最も古いものが一九二六年である為、この幻の作品が保篠の依頼によって重徳が交渉にあたった作品である可能性は低い。だが、日本向けのルパン物の執筆計画があった事は事実であり、保篠が「アサヒグラフ」のグラフ部長に就任したのが一九二三年である事を考えると、「ドロテ」の訳載の際にも交渉が行われたのかもしれず、その可能性が全くないとも言えない。またどこからか、この原稿が出てくれば面白いのであるが、今のところ、その様な作品は見つかっていないとの事である。

ともかく、ドゥルアール教授の計画している二冊の本については、刊行されたら献本して下さるとの事なので、その詳細については、近い将来、いち早く日本に紹介する事ができるであろうし、またこれを翻訳出版したいという出版社があるのなら、筆者も微力ながら協力を惜しまないつもりであるが、出来ることならその前に、本国での刊行時に新聞連載で発表されたテキストの途中の一回分が欠落した状態で出版され、いまだその完全版が出版されない「アルセーヌ・ルパンの巨万の富」（欠落部分は後に出版されていて現在でも入手可能であり、筆者はこの初刊本、及び欠落箇所のテキストだけでなく、挿絵の入った初出紙「ロート」の全連載分のコピーを所持している）や、児童書の抄訳版しか存在しない、ボアロー&ナルスジャックによる長編贋作ルパン物の「アルセーヌ・ルパンの誓い」も新訳で出版される事を期待したい。

舞台のルパン——他作家による劇作の歴史

ルブランとクロワッセの四幕劇「戯曲アルセーヌ・ルパン」が大ヒットとなった一九〇八年以降、この成功に刺激された他の劇作家の手による作品が幾つか上演されているので、紹介しておこう。

クロワッセとの戯曲の初演の一カ月後、「ラッフルズの逮捕、或いはシャーロック・ホームズの勝利」と題した戯曲が、ルイス・ミラとヒレルモ・X・ロウラの脚本によってスペインで上演されているが、その翌年、同じ作家によるこの戯曲の続編「無敵のシャーロック・ホームズ」も上演されており、二作共、ホームズとラッフルズの対決を描きながらも、その内容はルブランの作品『アルセーヌ・ルパン対エルロック・ショルメス』を脚色したもので、ルパンをラッフルズに、ショルメスをホームズに置き換えたものであり、これらは後に、スペイン作家協会より、一九一二年、一九一三年にそれぞれ刊行されている。

パリでは、一九〇九年七月一三日に一幕物のパントマイム「アルセーヌ・ルパン対シャーロック」なる作品が、シャンゼリゼのカフェ・コンセールで上演されている。

ルパン・シリーズの傑作の一つである『８１３』が発表された一九一〇年には、二人の劇作家、ヴィクトール・ダルレイとアンリ・ゴルッスによる四幕一五場の戯曲「アルセーヌ・ルパン対エルロック・ショルメス」が、その年の一〇月二八日（資料によっては一〇月一〇日が初演日とされており、ルブラン伝の著者のジャック・ドゥルアール氏もその自著の初版でこの日付を一〇日としていたが、後の改訂版では二八日に訂正し、最新の全集に付されている書誌でも二八日となっているので、こちらが正しい日付なのだと判断したが、クロワッセとの「戯曲アルセーヌ・ルパン」の初演日と同じ一〇月二八日が初演なのが気になるところでもある）にパリのシャトレ座で上演されている。シャトレ座はパリで最も大掛かりな舞台興業で知られた劇場で、四二人もの役者を使って演じられた豪華な舞台は大変な好評を博し、翌年の三月まで公演が続き、フィルマン＝ディッド社からはこの舞台の写真を掲載した三二ページの小冊子も発売されている。

二人の作者は前年よりルブランと交渉してルパンの使用許可を得、ルブラン公認の舞台として書かれた物だが、その内容はルブランの同名の著作とは全くの別物で、これにはルパンやショルメスだけでなく、ガニマール警部も登場するばかりか、フランスに留学しているというショルメスの息子や彼が可愛がっている探偵犬のフォクス・テリアまで登場し、危機に陥ったショルメスがその息子や探偵犬の活躍で救われたりする。

ルパンを演じたのはアンリイ・ジュリアンなる役者で、彼はこの舞台の中で二〇回も姿形を変えて登場する他、ショルメス役をアンリイ・ウーリイ、ガニマール役を喜劇俳優のモリセイが演じている。

また、この戯曲の中でルパンが想いを寄せる女性の名前がミス・モード・クラークで、発表されたばかりの『８１３』の中で、ルパンが回想する過去の恋人たちの中に初めてその名が登場したミス・クラークの逸話として書かれているのが興味深い。ルブランはルパンの口から彼女の名前を語らせながら、一度も彼女が登場する作品を書いていないからである。『813』の中でその名前だけが登場した謎の女性については当時の読者も気になる所であったろうし、その名をいち早く取り入れてこの戯曲のヒロインとして登場させているのが面白い。あるいは、『813』の連載中にこの台本が既に書き上げられており、それを読んで気に入ったルブランが、自作にこのヒロインの名を登場させたのかもしれない。

この舞台の脚本は最近になって英訳本が刊行されたが、探偵のショルメスをホームズに置き換えた翻案物なので、どの程度までが原作通りなのか定かではないが、これによって同作の入手が容易になり、手軽に読む事が出来るようになった事には素直に喜びたいし、実際に読んでみてなかなか面白かったので、邦訳が出るのを期待したい。

一九一三年には、「戯曲アルセーヌ・ルパン」が上演されたアテネ座において、その戯曲のヒロインであったソニアを主人公にした「謎の手」という三幕物の喜劇が上演されている。フレッド・アミイとジャン・マルセルによって書かれたこの作品は、その年の一月九日に封切られ、近未来を舞台にして描かれた本作では、ルパンは他界しており、その恋人であったソニアがマダム・ルパン、もしくはロベール未亡人の名で登場し、夫の亡き後、アメリカに渡った彼女は一人の美しい娘と暮らしており、ルパンにそっくりな手口で盗みを働くのである。そんな彼女を捕らえようと、これにもゲルシャールが登場している。設定が近未来なので、これにはテレビ電話や、リドラヴィオンなる乗り物（恐らく水上飛行機を指す造語と思われる）が出てくる。偶然なのか、この喜劇が封切られた翌月の「ジュ・セ・トゥ」には同じソニアの出てくるルパン物の短編「白鳥の首のエディス」（短編集『アルセーヌ・ルパンの告白』に収録）が発表されており、同号にはソニアを演じたオーギュスティーヌ・ルリッシュ夫人のイラストを添えてこの舞台を紹介している。そのイラストを見る限り、とてもスマートとは形容し堅い老けた小太りのソニアとなっており、明かりに照らされて壁に大きく写った彼女の手の影が描かれていて、タイトルの「謎の手」を暗示している。

一九〇九年に刊行されたルブランの作品『奇巌城』の中では、ソニアは宝冠事件の後に無残な死を遂げた事が語られおり、「白鳥の首のエディス」はそれ以前の話として書かれているのだが、これ程迄にルパンに関わった女性の中で唯一、ルパンと結婚していない女性なので、舞台に限って設定が変更され、この薄幸なロシア女性がルパンと結婚をし、一児の母として登場することになったのは、大ヒットした前作のヒロインとしてあまりにも有名な彼女に対し、多くのファンが抱えていた同情の気持ちを考慮してのことなのかもしれない。

この後、ヨーロッパ各地を巡業していたアンドレ・ブリュレ主演の「戯曲アルセーヌ・ルパン」がパリに戻り、一九一二年の七月には元のアテネ座でこれが再演されて、この舞台ではブリュレに代わってブルッスがルパンを演じたが、その評判が落ちるような事にはならなかったという。

これ以降、第一次世界大戦を挟んでしばらくルパンは舞台に登場しなくなり、代わりに幾つかのルパン映画が作られているので、できることなら詳述したい所だが本項の主旨にそぐわないので別の機会に譲る。フランス本国でルパンが再び舞台に登場するのは一九二〇年代に入ってからで、その全てがクロワッセとの合作による四幕物の「戯曲アルセーヌ・ルパン」であり、また、主演もブリュレの物がほとんどであった。

この頃にはルパン・シリーズの邦訳が広く読まれるようになっており、一九二〇年にアメリカで製作されたスコット・シドニー監督のルパン映画『８１３』がその二年後に日本でも公開され、その翌年、新派の伊井蓉峰一派が同作を舞台化して本郷座で上演している。

脚色を担当したのは田中総一郎で、舞台の制約上、作品の舞台を全て日本に置き換え、同作の名場面の一つであるドイツ皇帝の登場箇所も一切省いており、ややスケールの小さな物になっていたようだが、代わりに電気仕掛けの密室装置や地下室の場面によって観客の興味をあおり、原作の結末を変更して田中なりの教訓を最後に加えたとの事で、主演のルパン役は勿論伊井蓉峰であった。

この本郷座の舞台は連日大盛況だったらしく、これを映画化したのが、かの名匠、溝口健二監督であった。溝口は田中総一郎の脚本を映画用に書き直し、「翻案脚色田中総一郎　映画脚色溝口健二」としてこれを公開した。これには南光明がルパンを演じており、南は一九二七年の映画『茶色の女』でもルパンを演じている。

一九二九年には寶塚国民座が舞台「アルセーヌ・ルパン」を上演しており、森英治郎がルパンを演じたとの記録があるが、その内容についてはまだ未確認で、ご報告できないのが残念である。

翌一九三〇年には、本国フランスでは三幕四場のオペレッタ「銀行家アルセーヌ・ルパン」がテアトル・デ・ブュッフェ・パリジャンで上演されている。台本をイヴェ・ミランドが担当し、マルセル・ラッテが音楽を担当した。このオペレッタはこれに主演したコヴァル（ルパン研究家のドゥルアール氏はこの名をコワルとしているが、筆者が所持しているこの舞台の当時のパンフレットや楽譜集にはコヴァルと記されているので、何かの間違いと思われる）が企画した物で、この企画の実現の為、この初演の二年前にルブランを尋ねてパリのポンプ街の屋敷に赴いて承諾を受け、その企画を実現した物である。初演は三月七日、楽譜集がその九月にサラベール社から発売されている。

これにはルパン役のコヴァルの外に、若かりしジャン・ギャバンも出演しており、ルパンに憧れる二人組の強盗の一人として登場し、後にルパンの手下となる役柄を演じている。この舞台において彼が担当した楽曲のレコードについて紹介した翻訳家の矢野浩三郎はその歌詞から彼が主役のルパンを演じたのだと記している（偕成社版アルセーヌ・ルパン全集第一二巻「虎の牙 上」の同氏の解説参照）が、これは間違いである。現在、その歌声はＣＤでも聴くことができるが、矢野氏が紹介している楽曲の楽譜は発売されておらず、この歌の歌詞を翻訳紹介した貴重な資料なので、興味のある方には一読をお勧めする。

またレコードとして残っているのはギャバンの物だけでなく、主演のコヴァルが歌った「ルパン行進曲」もあり、これも現在ではＣＤで聴くことができる。

ついでなので、舞台の粗筋を紹介しておこう。

しばらくなりを潜めていたルパンは新たな冒険を計画し、数多のお得意に巨額の配当を分配しているブールダン銀行に狙いを付ける。そこには後にルパンの手先となる感じのいい泥棒がおり、彼は主人のフロと共に電信電話局の職人に変装して銀行の電話に細工をしようとたくらんでいた。ルパンはイギリスの富豪、ターナー卿と称して銀行に姿を現し、二百万フラン相当の為替を差し出す。と、その時、けたたましく鳴り響いた電話のベルの音に彼は驚かされ、預金施設になにやら問題が生じた事を悟る。この状況から脱する為、口実を述べて土曜の朝は銀行の窓口がしまっているからと言って為替を取り戻す。

その正午、ブールダンが国外へ出掛けるのを利用して、彼になりすましてしまう。

銀行家そっくりに変装したルパンは、頭取のミルペルテュイをを呼び付け、金庫に収められているリスター卿に支払われる筈の氏の財産を全て集めさせ、それを持ち逃げしようとする。ところが丁度その時、一人の若い女性が入ってきて、その金品を見てみたいと言い出してきかなかった。彼女の名はフランシーヌ、ブールダンの姪であった。数年前より一家の悩みの種であったマドモアゼルだ。彼女が銀行の中に響き渡る程の大声で駄々をこねるのを見かねた一同は、彼女の言い分をその伯父（実は変装したルパン）に伝える。

彼女は大ダイアモンド商の息子であるクロード・ルグラン・ジョリイと婚約をしいるのだが、それが破棄になるのではないかと心配しているとの事であった。

ルパンは彼女の告白に心を動かされ、若くて美しいその姪の魅力に引き付けられてしまう。彼は銀行ビジネスは容易い商売ではないことを言い聞かせ、その証拠をさししめそうとする。

ルパンは新聞各紙に広告を打ち、来週の月曜、銀行は全ての口座の預金を払い戻すと発表する。

その土曜日の内に二四万フラン以上の金が返金された。
ルパンは一日にして巨額の金を手に入れる必要はない様子。ではいったい、彼は如何にしてそれらを手に入れる事ができるのか？　銀行家ルパンの手腕が披露されるのを待つしかなく、観客は舞台に釘付けになるのだった。

と、少しわかり辛いかもしれないが、記録として留めさせてもらった。
ルパンの舞台はどの作品も常に成功し、このオペレッタの楽譜集やレコードも良く売れたという。この七年後、実は日本でもオペレッタ「アルセエヌ・ルパン」が上演されている。これに主演したのはかの喜劇王、エノケンこと榎本健一である。これは当時人気絶頂だったエノケン一座の芝居小屋であった「浅草松竹座」で同年の一月三〇日から二月一一日までの約半月間演じられたもので、作者は座付きの菊谷栄であった。その内容については「演劇画報」の昭和一二年三月号に掲載記事があるので紹介しておく。

第三オペレッタ「アルセエヌ・ルパン」（菊谷栄作）は、教師に化けたギャングのルパン（榎本）が反省を促すために紐育（ニューヨーク）に出没して、ギャングの親分等（柳田、北村、吉川等）の子供を誘拐する。音楽好きでノンビリした探偵（二村定一）が、楽譜からヒントを得て犯人を探し出すといふ筋。ルパンが親分に仁義を切る所で「お控えなさんせ」を唄でやるのがエノケン式にござんす。

この後、ルブランが亡くなる一九四〇年代までに上演されたルパン物の戯曲は常にクロワッセと書いた四幕物「戯曲アルセーヌ・ルパン」で、他の作家による作品の上演記録は見当たらないが、「宝塚グラフ」の一九九三年の一二月号には、ルブランの『八点鐘』の一編、「ジャン・ルイ事件」を脚色した月組公演「八点鐘〜怪盗ルパンシリーズより〜」の予告記事がカラー見開きで掲載されており、ルパン役の真琴つばさと、ヒロインのオルタンス役の万里沙ひとみの衣装姿が紹介されていたが、実際には上演されなかったとの事。後の一九九五年には、江戸川乱歩が自ら創造した探偵の明智小五郎とルパンを対決させた長編小説が同じ宝塚歌劇団によって脚色され、「結末のかなた」と題したミュージカル仕立ての作品として登場している。この舞台はその年の四月二二日から五月六日にかけて宝塚バウホールで上演され、明智探偵役は姿月あさと、ルパン役は成瀬こうきが演じており（ルパンが翻案の形で紹介された頃、アルセーヌの音を取ってその名を成瀬という日本人名に置き換えた物があるので、ルパン役が同じ名字の成瀬こうきが演じているのが面白い）、好評を受けてシナリオに若干の修正が加えられ、翌一九九六年にも日本青年会館大ホール（五月二五日〜六月三日）や愛知厚生年金会館（六月七日〜九日）で再演されている。また、同年の一一月二二日には、フランス本国で、ジレ・グレイゼ脚色による「アルセーヌ・ルパン 空洞の針の秘密（奇巌城）」が、ジュヌ・スペクトゥール座で上演され、同作は翌年の三月四日にも、ジュモンのカルチャー・センターで再演されている。

二〇〇一年には再び日本においてルパン絡みの舞台劇が公開されており、月触歌劇団による

「怪盗ルパン――満州奇岩城篇――」がその年の五月に大塚の萬スタジオで公開されている。高取英によるこの作品には明智小五郎や小林少年、少年探偵団等が登場する他、ルパンとの対決経験のあるイジドールまで登場する。また、これには続編の「ルパンvs少年探偵団 怪魔・二十面相共和国」が存在し、こちらは翌年の五月にザムザ阿佐ケ谷で公開されている。作者は前作と同じ高取英で、これには怪人二十面相も登場する。これらの二作はルパンや乱歩の作品から登場人物を借りてきて、実在の人物や史実を絡めた作品であるが、我々の期待するような作品ではなかった。

以上、ルブラン以外の作家によるルパン関連の劇作を年代順に紹介してみたが、フランスに次いでルパン・シリーズが親しまれている日本とはいえ、これほどまでに古くからルパンが舞台劇として何度も登場していたことはあまり知られていないようだ。しかしながら、フランス本国で何度もリバイバル上演された本書収録の四幕劇「戯曲アルセーヌ・ルパン」は一度も日本では演じられていない。

ルパン、ルブランの伝説とその真実

ルパン・シリーズの最初の作品「アルセーヌ・ルパンの逮捕」が発表されてから既に百年が経過しているが、この間、ルパンやルブランにまつわる様々な伝説が語り継がれ、フランス本国に次いでルパン・シリーズが愛読されている我が国にも、それらの多くが断片的に伝えられてきた。しかし、それらの伝説の中には、事実とは異なるものも少なくない。

ここでは、多年にわたる研究によって、その真実が明らかになっている伝説や逸話について、少しばかり紹介しておこうと思う。

まず知っておかれるべき点は、誤った形で今日まで語り継がれてきた幾つかの伝説の背景に、純文学作家としての成功を夢見ていたルブラン自身が、大衆小説で有名になった事に対して不満を感じていたという事実がある事、そしてそれ故に、ルブランが自分の事にはあまり口を開かなかった事、また、ルブラン自身の記憶違い、もしくは自らの経歴を少し脚色して語っている事に対し、誰もその事実を確認してこなかったという点がある。それればかりか、女優として兄よりも先に有名になったジョルジェット・ルブランが、自らの経歴を脚色して公言し、それについて兄は何も意見せず、この二人は、自分たちのまわりに様々な伝説があることを面白がっていたという事実も、これらの伝説がまことしやかに語られ続けた要因の一つと言える。

ルパンの創造者であるルブランについては、彼が創り出したキャラクターの知名度とは対照的な程、ルブランが活躍していた時代ですら、ほとんど何も知られておらず、一九二五年にフランスで発行された図書目録には、ルブランは一九二三年に没したと記されている程だ。これは、同姓同名の化学技師と混同された為に起こった間違いで、人名事典等にも、この化学技師の写真が、作家のルブランの項に掲載されていた事すらある。

ルブランについての真面目な研究は、フランスのミステリ物の三大ヒーローであるルパン、ファントマ、ルールタビーユとその原作者について書かれた、アントワネット・ペスケとピエール・マルティの共著『悪漢達』によって紹介されたものが有名だが、これはルブラン自身が語った事やジョルジェットの『回想録』からとった情報が多く、間違いだらけの本になっている。しかしながら数少ないルブランに関する文献とあって同書に収められた情報が大変貴重な物とされ、これによってルブランに関する誤った情報が流布する事となり、今日まで引用され続けてきたのである。

前置きが長くなったが、以下、これまで誤って伝えられてきた伝説や作品情報について、現在明らかになっている事実を記しておく。

1、ルパンは発表当時ロパンだった？

古くから伝えられた伝説の一つに、ルパンの最初の作品が発表された際、この怪盗の名前が、ルパンではなくロパンで、パリの旧市議会議員でジャーナリストとしても活躍していたアルセーヌ・ロパン氏から同名の怪盗が主人公である事に対してルブランに抗議があり、その結果、ロパンをルパンに変更したのだというものがあるが、これは全くのでたらめで、雑誌「ジュ・セ・トゥ」の一九〇五年七月号に掲載された第一作「アルセーヌ・ルパンの逮捕」ではタイトル通りルパンは初めからルパンとして登場しているばかりか、この作品が掲載される事に関しては「ジュ・セ・トゥ」に何の広告や予告も載っておらず、一般人がこの作品の発表前にその内容や主人公の名前を知り得る事など不可能な話である。

知的で、寛大な人物であった当のロパン氏は、この自分の名前にそっくりな怪盗の物語が世間の話題となり、自分の名前がこれに似ている事についてどうこう言われようと、何の抗議もしなかったとの事。ただ周りの者が面白がって噂になっていただけで、その噂が当時の文芸評論家によって広められ、元々はロパンであったのが、彼の抗議によってルパンに書き換えられたのだというまことしやかな噂が今日まで事実と信じられて伝えられてきたに過ぎないのである。

2、ルブランの出産に立ち会った医師はフロベールの父だった?

モーリス・ルブラン(以下モーリス)がしばしば語ったところによると、彼の出産に立ち会ったのは、彼の故郷ルーアン(かのジャンヌ・ダルクが火刑に処された地として知られている)で有名だった医者で、ルブランが憧れていた作家、フロベールの父であったとの事だが、フロベールの父はルブランが生まれた頃には既にこの世の人ではなく、ルブランの出産に立ち会える筈がない。実際にルブランの母の分娩に立ち会ったのは、フロベールの兄で外科医のアシル・フロベールだった。彼はルブラン家の近隣に住んでおり、当時はルブラン家の家族医でもあった。モーリスは尊敬するフロベールやその家族と交流があることを誇りに思い、自慢にしていたらしく、後に自分の経歴を尋ねられた際、自分の出産に立ち会ったのが、かのフロベールの父だと語ったのは、フロベールの家族と交流があり、地元で有名だったこの医者によって取り上げられたと語る事で、尊敬する作家やその著名な家族といかに親交があったかを印象づけ、自分が純文学畑の作家である事をほのめかしたかったのだろう。

3、ルブランの家系は、イタリアからの帰化人か?

幾つかの文献によると、ルブランの家系（モーリスの父）は、イタリアからの帰化人だとの事だが、モーリス・ルブランの伝記を著したジャック・ドゥルアール教授の綿密な調査に基づく研究報告によると、これは全くの間違いであるとの事。この伝説の出所は、ジョルジェット・ルブランの著書『回想録』で、彼女はこの自著の中で、自分にはイタリア人の血が流れていると、自らのプロフィールを脚色して書き留めており、これが世間一般に流布したため、多くの人にこれが信じられて来たのである。また彼女の妖艶な容姿も、この脚色されたプロフィールを人々に信じ込ませるのに効果があった様だ。

実際には、モーリスの父エミールはルーアン出身だし、母のブランシュもノルマンディーの良家の出身である。

4、ルブラン家は代々回船業を営む裕福な家庭だったのか？

ルブラン家の家業については、モーリスやジョルジェットが語っているように、彼らの父は船主だったと伝えられ、代々営まれてきた回船業であると記されてきたが、これにも少し誤りがある。彼らの父エミールの仕事は、イギリスから船で輸入された石炭の卸売業で、ルーアンの郊外に沢山あった工場からの需要もあって、一代で会社を興して成功した人だった。彼の父でモーリスの祖父のトーマスはルーアン生まれの馬車の塗装職人だったし、曾祖父のフィリップは同じ地で石工をしていた。モーリスの父エミールは、仕事仲間で海運業と石炭業を営んでいたアシル・プーラン・グランシャンの義妹で、八歳で両親を亡くし、乳母に育てられた後、グランシャン家にやっかいになっていたブランシュ・ブロイと結婚するのだが、彼女には亡くなった両親から受け継いだ財産があり、これをうまく運用することで、エミールの仕事は益々繁盛し、大きな屋敷に住むことができるまでになったのである。その後、幾つかの商売仲間と会社を合併させては商売の手を広げ、一九世紀の末頃には、妻の伯父のグランシャンの会社とも合併し、スコットランドから石炭を船で輸入して販売するルートを開拓し、船主にまでなったが、その仕事の主だった物は石炭の卸売であった。優しかったモーリスの母ブランシュは社交家で、会社の合併にも一役買って夫を陰で支えていた様だが、生まれつき体が弱く、モーリスが二〇歳の時にこの世を去った。そして父のエミールも、モーリスがルパン・シリーズを発表する数カ月前に亡くなったのだが、モーリスはまだ売れない作家でありながらも、作家としての夢を捨て切れず、長男でありながら家業を継ごうとはしなかった。

5、ルブラン作の幻のラジオ向け放送台本とは？

一九三六年、当時のパリにおいて最も聴かれていたラジオ局といわれていたラジオ・シテは、同局のプログラム「ラジオ放送週報」において、「著名な物語作家であるモーリス・ルブランがマイクロフォン放送の為に特別に書き下ろした一連のラジオ劇を放送する」と発表し、「これらの作品の主人公は当然ながらかの怪盗紳士であり、これによって新たなる舞台での活躍を始めるものである。これに際し、肉もあり骨もあるアルセーヌ・ルパン本人が、彼自身の役を演じる事となるであろう」としている。この「肉もあり骨もある」ルパン本人とは、本書によって初めて完訳紹介される「戯曲アルセーヌ・ルパン」においてルパン役を演じたアンドレ・ブリュレに他ならず、ブリュレはこれ以外にも、一九三九年の一月八日に放送された同局による番組と、その翌日にラジオ・ルクセンブルグで放送された番組（恐らく同じ物）でもルパンを演じている。一九三六年のラジオシリーズは同年の二月から四月の毎月の最終金曜日に放送され、第一話が「アルセーヌ・ルパンの逮捕」、第二話が「ネリー、アルセーヌ・ルパンに再会す」、第三話が「エメラルドの指輪」であった。この三作品の内、第二話のタイトルが現在のラジオ・シテの資料には「ペギー、アルセーヌ・ルパンに再会す」と記載されているらしく、この一話と三話と違い、既出のルブランの作品には存在しないタイトルであった為、これを発見したフランスのミステリ文学の研究者であり、ルパン・シリーズの書誌を最初に公の形で紹介したフランシス・ラカサンによって、唯一の未知のラジオ脚本であるとして他の二作については言及せずにその存在を公表した。しかしながら、他の研究者がこの当時のあらゆる出版物を調べ、番組表等によってこの詳細を確認した所、これが全三回のシリーズであった事、そしてタイトルの「ペギー」は「ネリー」であった事を突き止め、第一話でネリーを演じたと思われるシモーヌ・モタレの名が全作品にある事も確認し、この作品のタイトルが誤って報告されていた事を報告したが、当のラカサンやラジオ・シテはそれを認めなかったらしい。ラカサンはラジオ・シテの資料によって確認したのでこれは間違いないものだと主張しているらしいが、このラジオ局が入っている建物は一九七二年の九月二七日に火災にあい、同局の放送記録は全焼しており、後に自局の放送リストを作成した際に手違いがあって「ペギー」と記録されたのに違いなく、現在では「ネリー」が正しいと一般に認められている。また、その原作についても、ネリーがルパンと再会する有名な作品であって、未知の作品ではないと目されている。この問題の作品をラカサンの書誌より日本に紹介したのは江戸川乱歩の親戚で、フランス・ミステリの歴史研究でも知られる松村喜雄であったが、氏がこの作品について紹介した際、タイトルを誤訳して「ペギー、新アルセーヌ・ルパンに会う」として紹介した為に、全くの未知の作品であるかの様な印象を与え、多くの日本のルパンファンがその作品原稿の発見と翻訳紹介を渇望した物だが、その内容はまず間違いなく、日本でも良く知られた、英国の探偵とすれ違ういわく付きの短編を、ラジオ用に書き改めた物に過ぎず、特に珍重される程の作品ではなかったのである。

アルセーヌ・ルパン・シリーズの歴史

モーリス・ルブランによって生み出された怪盗ルパン・シリーズは、二十数ヶ国語に翻訳され、発売されてから百年以上もの間、世界中で読み継がれてきた冒険探偵小説の傑作シリーズである。しかしながら、ルブランやルパン・シリーズについて本格的に研究されるようになったのはまだ最近の事であり、書誌学的な研究も、一九七〇年代になってようやく本国の研究家によって取り組まれた。また、この分野の研究成果を最初に公表したフランシス・ラカサンの書誌は、フランスにおけるルパン・シリーズの出版の歴史を知る上で大変重要なものであり、松村喜雄がこれを我が国に紹介した事によって、日本のファンにもその詳細が知られるようになった。とはいえ、この三〇年も前に発表された書誌には間違いも多く各作品の初出データについても、不詳とされていたものが多く、かつ、それを松村が「書き下ろし」と紹介した為に、長い間、日本ではその情報があたりまえの様に信じられ、引用されてきた。フランス本国では随分前から、単行本として発表されたルパン・シリーズの作品の初出は全て明らかになっているし、その後の研究調査によって発見された作品や、新たに明らかになった情報も少なくなく、本国では逐一その詳細が報告され、より詳細な書誌が公表され続けている現状に比べ、日本では、その詳細が発表された書籍を参考文献として挙げたものがあるにもかかわらず、全く参考にされず、三〇年前のラカサンの書誌がそのまま使われている片手落ちな書籍が堂々と出版されている様な状況である。

よく、ホームズの研究書は沢山出版されているのに、なぜルパンやルブランについての研究書が、これだけルパン・シリーズが親しまれている日本で出ていないのかと問われるが、その理由の一つは、フランス本国における本格的な研究が始まったのが近年になってからであることと、日本の出版界がルパン関連の書籍の出版に対する姿勢が前向きでないこともその要因である。長年ルパン研究に携わっている関係で、筆者は機会があるごとに出版社やテレビ局等への協力を惜しんで来なかったし、写真集やルパン展の企画にも参加してきたが、出版社や企画者側のルパンやルブランに対する認識が非常に浅く、担当者の怠慢などもあって実現に及んでいない企画が幾つもあった。ルパンの登場百周年に企画していたリファレンスブックとしての機能を兼ね備えた読本、あるいは研究書の部類に属する物の企画提案も二、三試みてきたが、儲け第一の出版界に受け入れて貰えなかったのであって、我々日本の研究者の怠慢によってこの様な現状になっているのではない事を明言させて戴く。その証拠に、筆者を初めとする日本のルパン研究家の研究成果は、今日のフランス本国に於ける研究にも少なからぬ影響を与えており、フランスでは未発表であったルパン物の作品の紹介や、日本に残されているルブランの肉筆の書簡やタイプ原稿等の紹介も行ってきたし、ルブランの遺族にも協力して、ルブランが夏の間を過ごす際に使っていた別荘の一般公開の企画にも参加してきた程である。しかしながら、我々の活動について日本の出版界が興味を示さず、ほとんど何も取り上げて来なかったのだという事を知って戴けたらと思う。

本稿では、最新の研究成果を元に、これまであまり語られる事のなかった、フランス本国におけるルパン・シリーズの歴史について、出版史を中心に書き留めておこうと思うが、シリーズの流れを紹介する都合上、本書の解説文と重複する部分が若干ある事をご容赦戴き、ルパン研究の一助としていただければと思う。

モーリス・ルブランはフロベールやモーパッサンの様な作風の作品でデビューし、登場人物の心理描写に重きを置いた純文学で名を馳せようと意気込んでいたが、彼の初期の作品群は、一部の文芸人からは称賛を受けたものの、一般的にはあまり評価されなかった。もともとスポーツ好きなルブランは自転車に熱中するようになり、自転車称賛小説とも称される、『そら翼ができた』（自転車だけでなく、自動車や飛行機をもテーマにしている）といった作品や、スポーツを主題にした作品を手掛けるようになり、文芸人の自転車クラブの一員になって、そのクラブの幹事だったジャーナリストのピエール・ラフィットと知り合いになる。このラッフィットという人物は、後にルブランをフランスのコナン・ドイルと言われるまでにした人物であり、その名を冠したピエール・ラッフィット社の社長であった。その当時、ラフィット社は、総合スポーツ紙「ラ・ヴィ・オー・グランデール」や、女性向けの「フェミナ」といった、挿絵や写真が一杯詰まった豪華な雑誌の数々を出版しており、一九〇二年には、フェミナ叢書の一冊として、『シャーロック・ホームズの冒険』も出していた。早くからホームズ・シリーズの人気に注目していたラフィットは、海の向こうでベストセラーになっているホームズと、そのシリーズを掲載していた「ストランド・マガジン」にも関心を寄せており、「ストランド・マガジン」や、フランスの大出版社であるアシェット社の文芸雑誌「レクチュール・プール・トゥース」を模範にしながら、より内容の充実した雑誌の出版を計画し、それを実現したのが「ジュ・セ・トゥ」(〝私は何でも知っている〟の意)という雑誌であった。この雑誌の副題は「家族の百科事典的雑誌」とされており、文芸作品のみならず、政治や経済、スポーツや芸術、発明や発見の報告に秘境の探検記や海外の文化紹介等、万博の影響も感じられる様なありとあらゆる分野の記事が、全て写真やイラスト入りで紹介され、記者は世界中を飛び回って取材をしているという、当時としては本当に画期的な物凄い雑誌であった。この雑誌にはまるでミシュランのビバンダムの様なマスコット・キャラクターまでいて、頭が地球儀になった人型のキャラで、燕尾服をお洒落に着こなして、こめかみに人差し指を当てて、「地球上の事なら、私は何でも知っている」と言わんばかりのポーズで有名であった。

ラフィットは文芸人による自転車クラブで知り合い、彼の片腕のマルセル・ルルーの親友でもあったルブランに、この雑誌の為に冒険物を書くことを提案する。純文学での成功を夢見ていたルブランにはあまり気乗りのしない仕事ではあったが、再婚も控えている身でお金が必要であったことや、友人のルルーの勧めによる後押しもあって、「アルセーヌ・ルパンの逮捕」と題した読み切り短編を書き上げた。ラフィットはこれを気に入り、すぐさま、創刊したばかりの「ジュ・セ・トゥ」にこれを掲載した。これはあまりにも急に成された決断であった様で、この作品が発表された雑誌の前月の号には何の予告もなく発表されている。(因みに、その前月の号にはドイルの「踊る人形」が訳載されていた)。

時は一九〇五年、多くの人が関心を寄せた盗賊、アレクサンドル・マリウス・ジャコブ（ヤコブ）の裁判が、この作品の発表の数カ月前に行われたことも手伝って、この希代の盗賊、ルパンの活躍する物語は、当時の読者の心を捉え、予想以上の反響を得ることとなった。この年の初めにはモーリスの父が亡くなり、前年の暮れには、かねてより密かに交際していた女性の離婚が成立し、堂々と彼女を妻に迎え入れることが出来る様になるなど、モーリスの身辺に様々な出来事が立て続けに起こった年であった。ルブランの作品の評判に気を良くしたラフィットは、モーリスに続編の執筆を促した。しかし、モーリスは一作きりのつもりで書き、主人公を逮捕させてしまっているからと言ってこの申し出を断わったのだが、「それなら脱獄させればいい」などと言って、ラフィットはしつこい位に何度も手紙を書いてモーリスを説得した。その結果、再婚して間もない頃でもあり、生活の為、モーリスはこの説得に応じることになる。彼はルパンを脱獄させる為に警視総監の元へ意見を求めに行き、裁判所や刑務所を見学した他、発表前には書き終えたばかりの原稿を総監の元へ送り、警察の人々を皮肉りすぎていないか、失礼な表現がないかどうか等を問うたという。総監は何のコメントも添えずに名刺一枚を添えて原稿を返納してきたらしく、ルブランはこの出来事を回想して「この脱獄は不可能であると判断せざるを得なかった」と書いている。ルブランはこの総監の沈黙の返答にもめげず、知人の警察関係者にも原稿を見てもらって助言を乞い、作品を仕上げてパリに上京した。続編の数々はその年の暮れから「ジュ・セ・トゥ」に発表されることとなり、創刊当初から二万部を超す発行部数を誇っていたこの雑誌はさらに売上を伸ばし、謎の泥棒「ルパン」の活躍する物語りはたちまち人々の話題となった。

ルブランが発表した初期の短編の中で、最も人々の関心を引き、物議を醸し出したのは、「遅かりしシャーロック・ホームズ」である。希代の怪盗と世界一有名な探偵の対決は、読者の多くが期待したものであったろうし、商業的なもくろみもあって書かれた思われるこの作品の登場によって、ルパンはホームズと肩を並べるキャラクターへと昇華し、その人気に拍車がかかることとなる（それも、ルパンにこの偉大な探偵が自ら語った彼の先祖の名とそっくりな偽名をルパンに使わせて……）。しかしながら、この作品でホームズが無断で使用された揚げ句、ルパンに手玉に取られている事に腹を立てたホームズの創造者ドイルから抗議の手紙が届き、ホームズの使用を止めるように言われてしまう。

このドイルの抗議に答えるかのように、次に掲載が予定されていた『奇巌城』の発表を後回しにして（一九〇六年三月一五日発行の「ジュ・セ・トゥ」に同作の掲載予告があった）、「金髪婦人」と題した作品を発表し、ホームズのファーストネームの頭文字のSをファミリーネームの頭に移しただけの名前を持つイギリスの名探偵を登場させ、その助手にはワトソンに代わってウィルソンなる人物を配し、ルパンと対決をさせてからかい、フランスが敗北したトラファルガーの海戦をも引き合いに出して、その逆の目に遭うぞなどと、このイギリスの探偵を挑発したりしている。ある研究者の研究では、ホームズ以前にフランスで書かれたマキシミリアン・エレールという探偵の活躍するアンリ・コーヴァンの作品において、主人公の探偵談を語るのがその親友の医者であり、またその名前がウィクソンであることから、ワトソンをウィルソンにしたり、この作品におけるルパンの変名のファーストネームがマキシムとなっているのは、このホームズとワトソンのモデルと思われる作品の登場人物に似た名前を使用する事によって、ルブランに目くじらを立てたドイルに対し、ホームズシリーズがフランスの作品からその設定を盗用している事を示唆して、これによってドイルに仕返しをしているのだと説いている。

イギリスの探偵と真っ向から対決したルパンの人気は益々高まり、ルブランの元には新聞社や読者から取材や質問の手紙が数多く寄せられ、多くの人々から「どのようにしてルパンと知り合ったのか」と聞かれる様になる。信じられないかもしれないが、この頃、ルパンは実在の人物なのだと多くの人々が信じていたのである。ルブランはこの読者の興味を満足させる為（あるいはルパンの存在があたかも実在の人物であるように思わせる為）に、「ハートの7　私は如何にしてアルセーヌ・ルパンを知ったのか」という短編を発表した。これには「金髪婦人」の挿絵を手掛けたA・ド・パリイの挿絵が添えられており、そこに描かれた物語の語り手である「わたし」の顔はルブランそっくりに描かれていた。作品にはこの「わたし」の名前は一度も登場しないものの、これによってそれがルブラン本人であると思わせる事となり、ルパンは実在すると多くの人が信じ、以後三〇年にもわたって、富裕階級の人々がこの怪盗を恐れることになった。この様な演出の効果もあり、わずか二年足らずで、ルブランは大変な人気作家になった（ただし、本人は純文学から大衆文学の世界へ身を落としたと考えていたようだが）。この頃、現在知られている最も早い時期に発表されたルパンの英訳が、アメリカの雑誌「トランス・アトランティック・テイルズ」に連載されている。

一九〇七年の六月、「ジュ・セ・トゥ」に発表された短編が単行本としてラフィット社から出版された。この時、ルブランはルパンの肩書を怪盗紳士（紳士強盗）としてその本のタイトルとした。赤茶色をしたこの本の表紙を飾ったのはアンリ・グッセによるイラストで、シルクハットを被った髭の紳士を大きな手がつかもうとしている絵柄になっている。この構図は後のラフィット社の雑誌サイズの普及版『アルセーヌ・ルパン対エルロック・ショルメス』（多くの国で『ルパン対ホームズ』と題されている）の表紙にも流用されたばかりか、この絵が日本のルパン叢書の表紙にも流用され、江戸川乱歩の『怪人二十面相』の表紙の構図もこれとよく似ている。また、巻頭にはピエール・ラフィットに対するルブランの献辞が添えられ、フランス・アカデミーの会員でコメディー・フランセーズの支配人だったジャーナリストのジュール・クラルシー（もしくはクラルティー。ミドルネームは「アルセーヌ」！）の序文も付されており、クラルシーはこの序文でルブランのこの作品を称賛している。初版本にはこの有名になったばかりの作家を宣伝する為と思われる、ルブランの写真まで添えられていた。この本は飛ぶ様に売れて、その夏のうちに二〇刷を超えている。また、その年の内にそのアメリカ版も出版され、ルブランの妹で女優のジョルジェット・ルブランと実質上の夫婦であったメーテルリンク（「青い鳥」等で有名）やジョルジェット本人の著作を英訳していたアレクサンドラ・テイグゼイラ・ド・マットスが翻訳を担当しており、これによってルブランの名声は海外にまで及ぶ事となった。このすさまじい人気にさらに追い打ちをかけるように、「ジュ・セ・トゥ」にはかのイギリスの大探偵ショルメスがルパンと再び対決する「ユダヤのランプ」が二回にわたって連載され、翌年の一九〇八年、ルブランは文学上の功績が認められ、レジョン・ドヌール勲章を授かる事となる。同じ年、「金髪婦人」と「ユダヤのランプ」が、一冊にまとめられ、『アルセーヌ・ルパン対エルロック・ショルメス』のタイトルで出版されている。この初刊本の表紙にはチェックの鳥打ち帽を被った探偵の顔と、その背後に、髭をたくわえたシルクハットの紳士の影法師が描かれており、このイラストは後に、同書の英訳版の一つ（幾つかの版がある）であるアメリカのドノヒュー社版の表紙と、同社の『怪盗紳士ルパン』の英訳本の表紙に流用されている。イギリスでは同作がマットスの訳によってリチャーズ社より刊行されているが、ドイルへの配慮から、探偵の名が、ホルムロック・シャーズに変更されていた。また、その年の一〇月には、ルパンは早くも戯曲になり、舞台に登場する。ルブランは劇作家のフランシス・ド・クロワッセと共同でこの戯曲を手掛け、ラッフルズ（コナン・ドイルの義弟が創造した怪盗紳士）の戯曲版を参考にしつつ、より大掛かりな作品に仕上げラッフルズを演じたアンドレ・ブリュレがルパン役を演じて大ヒットとなった。

大変な成功を収めたこの戯曲はすぐにイギリスでも上演される事となり、舞台に合わせて、この戯曲台本がルブランの許可の元、作家のエドガー・ジェプソンによって小説化された。フランスでは、戯曲台本を舞台の写真入りで紹介する雑誌「イリュストラシオン・テアトラル」の一一五号で紹介され、この舞台が公開された同じ年、アメリカのエジソン社が、ルブランの承諾の元、八分の映画『怪盗紳士』を作っている。

「戯曲アルセーヌ・ルパン」の脚本は、一九〇九年にラフィット社から単行本になり、表紙には、耳覆いの付いた革の帽子にゴーグルを引っかけて、コートを着込んだ（当時の飛行機の操縦や自動車の運転をする際の定番コスチューム）ルパン役のブリュレが、中折れ帽にコート姿で、お酒落なマフラーを首に巻き付けた宿敵ゲルシャール警部役のエスコフィエのタバコにマッチの炎をかざしている写真になっている。ルパンが舞台化された一九〇八年の暮れから「ジュ・セ・トゥ」にはルパン・シリーズ最初の長編『奇巌城』の連載が始まり、翌年の三月に完結している。これには毎回、マユによる写実的な素晴らしい挿絵が付いていた。そしてこの連載中、「ジュ・セ・トゥ」主催のルパン・コンクールが開催され（これは、ルパン・シリーズの連続短編シリーズの連載中よりしばしば開催されていた）、ルパンに関する問題が提出されて読者がそれに回答を寄せるといった物だったのだが、これまでのコンクールの賞品は金品（貴金属等）だったが、この時はこの小説を飾ったマユの挿絵原画が賞品になっていた。『奇巌城』の単行本は一九〇九年にラフィット社から刊行され、真っ赤な表紙には両手でルパンの名刺を持ったイラストが描かれ、その名刺に、注射針の様な、中空の針が一本刺さった絵柄になっている。イギリスのアマルガメイテッド・プレスから同社のデイリー・メイル・六ペンス・ノヴェルズの一冊として発行された同書の英訳版の表紙はこれを真似ており、ルパンの名刺の代わりにこの作品に登場する暗号文に針が刺さった絵柄となっている。この版にはH・M・ブロックによる挿絵が付いているが、これと同じ挿絵が大正一年、二年に刊行された三津木春影による同作の邦訳書（厳密には翻案したもの）である『大寶窟王』前・後にも収録されている事から、この本の底本がこの英訳書であることが判明している。一九〇九年にはスペインで最初のルパン本『アルセニオ・ルパン』（スペインやイタリアでは、ルパンのファースト・ネームはArsenioとして紹介されている）も刊行されている。

翌一九一〇年、ルパン・シリーズの最高傑作と言われる『８１３』が「ジュ・セ・トゥ」を離れて、大新聞「ル・ジュルナル」紙に発表される事となった。新聞社はこの作品を大々的に宣伝し、この小説の名場面であるルパンとドイツ皇帝のカイゼルが出くわす場面をフランシスク・プールボが描いたカラーイラストのポスターを作り、連載初期には、同じ絵柄を表紙に使用し、この作品の第一章を収録したカラー版の特別号まで出してこの作品を盛り上げた。三月から五月までの三カ月に渡って連載されたこの大作は、六月にラフィット社から単行本になっている。深緑の表紙に大きく〈８１３〉と書かれた表紙で、その数字の下には、ルパンが犯行現場に残していくサインをイメージした〈アルセーヌ・ルパン〉の文字が印刷されている（これをそっくり真似た装丁の邦訳書も存在する）。このサインロゴは後にラフィット社のルパン叢書の全ての作品の表紙を飾る事になり、表紙にイラストが描かれた初期の単行本からイラストが無くなり、このロゴとタイトルのみのシンプルな装丁に変更されている。この『８１３』の初刊本にはこの作品に登場するルノルマン警部が過去に解決したという「ドルフ男爵事件」についての注釈が付いていて、近く、その詳細が発表されるとしていたが、この作品は結局発表されなかった。『８１３』は当初は一巻本であったが、一九一七年にラフィット社から出た雑誌サイズの普及版からは二分冊となり、前半を『８１３』、後半を『アルセーヌ・ルパンの三つの犯罪』とし、「ドルフ男爵事件」の注を削除した上、作品の内容に若干の修正が加わった他、反独感情を盛り込んだり、事件の設定が一九一二年であるとする一文が付け加えられたりしている（最初に発表された時点から考えると未来の事件の記録となり、同様に、ルパン物の処女作「ルパンの逮捕」の舞台となる客船プロバンス号も、発表時にはまだ処女航海を終えておらず、こちらも近未来を舞台にして作品が書かれていて、ルパンの事件簿作成を困難にさせている）。一九二一年には単行本版も二分冊になり、この時、前半のタイトルが『８１３　アルセーヌ・ルパンの二重生活』、後半が『８１３　アルセーヌ・ルパンの三つの犯罪』となるのだが、「ドルフ男爵事件」の注が元に戻っている。現在日本で刊行中の同作の堀口大学訳は、テキストは雑誌サイズの普及版で、注と副題のみ、この二分冊の物を利用している。

『８１３』が刊行された同じ年の一〇月、パリ最大の舞台であったシャトレ座で、ルブラン公認の戯曲「アルセーヌ・ルパン対ハーロック・ショームズ」が演じられ、ヴィクトール・ダルレイとアンリ・ゴルッスによるこの戯曲の脚本は、フィルマン・ディッド社から舞台の写真を入れた三二ページの小冊子の形で発行されている。内容はルブランの同名の作品とは全く別物で、これにはガニマールも登場する。この本は非常に入手困難な物だが、最近になってこの英訳本が出版され、容易に手に入る様になった。

時を同じくして、ドイツでは連続五編の映画『アルセーヌ・ルパン対シャーロック・ホームズ』が公開されており、ルブランの著作に基づいて製作されながら、探偵の名前がシャーロック・ホームズとなっており、著作権を完全に無視した作品であった。

一九一一年の二月、「ジュ・セ・トゥ」にある予告が掲載され、同誌の四月号より、連作短編シリーズ「アルセーヌ・ルパンの告白」を発表していくと予告された。そこに紹介された六編の短編の内、「蠟マッチ」と題された作品だけは発表されず、その変わりに発表されたのは、名作の呼び名の高い「赤い絹の肩掛け」であった。このシリーズ作品で最初に発表されたのは、「太陽のたわむれ」で、これを掲載した「ジュ・セ・トゥ」の表紙には、探偵とルパンの指人形を手にしたルブランが描かれており、ルパンの人形が手にしたランタンがルブランの顔を照らしている。見出しには「帰ってきたアルセーヌ・ルパン」と書かれており、同シリーズの全作品には、この当時最も人気のあった挿絵画家の一人である、マニュエル・オランツィの挿絵が添えられていた。この連作の掲載が終了した頃、パリのミュージック・ホール、シガル座にて、ルブランの一幕物の戯曲「アルセーヌ・ルパンの冒険」が上演された。この戯曲も好評で、「ジュ・セ・トゥ」誌は『告白』のシリーズに続いて、次回はルブランの戯曲を掲載すると予告していたが、これは実現されず、その脚本は、当時は発売されなかった。この為、この作品は幻の戯曲と言われて来たが、ルブランの伝記作者であり、ルブランの遺族の信任も厚い、ジャック・ドゥルアール氏の近年の調査により、ルブランの遺品の中からこの戯曲のタイプ原稿が発見され、一九九八年発行のマスク叢社版のルブラン全集の第一巻に初めて収録されて日の目を見た。

一九一二年の前半にはルパン物は何一つ発表されなかったが、九月からは再び「ル・ジュルナル」紙にルパン物が発表される事となる。掲載前に予告を打った号では、ルブランの顔写真を大きく掲げ、ルパン物の傑作の一つ『水晶の栓』の連載を宣伝している。この作品は連載が終了したと同時にラフィット社から単行本になっている。

同じ年の暮れから翌年にかけて、ルブランのルパン物は「ジュ・セ・トゥ」にも発表されている。それらの短編は『告白』のシリーズの続編の様なもので、一九一三年には、先に発表された

『告白』のシリーズの作品群と共に『アルセーヌ・ルパンの告白』のタイトルでラフィット社から単行本として刊行されている。この本はほぼ同時期に英訳本が英米で出版されているが、収録短編の数が一編多く、当時のフランスでは発表されていなかった「モルグの森の惨劇」と題した作品が収録されている。これは「探偵小説の父」とも称されるエドガー・アラン・ポーへのオマージュと取れる作品であり、同作は日本ではこの英訳書から訳出されて古くから親しまれてきたが、フランスではラフィット社からは発売されず、一九二七年の『フランスの作家達による愛』と題されたアンソロジーの一編として「山羊革服を着た男」のタイトルで発表されており、長い間、その存在が忘れ去られていた。

一九一四年、ルブランはアメリカの映画会社からの依頼を受けて長編『虎の牙』を書き下ろし、フランスに先行してダブルデイ社から刊行されたが、世界大戦の影響で映画の製作が遅れ、これが完成して公開されたのは一九一九年の事であった。フランスでは一九一四年にラフィット社から雑誌サイズの普及本シリーズにルパン物が入り、有名なレオ・フォンタンの表紙絵と「ジュ・セ・トゥ」を飾った挿絵を再録した『怪盗紳士アルセーヌ・ルパン』と『アルセーヌ・ルパン対エルロック・ショルメス』の二冊が発行された。これらは一フランにも満たない九五サンチームという安価で販売され、駅の売店やタバコ屋の店先で販売されたことから、その売れ行きには目を見張るものがあった。この二冊の裏表紙には続巻として、『奇巌城』や『８１３』、『アルセーヌ・ルパンの三つの犯罪』、『水晶の栓』、『ルパンの告白』等が挙げられていたが、これも世界大戦の勃発により、発売は延期となってしまい、先に刊行された二冊のハードカバー版のみがこの年に出版されただけであった。翌年、ルブランは戦争を題材にしたミステリ小説『砲弾の破片』（邦題は『オルヌカン城の謎』）を発表する。この作品は連載終了とともにA・ラプノの表紙絵付きでラフィット社から刊行されている。この作品にはもともとルパンは登場していなかったが、一九二三年にこの作品がラフィット社の雑誌サイズの普及版叢書に収録された際、主人公の枕元に立つルパンのシーンが加筆され、ルパン・シリーズの一作として数えられるようになる。また一九一五年は、ルパン映画初の大作『アルセーヌ・ルパン』がロンドンで封切られた年でもある。これはクロワッセと合作した戯曲の映画化で、ルパンを演じたジェラルド・エイムスは、一九二一年のイギリス映画『正義のラッフルズ』で、ラッフルズも演じている。

一九一六年には、パテ社によるアメリカで製作された映画で、連続冒険物の女王とうたわれたルス・ローランド主演の映画『赤い輪』（映画の邦題は『赤輪』）をルブランが脚色して小説に仕上げた作品が「ル・ジュルナル」紙に発表されている。アルバート・ターヒューン原作のこの映画は、日本でも公開され話題となり、淀川長治が幼少の頃に初めて一人で観に行った映画としてその思い出が語られ、映画の主人公の手に赤い輪が出て人格が変わるのを真似て、学校で『赤輪』ごっこをして遊んでいたとの事。その時の様子が、映画『淀川長治物語　サイナラ』で再現されている。同じ年、戦争の為に発売が延期になっていた雑誌サイズの普及版が新たなシリーズ〈冒険アクション小説叢書〉と名前を変えて再出発し、『奇巌城』、『８１３』、『ルパン三つの犯罪』、『水晶の栓』がこの叢書に入りその翌年には『ルパンの告白』も、このシリーズに加わった。この作品までの計七冊の普及版の表紙は全て、レオ・フォンタンによって描かれ、シルクハットに片メガネ（モノクル）姿のルパン像がこれによって定着し、またこれが諸外国の訳本に流用された事で、そのイメージは世界的な物となった訳だが、レオ・フォンタンがルパンを描く際のモデルとしたのは、舞台でルパンを演じて名を馳せたアンドレ・ブリュレであったに違いない。

一九一七年には、アメリカでもルパンの映画が製作され、ルパン役にアール・ウイリアムス、ゲルシャール役にブリンスリー・ショウを配した作品『アルセーヌ・ルパン』が公開されている。この年、ルブランは『砲弾の破片』に続く戦争を題材にした小説『金三角』を「ル・ジュルナル」紙上に発表している。この作品はこの時期にあって大変な成功を収めた。連載が終了した頃、ルブランはエトルタの町に疎開してたが、当時のエトルタはアメリカ兵の休息所と化しており、ルブランの作品のファンである兵士たちは、ルブランが近くに住んでいる事を知ると、彼の元に押しかけて、まだ公表されていないルパンの話を聞かせて欲しいと懇願したと伝えられている。『金三角』はアメリカでは久々のルパン物ということで、〈アルセーヌ・ルパンの帰還〉という副題を付けて出版され、フランスでも一九一八年にラフィット社から刊行された。この年、夏の間をエトルタで過ごしていたルブランは、数年前よりこの地に滞在する際に借りていた屋敷〈スフィンクス荘〉を買い取り、〈ルパン荘（ルパン園）〉と名付けてこれを改築し、『金三角』の成功を記念して、庭の芝生を三角に刈らせたりしたらしい。この年、次作のルパン物『三十棺桶島』を執筆中のルブランはタンカルヴィルを訪れた際に旅行鞄を盗まれ、新聞にその鞄を見つけた人があったなら、それに入れてあった『三十棺桶島』の原稿を、ル・アーブルのホテルに届けて欲しいとの懇願のメッセージを載せている。はたしてこれが無事にルブランの手元に戻ったのかどうか分からないが、この小説は一九一九年の六月から八月にかけて「ル・ジュルナル」に連載されている。そしてこの年、戦争の為に製作が遅れていた映画『虎の牙』がようやく完成し、アメリカで公開された。一〇月には『三十棺桶島』がラフィット社から刊行され、同社の「ジュ・セ・トゥ」には、ルブランのSF小説（空想未来小説）『三つの目』が二回にわたって連載されている。ルブランは先の戦争を題材にした愛国心溢れる作品を発表した事で、再度レジョン・ドヌール勲章を授かっている。

翌年、戦争の影響もあって本国での発表が遅れていた『虎の牙』がようやくフランスで発表された。アメリカでの発表から遅れる事実に六年、「ル・ジュルナル」紙はこの作品を、ジャン・ルーチエの挿絵付きで連載した。この新聞から直接翻訳をした保篠龍緒の訳文を掲載した「新青年」には、この原紙に載った初期の挿絵が再録されている。この年、アメリカではウェッジウッド・ノウエル主演の映画『８１３』が公開され、これは日本でも一九二一年に公開されている。

フランスではアンドレ・ブリュレ主演の「戯曲アルセーヌ・ルパン」のリバイバル公演が行われて大成功を収め、以降、毎年のように演じられるようになる。「ジュ・セ・トゥ」の同年九月号にはルブランとクロワッセの未公開の一幕物の戯曲「アルセーヌ・ルパンの帰還」がウンベルト・ブリュネルスキの挿絵付きで二回にわたって掲載された。この戯曲の後半を掲載した号には、ルブランのSF小説『驚天動地』の前編も掲載され、後編は次号に載り、一九二一年には『虎の牙』が「第一部　ドン・ルイス・プレンナ」、「第二部　フロランスの秘密」という副題のもとに二冊の単行本の形でラフィット社より刊行されている。「ジュ・セ・トゥ」の同年八月号には

「新青年」に原書の挿絵付きで翻訳紹介された短編「旅行用金庫」も掲載されており、同じ年の内に、『驚天動地』もラフィット社から刊行されている。また、同社の雑誌サイズの普及版叢書〈冒険アクション小説叢書〉からルパン物が独立し、「アルセーヌ・ルパンの素晴らしい冒険コレクション」として既刊分から挿絵を減らし、ルブランによって原稿に手が加えられ、これまで普及版になっていなかった作品もこれに収録される様になり、新聞連載で挿絵がなかった作品や『虎の牙』には新たに挿絵が描かれてシリーズに組み込まれていくこととなる。この間、ルブランの新ルパン・シリーズ『八点鐘』の作品群が、フランスに先駆けて「メトロポリタン」誌に英訳連載され、翌年まで続いている。一九二二年の一二月からは、これらの作品のフランスでの発表が始まり、その媒体となったのは、ピエール・ラフィットの手掛けた新聞「エクセルシオール」紙だった。この八つの冒険の連載最終回が掲載された翌年の一月二八日、「ル・ジュルナル」紙では準ルパン物（ルパン物の作品と物語がリンクしている作品）の『綱渡りのドロテ』の連載が始まっている。日本では『８１３』を脚色した舞台が本郷座で上演され、これをもとにした映画『８１３』を、かの溝口健二が撮っている。この時ルパンを演じたのは南光明で、南は一九二七年の映画でルブランの「金髪婦人」をもとにした作品『茶色の女』でもルパンを演じている。一二月からは「ル・ジュルナル」に『カリオストロ伯爵夫人』の連載が始まり、翌一九二四年の一月で終了、四月にラフィット社から単行本が刊行された。この作品はルパンが二十歳の時の冒険譚で、この作品によって初めて、ルパンの生年に関する情報が提示された。この年、ルブランの探偵物で、英訳では「アルセーヌ・ルパンのオーバーコート」と題された作品「プチグリの歯」

が単行本型の未発表作品のアンソロジー誌「レ・ズーブル・リーブル」の四二号に掲載された他、「ル・ジュルナル」には非ルパンものの作品『バルタザールのとっぴな生活』が一二月の暮れより翌年の一月まで連載されている。一九二六年の一二月からは同紙に『緑の目の令嬢』が翌年の一月まで連載され同月中にラフィット社より単行本化され、フランスでは長い間存在が確認されていなかった作品「山羊革服を着た男」が『フランスの作家達による愛』というアンソロジーに掲載された。同年、「ジュ・セ・トゥ」のライヴァル誌だったアシェット社の「レクチュール・プール・トゥース」誌に、私立探偵バーネットものの短編「したたる水滴」が一〇月号に、「ベシューの十二枚のアフリカ株券」が一一月号に、「偶然が奇跡をもたらす」が翌一九二八年の一月号に掲載された。翌月には他のバーネット物五編と併せて、計八編の短編集としてラフィット社から単行本化され、それには、ルブランの序文が添えられた。この短編集は、英米でも一九二八年、一九二九年に英訳本が出版されているが、『ルパンの告白』同様、フランス版には収録されていない短編「壊れた橋」という作品が収録された他、フランス版とは異なる無記名の前書きも付いており、ルパン登場百周年の二〇〇五年に発行された「ミステリマガジン」のルパン特集号で初めて公に翻訳紹介され、筆者が作品解説を担当させて戴いた。「壊れた橋」の存在はフランスの研究者やルブランの遺族にすら知られておらず、筆者がフランスに初めて紹介して知られる様になり、筆者の友人で、フランスでも指折りのルパン・コレクターとして知られるマルク・ジョルジュ・ブーランジェール氏によって英訳より翻訳され、ミステリファンジンの「８１３」誌で初めてフランスに紹介された。バーネット物の作品群は最初の三編が雑誌掲載された翌月にいきなり単行本になっていることから推察するに、この本に収められた短編の数々は早くから書き終わっていた様で、『八点鐘』の短編同様、英米の雑誌か何かに、先に紹介されたか、原稿の写しが翻訳者の手元に送られていた可能性がある。同じ年の六月には長編『謎の家』が「ル・ジュルナル」で連載が開始され、七月で終了、翌一九二九年三月にラフィット社より刊行。同年の七月からは「ル・ジュルナル」に『ジェリジコ公爵』が連載開始、八月に終了している。

一九三〇年にはオペレッタ「銀行家アルセーヌ・ルパン」が公開されコヴァルがルパンを演じ、かのジャン・ギャバンも、この舞台に出演している。彼らの歌声はレコードに記録され、その楽譜は、サラベール社から発売された。この年、ホームズの創造者コナン・ドイルが亡くなり、その死の翌月に発売された雑誌「政治文学紀要」に、ルブランはドイルに対する弔文を寄せている。同誌の一一月号にはルパン物の短編「エメラルドの指輪」も発表されている。同年の八月から翌月にかけては、「ル・ジュルナル」にルパン物の長編『バール・イ・ヴァ荘』が連載され一九三一年の六月にラフィット社から単行本化された。同年、クロワッセとの合作「戯曲アルセーヌ・ルパン」のリニューアル版が、ルブラン作の戯曲「憐れみ」とともに雑誌サイズの普及版にして、〈モーリス・ルブラン劇場〉の角書き付きで出版された他、非ルパン物の長編探偵小説『真夜中から七時まで』が「ル・ジュルナル」に一〇月から一二月にかけて連載されている。

一九三二年にはエトルタ生まれの人々で組織された協会の依頼で、ルブランは寸劇、「手にした時計で五分間」（第二部は「アルセーヌ・ルパンとの一五分」と題されている）を書き、エトルタのカジノで上演された他、MGMの映画でジョン・バリモア主演の映画『アルセーヌ・ルパン』が公開されている。これにはアメリカのガルボの異名を持つ、カレン・モーレイがヒロインのソニアを演じており、これはジョン・バリモアのたっての希望による配役だったと伝えられている。この映画がアメリカで公開された頃、「ル・ジュルナル」には『二つの微笑を持つ女』が七月から八月にかけて連載され、翌年の四月、ラフィット社より刊行された。この少し前より刊行が始まったラフィット社のカラー表紙付きの新書版叢書〈疑問符叢書〉にルパンものが数多く収録され、カナダ版も出版されている。この時、『怪盗紳士アルセーヌ・ルパン』の収録作品から、実際の事件を題材にして書かれたという作品「アンベール夫人の金庫」と「黒真珠」の二作が省かれ、代わりに、『ルパンの告白』から「彷徨う死神」が収録され、『告白』からは「麦藁の軸」が省かれてしまう。この版組は後のアシェット社版の同様の叢書〈緑文庫〉にも流用され、オリジナル版とは収録作の違う版が流布することとなり、邦訳書でも同じ短編集なのに収録作品の違うものがあるのは、テキストとして使用した原書のこういった事情を知らずに翻訳に使用した為に起こった物である。また訳者によっては、原文では車となっているのに訳文では馬車と訳されていると批判した文人がいたが、これは、あまりにも長期に渡って売れ続けた作品の数々が、急激に進歩した環境や時代にそぐわないものとなった為に、新しい版が出る度に、原作者がテキストに自ら手を加えていったことによるもので、同じ作品でも幾つかのヴァージョンが存在し、古いヴァージョンでは馬車になっていたものが、車になり、御者は運転手に変更されたからであって、決して誤訳でもなければ、雰囲気を出すための訳者による演出でもない。

一九三三年には『特捜班ヴィクトール』が「パリ・ソワール」紙に、六月から八月にかけて連載され、九月に、ラフィット社から単行本が刊行された。

翌一九三四年、長編『カリオストロ伯爵夫人』の末尾で宣言していたこの作品の続編で長期間温め続けてきた作品、『カリオストロの復讐』が「ル・ジュルナル」に七月から八月までの間連載され、翌年の七月にラフィット社より刊行されている。

一九三六年、ラジオ・シテは、「ルブランがラジオの為に特別に書いた脚本」によるルパンのラジオドラマを三回に渡って放送し、このドラマでルパンを演じたのは、ルパン役者の第一人者であるアンドレ・ブリュレであった。この年、アメリカのMGM製作による、メルビン・ダグラス主演のルパン映画『アルセーヌ・ルパンの帰還』が公開になり、今や泥棒稼業から足を洗い農耕紳士になっていたルパンの元に、かつての部下が尋ねて来てまた使ってほしいと言ってきて、当の本人は引退した身でもう盗みはしないと断るが、かつての部下は合点がいかない様子。彼らに事情を聴いてみると、ルパンの名を語って悪事を働いた者が現れた事が分かり、これを懲らしめる為にかつての手腕を発揮して部下と協力するという話になっていて、結構楽しめる。この設定は先に発表された『特捜班ヴィクトール』からから借りてきた様で、『帰還』というタイトルも、同作のアメリカ版のタイトル『アルセーヌ・ルパンの帰還』(但し、映画は『アルセーヌ・ルパン・リターンズ』で英訳本は『リターン・オブ・アルセーヌ・ルパン』であるが)によったものかもしれない。同作品を翻訳紹介した保篠龍緒の訳書のタイトルも、米国版に習った様で、『ルパン再現』とされていた。

一九三七年にはフランスでも「セーヌのダンディー」と呼ばれたジュール・ベリー主演の映画

『探偵アルセーヌ・ルパン』が公開になっている。これは『バーネット探偵社』の短編の幾つかをうまく脚色して作られた映画で、色々な趣向があって大変興味深い作品に仕上がっている。同じ年、ルブランは数年前より着手していたルパン物の長編で、「プチ・パリジャン」紙に掲載を予定していた『アルセーヌ・ルパンの巨万の富』（邦題は『ルパン最後の事件』）の原稿を、息子クロードの妻、ドゥーニーズに手助けしてもらって何とか仕上げている。ドゥーニーズはこの他にも、『千年戦争』や『アルセーヌ・ルパンの最後の恋』と題されたルパン・シリーズ最後の作品の執筆にも手を貸しており、モーリスが一九三七年に校正を始めながら長い間放置していた作品であった『四人の娘と三人の少年』もしくは『カモールの令嬢』と題された物を元にした同作は、当初の設定では、ルパンの変名がラウール・ダルジェリーとされ、パリ北部近郊の学校組織における無償教官の予備役士官として登場し、ココリコ（フランスでの雄鶏の泣き声の擬音で勝利の雄叫びの意味がある）大尉とあだ名されている。この小説の序章は「アルセーヌ・ルパンの祖先」と題され、アルセーヌ・ルパンの祖父で、ナポレオンの配下として活躍した戦勝者のルパン将軍等も登場するとの事。何度も書き換えられたこの作品において、ルパンはアンドル・ド・サヴェリーと名乗ってその正体を隠している事になり、二人の実の娘であるジョセフィーヌとマリ＝テレーズ（どこかで聞いた名前だ！）の教育係として彼女達の側に寄り添い、「カモールの令嬢」と呼ばれる女性、コラ・ド・ルルンと結婚した暁に、彼女達を迎え入れて生活を共にしようと決心するのだそうだ。この原稿も、ルブランの伝記を著したジャック・ドゥルアール氏の調査によってそのタイプ原稿が最近になって発見され、出版を目指して現在準備を進めているとの事であるので読める日が来るのが楽しみである。ドゥーニーズの手助けにより完成した『アルセーヌ・ルパンの巨万の富』は、「プチ・パリジャン」ではなく「ロート」紙に一九三九年の一月から二月にわたって連載され、それには毎号、ジャン・オベーレの挿絵が添えられていた。同作はルブランが亡くなった一九四一年の一一月にアシェットの〈謎叢書《レニグム》〉の第一三巻として単行本化されたが、編集者のミスなのか、同作品の連載分の内、二月三日の分だけが欠如した状態で本になっており、その完全版は一度も出版されていない。ルブランの息子のクロードは、この作品は父の思い出を傷つけるだけの物だとし、この作品の復刊をずっと拒み続けてきた経緯があり、その意志を継いで、フランスにおいては同作が出版される事はないらしいが、せめて日本だけでも、この作品の完全版を邦訳紹介して欲しい物である。

モーリス・ルブランはいつも夏になると決まってエトルタのルパン荘に滞在していたが、この地がドイツ軍に占領される前の年、すなわち一九三八年の夏を最後にこの別荘に滞在しなくなる。それは、ユダヤ人である妻を、ドイツ軍のユダヤ人迫害から守る為であり、ルパン荘だけでなく、パリの屋敷からも離れる事を余儀なくされ、息子のクロードが隊長を努めていた部隊が駐留していたペルピニャンのホテルに移り住むが、この地で風邪をこじらせ、一九四一年一一月五日、ペルピニャンのサン＝ジャン病院で息を引き取った。その亡骸は後にパリのモンパルナスの墓地に移され、「文筆家、レジョン・ドヌール勲章受勲者」と刻まれた墓標の下で永眠している。

彼が愛したエトルタのルパン荘は長年人手に渡っていたが、遺族や、同地のホテル経営者等が協力してこれを買い戻し、現在はアルセーヌ・ルパンとモーリス・ルブランの記念館として一般に公開され、ルブランの書斎が再現されれている他、ルパンの居間や研究室、衣装部屋、変装室等も再現され、多くの観光客で賑わっている。また、この地にはルブランの妻マルグリットが広めたアーモンドケーキの「ガトー・ド・マルグリット」や緑色のケーキ「緑光線《レヨン・ヴェール》」（これはルブランの『驚天動地』の第二部のタイトル「B光線《レヨン・ベー》」になぞらえたもの）のレシピを受け継いだ一軒のパティシエがあり、現在でも販売されいる。ルパン荘は『奇巌城』のモデルとなった海岸から歩いて数分の場所に位置し、その裏手の丘の上には、古い砦（小さな古城）があり、ルパン荘の共同経営者であるアボディブ夫人によってこれがホテルとして運営されている。中にはミシュランの三つ星を受けたレストラン、サロン・バー、〈アルセーヌ・ルパン〉があって、最高に美味しい料理を味わう事ができる。

アルセーヌ・ルパン・シリーズ出版目録
〈初出誌紙、初刊本、ヴァリアント編〉

住田忠久編

凡例

1、本目録は、モーリス・ルブランの著作の内、アルセーヌ・ルパンの登場する作品に限定した出版目録である。ルパン・シリーズの作品の多くは、多年に渡って読み継がれて来たため、原作者の存命中にも、その時代に合わせる形で幾度も改編が施されており、現行の書籍では、その変貌の歴史を伺い知るのは困難となっている。そこで、この目録では、フランス本国におけるルパン・シリーズの初出誌紙、初刊本を年代順にリスト化し、併せて、各作品の改編版、及び英訳版の英米の初刊本についても、そのデータをリスト内に反映させている。これは、ルパン・シリーズの幾つかが、フランス本国に先駆けて英米で発表されているケースが少なくない事や、英訳の形でしか発表されていない作品もある事を考慮しての事であり、英米の訳書に於ける訳題の相違や、フランス版との収録作の違い等もヴァリアントとして捉えて収録するものである。

2、本目録では、基本データとして、フランス本国に於けるルパン・シリーズを発表順にリスト化し、便宜上、それぞれの作品にアラビア数字を付して整理した。邦訳のある作品でも、出来るだけ原題に即し、かつ簡潔な表現を用いて訳題としている（ただし「紳士強盗 Gentleman Cambrioleur」は「怪盗紳士」とした）。作品によっては現行書籍の邦題が原題から掛け離れた物もあるので、これらについては、亀甲カッコ〔 〕を用いて現行書籍の邦題を示した。

訳題の後ろに山カッコ〈 〉を設けて記してあるのは連作短編シリーズ等のシリーズ名が作品に付されている場合にこれを用いて示した物である。また、単行本の書名は太字で示した。

各作品の初出データに関しては、タイトルに続いて各作品の発表年月日、初出誌紙名を記し、次にその作品の初刊本（もしくはその作品を初収録した単行本）のデータを、各作品の初出データと区別して整理する為に各単行本に付した白抜き数字を添えて記し、作品を収録した書籍のデータを容易に捜し出せる様に配慮した。同様に、各作品のアラビア数字による整理番号を、それが収録された書籍データに付して、収録作品の初出データが容易に検索出来る様、クロスリファレンス方式を取っている。

3、ヴァリアントについては、それぞれの作品の初刊本データを白抜き数字で整理した項目において、アルファベットの小文字を用いてその改編版及びルブランの生前に発表された主な文献を年代順に紹介した。その内、本目録でヴァリアントとして扱っている英訳本の初出データについては、その多くがフランスで出版されたすぐ後、もしくはフランスに先行して発行された物が少なからずあるので、初刊本のデータを示した項目ａに続いて、他のフランス版と区別する為にａ'の項目を設けて同欄に英訳のヴァリアントを記した。その際、英訳版の訳題が原題と著しく異なる場合のみ、カッコ（ ）内にその邦訳を記した。

なお、初出時に挿絵等が付されいた場合、その画家名を分かり得る限り記す事とした。これは単行本の表紙や挿絵についても同様にしてある。

4、初刊本の発行データについては、フランスの書籍にはそういったデータはほとんど記されておらず、当時の出版年刊や、雑誌等に掲載された発売予告や販売広告に拠って割り出した物がほとんどである為、参考にした研究書や本国の研究家による幾つかの書誌でも色々と食い違いがある。本目録の作成に当たっては、これらの書誌の全てに目を通し、比較検討した上で、一番妥当であると判断できるデータを採用する様にしたが、その発行年月日データに大幅に開きがある場合と数日違いの物がある場合はその両方を目録に掲載する事とした。その際は、日付の古い物を先に記しそれより新しい日付データをカッコ（ ）を用いて記しておいた。また、データだけでは説明しきれない事情に関しては、思いつく限り、その詳細をアステリスクを用いて解説を試みた。はたしてこのデータがどれだけの人の役に立つのか分からないが、少しでもこの分野に興味を持たれている方の研究調査の一助となれば幸いである。

1
「アルセーヌ・ルパンの逮捕」L'arrestation d'Arsène Lupin《短編》
一九〇五年七月一五日「ジュ・セ・トゥ」（Je Sais Tout）誌第六号に発表
挿絵、ジョルジュ・ルルー
短編集『怪盗紳士アルセーヌ・ルパン』【❶】に同書の第一話として収録

2
「獄中のアルセーヌ・ルパン」〈アルセーヌ・ルパン奇傳〉
Arsène Lupin en prison (La Vie extraordinaire d'Arsène Lupin)《短編》
一九〇五年一二月一五日「ジュ・セ・トゥ」誌第一一号に発表
挿絵、デュ・モンド
短編集『怪盗紳士アルセーヌ・ルパン』【❶】に同書の第二話として収録

3
「アルセーヌ・ルパンの脱獄」〈アルセーヌ・ルパン奇傳〉
L'évasion d'Arsène Lupin (La Vie extraordinaire d'Arsène Lupin)《短編》
一九〇六年一月一五日「ジュ・セ・トゥ」誌第一二号に発表
挿絵、デュ・モンド
短編集『怪盗紳士・アルセーヌ・ルパン』【❶】に同書の第三話として収録

4
「奇怪な旅行者」〈アルセーヌ・ルパン奇傳〉

Le mystérieux voyageur (La Vie extraordinaire d'Arsène Lupin)《短編》
一九〇六年二月一五日「ジュ・セ・トゥ」誌第一三号に発表
挿絵、デュ・モンド
短編集『怪盗紳士アルセーヌ・ルパン』【❶】に同書の第四話として収録

5
「王妃の首飾り」〈アルセーヌ・ルパン奇傳〉
Le collier de la Reine (La Vie extraordinaire d'Arsène Lupin)《短編》
一九〇六年四月一五日「ジュ・セ・トゥ」誌第一五号に発表
挿絵、ペズィラ
短編集『怪盗紳士アルセーヌ・ルパン』【❶】に同書の第五話として収録

6
「アンベール夫人の金庫」〈アルセーヌ・ルパン奇傳〉
Le coffre-fort de Madame Imbert (La Vie exraordinaire d'Arsène Lupin)《短編》
一九〇六年五月一五日「ジュ・セ・トゥ」誌第一六号に発表
挿絵、キャモレイ
短編集『怪盗紳士アルセーヌ・ルパン』【❶】に同書の第七話として収録

7
「シャーロック・ホームズの遅すぎた到着」〈アルセーヌ・ルパン奇傳〉

Sherlock Holmes arrive trop tard (La Vie extraordinaire d'Arsène Lupin)《短編》
一九〇六年六月一五日「ジュ・セ・トゥ」誌第一七号に発表
挿絵、マッチアッティ
短編集『怪盗紳士アルセーヌ・ルパン』【❶】に同書の第九話として収録

8
「黒真珠」〈アルセーヌ・ルパン奇傳〉La Perle noire (La Vie extraordinaire d'Arsène Lupin)《短編》
一九〇六年七月一五日「ジュ・セ・トゥ」誌第一八号に発表
挿絵、デヴィッズ、A・ルルー
短編集『怪盗紳士アルセーヌ・ルパン』【❶】に同書の第八話として収録

9
「金髪の婦人」〈アルセーヌ・ルパンの新冒険〉
La dame blonde (Les Nouvelles Aventures d'Arsène Lupin)《中編》
一九〇六年一一月一五日〜一九〇七年四月一五日「ジュ・セ・トゥ」誌第二二号〜第二七号に六回連載
挿絵、A・ド・パリイ
単行本『アルセーヌ・ルパン対エルロック・ショルメス』【❷】の第一話として収録

10
「ハートの7、私は如何にしてアルセーヌ・ルパンを知ったのか」〈アルセーヌ・ルパンの新冒険〉

Le sept de cœur, Comment j'ai connu Arsène Lupin (Les Nouvelles Aventures d'Arsène Lupin)

《短編》

一九〇七年五月一五日「ジュ・セ・トゥ」誌第二八号に発表

挿絵、A・ド・パリイ

短編集『怪盗紳士アルセーヌ・ルパン』【❶】に同書の第六話として収録

❶『怪盗紳士アルセーヌ・ルパン』**Arsène Lupin, Gentleman Cambrioleur**

a 一九〇七年六月一〇日ピエール・ラフィット社刊

12×18.5㎝、308頁　表紙絵、アンリ・グッセ

【1】【2】【3】【4】【5】【10】【6】【8】【7】の順で、これらの短編九編に加筆訂正を施して収録。

＊巻頭にルブランによるピエール・ラフィットへの献辞、及びフランス・アカデミー会員のジュール・クラルシー（クラルティー）による序文付き。初期の版のみ表紙絵付きの装丁。

短編【7】の Sherlock Holmes を Herlock Sholmès に変更。

a' **The Exploits of Arsène Lupin**（アルセーヌ・ルパンの手柄）

一九〇七年ハーパー社刊（米）

翻訳、アレクサンダー・テイグゼイラ・ド・マットス（以下、マットスと表記）

＊第九話（【7】）の Herlock Sholmès を Holmlock Shears に変更。

The Seven of Hearts（ハートの7）
一九〇八年カッセル社刊（英）
翻訳、マットス
＊ハーパー社と同題の一九〇九年版もあり。

Arsène Lupin,Gentleman Burglar
一九一〇年M・A・ドノヒュー社刊（米）
翻訳、ジョージ・モアヘッド
＊第九話（【7】）のSholmèsをSholmesに変更。

Arsène Lupin,Gentleman Burglar
一九一〇年J・S・オジルヴィー社刊（米）
翻訳、オリーヴ・ハーパー
＊ルブランのラフィットへの献辞、ジュール・クラルシーの序文を収録。

b
一九一〇年五月ピエール・ラフィット社刊
【❶-a】の豪華装丁版。【❷-b】【❹-b】の二冊と共に三冊の箱入りセットで発売。

c 一九一四年七月一〇日ピエール・ラフィット社刊
17×24㎝、123頁　表紙絵、レオ・フォンタン　挿絵、ギュスターヴ・ルルー他
＊【❶ - a】の雑誌サイズの軽装丁普及本。初版は濃紺のインクで印刷された。収録作品の初出誌「ジュ・セ・トゥ」より挿絵を再録しているが、扉に表記のある画家名はギュスターヴ・ルルーとなっている。【1】の挿絵を描いたジョルジュ・ルルーの名が誤植された物であるのか、またはその血縁者の名であるのか詳細は不明。増版時より黒色印刷に変更。テキストに若干の改定あり。

d 一九一四年ピエール・ラフィット社刊
17×24㎝、123頁　表紙絵、【❶ - c】のレオ・フォンタンの装画を図案化したものを使用
＊【❶ - c】の濃紺印刷のハードカバー版。

e 一九一六年一一月三日ピエール・ラフィット社刊〈冒険アクション小説叢書〉版
17×24㎝、80頁
＊【❶ - c】を〈冒険アクション小説叢書〉(Les romans d'aventures et d'action) の一冊として刊行。【❶ - c】より挿絵を減らし、テキストに若干の修正が加えられている。同書は版を重ねる毎に収録挿絵の変更や加筆等の編集が施されており、異本が多数存在する。後にルパン

物には〈アルセーヌ・ルパンの素晴らしい冒険コレクション〉という肩書きが付されている。

f 一九三二年六月ピエール・ラフィット社刊〈疑問符叢書〉第七巻
12×17.5㎝、192頁　表紙絵、A・ハルフォール

＊ラフィット社のカラー表紙絵付き軽装丁単行本ミステリシリーズ〈疑問符叢書〉(Le Point d'Interrogation) に収録された物。【❶ - a】より実際に起こった過去の事件を想起させる短編「アンベール夫人の金庫」【6】と「黒真珠」【8】を省き、代わりに『アルセーヌ・ルパンの告白』【❼】に収録された短編「彷徨う死神」【20】が収録されている。この全八編版の版組は、後にラフィット社の出版物の版権を買い取ったアシェット社によって流用され、同社の〈緑文庫〉(Bibliothèque Verte) 等の多数の版が出回っている。この影響によって収録作品の違う異本が多数存在する事となり、そのため日本独自の編集による全八編収録版の『告白』が生まれている→『告白』の〈冒険アクション小説叢書〉版【❼ - b】、〈疑問符叢書〉版【❼ - c】の備考欄参照。また、この〈疑問符叢書〉版のルブランの作品にはカナダ版もあり、表紙絵を模写した、酷似した装丁の本が、一九三九年にモントリオールのヴァリエテ社より刊行されている。この八編版の邦訳には、創元推理文庫、角川文庫、早川書房のポケミス版がある。

11 「ユダヤのランプ」〈アルセーヌ・ルパンの新冒険〉
La lampe juive (Les Nouvelles Aventures d'Arsène Lupin)《中編》

一九〇七年九月～一〇月「ジュ・セ・トゥ」誌第三二号、三三号に二回連載
挿絵、A・ド・パリイ
単行本『アルセーヌ・ルパン対エルロック・ショルメス』【❷】の第二話として収録

❷

『アルセーヌ・ルパン対エルロック・ショルメス』**Arsène Lupin contre Herlock Sholmès**

a 一九〇八年二月一〇日ピエール・ラフィット社刊
12×18.5㎝、322頁　カラー表紙絵付き
【9】【11】を、連載時の各話のエピローグを全て削除し、加筆訂正を施して収録
＊マルセル・ルルーへの献辞付き、また初期の版のみ表紙絵付きの装丁。現行の邦訳書ではエルロック・ショルメスをシャーロック・ホームズとし、助手のウィルソンをワトソン（ウイルソンとしているものもある）と変更して刊行されている。

a' **The Fair-Haired Lady**（金髪の婦人）
一九〇九年リチャーズ社刊（英）
翻訳、マットス
＊マットスの訳では Herlock Sholmès は常に Holmlock Shears となっている。

Arsène Lupin versus Holmlock Shears

一九〇九年リチャーズ社刊（英）
翻訳、マットス

The Blonde Lady（金髪婦人）
一九一〇年ダブルデイ社刊（米）
翻訳、マットス　カラー表紙絵・口絵、H・リチャード・ボーウム

Arsène Lupin versus Herlock Sholmes
一九一〇年M・A・ドノヒュー社刊（米）
翻訳、ジョージ・モアヘッド
＊Sholmès を Sholmes に変更。

Arsène Lupin versus Herlock Sholmes
一九一〇年J・S・オジルヴィー社刊（米）
翻訳、オリーヴ・ハーパー
＊Sholmès を Sholmes に変更。

Arrest of Arsène Lupin（アルセーヌ・ルパンの逮捕）

一九一一年イーヴリー・ナッシュ社版（英）
翻訳、マットス　カラー表紙絵付き

Sherlock Holmes versus Arsene Lupin:The Case of the Golden Blonde
（シャーロック・ホームズ対アルセーヌ・ルパン　金髪の女事件）
一九四六年アトミック社刊（米）
＊Arsène を Arsene、Herlock Sholmès を Sherlock Holmes、Wilson を Watson に変更。

b一九一〇年五月ピエール・ラフィット社刊
【❷-a】の豪華装丁版。【❶-b】【❹-b】の二冊と共に三冊の箱入りセットで発売
c一九一四年ピエール・ラフィット社刊
17×24㎝、122頁　表紙絵、レオ・フォンタン　挿絵、A・ド・パリイ
＊【❷-a】の雑誌サイズの軽装丁普及本。初版は濃紺のインクで印刷された。収録作品の初出誌「ジュ・セ・トゥ」より挿絵を再録している。増版時より黒色印刷に変更。テキストに若干の改定あり。
d一九一四年ピエール・ラフィット社刊

17×24㎝、122頁　表紙絵、【❶-c】のレオ・フォンタンの装画を図案化したものを使用

*【❷-c】の濃紺印刷のハードカバー版。

e 一九一六年一一月ピエール・ラフィット社刊〈冒険アクション小説叢書〉版

17×24㎝、93頁

*【❷-c】を〈冒険アクション小説叢書〉の一冊として刊行した物。【❷-c】より挿絵を減らし、テキストに若干の修正が加えられている。同書は版を重ねる毎に収録挿絵の変更や加筆等の編集が施されており九三頁版の他、九二頁版等の異本が多数存在する。

f 一九三二年七月ピエール・ラフィット社刊〈疑問符叢書〉第八巻

12×17.5㎝、192頁　表紙絵、A・ハルフォール

12 「アルセーヌ・ルパン」Arsène Lupin《四幕物戯曲》一九〇八年一〇月二八日アテネ座で初演

一九〇九年三月二七日「イリュストラシオン・テアトラル」誌第一一五号に同作の脚本が一〇葉の写真付きで掲載。

*劇作家フランシス・ド・クロワッセとの共同執筆作品。初演時のプログラムには三幕四場と記されていた。

単行本『アルセーヌ・ルパン』【❸】として刊行

13
「空洞の針〔奇巌城〕」〈アルセーヌ・ルパンの新冒険〉
L'aiguille creuse (Les Nouvelles Aventures d'Arsène Lupin)《長編》
一九〇八年一一月一五日～一九〇九年五月一五日「ジュ・セ・トゥ」誌第四六号～第五二号の七回連載
＊一九〇六年三月一五日発行の「ジュ・セ・トゥ」には同作の一挙掲載を予告した広告がある。
挿絵、マユ
単行本『空洞の針〔奇巌城〕』【❹】として刊行

❸『アルセーヌ・ルパン』**Arsène Lupin**【12】の単行本化
a 一九〇九年四月三日ピエール・ラフィット社刊
12×18.5㎝、324頁　フランシス・ド・クロワッセとの共同執筆による脚本
表紙にはこの戯曲でルパンとゲルシャール警部を演じた二人の役者の写真を使用
＊現行のフランスの研究書等に付された書誌には、この本の表紙に使用されている写真を、同作の作者、ルブランとクロワッセとしているが、これは誤りで、使用されているのは、ルパン役のアンドレ・ブリュレとゲルシャール警部役のエスコフィエが向かい合った写真で、この二人の頭上に、作者の名前が記されている為、誤解されたものである。テキストは【12】より若干の修正が施されている。

a'
Arsène Lupin:The Authentic Novel of the Play
一九〇九年ミルズ＆ブーン社刊（英）
エドガー・アルフレッド・ジェプスンによるルブラン公認の劇作ノベライズ本
＊作者名は"EDGER JEPSON AND M. LEBLANC"としている。このテキストによる現行の邦訳は、『怪盗ルパン 王妃の宝冠』（講談社青い鳥文庫）のみ。

Arsène Lupin
一九〇九年ダブルデイ社刊（米）
＊テキストは英国版と同じだが、ルブラン単独名義で刊行。第七章の末尾の七行のみ削除されている。この欠落テキストによる現行の邦訳は『ルパンの冒険』（偕成社版アルセーヌ・ルパン全集第三巻）と、『リュパンの冒険』（創元推理文庫）がある。

Arsène Lupin
二〇〇二年ローグ出版（米）
翻訳、フランク・J・モーロック　表紙絵、パトリック・クルーズィオー
＊【12】の最初の英訳。オンライン出版。

b一九二五年フラマリオン社刊〈フランシス・ド・クロワッセ戯曲全集〉第五巻
12×18.5㎝、当該作品160頁（書籍全体282頁）以下これに準ず。
＊クロワッセの戯曲全集に同作家による戯曲『歩道橋』と共に収録された。【❸-a】のテキストがリニューアル化され、大幅な改変が施されている。

c一九三一年七月ピエール・ラフィット社刊
17×24㎝、68頁（96頁）　表紙絵・挿絵、ロジェ・ブロデール
＊ルブランの戯曲『憐れみ』と共に、〈モーリス・ルブラン劇場〉という角書き付きで発行された雑誌サイズの軽装丁普及本。テキストは【❸-b】のリニューアル版を収録。

❹『空洞の針〔奇巌城〕』**L'Aiguille Creuse**【13】の単行本化
a一九〇九年六月一五日ピエール・ラフィット社刊
12×18.5㎝、344頁　カラー表紙絵、無記名
【13】を、連載時の各話の前後のつなぎの文を全て削除し、加筆訂正を施して収録
＊初期の版のみ表紙絵付きの装丁。

a' **The Hollow Needle**
一九一〇年イーヴリー・ナッシュ社刊（英）

翻訳、マットス　カラー表紙絵付き

The Hollow Needle

一九一一年ダブルデイ社刊（米）
翻訳、マットス　カラー挿絵、J・W・ベイコン

b一九一〇年五月ピエール・ラフィット社刊
【❹-a】の豪華装丁版。【❶-b】【❷-b】の二冊と共に三冊の箱入りセットで発売

c一九一六年一一月二四日ピエール・ラフィット社刊〈冒険アクション小説叢書〉版
17×24㎝、124頁　表紙絵、レオ・フォンタン　挿絵、マユ
＊【❹-a】の雑誌サイズの軽装丁普及本。初出誌の「ジュ・セ・トゥ」より挿絵を再録しているが、収録挿絵の変更を施した一一二頁版、挿絵を減らした八〇頁版もある。

d一九三一年ラフィット社刊
17×24㎝、80頁
【❹-c】より挿絵を減らし、テキストがリニューアル化（一部省略）されている。

e一九三二年七月ピエール・ラフィット社刊〈疑問符叢書〉第九巻
12×17.5㎝、192頁　表紙絵、A・ハルフォール
＊【❹-d】と同じく省略箇所あり。同テキスト使用の邦訳に創元推理文庫、新潮文庫、集英社文庫、旺文社文庫版がある。

f一九三九年アシェット社刊〈青少年文庫〉版
12×16.5㎝、256頁　カバー装画・挿絵、A・ペコー
＊子供向けにテキストを改定した版。同書は、アシェット社の〈青少年文庫〉(Bibliothèque de la Jeunesse) に初めて収録されたルパン物であった。

14
「813」813《長編》
一九一〇年三月五日〜五月二四日「ル・ジュルナル」(Le Journal) 紙に八一回連載
＊同作の冒頭部分をカラーイラスト付きで収録した号外特別小冊子も発行。
単行本『813』【❺】として刊行

❺
『813』**813**【14】の単行本化
a一九一〇年六月ピエール・ラフィット社刊
12×18.5㎝、498頁　カラー表紙

＊未発表作品「ドルフ男爵事件」の予告を記した注釈付き。

a' **813: A New Arsène Lupin Adventure**（８１３　新たなるアルセーヌ・ルパンの冒険）
一九一〇年ミルズ＆ブーン社刊（英）
翻訳、マットス　カラー表紙絵付き

813
一九一〇年ダブルデイ社刊（米）
翻訳、マットス　挿絵、チャールズ・クロンビー

b **813**
一九一七年二月ピエール・ラフィット社刊〈冒険アクション小説叢書〉版
17×24㎝、124頁　表紙絵、レオ・フォンタン　挿絵、マルセル・ル・クールトゥル
＊【❺-a】の第一部（前編）を収録した雑誌サイズの軽装丁普及本。テキストに若干の修正あり。同書より挿絵を減らした八〇頁版（一九二〇年代に発行）もあり、反独感情（表現）が盛り込まれている。現行の新潮文庫版『８１３』はこのテキストを使用。

c **Les Trois Crimes d'Arsène Lupin**（アルセーヌ・ルパンの三つの犯罪）

一九一七年四月ピエール・ラフィット社刊〈冒険アクション小説叢書〉版
17×24㎝、120頁　表紙絵、レオ・フォンタン　挿絵、マルセル・ル・クールトゥル
＊【❺-a】の第二部（後編）を収録した雑誌サイズの軽装丁普及本。テキストに若干の修正あり。同書より挿絵を減らした九六頁版（一九二〇年代に発行）もある。「ドルフ男爵事件」の注が削除されている。現行の新潮文庫版『続813』はこのテキストを使用。

d **La Double Vie d'Arsène Lupin**（アルセーヌ・ルパンの二重生活）
一九二一年ピエール・ラフィット社刊
12×18.5㎝、220頁
＊【❺-a】を二分冊にして刊行したもの。第一部（前編）に新たなサブタイトルを付けて発行。初刊本【❺-a】のテキストを使用。現行の新潮文庫版『813』はサブタイトルのみこれより流用。

e **Les Trois Crimes d'Arsène Lupin**（アルセーヌ・ルパンの三つの犯罪）
一九二一年ピエール・ラフィット社刊
12×18.5㎝、222頁
＊【❺-a】を二分冊にして刊行したもの。同作の第二部（後編）を収録。初刊本【❺-a】のテキストを使用している為、「ドルフ男爵事件」の注を収録。現行の新潮文庫版『続813』の

はこれより注を流用。

f **813**

一九三二年五月ピエール・ラフィット社刊〈疑問符叢書〉第一巻

12×17.5㎝、224頁　表紙絵、A・ハルフォール

*【❺-b】のカラー表紙絵付き軽装丁単行本型普及本。更に手が加えられ、事件の設定は「大戦の二年前」とされた。フランス本国における同作の現行図書は全てこの版を使用しており、偕成社版アルセーヌ・ルパン全集第五巻『813』はこのテキストを使用しながら「大戦の二年前」の部分を省略。後の同社の文庫判には同箇所が訳し直された。

g **Les Trois Crimes d'Arsène Lupin**（アルセーヌ・ルパンの三つの犯罪）

一九三二年ピエール・ラフィット社刊〈疑問符叢書〉第六巻

12×17.5㎝、220頁　表紙絵、A・ハルフォール

*【❺-c】のカラー表紙絵付き軽装丁単行本型普及本。

15「太陽の戯れ」〈アルセーヌ・ルパンの告白〉Les jeux du soleil(Les Confidences d'Arsène Lupin)《短編》

一九一一年四月一五日「ジュ・セ・トゥ」誌第七五号に発表

挿絵、マニュエル・オランツィ

＊連作短編シリーズ〈アルセーヌ・ルパンの告白〉は、同作より発表が開始されたが、「ジュ・セ・トゥ」誌第七四号（一九一一年三月一五日発行）にはこのシリーズの連載が一ページを割いて告知されており、1「太陽の戯れ」【15】、2「結婚指輪」【16】、3「影の合図」【17】、4「彷徨う死神」【20】、5「蠟マッチ」、6「ニコラ・デュグリヴァル夫人」【18】の計六作を番号順に連続掲載するとしていたが、第五話の「蠟マッチ」は結局発表されなかった。代わりに発表されたのは「赤い絹の肩掛け」【19】であった。
短編集『アルセーヌ・ルパンの告白』❼に同書の第一話として収録

16「結婚指輪」〈アルセーヌ・ルパンの告白〉L'anneau nuptial(Les Confidences d'Arsène Lupin)《短編》
一九一一年五月一五日「ジュ・セ・トゥ」誌第七六号に発表
挿絵、マニュエル・オランツィ
短編集『アルセーヌ・ルパンの告白』❼に同書の第二話として収録

17「影の合図」〈アルセーヌ・ルパンの告白〉
Le signe de l'ombre (Les Confidences d'Arsène Lupin)《短編》
一九一一年六月一五日「ジュ・セ・トゥ」誌第七七号に発表
挿絵、マニュエル・オランツィ
短編集『アルセーヌ・ルパンの告白』❼に同書の第三話として収録

18
「地獄の罠」〈アルセーヌ・ルパンの告白〉Le piège infernal(Les Confidences d'Arsène Lupin)《短編》
一九一一年七月一五日「ジュ・セ・トゥ」誌第七八号に発表
挿絵、マニュエル・オランツィ
＊「ジュ・セ・トゥ」第七四号の掲載告知では、同作のタイトルが「ニコラ・デュグリヴァル夫人」とされ、同シリーズの第六話として掲載予定であったが第四話として発表された（当初、第四話として予定されていたのは「彷徨う死神」【20】であった）。
短編集『アルセーヌ・ルパンの告白』【❼】に同書の第四話として収録

19
「赤い絹の肩掛け」〈アルセーヌ・ルパンの告白〉
L'écharpe de soie rouge (Les Confidence d'Arsène Lupin)《短編》
一九一一年八月一五日「ジュ・セ・トゥ」誌第七九号に発表
挿絵、マニュエル・オランツィ
＊「ジュ・セ・トゥ」第七四号の掲載告知では、同作の掲載は予定されておらず、当初は「蠟マッチ」なる作品の掲載が予定されていた。結局のところ「蠟マッチ」は発表されず、その代わりに、「赤い絹の肩掛け」が掲載された。
短編集『アルセーヌ・ルパンの告白』【❼】に同書の第五話として収録

20
「彷徨う死神」〈アルセーヌ・ルパンの告白〉
La mort qui rôde (Les Confidences d'Arsène Lupin)《短編》
一九一一年九月一五日「ジュ・セ・トゥ」誌第八〇号に発表
挿絵、マニュエル・オランツィ
＊「ジュ・セ・トゥ」第七四号の掲載告知では、同作はこの連作短編シリーズの第四話として掲載が予定されていたが、告知において第六話として掲載が予定されていた「地獄の罠」（告知時のタイトルは「ニコラ・デュグリヴァル夫人」）【18】と掲載号が入れ替わった。
短編集『アルセーヌ・ルパンの告白』【7】に同書の第六話として収録

21
「アルセーヌ・ルパンの冒険」Une Aventure d'Arsène Lupin《一幕物戯曲》
一九一一年九月一五日～一〇月一五日シガル座で初演
一九一一年九月一五日、「彷徨う死神」【20】が掲載された「ジュ・セ・トゥ」誌第八〇号に本作と思われる、ルブランの一幕物の戯曲を次号に掲載する旨の告知があったが、これは実現されず、同作の脚本は、ルブランの生前には公刊されなかった。
＊劇作家フランシス・ド・クロワッセとの共同執筆作品。九〇年代になって同作のタイプ原稿がルパン、ルブランの研究家であるジャック・ドゥルアールによって発見され左の全集に初めて収録された。
『モーリス・ルブラン全集』第一巻（マスク叢書版）

L'intègrale MAURICE LEBLANC-T1 (Masque)

一九九八年シャンゼリゼ書店刊

22

「水晶の栓」〈アルセーヌ・ルパンの最も奇怪な冒険〉

Le bouchon de cristal (La plus étrange aventure d'Arsène Lupin)《長編》

一九一二年九月二五日～一一月九日「ル・ジュルナル」紙に四六回連載

単行本『水晶の栓』【❻】として刊行

❻

『水晶の栓』**Le Bouchon de Christal**【22】の単行本化

a 一九一二年一一月（一二月）ピエール・ラフィット社刊

12×18.5㎝、332頁

a' **Crystal Stopper**

一九一三年ハースト&ブラケット社刊（英）

翻訳、マットス

Crystal Stopper

一九一三年ダブルデイ社刊（米）

翻訳、マットス　カラー表紙絵・挿絵、ダルトン・スティーヴンス

b一九一七年九月ピエール・ラフィット社刊〈冒険アクション小説叢書〉版
17×24㎝、128頁　表紙絵、レオ・フォンタン　挿絵、M・ヌメスク
＊同書には挿絵を減らした九六頁版もある。

c一九三三年二月ピエール・ラフィット社刊〈疑問符叢書〉第二一巻
12×17.5㎝、224頁　表紙絵、A・ハルフォール
＊【❻-a】より若干の修正（一部省略）が加えられている。このテキストの邦訳に早川書房のポケミス版『水晶の栓』がある。

d一九三九年アシェット社刊〈青少年文庫〉版（同じ版組を利用した〈緑文庫〉版もあり）
12×16.5㎝、256頁　カバー装画・挿絵、A・ペコー

23「アルセーヌ・ルパンの結婚」Le mariage d'Arsène Lupin《短編》
一九一二年一一月一五日、一二月一五日「ジュ・セ・トゥ」誌第九四号、九五号に二回連載
挿絵、マニュエル・オランツィ
短編集『アルセーヌ・ルパンの告白』【❼】に同書の第九話として収録

24

「麦藁の軸」Le fêtu de paille《短編》

一九一三年一月一五日「ジュ・セ・トゥ」誌第九六号に発表

挿絵、マニュエル・オランツィ

短編集『アルセーヌ・ルパンの告白』【❼】に同書の第八話として収録

25

「白鳥の首のエディス」Édith au cou de cygne《短編》

一九一三年二月一五日「ジュ・セ・トゥ」誌第九七号に発表

挿絵、マニュエル・オランツィ

短編集『アルセーヌ・ルパンの告白』【❼】に同書の第七話として収録

❼『アルセーヌ・ルパンの告白』**Les Confidences d'Arsène Lupin**

a 一九一三年六月（七月）ピエール・ラフィット社刊

12×18.5㎝、368頁

【15】【16】【17】【18】【19】【20】【25】【24】【23】の順で全九短編収録

a' **The Confessions of Arsène Lupin**

一九一二年ミルズ＆ブーン社刊（英）

翻訳、マットス　カラー表紙絵付き

The Confessions of Arsène Lupin

一九一三年ダブルデイ社刊（米）

翻訳、マットス　挿絵、J・ヘンリー

【15】【16】【17】【18】【19】【20】【41】【23】【24】【25】の順で全一〇短編収録

＊これらの英訳版『アルセーヌ・ルパンの告白』はフランスより先に刊行され、短編【15】【16】【17】【18】【19】【20】【23】【24】【25】の九作がフランス本国における発表順に収録されており、同書のフランス版初刊本には未収録の短編「山羊革服を着た男」【41】が「モルグの森の惨劇」と題されて短編【20】と【23】の間に配置されているので、短編【41】が一九一一年九月以降から一九一二年一一月以前に何らかの形で発表された可能性がある。

b一九一八年二月ピエール・ラフィット社刊〈冒険アクション小説叢書〉版

17×24㎝、120頁　表紙絵、レオ・フォンタン　挿絵、マニュエル・オランツィ

＊【❼‐a】より「麦藁の軸」【24】を省いた全八編収録の雑誌サイズの軽装丁普及本。一九二一年以降の版では、「彷徨う死神」【20】も省かれ全七編となり、版によって収録した挿絵が異なる物もある。

c 一九三三年一月ピエール・ラフィット社刊〈疑問符叢書〉第一七巻
12×17.5㎝、256頁　表紙絵、A・ハルフォール
＊【❼－a】より「彷徨う死神」【20】と「麦藁の軸」【24】を省いた全七編収録。【20】は同叢書の第七巻『怪盗紳士アルセーヌ・ルパン』【❶－f】に移されており、この版より邦訳出版した出版社から出ている『アルセーヌ・ルパンの告白』の幾つかが、【❼－a】の全九編版から【20】を省いた日本独自の全八編版となっている。↓【❶－f】の備考欄参照。

26
「砲弾の破片（一九一四）」〔オルヌカン城の謎〕L'éclat d'obus (1914)《長編》
一九一五年九月二一日～一一月七日「ル・ジュルナル」紙に四七回連載
単行本『砲弾の破片』【❽】として刊行

❽
『砲弾の破片〔オルヌカン城の謎〕』**L'Éclat d'obus**【26】の単行本化
a 一九一六年六月一三日（一六日）ピエール・ラフィット社刊
12×18.5㎝、318頁　表紙絵、A・ラプノ
＊【26】より、序文を省いて単行本化したもの。【26】及びこの初刊本にはルパンは登場しない。同装丁の二五四頁版も存在する。序章にのみ「(1914)」の表記あり。

a' **The Bomb-Shell**

一九一六年ハースト&ブラッケット社刊（英）

The Woman of Mystery（謎の女）

一九一六年マコーレイ社刊（米）

カバー表紙絵、口絵付き

b一九二三年八月ピエール・ラフィット社刊〈冒険アクション小説叢書〉版

17×24㎝、96頁　表紙絵、ロジェ・ブロデール　挿絵、F・オーエール

＊この版よりルパンが登場する。

c一九三七年四月ピエール・ラフィット社刊〈疑問符叢書〉第四二巻

12×17.5㎝、222頁　表紙絵、A・ハルフォール

27

「金三角」Le triangle d'or《長編》

一九一七年五月二一日～七月二六日「ル・ジュルナル」紙に六八回連載

単行本『金三角』【❾】として刊行

❾

『金三角』**Le Triangle d'Or**【27】の単行本化

a 一九一八年四月一九日（二〇日）ピエール・ラフィット社刊
12×19㎝　304頁

a' **The Golden Triangle**
一九一七年ハースト&ブラッケット社刊（英）
＊フランスに先行して発売。

The Golden Triangle: The Return of Arsène Lupin（金三角　アルセーヌ・ルパンの帰還）
一九一七年マコーレイ社刊（米）
カバー表紙絵、口絵付き
＊フランスに先行して発売。

b **Le Triangle d'Or 1re partie La pluied'etincelles**（金三角　第一部 火花の雨）
Le Triangle d'Or 2me partie La victoire d'Arsène Lupin
（金三角　第二部 勝利者アルセーヌ・ルパン）
一九二一年九月ピエール・ラフィット社刊〈冒険アクション小説叢書〉版
17×24㎝、80頁（第一部）、77頁（第二部）
表紙絵、モーリス・トゥッサン（第一部）、ロジェ・ブロデール（第二部）

挿絵、モーリス・トゥッサン
＊【❾－a】を二分冊にした物。

28
「三十棺桶島」L'île aux trente cercueils《長編》
一九一九年六月六日〜八月三日「ル・ジュルナル」紙に五九回連載
単行本『三十棺桶島』【❿】として刊行

❿『三十棺桶島』**L'Ile aux Trente Cercueils**【28】の単行本化
a 一九一九年一〇月一一日ピエール・ラフィット社刊
12×18.5㎝、302頁

a' **Coffin Island**（棺桶島）
一九二〇年ハースト&ブラッケット社刊（英）
翻訳、マットス

The Secret of Sarek: Arsène Lupin master mind Volski master criminal
（サレク島の秘密　頭脳王アルセーヌ・ルパン対犯罪王ヴォルスキー）
一九二〇年マコーレイ社刊（米）

翻訳、マットス　カバーイラスト、口絵付き

b **L'Ile aux Trente Cercueils: 1re partie Vèronique**（三十棺桶島　第一部ヴェロニック）
L'Ile aux Trente Cercueils: 2me partie La pierre miraculeuse
（三十棺桶島　第二部奇跡の石）
一九二二年ピエール・ラフィット社刊〈冒険アクション小説叢書〉版
17×24㎝、80頁（第一部）、79頁（第二部）
表紙絵、ロジェ・ブロデール　挿絵、モーリス・トゥッサン

29
「虎の牙」Les dents du tigre《長編》
一九二〇年八月三一日～一〇月三一日「ル・ジュルナル」紙に六二回連載（全二一章構成）
挿絵、ジャン・ルーチエ
『虎の牙　第一部ドン・ルイス・プレンナ』、『虎の牙　第二部フロランスの秘密』の二巻本
【⓫】として刊行（全二〇章構成→【⓫】の備考欄参照）
＊同作はアメリカのパラマウント映画の依頼によって書き下ろされ、フランスに先駆けて、
一九一四年に全二一章構成にてダブルデイ社より一冊本【⓫-a'】として刊行されている。

⓫
『虎の牙』**Les Dents du Tigre**【29】の単行本化

a **Les Dents du Tigre: 1re partie Don Luis Prenna**(虎の牙　第一部ドン・ルイス・プレンナ)
Les Dente du Tigre: 2me partie Le secret de Florence(虎の牙　第二部フロランスの秘密)
一九二一年六月三日ピエール・ラフィット社刊（二巻本）
12×18.5㎝、224頁（第一部）、222頁（第二部）
＊全二一章構成で発表された【29】の第二章と第三章が一つの章に改変され第一部の第二章として収録（第一部、第二部双方を一〇章構成にした全二〇章構成）。

a' **The Teeth of the Tiger**
一九一四年ダブルデイ社刊（米）
翻訳、マットス　挿絵、ゴードン・グラント

The Teeth of the Tiger
一九一五年ハースト&ブラケット社刊（英）
翻訳、マットス

The Teeth of the Tiger: Illustrated from Scenes in the Paramount Artcraft Picture featuring David Powell / A Thrilling"Arsène Lupin"Detective Story Illustrated with Scenes from the Photoplay

一九一九年グロッセット&ダンラップ社刊（米）
＊ダブルデイ社の版組を流用し、カバーや本文にデヴィッド・パウエル主演のパラマウント映画『虎の牙』のスチールを挿入した、俗に言うフォトプレイエディション（ムービーリンクドエディション）。映画スチール四枚を収録。

b一九二三年六月ピエール・ラフィット社刊〈冒険アクション小説叢書〉版二巻本
17×24㎝、各80頁
表紙絵、ロジェ・ブロデール　挿絵、モーリス・トゥッサン
＊【⓫-a】の第一部の最終章が第二部の第一章として収録されている（第一部九章、第二部一一章の全二〇章構成）。

c一九三二年ピエール・ラフィット社刊〈疑問符叢書〉第一四巻、第一五巻の二巻本
12×17.5㎝、221頁（第一部／第一四巻）、192頁（第二部／第一五巻）
表紙絵、A・ハルフォール（二巻とも）
＊【⓫-b】同様に、【⓫-a】の第一部の最終章が第二部の第一章として収録された他、【⓫-a】の第二部の第六章「ひらけゴマ！」（【⓫-b】の第七章）と第七章「皇帝アルセーヌ一世」（【⓫-b】の第八章）が「ヴァラングレー」の章題でまとめられ、同版の第二部七章として改編され、モロッコにおけるルパンの活躍が簡略化されて第二部の最終章へ挿入された。

後にラフィット社の版権を買い取ったアシェット社はこの版を流用して刊行しており、東京創元社版アルセーヌ・リュパン全集第四巻『虎の牙』はこの改編版より訳されていたが、第一章の最終章が元に戻っている。また、同書が後に創元推理文庫版として刊行された際、【⓫‐a】のテキストを復刻したジェネラル・フランセーズ社（アシェット社としている資料は誤り）のリーヴル・ド・ポッシュ版より削除された部分を補う形で訳出された。完全版である【⓫‐a】の邦訳は偕成社版アルセーヌ・ルパン全集第一二、一三巻『虎の牙』（上、下）のみ。

30　「アルセーヌ・ルパンの帰還」Le Retour d'Arsène Lupin《一幕物戯曲》劇場未公演作品
一九二〇年九月一五日、一〇月一五日「ジュ・セ・トゥ」誌第一七七号、一七八号に二回連載
挿絵、ウンベルト・ブリュネルスキ
一九七五年、ジュネーブの出版協会より刊行された全一二巻のアルセーヌ・ルパン傑作集（Les Exploits d'Arsène Lupin）の最終巻に初めて再録
挿絵、ジャン＝ピエール・ムーエル
＊一九八六年刊行のローベール・ラフォン社版アルセーヌ・ルパン全集第一巻にも再録されたが現在は絶版。これ以降に刊行された全集等には未収録の作品。

31　「塔のてっぺんで」〈八点鐘〉Au sommet de la tour (Les Huit Coups de l'horloge)《短編》

一九二三年一二月一七日〜二二日「エクセルシオール」（Excelsior）紙に六回連載
＊一九二一年一〇月「メトロポリタン・マガジン」に英訳が先行発表。
短編集『八点鐘』【⑫】に同書の第一話として収録

32
「水瓶」〈八点鐘〉La carafe d'eau (Les Huit Coups de l'horloge)《短編》
一九二三年一二月二二日〜二七日「エクセルシオール」紙に六回連載
＊一九二一年一一月「メトロポリタン・マガジン」に英訳が先行発表。
短編集『八点鐘』【⑫】に同書の第二話として収録

33
「テレーズとジェルメーヌ」〈八点鐘〉Thérèse et Germaine (Les Huit Coups de l'horloge)《短編》
一九二三年一二月二七日〜一九二三年一月一日「エクセルシオール」紙に六回連載
短編集『八点鐘』【⑫】に同書の第三話として収録

34
「映画の啓示」〈八点鐘〉Le film révélateur (Les Huit Coups d'horloge)《短編》
一九二三年一月二日〜六日「エクセルシオール」紙に五回連載
＊一九二二年一月「メトロポリタン・マガジン」に英訳が先行発表。
短編集『八点鐘』【⑫】に同書の第四話として収録

35
「ジャン＝ルイの場合」〈八点鐘〉Le cas de Jean-Louis (Les huit Coups d'horloge)《短編》
一九二三年一月七日～一二日「エクセルシオール」紙に六回連載
＊一九二一年一二月「メトロポリタン・マガジン」に英訳が先行発表。
短編集『八点鐘』⓬に同書の第五話として収録

36
「斧を持つ貴婦人」〈八点鐘〉La dame à la hache (Les Huit Coups d'horloge)《短編》
一九二三年一月一二日～一七日「エクセルシオール」紙に六回連載
＊一九二二年五月「メトロポリタン・マガジン」に英訳が先行発表。
短編集『八点鐘』⓬に同書の第六話として収録

37
「雪の上の足跡」〈八点鐘〉Des pas sur la neige (Les huit Coups d'horloge)《短編》
一九二三年一月一七日～二二日「エクセルシオール」紙に六回連載
＊一九二二年六月「メトロポリタン・マガジン」に英訳が先行発表。
短編集『八点鐘』⓬に同書の第七話として掲載

38
「マーキュリー骨董店」〈八点鐘〉Au dieu Mercure (Les Huit Coups d'horloge)《短編》
一九二三年一月二四日～二八日「エクセルシオール」紙に五回連載
＊一九二二年七月、「メトロポリタン・マガジン」に英訳が先行発表。

短編集『八点鐘』【⓬】に同書の第八話として収録

⓬『八点鐘』 **Les Huit Coups l'Horloge**

a 一九二三年七月ピエール・ラフィット社刊
12×18.5㎝、254頁
【31】【32】【33】【34】【35】【36】【37】【38】の八短編を収録
＊前書き付き。

a' **The Eight Strokes of the Clock**
一九二二年カッセル社刊（英）
翻訳、マットス

The Eight Strokes of the Clock: The Latest Exploits of Arsène Lupin
（八点鐘　アルセーヌ・ルパンの最新の冒険譚）
一九二二年マコーレイ社刊（米）
翻訳、マットス　カバーイラスト・口絵、ジョージ・W・ゲイジ
＊英版、米版共、フランスに先行して刊行。

b一九二四年八月ピエール・ラフィット社刊〈冒険アクション小説叢書〉版
17×24㎝、80頁　表紙絵、ロジェ・ブロデール　挿絵、モーリス・トゥッサン
c一九三二年八月ピエール・ラフィット社刊〈疑問符叢書〉第一二巻
12×17.5㎝、224頁　表紙絵、A・ハルフォール

39
「カリオストロ伯爵夫人」La cmtesse de Cagliostro《長編》
一九二三年一二月一〇日～一九二四年一月三〇日「ル・ジュルナル」紙に五二回連載
単行本『カリオストロ伯爵夫人』【⑬】として刊行

⑬
『カリオストロ伯爵夫人』**La Comtesse de Cagliostro**【39】の単行本化
a一九二四年七月（同年四月一八日に刊行予告）ピエール・ラフィット社刊
12×18.5㎝、256頁
＊モーリス・ルブランの署名入り前書き付き。
a' **The Candlestick with Seven Branches**（七本枝の燭台）
一九二五年ハースト&ブラッケット社刊（英）
翻訳、エドガー・アルフレッド・ジェプスン

Memoirs of Arsène Lupin（アルセーヌ・ルパンの思い出）
一九二五年マコーレイ社刊（米）
翻訳、エドガー・アルフレッド・ジェプスン　カバーイラスト・口絵、ジョージ・W・ゲイジ
b 一九二九年ピエール・ラフィット社刊
17×24㎝、96頁　表紙絵・挿絵、ロジェ・ブロデール
＊【⓭‐a】の第一二章の大熊座の図を削除し、エピローグを改編。
c 一九三三年三月ピエール・ラフィット社刊〈疑問符叢書〉第二三巻
12×17.5㎝、224頁　表紙絵、A・ハルフォール

40
「緑の眼の令嬢」La damoiselle aux yeux verts《長編》
一九二六年一二月八日〜一九二七年一月一八日「ル・ジュルナル」紙に四二回連載
単行本『緑の眼の令嬢』【⓮】として刊行

⓮『緑の眼の令嬢』**La Demoiselle aux Yeux Verts**【40】の単行本化
a 一九二七年七月（九月）ピエール・ラフィット社刊

12×18.5㎝、230頁

a' **The Girl with the Green Eyes**
一九二七年ハースト&ブラッケット社刊（英）
Arsène Lupin Super-Sleuth（大探偵アルセーヌ・ルパン）
一九二七年マコーレイ社刊（米）
カバーイラスト・口絵、ジョージ・W・ゲイジ

b 一九二八年八月ピエール・ラフィット社刊
17×24㎝、96頁　表紙絵・挿絵、ロジェ・ブロデール

c 一九三四年二月一九日ピエール・ラフィット社刊〈疑問符叢書〉第三一巻
12×17.5㎝、222頁　表紙絵、A・ハルフォール

41
「山羊革服を着た男」（英題「モルグの森の惨劇」）
L'homme à la peau de bique（英題 A Tragedy in the Forest Morgues）
一九二七年三月、アンソロジー『フランスの作家達による愛』L'Amour selon des romanciers

français（ボーディニエール社刊）収録一九一二年、英訳版『アルセーヌ・ルパンの告白』【❼-'a'】に「モルグの森の惨劇」の題で同書の第七話として収録
＊このフランス語版を最初に復刻したのは、ジュネーブの出版協会から刊行された全一二巻のアルセーヌ・ルパン傑作集で、その第一一巻にジャン＝ピエール・ムーエルの挿絵付きで収録された。

42
「したたる水滴」〈バーネット探偵社〉La gouttes qui tombent (L'Agence Barnett et Cie)《短編》
一九二七年一〇月「レクチュール・プール・トゥース」（Lectures Pour Tous）誌に発表
挿絵、ロジェ・ブロデール
短編集『バーネット探偵社』【⓯】に同書の第一話として収録

43
「ベシューの十二枚のアフリカ株券」〈バーネット探偵社〉《短編》
Les douze Africanes de Béchoux (L'Agence Barnett et Cie)
一九二七年一一月「レクチュール・プール・トゥース」に発表
挿絵、ロジェ・ブロデール
短編集『バーネット探偵社』【⓯】に同書の第五話として収録

44
「偶然が奇跡をもたらす」〈バーネット探偵社〉《短編》

Le hasard fait des miracles (L'Agence Barnett et Cie)
一九二八年一月「レクチュール・プール・トゥース」に発表
挿絵、ロジェ・ブロデール
短編集『バーネット探偵社』【⑮】に同書の第六話として収録

45「ジョージ王の恋文」La lettre d'amour du roi George《短編》
一九二八年二月、短編集『バーネット探偵社』【⑮】の第二話として発表

46「バカラの勝負」La psrtie de baccara《短編》
一九二八年二月、短編集『バーネット探偵社』【⑮】の第三話として発表

47「金歯の男」L'homme aux dents d'or《短編》
一九二八年二月、短編集『バーネット探偵社』【⑮】の第四話として発表

48「白手袋……白ゲートル」Gants blancs... guêtres blanches《短編》
一九二八年二月、短編集『バーネット探偵社』【⑮】の第七話として発表

49「ベシュー、ジム・バーネットを逮捕す」Béchoux arrête Jim Barnett《短編》

一九二八年二月、短編集『バーネット探偵社』【⑮】の第八話として発表

50

「壊れた橋」The Bridge that Broke《短編》

一九二八年、英訳版『バーネット探偵社』【⑮ - a'】の第六話として発表

＊フランス語版オリジナルテキストは未発見。本国ではこの英訳テキストより仏訳した物しかない。邦訳は「ミステリマガジン」二〇〇五年一一月号に収録。

⑮『バーネット探偵社』**L'Agence Barnett et Cie**

a 一九二八年二月（六月）ピエール・ラフィット社刊

12×18.5㎝、224頁

【42】【45】【46】【47】【43】【44】【48】【49】の順で八短編収録

＊「シーザーに返そう」と題した序文付き。

a' **Jim Barnett intervenes**（ジム・バーネット乗り出す）

一九二八年ミルズ＆ブーン社刊（英）

Arsène Lupin Intervenes（アルセーヌ・ルパン乗り出す）

一九二九年マコーレイ社刊（米）

イラスト入りカバー装
英米両版共【42】【45】【46】【47】【43】【50】【44】【48】【49】の順で九短編収録
＊フランス初刊本【⑮-a】と異なる四頁分の前書きが付されて同書の第一章とされ、仏版には未収録の短編【50】が収録されている他、短編【49】の結末部分（フランス版と異なる）を独立させて最終章にした全一一章構成。

b 一九二八年八月二〇日ピエール・ラフィット社刊
17×24㎝、96頁　表紙絵・挿絵、ロジェ・ブロデール

c 一九三三年ピエール・ラフィット社刊〈疑問符叢書〉第二五巻
12×17.5㎝、190頁　表紙絵、A・ハルフォール

51
「謎の家」La demeure mystérieuse《長編》
一九二八年六月二五日〜七月三一日「ル・ジュルナル」紙に三七回連載
単行本『謎の家』【⑯】として刊行

⑯
『謎の家』**La Demeure Mystérieuse**【51】の単行本化
a 一九二九年三月一三日（七月）ピエール・ラフィット社刊

12×18.5㎝、244頁
＊巻頭に「アルセーヌ・ルパンの未発表回想録の抜粋」が付されている。

a' **The Mélamere Mystery**（メラーマールの謎）
一九二九年ミルズ＆ブーン社刊（英）

The Mélamere Mystery
一九三〇年マコーレイ社刊（米）
イラスト入りカバー装

b 一九三三年ピエール・ラフィット社刊〈疑問符叢書〉第一八巻
12×17.5㎝、190頁　表紙絵、A・ハルフォール

c 一九四〇年アシェット社刊〈青少年文庫〉（同じ版組を利用した〈緑文庫〉版もあり）
12×16.5㎝、190頁　カバー表紙絵、J・ジャックオ

52
「バール・イ・ヴァ荘」La barre-y-va《長編》
一九三〇年八月八日〜九月一五日「ル・ジュルナル」紙に三九回連載

単行本『バール・イ・ヴァ荘』【⑰】として刊行

53

「エメラルドの指輪」Le cabochon d'emeraude《短編》

一九三〇年一一月一五日、「政治文学紀要」(Les Annales Politiques et Littéraires)に発表

＊一九七五年、ジュネーブの出版協会より刊行された全一二巻のアルセーヌ・ルパン傑作集第一一巻に初めて再録された。

挿絵、ジャン=ピエール・ムーエル

⑰

『バール・イ・ヴァ荘』**La Barre-Y-Va**【52】の単行本化

a 一九三一年六月一七日ピエール・ラフィット社刊

12×18.5㎝、224頁

b 一九三二年三月ピエール・ラフィット社刊〈疑問符叢書〉第二巻

12×17.5㎝、221頁　表紙絵、A・ハルフォール

c 一九四〇年アシェット社刊〈青少年文庫〉(同じ版組を利用した〈緑文庫〉版もあり)

12×16.5㎝、192頁　カバー表紙絵・挿絵、E・デュフォー

＊エピローグ未収録。

54

「二つの微笑を持つ女」La famme aux deux sourires《長編》

一九三二年六月六日〜八月二〇日「ル・ジュルナル」紙に四六回連載

単行本『二つの微笑を持つ女』【⑱】として刊行

55

「手にした時計で五分間」Cinq minutes,montre en main《一幕物戯曲》

一九三二年八月エトルタのカジノで上演

未刊行（原稿未発掘）

「アルセーヌ・ルパンとの一五分」Un quart d'heure avec Arsène Lupin（同戯曲第二部）

＊ルブラン本人によって保存されていたタイプ原稿が現存。

56

「その女性は僕のもの」C'est femme est à moi《一幕物戯曲》

未刊行（上演記録不詳）

⑱『二つの微笑を持つ女』**La Famme aux Deux Sourires**【54】の単行本化

a 一九三三年四月（五月、七月）ピエール・ラフィット社刊

12×18.5㎝、256頁

a' **The Double Smile**（二つの微笑み）
一九三三年スケフィントン社刊（英）
The Woman with Two Smiles
一九三三年マーレイ社刊（米）
イラスト入りカバー装
＊米版にのみ前書き付き。
b 一九三四年ピエール・ラフィット社刊〈疑問符叢書〉第三四巻
12×17.5㎝、224頁　表紙絵、A・ハルフォール

57
「特捜班ヴィクトール」Victor,de la brigade mondaine《長編》
一九三三年六月一七日～七月一五日「パリ・ソワール」（Paris-Soir）紙に三二回連載
単行本『特捜班ヴィクトール』【⓳】として刊行

⓳
『特捜班ヴィクトール』**Victor,de la Brigade Mondaine**【57】の単行本化
a 一九三三年九月（一九三四年一月）ピエール・ラフィット社刊
12×18.5㎝、222頁

a' **The Return of Arsène Lupin**（アルセーヌ・ルパンの帰還）
一九三三年スケフィントン社刊（英）
＊イラスト入りカバー装。

The Return of Arsène Lupin
一九三三年マコーレイ社刊（米）
＊イラスト入りカバー装。

b 一九三四年ピエール・ラフィット社刊〈疑問符叢書〉第三三巻
12×17.5㎝、192頁　表紙絵、A・ハルフォール

58 「カリオストロの復讐」La Cagliostro se venge《長編》
一九三四年七月二一日～八月二三日「ル・ジュルナル」紙に三五回連載
単行本『カリオストロの復讐』【⑳】として刊行

⑳『カリオストロの復讐』**La Cagliostro Se Venge**【58】の単行本化
a 一九三五年七月ピエール・ラフィット社刊

12×18.5㎝、224頁

b一九三六年四月ピエール・ラフィット社刊〈疑問符叢書〉第四三巻
12×17.5㎝、192頁　A・ハルフォール

59

「アルセーヌ・ルパンの巨万の富〔ルパン最後の事件〕」
Les milliards d'Arsène Lupin《長編》
一九三九年一月一〇日〜二月一一日「ロート」(L'Auto) 紙に二九回連載
＊当初は「ル・プチ・パリジャン」(Le Petit Parisien) 紙に掲載が予定されていた。
挿絵、ジャン・オベーレ
単行本『アルセーヌ・ルパンの巨万の富』【㉑】として刊行

㉑

『アルセーヌ・ルパンの巨万の富〔ルパン最後の事件〕』
Les Milliards d'Arsène Lupin【59】の単行本化
a一九四一年一一月アシェット社刊〈謎叢書《レニグム》〉(L'Énigme) 第一三巻
12×18㎝、190頁　表紙絵・扉絵、A・ペコー
＊「ロート」紙一九三九年二月三日号掲載分が未収録。だが、欠落部分は一九九一年にミステリ雑誌「キャリブル38」四号五号合併号に初めて再録され、一九九六年にDLM出版から

発行されたアンドレ・フランソワ・ルオー編『アルセーヌ・ルパン』〈ヒーローコレクション第五号〉にも収録されている。ルパン登場百周年の二〇〇五年には、その改訂版であるルオー編『アルセーヌ・ルパンの幾多の生涯』も刊行されており容易に入手出来る様になった。

b 一九八七年ロベール・ラフォン社刊〈ブカン叢書〉版アルセーヌ・ルパン全集第四巻に【㉑-a】の欠落版が再録

60「アルセーヌ・ルパン最後の恋」Le dernier amour d'Arsène Lupin《長編》

未発表作品

＊一六〇枚のタイプ原稿が現存。詳細は本書428頁参照。

〈ラジオドラマ脚本〉

一九三六年、ラジオ・シテより「モーリス・ルブランがラジオの為に特別に書き下ろした一連のラジオ劇を放送する」と広告を打った三作のラジオ放送脚本があるが、台本の現存が確認されていないので、その放送記録をまとめておく。

A「アルセーヌ・ルパンの逮捕」L'arrestation d'Arsène Lupin
一九三六年二月二八日（金曜日）午後九時一五分放送
監督 カルロ・ラロンド
出演 アンドレ・ブリュレ、シモーヌ・モンタレ、ベルティユ・ルブラン、フェルナン・サブロ
＊配役表では「ルパン本人」と記してあるが、アンドレ・ブリュレがルパンを演じている。

B「ネリー、アルセーヌ・ルパンに再会す」Nelly rencontre de nouveau Arsène Lupin
一九三六年三月二七日（金曜日）午後九時一五分放送
監督 カルロ・ラロンド
出演 アンドレ・ブリュレ、シモーヌ・モンタレ、J・B・エヴラール、フェルナン・サブロ、ジェオ・ラストゥリイ、ジョルジュ・カウザック、フィリップ・デュ・ラン、ピエール・フォンテイン、フェルディナン＝シャルル
＊作品【A】でルパンと知り合ったネリーが彼と再会する作品であるから、原作はまず間違いなく短編【7】であろう。なお、ヒロインの名をペギー（Peggy）とした資料があるが、これは間違いであるので、この機会に訂正しておく。

C「エメラルドの指輪」Le cabochon d'emeraude

一九三六年四月二四日（金曜日）午後九時一五分放送
監督　カルロ・ラロンド
出演　アンドレ・ブリュレ、シモーヌ・モンタレ、フェルナン・サブロ

この他、劇作家のレオポルド・マルシャンとの共同で執筆を予定しながらも実現しなかった『空洞の針〔奇巌城〕』の四幕物戯曲や、日本での発表を予定していた「アルセーヌ・ルパンの七月一四日」等の記録はあるが、テキストは現存していない。

また、一九二四年に発表されたルブランの探偵物短編「プチグリの歯」が英訳され、「ポピュラー・マガジン」の一九二六年一〇月七日号に掲載された際、結末部分に加筆が施され、ルパン物に改編されている。タイトルも「アルセーヌ・ルパンのオーバーコート」と題されていた。

末筆ながら、解説文の執筆、並びに出版目録の作成にあたり、多くの方々の研究成果を参考にさせて戴いた。

ルブランの伝記を著したジャック・ドゥルアール氏、並びにフランス本国における指折りのルパン・コレクターのマルク・ブーランジェール氏からは、書誌データの多くをご教示戴き、探偵小説研究家でルパン同好会会長の浜田知明氏によるルパン・シリーズに見られる改変箇所の研究

や、ルブラン作品の邦訳史を研究されている矢野歩氏による邦訳目録からも、多くの情報を参照させて戴いた。また、日本シャーロック・ホームズ・クラブの遠藤尚彦氏からは、エノケンの舞台についての資料をご提供戴いた。その他、筆者の質疑に答えて下さったモーリス・ルブランの孫娘であるフロランス・ボエスプフルグ・ルブランさん、ルパン・シリーズの邦訳紹介の大功労者である保篠龍緒先生が残された膨大な量の資料調査に理解を示し、ご協力下さったご子息の星野和彦氏、並びに、フランス本国におけるルブランの作品について、日本のファンの為の新しい書誌の作成を提唱し、筆者にこれを作成するきっかけを与えて下さった今は亡き我が国指折りのルパン・コレクター、長田竹千代氏にも謝意を表したい。

主要参考文献

Le Photo-Programme n°50 “Arsène Lupin”, Athénée,1908
Femina n°188, Pierre Lafitte,15 Novembre 1908
Je Sais Tout n°47, Pierre Lafitte,15 Decembre 1908
L’illustration Théâtrale n°115 “Arsène Lupin”, L’illustration,27 Mars 1909

The Play Pictorial No.89 Vol.XV "Arsène Lupin", The Stage Pictorial Publishing Co.Ltd,1909
Arsène Lupin The Authentic Novel of the Play/ by Edger Jepson and Maurice Leblanc, Mills&Boon 1909
Arsène Lupin/ by Maurice Leblanc, Doubleday Page&Co.,1909
Comœdia Illustré n°4, 15 Novembre 1910
Je Sais Tout n°71, Pierre Lafitte,15 Décembre 1910
Je Sais Tout n°87, Pierre Lafitte,15 Avril1912
Je Sais Tout n°97, Pierre Lafitte,15 Février 1913
Je Sais Tout n°177, Pierre Lafitte,15 Septembre 1920
Triptyque n°126, Rédaction&Administration,1939
Les Terribles/ par Antoinette Peské-Pierre Marty, collections Visges n°2,Freseric Chambriand,1951
Arsène Lupin contre Herlock Sholmès, Arsène Lupin Pièce en quatre actes,
<Aventures Extraordinaires d'Arsène Lupin>, Club du Livre Policier, O.P.T.A.,1958
Bibliographie de Maurice Leblanc/ par Francis Lacassin,
<Revue des Études Lupinnes> n°13, Société des Études Lupiniennes,1971
Bibliographie d'Arsène Lupin/ par Francis Lacassin, Magazine Littéraire n°52,mai1971
Mythologie du Roman Policier-1/ par Francis Lacassin, collection 10/18,Union Général d'Éditions,1974
Leblanc on Lupin, An Author On his Chracter, Francestown,1978
Europe n°604-605 "Arsène Lupin", Centre National des Lettres,1979

Bibliographie/ par Francis Lacassin, "Arsène Lupin Tome-5", collections Bouquins,Robert Laffont,1988
Maurice Leblanc, Arsène Lupin malgré lui/ par Jaques Derouard, Librairie Séguier,1989
Promnades en Normandie avec Maurice Leblanc et Arsène Lupin/ par Gérard Pouchain, Éditions Charles Corlet,1991
Arsène Lupin roman/ par Edger Jepson-Maurice Leblanc, Claude Lefranq,1995
Arsène Lupin/ par André François Ruaud, collections Heros n°4,DLM éditions,1996
La Normandie d'Arsène Lupin/ par Jean-yves Ruaux, Éditions Ouest-France,1998
Le Rocambole n°10, Bulletin des Amis du Roman Populaire,Printemps 2000
Le Rocambole n°12, Bulletin des Amis du Roman Popuraire,Automne 2000
Les Intégrales-Maurice Leblanc Tome 4, Éditions du Maque-Hachette-Livre,2000
Maurice Leblanc,Arsène Lupin malgré lui/ par Jaques Derouard, Librairie Séguier,2001
Dictionnaire Arsène Lupin/ par Jaques Derouard, Encrage,2001
Shadowmen/ by Jean Marc&Randy Lofficier, Black Coat Press Book,2003
Arsène Lupin VS. Sherlock Holmes The Stage Play/ by Victor Drlay&Henri de Gorsse, Black Coat Press Book,2005
Les Aventures extraordinaires d'Arsène Lupin Tome 1, Omnibus,2004
Les Aventures extraordinaires d'Arsène Lupin Tome 3, Omnibus,2005
Les Nombreuses Vies d'Arsène Lupin/ par André-François Ruaud, Les Moutons Électriques,2005

RAOUL n°0～82／ルパン同好会機関誌（一九八四～二〇〇六）
テレビ・シリーズの歴史／住田忠久著
怪盗紳士アルセーヌ・ルパンＤＶＤ‐ＢＯＸ１付録冊子、ＩＶＣ
モーリス・ルブラン邦訳総合目録／古井円華虚（矢野歩）編
RAOUL増刊号（二〇〇五年一二月二五日）
ルパン邦訳史（１）～（５）／矢野歩著
怪盗紳士アルセーヌ・ルパンＤＶＤ‐ＢＯＸ２～６付録冊子、ＩＶＣ
ルパン荘の歴史／住田忠久著
怪盗紳士アルセーヌ・ルパンＤＶＤ‐ＢＯＸ２付録冊子、ＩＶＣ
アルセーヌ・ルパンシリーズの歴史（１）～（２）／住田忠久著
怪盗紳士アルセーヌ・ルパンＤＶＤ‐ＢＯＸ５～６付録冊子、ＩＶＣ
ルパン、ルブランの伝説とその真実／住田忠久著
怪盗紳士アルセーヌ・ルパンＤＶＤ‐ＢＯＸ６付録冊子、ＩＶＣ

Arsène Lupin et autres pièces
by Maurice Leblanc (and Francis de Croisset)

〔訳者〕
小高美保（おだか・みほ）
明治学院大学文学部仏文科卒業。アテネフランセ卒業。訳書にモーリス・ルブラン『白鳥の首のエディス』（岩崎書店）、共訳書にパスカル・ブルックナー『赤い航路』（扶桑社）など。
〔解説〕
住田忠久（すみだ・ただひさ）
アルセーヌ・ルパン研究家、アルセーヌ・ルパン資料室オーナー。現在刊行中のポプラ社版シリーズ怪盗ルパン、並びにくもん出版のまんが版怪盗ルパンの両シリーズ全巻の資料を担当した他、フランスのテレビドラマ版のルパン・シリーズのＤＶＤの解説も執筆。ルブランのルパン荘の一般公開プロジェクトにも、ルブランの遺族の要望により協力する等、ルパン・シリーズの普及に努めるかたわら、江戸川乱歩の明智小五郎シリーズの研究も行っており、近くその成果を公表予定。

戯曲《ぎきょく》アルセーヌ・ルパン
――論創海外ミステリ　58

2006年11月20日　初版第1刷印刷
2006年11月30日　初版第1刷発行

著　者　モーリス・ルブラン
　　　　フランシス・ド・クロワッセ
訳　者　小高美保
装　幀　栗原裕孝
発行人　森下紀夫
発行所　論 創 社
〒101-0051 東京都千代田区神田神保町2-23 北井ビル
電話 03-3264-5254　振替口座 00160-1-155266

印刷・製本　中央精版印刷

ISBN4-8460-0741-3
落丁・乱丁本はお取り替えいたします

論創海外ミステリ

順次刊行予定（★は既刊）

★50 封印の島
ピーター・ディキンスン

★51 死の舞踏
ヘレン・マクロイ

★52 停まった足音
A・フィールディング

★53 自分を殺した男
ジュリアン・シモンズ

★54 マンアライヴ
G・K・チェスタトン

★55 絞首人の一ダース
デイヴィッド・アリグザンダー

★56 闇に葬れ
ジョン・ブラックバーン

★57 六つの奇妙なもの
クリストファー・セント・ジョン・スプリッグ

★58 戯曲アルセーヌ・ルパン
モーリス・ルブラン

★59 失われた時間
クリストファー・ブッシュ

60 幻を追う男他（仮）
ジョン・ディクスン・カー

61 シャーロック・ホームズの栄冠（仮）
A・A・ミルン他